柳鸣九文集

卷 12

且说这根芦苇
父亲 儿子 孙女

海天出版社（中国·深圳）

图书在版编目（CIP）数据

柳鸣九文集.12,且说这根芦苇・父亲、儿子、孙女 / 柳鸣九著.—深圳：海天出版社，2015.6
ISBN 978-7-5507-1333-8

Ⅰ.①柳… Ⅱ.①柳… Ⅲ.①柳鸣九—文集②散文集—中国—当代 Ⅳ.① I217.2 ② I267

中国版本图书馆 CIP 数据核字（2015）第 054568 号

柳鸣九文集．卷12
LIUMINGJIU WENJI JUAN 12

出 品 人	陈新亮
项目负责人	于志斌
选题策划	林星海
责任编辑	梁　萍
责任校对	黄海燕
责任技编	蔡梅琴
装帧设计	李松璋

出版发行	海天出版社
地　　址	深圳市彩田南路海天综合大厦（518033）
网　　址	www.htph.com.cn
订购电话	0755-83460202（批发）　0755-83460239（邮购）
设计制作	深圳市斯迈德设计企划有限公司（0755-83144228）
印　　刷	深圳市新联美术印刷有限公司
开　　本	787mm×1092mm　1/16
印　　张	23.5
字　　数	305 千
版　　次	2015 年 6 月第 1 版
印　　次	2015 年 6 月第 1 次
定　　价	80.00 元

海天版图书版权所有，侵权必究。
海天版图书凡有印装质量问题，请随时向承印厂调换。

柳鸣九

在1987年当选为法国文学研究会会长后,与著名翻译家郝运(右三)、郑永慧(右二)、汪文漪(右一)、张英伦(左一)合影。

柳鸣九、朱虹夫妇与父母及兄弟

柳鸣九与儿子涤非

柳鸣九与两个小孙女

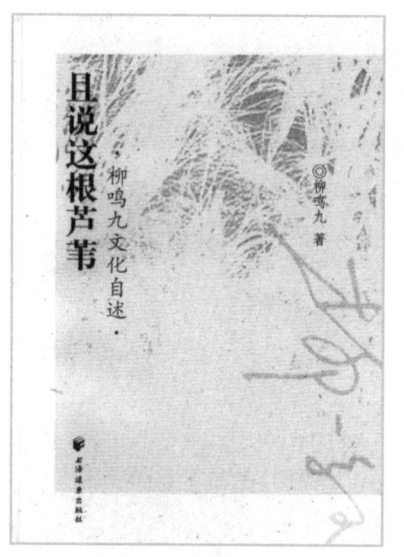
原版《且说这根芦苇》

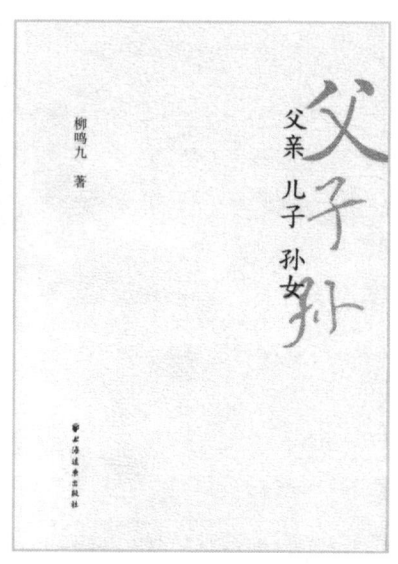
原版《父亲 儿子 孙女》

柳鸣九所主编的《外国文学名家精选书系》八十卷

目 录

且说这根芦苇

自序：我只是一根"会思想的芦苇" ……	003
我的中学时代 ……	006
未名湖畔四年 ……	027
辞别伯乐而未归	
——从文艺理论到外国文学 ……	041
我的绿色家园	
——我译都德 ……	054
我的主课作业	
——三卷本《法国文学史》与两卷本《法国二十世纪文学景观》…	059
我的揭竿而起与"三箭齐发"	
——乘着1978年这股东风 ……	074
我为萨特办正式签证	
——围绕《萨特研究》的记忆 ……	104
漫长的旅程	
——F·20丛书七十卷纪事 ……	118
与魔鬼订契约记	
——《法兰西风月谈》及其他 ……	137
围绕"博士"的若干回忆	
——闻成为博士论文专题对象后有感 ……	158
一个被逼出来的译本	
——我译莫泊桑 ……	176

会长交椅上的十年 …………………………………… 181
送给小孙女的一个译本
　　——我译《小王子》………………………………… 223
我劳作故我在
　　——自我存在生态评估 ……………………………… 231
为了一个人文书架
　　——《外国文学名家精选书系》八十卷及其他 …… 240

父亲　儿子　孙女

自　序 ……………………………………………………… 265

一个厨师的人生追求
　　——父亲的故事 ……………………………………… 267
他仍活在彼岸
　　——忆儿子柳涤非 …………………………………… 275

附录一：亲人的悼念 ……………………………………… 345
附录二：亲人的寄语 ……………………………………… 349

小蛮女记趣 ………………………………………………… 351
家讯一则
　　——《小蛮女记趣》之二 …………………………… 355
余　音 ……………………………………………………… 357
想象的翅膀（外一篇）…………………………………… 362

且说这根芦苇

柳鸣九 著

自序：我只是一根"会思想的芦苇"

且说这根芦苇，说的就是我自己。

虽然芦苇并非珍品，只是野生草芥，但自喻为芦苇，倒还真不是我自己的创意。这个比喻，来自法国 17 世纪一位哲人，他把人称为"会思想的芦苇"。

会思想，是人有别于其他所有一切有生物的标志，由于会思想，人才曾被礼赞为"万物的灵长，宇宙的精华"，才成为地球的主宰。但人亦可以其他性质与特点被喻为其他的事物，那么，法国先哲为什么把人比喻为"芦苇"？我想，不外是因其平凡性与易损性，就平凡而言，人的确如草芥；就易损而言，人何尝不是"一岁一枯荣"？这个比喻，既有由其知性自我意识而来的自豪感，也有因其易损速朽命定性而生的悲凉感。

与"芦苇"说相呼应的，在同一个世纪的法国哲学里，还有另一种"人类状况图景"说："请设想一下，戴着锁链的一大批人，他们每个人都判了死刑，每天，其中的一些人眼看着另一些人被处死，留下来的人从他们同类的状况看到了自己的状况，痛苦而绝望地互相对视着……这就是人的状况的图景。"此两说来自巴斯卡，相辅相成，在 17 世纪构成了对人的本质与状况悲怆性的彻悟与认知，于后世颇具影响，特别是后者，到了 20 世纪更是得到马尔罗与加缪的直接继承，引发出他们超越与反抗人类生存荒诞的哲理。

毋庸讳言，与"灵长"之喻、"精华"之喻相对比，"芦苇"之喻，远没有那么意境高远，精神昂扬，心态开朗，情绪激奋，而是要自谦得多，沉郁得多，甚至有些怆悲……

坦率地说，我在青壮年时代是衷心而热切地赞赏"宇宙精华"、"万物灵长"一说的，作为奋斗过程中的精神目标，作为沮丧时的"强心针"，也作为"精神危机"时的"救生圈"。随着年龄的增长，我却离"精华"、"灵长"说渐行渐远，而日益认同与信从"芦苇"说，特别是随着自己进入年老体衰状态，眼见北大同窗老友不止一个相继作古，自己身边最亲近的儿子竟英年早逝，我更是痛感人的易损性、速朽性。时至今天，当我将一些自述的文章收汇成集的时候，自然就采用了目前这个书名，因为我这几十年生命存在，到头来只不过是一根"会思想的芦苇"。

虽然与其他物种相比，"会思想"可以说是所有人的基本特征，但在人类之中，真正意义上、严格意义上"会思想"的人毕竟只是一部分，甚至只是一小部分。在"会思想"这一点上存在着各种不同的层次，并不是所有人都有权声称自己作为人是"会思想的"，更不是所有的人，凭借自己作为人的存在都有权宣称"我思故我在"，只有以思想为业，并以其思想的深邃远远优异于芸芸众生，特别是以其思想魅力而具有广泛悠远的社会影响与历史作用者，才无愧于"我思故我在"这样的自我认定。坦率地说，我远没有达到这个分上，我不过是因为自己的工作对象、工作范畴而进行一些思索而已，由于我从事的是思想含量比较高的文化工作，要能应对下来就必须强迫自己"多思"，而自己也还算比较"勤劳"，于是几十年下来，也就自认为算得上"会思想的芦苇"这个称谓了。

尽管本书讲的是自己，但并非一部自传，并非以整个自我为对象而"从头到尾"讲述下来的"故事"，而只是对自己做过的一些事情所做的说明与记叙，而且是断断续续写出来的，往往是某件事做成之后，不存在一个预定的、统一的计划安排与谋篇布局。所幸我所做成的那些事情，不论当时还是在事后都产生了一定的社会影响，不失为多少还有点价值的"文化事，学术事"，因而时至今日，这些叙述还可以作为一种"爪痕"汇集在一起，姑且名之为"文化自述"吧。

当下是一个写自传蔚然成风的时代，在社会上有点名位、有点名气，甚至有点财力的很多人，都纷纷在写自传或自述作品，从"丰功伟绩"型的、"创业开拓"型的、"艺术人生"型的到"发家致富"型的、"游戏人间"型的、"顽痴大发"型的、"日子"型的，甚至"月子"型的，形形色色、千姿百态、无奇不有。在这种社会氛围中，也曾经有过一些朋友与熟人建议我写自传。说实话，我也的确曾为此心动。但毕竟自己是研究文化史的，见识过自传类一些经典性的范例，如卢梭的《忏悔录》与萨特的《文字生涯》等等，一直认为写自传应该是一件令人敬畏的事情，并非人人都有资格、有条件、有能力去轻易从事的。窃以为，首先要看写自传者作为一个人是否有足够的分量，包括他的存在、他的所作所为的价值与意义；其次，要看写自传者是否有直面严酷历史与尴尬人生、勇于作自我剖析并敢于讲真话的精神，果能如此，未尝不能产生与《忏悔录》《文字生涯》等经典先例比美的自传作品。而涉及我自己，我首先认定自己的分量实在不够，还不应该、也不值得为自己去写自传；其次，虽然我深知直面生活与人生是一种大勇美德，有时也不乏去追求仿效的冲动，但我更知道个人直面的程度完全取决于时代社会条件的制约，不是个人想痛快一番就能随心所欲的。有了如此一番自我观照，我也就欣然放弃了试图向同时代达人看齐、勉为其难、攀登自传高峰的非分之想了。

不过，我所已经做出的那些文化学术的事情，毕竟还需要有若干说明与解释，也算是一种对社会公众做出交代的责任与义务。于是，这就成为这个结集的由来，也就构成了这本书自己的存在形态。

我的中学时代

在我灰暗的陋室里，颇为色彩缤纷的是我沙发对面的两个书柜，这两个书柜里装着我论著、译著与编著的成果约有300册书。将近耄耋之年，我常坐在这两个书柜面前，或沉思遐想，或出神发呆，或缅怀回顾……

我常想，将近一生的岁月、几乎所有的心思，不外是写书、译书与编书，似乎只可以简约地归结为一点：为了一个人文书架。人生的目标瞄准着这一点，人生的热情倾注于这一点，人生的精力投放进这一点，人生的乐趣系诸于这一点。可谓是专注而执着，以此，也算得上是一个有人文理想、有人文热情的智者。

饮水思源，如果说，时代与时运给我提供了充分实现自我的客观可能的话，那我作为这样一个特定的人，却是在更久远的历史过程中形成的、造就的，而这，就得感谢我曾经所得到过的受教育的条件了。

就我的家庭出身与条件而言，我本来是很难受到足以造就一个人文学者所必需的良好的学校教育的，但我却从初中起，就受到了非常完善、非常优秀的正规学校教育。具体来说，我初中所上的三个中学都是当地名校：南京的中大附中、长沙的广益中学与重庆的求精中学。高中更是在全国闻名遐迩的湖南省立一中，从这里毕业，我考进了北京大学的西语系。在这个漫长的过程中，我之所以没有辍学，我之所以能进一个接一个名校就读，这不能不感谢我的文化水平不高、但特别重视孩子的教育、并为此付出了巨大努力的父亲与母亲。

　　我的父亲出身于湖南长沙的一个贫苦农家,小时候仅有机会在私塾里上过3个月的学,11岁多就迫于生计被送进城里餐饮业当学徒。他在厨艺一行中出道甚早,为打工谋生而漂泊各地,早年生活极为艰辛,常常只靠一条长凳睡觉过夜,但他一直渴求文化,在打工生涯中居然练出了一手好书法。他的主顾中不乏达官贵人、富商雅士,他们见我父亲开出的菜单,都说"没有想到一个厨师能写出这么一手好字"。他把追求文化的理想寄托在自己儿子的身上,为弥补自己缺少文化的终身遗憾,他一心要使自己的儿子"成为读书人",他的道理很简单:自己没有文化,一辈子没有少吃苦,他希望3个儿子不要重蹈自己的覆辙。为此,他在携家带口为谋生就业而漂泊各地的岁月中,始终为儿子们不要辍学、而且要进正规学校接受较好的教育而奋斗。对于这个虽有"一技之长",但毕竟是个"打工仔"的厨师来说,要做到这一点是何其难也,沉重的经济负担仅为其中之一难也,但他居然奇迹般地做到了。我作为他的长子,是他希望寄托的首要所在,也是他这一坚定政策与持续努力的首要受惠者。抗战时期,父母携家不断逃难,从湖南耒阳到广西桂林,最后到了重庆,几年颠簸中,我居然把小学的六个年级完整地念完了,只是在抗战胜利之后,全家先是在重庆等船东下,后又中途遇险,险些葬身长江,被迫在宜昌滞留了好些时日,因此,抵达南京时,各中学均已开学,我就未能及时进入初中。即使如此,父母亲为了不影响我的学业,不惜多花一笔学费,设法让我临时到一个私立中学听课,第二学期又设法让我到一个市区中学就读,但因为那个市区中学条件不好,我在班上又遇见了一个"天敌",老把我当"软柿子"捏的"同座",所以才念了一个学期,又费了不少劲设法进入了当时南京的名校中大附中。这样从离开重庆之后,经过不少周折,终于进入了初中教育的正轨,总共不过耽误了一年,损失还不算大,而进入南京中大附中,对我来说,则标志了一生中"名校旅程"的开始。

一

中大附中,即当时南京中央大学的附属中学,新中国成立后,已随母体更名为"南京师范大学附属中学"。据说,校址没有变,还在原来的老地方察哈尔路,至今仍稳居南京地区首屈一指的名校地位。

它是我内心里的第一母校,我常神游这片故地,特别是在古稀之年之后,只是记忆里的景象已经不那么清晰了,依稀朦胧,有那么一点像梦,毕竟是六七十年前的事了。我记得当时校区地旷树多,整个校园呈自然之态,无整治修饰之痕,校舍风格各异,星罗棋布在广阔的校园里。入校门后,右侧是一幢老式的多层洋房,那是学校行政教务的重地,对于我们初一的学生来说,就像"白虎堂"一样肃穆,从不敢靠近。再往右,则是几座并排的庙宇式的中式建筑,高中部的教室都集中于此,进进出出的全是穿着黄绿色校服的高年级学生,在我们眼里,他们个个都是偶像。再往右,则是四排宽敞的平房,呈四方形围绕出一块巨大的空地,这就是初中部的教室与活动场所。在它后面,是一个大足球场,那主要是我们初中生的"乐园",在这里踢足球、比赛垒球,都是我们的所爱,特别是后者,更是至爱了,它作为一种美国式的时尚运动,抗战后在南京的学生中颇为流行。再往校区的纵深方向去,有暗红色的大厅两个,分立在路旁,那是大礼堂与大食堂,在那里曾经上演过高中部的学生所排演的曹禺名剧《雷雨》,不仅招待过本校同学观看,而且还对外公演过几场,可见其水平并非"小儿科"那么低。我看了演出后,饰演繁漪的那个高年级女生就成为我的偶像,我多年都没有忘记她……礼堂附近,还有几个篮球场与排球场,那是高中部同学经常展示球艺的地方,也是我们这些初中生向他们顶礼膜拜、狂热喝彩的地方。再深处,还有一个小湖与木桥,湖的一边是一座柠檬黄的多层楼房，从那里经常传出钢琴声、提琴声，曼妙的歌声与英语朗读声，全校高中、初中女生都集中在那幢楼里，那是她们的课堂与宿舍。对于我们初一男孩来说，那就是一个神圣而神秘的所在，每经过那个方位，眼光总不由自主地投向它……更深处，则是小树林与小山丘，其间散落着全校男生的集体宿舍，全校学生都是寄宿生，没有走读生。

中大附中，作为一所名校，师资条件好是它首要的优势。当时，即使是初中部的老师，听说也都无一不是中央大学毕业的高材生，初中部那个"四合场"的尽头是一座精致的平房，那是初中部老师课间休息的厅堂，你至少可以一眼就看到初中部几乎全体老师的阵容，一个个都很有派头，才学溢于言表者比比皆是。记得我们初一的英文教师就是一位戴金丝眼镜、衣着雅致的漂亮少妇，英语发音非常漂亮，英文黑板字也十分娟秀，讲授与诵读都很完美，我对英语的兴趣就是从上她的课开始的。记得还有一个教公民课的老师，平时着装一丝不苟，讲课并不流于道德说教，颇有社会学的理论功底，说实话，对初一学生来说，似乎深了一点。还有一件事使我记住了他，一天，在学生布告栏里，看到他贴的一个启事，说的是他在校区丢失了一本法国作家左拉的小说名著《小酒店》，如有拾到者送还，他将以一斤花生米作为酬谢。这类丢失求助或失物招领的启事，在学生布告栏里，甚是多见，一般都以花生米为酬谢，数量不等，或二两或半斤，他的酬谢达一斤，算是最"仁义"的了，正是因为他的这份启事，我生平第一次知道了左拉与《小酒店》的名字。

它的另一个优势是它上佳的生源。名校自然得到社会的重视与仰慕，而社会的重视又保证了它录取学生的高标准，如此良性循环，生源自然优质良好。我入校的时候就听说，我们前几班所录取的都是南京本地乃至整个江苏地区的成绩最好的学生，就我所在的这一班来说，就有多名中央大学教授家庭的子弟，而出自教育界员工家庭或有知识背景家庭者，更比比皆是，他们身上都多少有些文化气与书卷气，即或也有调皮捣蛋的主，但也是聪明外露、灵气逼人的。这样的学生汇聚在一起，自然就形成了一种优质的气场，加以又直接受到其母体名校中央大学的直接影响，学生群的风气就颇有点不凡：学习风气浓、在成绩上你追我赶，都以将来入名牌大学为目标；课外活动丰富多彩，成熟上档次，如，排演曹禺的全本名剧，组织排球赛、篮球赛校外出征，并带啦啦队；追求美国学校的风气，以打垒球为时尚；失物启事与拾物启事在校区里满天飞，物质利益回报不过二三两花生米，张扬的形式下只有小小的利己图谋，正是一种善意与幽默……特别使我难忘的是，学生会的选举，那简直就有点模仿美国总统选举的味道：自由提名，用大字报公布自己的"施政纲领"，竞选者择日举行公开辩论，然后是节日般的投票，当然这些都是高中部的学生搬演的大戏，让我们这些初中部的观众看得甚是大开眼界……还有一件事也给我留下了难忘的印象：高中部一学生不知何故意外身亡，学生会为他举办一次隆重的追悼会，我等初一学生无缘参加，但我去追悼会场瞻仰了一趟，灵堂基本上是高年级学生布置的，隆重而讲究，特别使人印象深刻的是那些挽联与张贴出来的悼词，写得情真意切，文辞典雅，对仗工整，感人至深，我至今仍惊奇于当时中学生的语文表达水平之高……

可惜我在中大附中只学习了一年多就离开了，因为父亲在南京失业而举家返回老家湖南长沙。虽然只有一年多的时间，但我一直很重视我中学生涯的这个阶段。在我看来，它给我的中学学历开了一个好头，它给我提供了一个较高较好的起点，它使我开了眼界，使我感受到了真正良好的中学教育是什么样子，真正年轻有为的中学生该具备哪些要素与内涵，我从周围的人文状况与人际气场中清醒地意识到了、看到了我在文化上的差距。这种自卑心理或者说这种自知之明的认知对我并非没有好处，它从一开始就在我身上初步启迪出一种奋发图强的精气神，这是一种可贵的精神力量，也是一种难得的素质，我不敢说我具备了多少，但我开始有了，它开始"发酵"、"生芽"，开始发力，它从此陪伴了我的学生时代以至后来的就业生涯，成为不断奋发向上的一种动力。一个中学能给一个人所有这些：标杆、起点、眼界、见识，这就很够了，何况我至少在国文与英文这两门功课上打下了不错的基础。

回到长沙后，我作为初二插班生进入了广益中学。长沙是中学教育极为发达的名城，当时，长沙的中学有几大名校：省立一中、长郡、明德、广益与雅礼，另外还有两个著名的女中：周南与福湘，这些学校各有所长，在湖南这个教育大省中形成了"各逞其能"、"争妍斗胜"的局面，长郡以文史见长而著称，明德以数学水平高而闻名，雅礼是有名的教会学校，英文是它的特强项，广益则有综合优势，至于周南与福湘，更是集中了几乎全省的名门闺秀、贤淑才女，只不过周南偏重传统，而福湘则崇尚洋派。那时，每当周末放学，各校的学生拥出校门，走在长沙有名的"北门正街"上可大有一番盛景，那个时代，中学生都穿黑色的学生服，但在领章上都有自己学校的标记，标记很统一，黑底白字有各自校名的两个字：如"明德"、"雅礼"……学生们成群结队，迎面而过，彼此总要注意一下对方领章上的校名，或正视或用余光瞄那么一眼，如果属于上述六大名校之列，那么目光中就含有尊重与惺惺相惜的意味；如果不是名校，那就难免会碰见意味有所不同的目光了……

从中大附中到广益，我入校的第一感觉，似乎有点像"虎落平阳"，因为这里的校舍很陈旧、很拥挤，整个校区空间相当狭小，与中大附中不能相比。但很快我就感觉到自己错矣！"人不可以貌相"，广益很快就把我给震慑住了，至少有这么两件事：其一是到校的头几天，正赶上各年级出墙报的日子，"忽如一夜春风来，千树万树梨花开"，过道里、教室门口、礼堂里、饭厅里到处都贴了墙报，除了操场上以外，几乎无处没有。原来正值学期之初，是各班级汇报其暑假收获的时候，每份墙报就成为每个班级展示其暑期作业的平台。墙报刊名五花八门，风雅十足，如《花圃》《励志》《百草图》《原上草》《文汇堂》《致学》《求知》《奋发》……每份墙报以漂亮的毛笔字抄录而成，书法秀美，显然是我自叹不如的，内容更是丰富多彩，散文、诗歌、评论、小说以及小笑话，应有尽有，既都有独特的立意，也皆具优美的文采。特别是诗歌，令人想不到竟有那么多同学会写旧体诗，也常见有填词作品，我当时看了，真有点佩服得五体投地。其二是插班进入初二后，我很快就发现班上的"能人"颇为不少，就以国文功底而言，能流利背诵二三十篇古代经典散文名篇，如《滕王阁序》《师说》《岳阳楼记》的学子大有人在。显然，我来到这个环境里，仍然只是一个"矮个子"。本来，我以为来到这里自己的英文总算得上是一个"强项"，可没有想到，这里也有英文方面的高材生，班上一个姓黄的同学英文就很好，当时已经能自如地用英文写日记与写英文信。广益，就在这么陋旧土气的外表下透着内秀与不凡。它当时的李校长就是一个形象的缩影，他衣着简朴，外表普通，无气派可言，一口邵阳地区的方言更突出了他身上的土气。但后来才知道，他是一个国学功底深厚的学问家。如果说广益有什么风格的话，那就是其貌不扬而内秀斐然，我从一进入这个气场那一天起，便不可能不受它潜移默化的影响，在我一生的致学行事中，如果存在着不在乎炫丽其表但求实在业绩的特点的话，那么不能不说最早是从广益那里得到了启迪。

既然发现了在新的群体中自己要算一个"矮个子"，那就得奋起直追。我至少做了这样两项努力：一是恶补《古文观止》；二是自己练习写文言文。

对于《古文观止》，我并非一开始就爱不释手，而只是作为一个硬性的任务，我规定自己在一年之内在课外要背诵20篇到30篇古文。之所以采用了《古文观止》,是因为这是现成的一个读本,集中了中国历史上的经典散文,也是我的一个"家庭教师"给我指定的。这位"家庭教师"是一位浙江大学教育系毕业的高材生,她比我大十几岁,是位老大姐,因为她家父母与我的父母是多年的老邻居,从抗战胜利后在南京的时候起一直到两家都回到了老家长沙之时。这位朱大姐看我母亲的面子,充当了我的课外指导老师,我碰上难懂的文句文词,就去请教她,她虽然不是功力深厚的学问家,但指导一下初中生还是绰绰有余的。在时间上,我见缝插针,完成了我的背诵计划,脑子里总算装进了十几篇古文经典,算是自己小小地充了一点"底气"。只不过,由于自己的爱好,我选择的多是《醉翁亭记》《岳阳楼记》《滕王阁序》之类情景交融的美文,而略去了"文以载道"类型的道德文章,例如韩愈的《师说》我就一直没有去背诵它。虽然这次"恶补"的规模与水平有限,但我从此养成了课外读古文的习惯;虽然这次"恶补"对我的国文功底的弥补不能与那些"书香门第"出身的名家自幼练就的"童子功"相比,但对我的滋养作用却是显而易见的,我心里很明白,自己后来的写作中有哪些遣词造句方式是从我所背诵过的古文中"借鉴"过来的。

至于练习写文言文,动因起初很简单,既然家乡的中学生都能写出文言文来,那么我也不应枉为一个湖南学子,及至自己背诵了一些古文,常被其中的气韵之美与文句之美所感染,不禁手痒痒,也想"东施效颦",来依样画画葫芦。就这样,自己练起了文言文这个把式来。动力有限,时间也有限,效果与"成就"也就有限了,但总算还可以,练了那么些篇,居然还不止一篇颇得那位课外指导老师朱大姐的称赞。不过,我本来目标就不高,当自己学会了一点点花拳绣腿之后,也就"浅尝辄止"了。当然这对我日后的文字生涯更不会起什么作用,只是在面对特定的对象、因特定的需要要写一封文绉绉的信函时,才偶尔用一用。

在广益期间，还有一件事值得一提，那也算是我做过的一件带创意性的事，对一个学生来说，多少有点别致的事：我几乎是以一己之力，创办了一份油印刊物。这个灵感是广益学校里那些琳琅满目的墙报引发的，这些墙报就像一期一期的文学刊物，一开始就令我仰羡。不久，我就听说，那些墙报往往并非全班同学共同参与的结果，而是班上少数几个文学积极分子的合作所为，这一下就刺激起了我要有所作为的意愿与冲动，也大大打开了我付诸行动的思路。要办出一份大篇幅的墙报，从撰写、编辑、抄写、美工到出版张贴，总得有五六个人才行，我作为一个插班生，还没有这么齐全的人脉，我要做什么，只能找到一个"同伙"，那就是那位英文特别好的黄姓同学。如果把墙报的形式改为油印小报的形式，事情倒要简单易行一点，只要有了可用的文稿，自己买两三张蜡纸，把文稿刻在蜡纸上，然后放在油印机上一印，一份油印刊物就呼之而出了，而且发行范围还远远不止于一面墙壁……经过一段时间的考虑与筹划，又争取到了那位黄姓同学的赞同之后，我终于行动了起来。其实，整个事情并不太复杂，比较困难的倒是稿源问题，因为我力求避免"雷声大，雨点小"，怕成为笑柄，故不考虑公开征稿，没有稿件怎么办？自己写！在这方面黄姓同学毕竟只是一个友好的赞助者，对此事本无多大的热情，他提供了一两篇文稿，算是给了我最大的面子，其他的就只能由我一个来"包圆"了，从发刊词到主打文章与搭配文章以至花絮补白，我总算都一一诌了出来，形式则有散文、小故事与议论文，除了发刊词外，其他文章均署笔名，而且每文各异，似乎参与刊物的至少有那么几个主将，至于文章内容，说实话，都是"为赋新词强说愁"之类的矫情凑数之作，不值一提。总之，凑足了几个版面，于是一份名为《劲草》的油印刊物就炮制出来了。当然在校内多处的墙壁上少不了都要贴上一份，以供大家欣赏，而且，自己还充当邮差，将它投放进了附近的几所中学，以求在更大的范围里出名。但毫无反应，默默无闻，显然没有引起什么注意。对此,我自己仍不识趣,接着,又使了一把劲,弄出了《劲草》第二期,这一期更是我一个人的"单打独斗"。结果仍是没有反响,这才使自己完全泄了气,从此罢手,"停刊"。就像小孩子吹起的一个肥皂泡,我的文学刊物梦就这么很快地破灭了。

这两期《劲草》,我各保存了一份,当作自己成长的见证与纪念品,虽然它们甚为幼稚可笑,我却保存了多年,一直到我成年就业很久之后,只是在"文化大革命"中,出于很多人都有的政治恐慌心理,才把它连同自己未发表的文稿都付之一炬。《劲草》真像一根枯草一样,在世界上彻底消失了,没有留下任何痕迹,就像它根本不曾出现过、不曾存在过一样,它的命运有时不免使我颇生感慨:其实,人们的所作所为,很多不就是这样吗?似乎从来就没有出现过、似乎从来就没有存在过。

在长沙的一年多时间里,父亲一直失业,担心"坐吃山空",他又携带全家先到广州,接着又到重庆去闯荡谋生。在广州时间很短,我没有上学,到了重庆,我就插班进了求精中学的初三。

求精中学坐落在嘉陵江畔的高坡上,是有名的教会学校,看来家底颇厚。校区面积阔大,空间宽敞,校舍稀疏散落,中西式皆有,教室楼就是一幢漂亮的中式大屋顶楼房,还单独有一座很体面的平房建筑作为大礼堂。也许正因为有这么一座礼堂,作为教会学校其学生的英语又较好,所以这座礼堂经常被用作政府当局外事活动的群众场所。记得好像有一次来了个美国的什么代表团,欢迎仪式就是在这里举行的。学生们被组织去当基本听众,大会的同声翻译是一位西装笔挺的青年人,显然是当时的外语才俊。我总算生平第一次见识了什么是漂亮的英语,敏捷、流利、嘹亮,如音乐般的悦耳,令我长久难忘,我知道了通译的高级技艺是怎么回事,这种双语谈吐表述的绝对自由,一直是我一生向往却始终未能达到的境界,当然,既由于自己不够聪敏,又由于没有得到较好的外语环境……不过,求精中学的英语教学还是很好的，我们班的英语教师是一位衣着与形象都不动人、但教学水平颇高的女性。她用英语讲课，这大概是教会学校英语教学的基本门槛，她用的教材中，其中有不少希腊神话故事与西方文学作品的片断，我正是在求精中学从英文课本读到了斯芬克斯之谜与俄狄浦斯王的悲剧等古代的经典故事，这要算是我与外国文化真正的最初接触。

我更多、更广泛读到外国文学作品，也是在求精中学期间，主要的缘由是这样一件事：求精是我上过的第一个男女同校同班的中学，我们这一班大概只有十来个女生，在我眼里，她们个个都秀美文雅，她们的座位都集中在前几排，每一堂课，她们的倩影都映入我们男生的眼帘，但是，同班的男女同学从来都没有任何接触交谈，形同陌路。然而，有一天，班上的几个女同学，大概是以一个姓黄的学习干事为首，张罗起一个"图书馆"，她们不知从哪里突然搞来一大批书，绝大部分都是崭新的，封面一般都素净大方，装帧美观，记得不少是文化生活出版社出版的，第一眼就给人以高雅之感，像我这样跑惯了低级租书铺子的俗子，真好像匹普初次见到艾丝戴拉，眼睛为之一亮。那些书都是文学作品，其中许多是外国文学名著，有狄更斯、托尔斯泰、左拉、巴尔扎克、屠格涅夫、高尔基、梅里美等人的作品。这些书是从哪里弄来的？不久就听说是班上一个姓宋的女同学捐献的。那位女同学娇小、白皙、文静，不引人注意，当时只知道她是一位国民党将领的女儿，在班上没有待多久就离校了。

面对这样一个"图书馆"，我多半是为了要在那位学习干事面前充"上流人"，竟大为"附庸风雅"起来，非常热心地借阅这些书籍。说实话，开始是囫囵吞枣，有的书并没有看明白，有的书干脆看不懂，有的书倒的确印象很深，如高尔基的自传作品中那种"出污泥而不染"的上进心对我很有启迪，又如屠格涅夫的《春潮》那半是缅怀半是忏悔的故事，半是柔情半是哀愁的情调，不知为什么竟那么深地感染了我、浸透了我。还有梅里美的短篇，洛蒂的《冰岛渔夫》……这么读着，读着，有一天，在宿舍里，我突然觉得平日习以为常的那些瞎聊瞎闹实在太没有意思了，就一个人跑到学校一侧，坐在那个高坡上，俯视着下方的嘉陵江。如果我现在说当时我对某本书有什么读后感，有什么感悟，思考了什么人生问题，那就是杜撰扯淡；我当时只是坐在那里看江，似乎很想思索点什么，但又什么都无从思索起，什么都思索不起来，脑子里一片茫然，但这茫然却使人感到新鲜，舍不得脱离这种状态回到宿舍的打闹中去……现在看来，那次异样的行为虽然颇有点不自觉的"附庸深沉"的冲动，甚为可笑，那毕竟是第一次，它也许是人开始被书籍的力量从灰色混沌的泥沼中引出时最初的朦胧的反应。

我的外国文学阅读，最初就是从这个"图书馆"开始的。此后的几年中学时期，外国文学作品就一直是我课外阅读、文化生活中的一个主要内容，从中，我不断得到滋养与教益，包括大大增强了学习外文的兴趣。如果说到我投考大学时，作为一个中学毕业生，在历史、人文方面的知识还算说得过去的话，其中就得益于外国文学阅读。

在求精期间，我遇上了中国"天翻地覆慨而慷"的大变化，先是"兵临城下"形势下的紧张气氛以及学校当局有关应变护校的一系列措施，最关键的一条便是紧闭校门禁止出入以保证在校同学的安全。一天，我们在校内猛听见嘉陵江对岸传来几声巨大的爆炸声，但并不是攻防战的炮火，而是国民党撤退前炸毁兵工厂的声响，其间情绪半是紧张半是兴奋的我们这些初中生都庆幸自己的学校没有被列为炸毁的对象……很快，我们就见到了穿着黄绿军装的解放军战士了，我从军管会张贴出来的布告上，第一次看到了"邓小平"这个名字，我当时只因为觉得这个名字特别通俗化，特别不追求文气而格外注意它，没有想到这个名字对中国20世纪70年代以后的历史社会有如此大的影响，也更没有想到这个名字后来给我带来了"从1978年出发"的重要机遇……总之,我进入了新中国时代。

时代社会不论有什么伟大的变革,普通家庭首先要考虑的是自己的生存与自己的生活,经过好一番考虑,父母亲觉得把家庭安排在自己的家乡会稍稍令人安心一点,于是,父亲又携全家回到了长沙,把我们安顿好以后,他只身去了香港开始了"打工仔"的生活。我离开了重庆的求精中学,正好初中毕业,此后我进了湖南长沙的省立一中。

二

湖南省立一中的前身是湖南第一师范,这就足以使它在国内赫赫有名了,因为从这里"出了个毛泽东",这位历史伟人年轻时曾经在这里待过一段时期。后来,共和国有位总理朱镕基也是从这个中学毕业的。

历史光荣离我们普通学子很远,真正使我等受惠的是它的教学质量,而这首先决定于它拥有非常雄厚的师资力量,至少在我就读的那几年中是如此。我记得教我们高中学生的,几乎都是有二三十年,甚至有更长教龄的老教师,只有一个语文老师彭靖略为年轻,三十出头,但他当时已经是名满湖湘的著名诗人了,教数学的汪澹华、教英文的胡业奎、教化学的张荫安,都是湖南教育界的名宿大儒,德高望重,他们在20世纪50年代后期,都调进新成立的湖南师范大学当上了正式教授,可见他们的学力早已达到了专精的水平。由这些具有大学教授资质的老师来教中学生,焉能不出几个"尖子班"?当时,我们自己浑然不知,"身在福中不知福",只感觉到这些老师的课讲得很好、很精彩、很有深度,令我们懂得很透彻,如此而已。但是,一到关键时刻,就见出奇效来了:在1953年高考中,省立一中的几个高三毕业班的成绩都非常出色,以我所在的高二班而言,更是优异突出,三四十人之众将近一半人被北大、清华录取,其余的则由哈尔滨军工大学、北航、北师大等名校悉数包圆。只有一个人由于检查出有肺结核而未上大学。我自己当然也是省一中高教学质量的受益者，我在升学考试中考取了北京大学西语系就是最有力的证明，那时的高考中还没有考生可以查询自己成绩的制度，但我以自己的第一志愿被取录，总分大概也还不错。

当时的一中并无文理分科之说，但在我们班上学生们的偏重方向已经很明显，正如后来高考录取的结果所显示出来的那样，同班同学被理工科重点学校录取的占大部分比例，班上理科才子本来就比比皆是，相对而言，对文科比较感兴趣、文科成绩比较好的学生，为数要少得多，我自己便是屈指可数的几个人中的一个。虽然这个班有重理轻文的特点，但文科教师的力量却非常强，语文教师彭靖，他是当时著名的青年诗人，于古典文学也很有修养，特别是对杜诗，几近痴迷，学养颇深，其专业水平在中学教师中是难见少有的，我从一中毕业后没几年，他就以其优异的业务水平升为湖南师范大学的教师，后来更成为湖南高校著名的文科教授。我在一中时，他担任我们班的语文教师兼班主任整整两年之久。在教学中，他不仅专业水平高，而且很认真负责，在班上重理轻文的氛围里，对几个爱好文科的同学自然更为关注、亲切，这大大有助于我们这几个"文科生"更多更经常地向他请教，这就无异于吃上了"小灶"。在这两年里，我不仅从他那里学了系统的语法、修辞法、起承转合的作文修养，以及丰富的语言文学知识，而且，对我以后的职业生涯似乎还有更为重要的文学鉴赏力，这种能力对于一个以人文艺术为研究对象的人来说，是至为必要的一种基本功。无此，你面对着一部作品、一个作家，就永远不会"有感觉"，就只能木木然，茫茫然。

到了高中三年级，我们班的语文教师兼班主任换成了严怪愚。这更是一位在整个湖南，甚至全国都鼎鼎大名的文化人，他早在20世纪30年代中期从湖南大学经济系毕业后，投身于文化新闻界，与鲁迅有过交往，是鲁迅的坚决支持者；他曾历任当时长沙一家著名报纸《力报》的采访部主任与主笔，后又担任过《中国时报》《实践晚报》的社长或总编，是一个思想进步、影响巨大的报人。抗战时期，他为台儿庄战役写过大量报道，在全国很有影响；他揭露汪精卫卖国投降的丑行，也震动了国人。抗战胜利后，他作为著名记者，政治上更为"左"倾，敢于对中共表示同情与支持。新中国成立后，他担任过报社与出版社领导。后来，不知是什么原因使他离开了"领导岗位"而成为一般的中学教师。但一到省一中就担任全校首屈一指的重点班"金日成班"的班主任与语文老师，看起来还是很受当局与校方领导的重视与尊重的。

虽然严怪愚只教了我们一年，而且，我作为一个"文科生"，在课下几乎与他毫无接触，但我却获益良多。实际上，他是我中学生涯中影响最为深远的一位师长。他的讲课很有特点，完全不像教书先生那样照本宣科，而更像一位大师名家的精彩演讲，热情洋溢，气势如虹，铺陈渲染，挥斥方遒，毕竟是名记者、是大主笔出身，语言铿锵有力，文句排比成势，其演说的气场甚是了得。虽然他讲的是一口土味十足的邵阳方言，但每上他的课，我都听得十分出神，甚至有点着迷，在如此的气场中饱受熏陶，对一个"文科生"来说，能不有潜移默化的影响？肯定会有。后来，我出道后写的一些评论文之所以被人评为"颇有理论气势"，固然是由于我从翻译雨果文采斐然的文论中"偷学了"若干东西，但现在看来，也与严怪愚这位中学教师的影响有些关系。除了传道授业外，严怪愚作为班主任还做了一件使我终生难忘的事情：幸亏有他的关心与干预，我在高中三年期间三次申请入团都一次又一次被否决的老大难问题，终于得到了解决，总算使我没有从省一中这个我所珍视的母体带走一个永远难以愈合的伤口，这件事是我在一中所经历的磨砺中的一部分，我将在下文中加以补述。

除了教学质量高外，省立一中另一个特点是，政治气氛特强，用流行的话来说，就是特别"突出政治"。湖南作为"共和国伟人的家乡"，从20世纪50年代初期起就是一个特别突出政治的省份，而省立一中则似乎可算得上是湖南省里最为"突出"的一个单位，它老是得奖励、插红旗，成为经久不衰的"重点"，这似乎就是证明，如在抗美援朝运动中，全省中学教育中唯一的一个先进典型"金日成班"的荣誉称号，便是落户在省立一中。在我的印象里，政治思想工作在省立一中几乎无处不有、无处不在，这一强旺机制的发动机显然是当时党政一手抓的校长傅业奎。他是一个身材像拿破仑、活力也像拿破仑的中年人，脸上从来都未见过笑容，身影总是忙忙碌碌，每逢节庆典礼、学业仪式、期末总结、期中考核，以及大大小小的工作总结，他都要召集全校听他的政治报告，一讲就是两三个小时，从人类社会发展史讲到共产主义，从中华文明讲到社会主义建设……除了他这种"中央集权式"的政治宣示外，还有旨在全面培养公民政治觉悟与道德标准的政治课，有贯彻着民族主义、爱国主义精神的历史课，有致力于培养爱党拥党的新民主主义史，更有把学生的日常政治思想教育抓得紧紧的团组织生活以及每周都有的生活例会……加以我们学生都寄宿在校，生活管理的规章制度也甚为严格，以至于今天回想起来，我在省立一中度过的高中三年颇有点像是半军营生活，傅业奎也以治校有方的政绩而不断受到上级的表彰，但我离开一中后，却听说他在一次政治运动中成为重点对象，从此落马。

坦率地说，当时在这样强烈浓厚的政治氛围中，正处于自我主体意识形成过程中的我，经常也有不得已、不以为然，甚至逆反的情绪，但自己作为"受教育者"，只有接受、顺从、适应的"份"。经过几年带强制性的熏陶，我也基本上被塑造成湖南省一中一个合格的高中生，我不敢说有多高的政治觉悟，多好的政治素质，但不失为有正确的志向、强烈的上进心，也很有勤奋致学精神的青年人，为日后进入大学后的自我发展打下了必要的基础。但是，毋庸讳言，这三年的熏陶，也在我身上打下了若干局限性的深深烙印，其一，是"左倾"的天真幼稚本能症，看待社会现实充满理想主义、乐观主义的热情，特别容易动感情，每听到"伟大辉煌"之类的报道、每听到"日新月异"之类的消息，就经常热泪盈眶，心情激动，及至后来到北京读书工作，每当节庆游行经过天安门时，更是心潮澎湃、不能自已而泪流满面，一两个钟头也平静不下来，心里充满了对自己个人主义私心的原罪感，更有自己要积极上进的种种愿望、决心与誓言……这样，我也成为一个惯于自省、惯于作自我批评与"忏悔"的人，直到经历了"文革"之后，现实使我明白了很多事情，我本能的天真幼稚才少了好些……省立一中政治教育给我的另一个烙印则是，循规蹈矩的惯性与谨小慎微的行为方式，这是因为自己接受与承载了太多的戒律、准则、标准、规范、规矩所导致的结果，这些戒律全天候在内心深处站岗放哨，把所有不合乎规范的意念驱散在"萌芽状态"，而完全迫使自己"按着规范走"，即使有感违心，也要求自己顺从下去，而如果稍微疏漏而在自己的行为中确见不规范的露头，那么它们很快就立马转换成最严厉的法官与最难缠的追究者，使自己深深陷于懊悔与自责……于是，在整个青壮年时期，我成了一个甚为谨小慎微，相当循规蹈矩的人，也只是在"文革"之后，自己开始从蒙昧状态走出来，多少有了些许自觉自为的主体意识，一旦把问题看清楚了、把形势看准了，才做出被人视为"有胆识"的行为，但仍然严格远离政治禁区，至多只是打个"擦边球"而已，又由于我天性胆小怕事，我便始终没有成为一个"勇敢的人"，但也未成为一个"冒失出格的人"。这对我来说，也未免不是一件幸事，这至少使我在历次惊涛骇浪的政治运动中，从没有"马失前蹄"，总算保有了基本的政治安全，没有丢失自己相对平稳的书斋生涯，而这是我长期能够爬格子、终于获取了两书柜劳绩的现实生活前提。

省立一中生活还给我留了另一笔终生难忘，并对我后来的学术文化生涯颇有影响的精神财富,那就是磨砺。

磨砺真还不少:繁重的数理化作业对一个数理低能儿的压力;班上比比皆是的数理化"高个子"对"矮个子"的轻屑与怜悯;每天早晨天蒙蒙亮,全班就得集体整队出校门长跑半个小时,身体高大的农家子弟在前面大跨步领跑,矮个子在后面跟得气喘吁吁,跟不上而有碍队形的观瞻那是不容许的。但是,要知道,因为集体宿舍里有臭虫团队的叮咬而睡眠不足,这一场晨跑就不是那么容易承受了,而且,早晨一起床两腹空空早有饥饿感,就盼望那一顿总有一盆美味豆腐汤的早餐。可是集体晨跑之后还要挨过一个小时的集体早自习之后才能进食堂……此外,还有几乎每周都有的"生活检讨会",届时,矮个子、低能儿总少不了要经常做些自我批评……

所有这些日常的磨砺,比起那一个无形而巨大的磨砺似乎都算不上什么,它像一块大石头一样压抑着我,使我深感其沉重,那就是这样一件事:我从入学的第一天起就积极争取入团,三年中多次正式提出申请,但却一次又一次被否决,到了高中最后一学期,甚至班上所有的同学,包括被视为最散漫最"后进"的两三个也都"光荣入团"了,唯独剩下我这一个。尴尬、极为尴尬;沉重、极为沉重。

其一,我之所以感到特别尴尬,是因为在省立一中这样一个突出政治的环境里,在"金日成班"这样一个"光荣模范集体"里,入团是每一个成员都必须完成的极其重要的"必修课",入不了团,无异于最后拿不到一张完整的毕业证书,这件事对于高考分配与升学前途的巨大影响是显而易见的,再简单幼稚的人也不可能不懂。其二,我之所以特别感到失望难受,是因为自己认定一再被否决的其实不是别的,而是我一片出自主观真诚的政治思想热情与自己从小处做起、并坚持不懈上进的努力,我不敢说我完全没有小我的小算盘与私心杂念,但是在当时那种强势的政治思想教育环境中,自己都不敢承认的私心杂念在思想上往往就已经被驱赶到了偏远的角落,何况,在行动上我的确下了功夫,做出了真心实意的努力,而所有这一切却被彻底否定了。其三,我也感到委屈不服,是因为在这三年里,所有的申请者之中,我是最早就有"进步要求"的"老积极分子",而且从各个方面的表现来看,似乎我最有可能早早"登科入第",可没想到的是最后全班却只剩下我这个"落后分子",甚至有两三个"另类"的同学"无心插柳",但也一一光荣入团了。更为令人"颜面扫地"的是,我从高一起,在班上也算是"有头有脸的",虽然不是成绩"全优生",但在文科方面绝对是领先的,虽然不是团干部、班干部,却一直是黑板报、墙报的实际"主编",至少要算班上思想宣传工作的实干者,竟然在入团问题上一再被否决,实在有点"无地自容"。

为什么一再被否决,原因只有一个:那就是我有家庭问题。而问题则有两个方面:一是,你的父亲既然是为资本家、银行家做酒菜办筵席的,那你的家庭成分就有问题,是为反动剥削阶级服务效劳的,至少是附属于反动剥削阶级,特别是,你的父亲是在香港工作,谁知道与海外反对势力是否有什么关系?你的家庭成分如此复杂,对此不能不严加审查。二是,既然你有海外关系,有成分问题,你自己就要与这样的家庭彻底划清界限,采取革命的态度,你怎么能说是出身劳动人民,或者是"个体劳动者"?所有这些问题既严重又难缠,足以在革命立场坚定、革命警惕性十足的团干部与团员那里,成为要对"青年团的纯洁性"负责,对"不纯成分"严格把关的充分理由,三年不变……

于是,我就这样受着、忍着,一方面是难堪、尴尬、憋堵、委屈、无奈,另一方面则仍要打起精神、自强不息、不能气馁、不能消极。如果自己就此失落、走下坡路,那不正说明原来的入团动机"不纯",是想混进革命组织吗?总之,我仍然得积极上进、忠于我自己,走我自己的路。就这样我坚持了两年,到了高三的那一年,我不再对入团抱任何幻想了,做好了作为"普通群众"高中毕业的思想准备，潜心准备高考，并仍尽力保持自己原来上进的本色，这样一来，我倒完全静下心来了，步子也走得更踏实，但是，我自己知道，自己身上已经有了若干沉郁的基调……

意想不到的是，就在高中毕业典礼举行前不久，我的这个老大难问题竟然奇迹般地解决了：我被通过加入青年团，而且是团支部主动来找我，授意我再主动申请一次，然后，他们很快就完成了通过与批准的手续。经过三次被否决，我总算成为了一个团员，而我们班这个先进模范集体，在走出校门之前，总算也实现了个个都是团员的"满堂红"的指标。事情怎么会有此神奇的转折？听说是班主任、语文老师严怪愚起了很大的作用：他从新近学生们的语文作业中，看到了我写的一篇作文，认为写得有很深切的生活感受，有很饱满的政治热情，他很奇怪为什么此人是班上唯一的"团外群众"，便询问团组织，这一问便起了推动作用，何况一个先进的团支部，最后得追求全班入团率满堂红的指标。

说老实话，这次"迟到的认可"当时并没有特别使我高兴，后来，我也从未把这视为我生涯中一件特别重视的事情，我现在之所以花了这些笔墨加以追述，仅仅因为我这一辈子有多次与此类似的遭否决、遇坎坷、坐冷板凳、被冰冻的经历，而在省一中的入团问题正是开端的第一次，它给我提供了遭否决时沉住气、潜下心、习惯于坐冷板凳，最后把冷板凳坐得热乎乎的完整心理过程。这是我自己的一笔"精神财富"，每当我后来遇到被否决、遭冷冻的困顿时，自己已经有开端的这一次作为垫底，在精神上、心理上就适应多了、皮实多了、习惯多了，终于能"笑到最后"，如后来我在编书工作中的被排斥，如我的博导资格三次被否……如何坐冷板凳、把冷板凳坐热，这也算我文化学术生涯中的一条心得，其最初经验就来自我在省立一中的生活。

高中毕业，我考取了北京大学西语系。1953年9月，我意气风发地乘车北上，我的中学生活总算画上了一个圆满的句号。随身带的行李除了有一个网兜里面装了一个洗脸盆与漱口缸等日常用品外，主件是一个棕色的箱子，那还是我上中大附中时，父母为了我寄宿在校而给我添置的，从此，它便随着我辗转于广益、求精、省立一中的集体宿舍。这一次，又随我上了北大燕园，虽然它不是皮革制品，只是由硬纸板与木条拼制而成的，但我用得相当爱惜，没有什么损坏。后来，我告别学生生活、走上工作岗位、成家立业、多次搬家迁居，以及上干校……我都没有把它扔掉。至今，它仍装着我一些旧衣服，静静躺在我房间里的一张旧桌子下，原来的棕色已经褪了不少，有点灰蒙蒙的，箱盖上还有两个受压损过的伤痕……

未名湖畔四年

1953年初秋，得知自己考取了第一志愿北京大西语系的那天，我兴高采烈、欣喜若狂，近乎如醉如痴，几乎从内心深处，喊出了这样一个欢乐的心声："我终于可以走出湖南了！"

显然，我对自己的家乡并无眷念惜别之情，要知道，在这里，我的高中三年过得并不顺利舒畅，更因为我生性怕热，夏天的酷暑加上集体宿舍里的臭虫，使我的日子有点难熬，特别是高考的这一个夏天，夜不能眠的炎热，加上繁重的复习备考任务，更有如一场炼狱经历，直到好几十年后，我仍然多次做过第二天即将考试而我的数理功课还没有丝毫准备的噩梦……至于自己即将要去的北大，我并没有任何感性的认知，只知道那是中国的最高学府，是中国近代思想文化的一个源泉，是名士精英汇聚的所在，要去这样一个地方，这就足以令人心潮澎湃、扬扬自得了……在北上途中的列车里，面对着眼前辽阔的华北大平原，我生平第一次有了一种自己似乎也大了起来、高了起来的感觉。

像我这样的外省学子，一跨进京师第一大学堂，自然更有山阴道上应接不暇之感，不论从感官上，还是在精神思想上都是如此。这里使人感到美不胜收的事物实在太多了，而首先映入眼帘使我心醉着迷的便是燕园景色：西校门内绿茵茵草坪上的华表与周围的恢宏端庄的建筑，未名湖畔的水光塔影、杨柳依依，临湖轩前的幽幽竹林与蜿蜒小径，还有燕东园、燕南园的人杰地灵、精美房舍……所有这一切，几乎都使我惊为"仙境"，在这里，汇集了诗情画意、秀丽明媚、典雅精致、雍容华贵、幽深宁静、中西合璧等等诸种美趣，从我一进燕园的那天起，我便强烈地感到能在这样美的校园里治学，就是一种幸福、一种自豪。说实话，这是我上北大的第一自豪感、第一骄傲感。事实上，在北大的四年里，我整天浸染在这如诗如画的美景里，总能得到十分诗意的享受与意想不到的滋润，只要面对它，我总能得到极大的美感享受，疲惫时，它能使我得到恬静的休息；低沉时，能从这里再获欣欣向荣的状态；遭到挫伤时，能比较快地得到修复与调整……也是从入燕园开始，我养成了一个散步行走的习惯，这个习惯一直陪伴着我，直到帕金森病使我走路日益蹒跚的今天。

　　燕园美景构成了我整整四年生活的基调与底色，在其中我完成了自己四年文化学业的攀登，有了它，我的攀登即使再劳累艰辛，仍不失为美美的。俗话说，"在音乐声中吃饭吃得更香"，我之所以能在文化学业中像海绵一样酣畅地吸纳，大概与身处美境的这种状态有关。我对北大燕园的喜爱与眷念是如此深切，寒暑假时，我从不回家乡探亲，而一直留在燕园里，既为了与它"寸步不离"，也为了在假期里给自己的文化学业多充一些电，多补加一些营养，而临近毕业时，一想到我将要告别燕园，我几乎感到一种莫名的恐慌，即便是离开北大多年之后，我还经常地、不时地怀念起燕园，经常把它与我见识过的清华园、武大珞珈山、美国哈佛大学、法国巴黎大学的校园相比较，我觉得没有一所学校的校园有燕园这么美……它甚至影响了我的中国近代史观，我对在中国辛劳多年、经营出燕园这一片天地的美国人司徒雷登充满了好感，甚至心存感谢，并没有因为中国有一篇著名的文章《别了，司徒雷登》……

　　上北大使我倍感骄傲自豪的是，它作为中国精神文化的摇篮，曾经汇集了我所崇拜的思想文化先贤：从蔡元培到胡适到陈独秀……

他们已经构成了近代中国文化学术史上的光辉一页，而从我们进入学校的第一天起，又发现自己的眼前就是当代中国学术文化难得一见的群星闪烁的风景线。开学典礼的那天，学校的领导与各系的系主任都列坐在民主楼大礼堂的主席台上，被一一介绍给入学的全体新生：校长马寅初，鼎鼎大名的经济学家；副校长汤用彤，著名的国学大师；教务长周培源，国际著名的物理学家；还有一批系主任，经济系的陈岱孙、化学系的黄昆、地质地理系的侯仁之、历史系的翦伯赞、中文系的杨晦、西语系的冯至、东语系的季羡林、图书系的向达……无一不是闻名遐迩的学术权威、文化大家，坐在台下的我，翘首远望，目不转睛，盯着台上一个个现实的活生生的名家大师，的确有些心潮澎湃……于是，这一场开学典礼，对我来说，就成为一场洗礼、一个激励、一次升华，它在我凡俗的躯体中，点燃了星星的一点"圣火"，立志成名成家的"圣火"，我之所以夸张地称之为"圣火"，是因为它在我此后的生命中，毕竟带来了一点"光"、一点"热"，如果我的作为，有些还算得上是"光热"的话。

从我入北大后的感受来说，名家榜样的激励远远不止于入学典礼，它几乎无处不在。一进入到系里，高年级同学就津津乐道地向我们新生介绍本系的名学者、名教授的阵容，在我的印象与比较中，我们西语系似乎比其他系更为"星光灿烂"，除了冯至外，还有朱光潜、田德望、杨周翰、李赋宁、吴达元、闻家驷、张谷若、吴兴华、盛澄华，以及原本属于西语系、后来调入文学研究所的钱锺书、卞之琳、杨绛、潘家洵……这些人在青年学子心目中之所以闪闪发亮，要么是曾经在国外的名牌大学里获得了高学位，要么就是在著书立说、传学布道上已有令世人瞩目的劳绩，从这些活生生的榜样里，我开始形成了这样明确而凡俗的人生观：成名成家是最有价值的人生之途，而成名成家的核心就在于要有自己过硬的"本钱"。何为"本钱"？按我的理解，那就是文化学术实绩，就是一本本论著，就是一部部作品、就是"本本",在燕园如此强大的名家名师磁场中,我不仅很快确定了自己的人生努力的方向,而且几乎无时无刻不感受这磁场的魅力与感染。在未名湖畔,我经常看见陈岱孙绕湖散步,他轩然不凡的气宇,清高矜持的神情,悠悠自得的状态,使我对名师名家的精神意境有了具体的感受,产生了执着的向往;我也经常看见骑着自行车的周培源穿行在办公大楼与各个教学楼之间,特别是他上车与下车时的快捷麻利,使我对名家的高效风格有了最初的概念与榜样;我也经常看见朱光潜,不是夹着书本去教室讲课,就是在体育馆附近慢跑或打太极拳,总之一身布衣,一点也不引人注意,但他那种布衣大师的形象,一直刻印在我的脑海中,成为日后仿效的参照……现在看来,这是我最初对名家风度的感受,从这些感受出发,我才有对名家风度的向往与仿效,以至自己身体力行。从我起初在未名湖畔、在燕园之内的感受里,我至少把脱俗不凡、潇洒清高、高效有为、布衣低调认定为名家风度的基本元素与模仿目标,而没有把抽烟、喝酒、熬夜、高谈阔论、写诗、着洋装或有意不修边幅视为名士风度的入门课,就像北大那时有些天才少年那样……我对名士风度这样粗浅、朴素的认定与选向,使我终身受益不少,至少我从朱光潜那里学来的慢跑习惯,坚持了数十年之后,总算到78岁的高龄还有精力为出版社主编两大套书系……

北大四年的生活带给我最大、最具体、最明显的变化,当然要算是把我造就成了一个有专业文化的、有专业技能的人,这是我日后获得职业工作岗位、获得"饭碗"的基础,也是我建立并发展毕生志趣、积攒我的精神劳绩与文化成果的最初基础。我在北大学的是西语系法国语言文学专业,其培养目标是法国语言与文学的教学人才与研究人才。应该说,西语系的专业教育还是很成功的,至少是很全面的、完备的,首先,课程的设置很科学、很扎实,既然是培养某一外国文化的专门人才,打好该国的语言与文化的基础当为重中之重。因此，我所在的专业，法语课程的分量是很重的，整个四年没有一天没有法语课，每天少则三四节，多则七八节，从语法、语音、精读、泛读、笔译直到口译，授课教师都是当时国内最优秀、最资深的语言文化专家，绝大多数都曾长期留学法国，获得名牌大学高学位者比比皆是。一年级，由吴达元与齐香任我们的主课教师，给我们的法语打基础，吴是著名的法语语法家，他的专著《法语语法》一书是国内高校外语系的一本著名的经典教科书，他在课堂上的教学既得法又严格且严厉，"严师出高徒"，这大大有助于给我们打下坚实的法语语法基础，而由于法语这种语言具有规律性强的特点，在语法上打下了扎实熟练的基础，也就等于具备了这种语言重要的基本功。齐香是游学海外多年后归国的语言学者。法语语音学与法兰西谈吐艺术是她的所长，其发音之准确，语调之优美，即使是法国人也深感钦佩。跟着他们两位当助手的则是年轻教师桂裕芳，也就是后来译有《追忆似水年华》与《变》的著名翻译家，有他们三位每天对我们进行法语强度锤炼，整整一年下来，坚实的基础也就打下了，虽然我在课堂上没有少看吴达元先生的脸色，但的确是获益良多，终生受用。

从二年级到四年级，法语主打课是精读，读的全是法国文学名著中原汁原味的经典篇章，授课的分别是三位对法国语言文学有专深修养的资深教授：李慰慈、李锡祖与郭麟阁。李慰慈的讲课以细腻深入见长，特能加深学生对原著原文的深透理解。李锡祖是一位我难忘的老师，他的幽默、他对同学的亲和态度与他天马行空像自由和风一样的讲课，使我觉得他在骨子里最具有"法兰西风格"，虽然他老穿一身不起眼的布料中山装，而不像吴达元那样从来都是西装笔挺，头发严整油亮……李老师长于词汇学，每讲一个词，他总远远地从词根讲起，直讲到由此而来的种种结构上形态上的变化、延伸，以及时代历史所增添的内容，如此根茎蔓延，枝叶恣长，一个个词就成了一簇簇文化景观，深使青年学子受用。郭麟阁则学养深厚，绝活多多，他写得一手典雅的法文，他用法文写过一本《法语文学简史》，可惜时运不济，迟迟未能出版，出版后又影响不大，他的移译本领也甚是了得，善于把中国的成语译成法文，北大西语系的《汉法成语词典》就是在他的主持下编写出来的。他在课堂上还有一绝，能闭上眼睛随口就背诵出法国古典主义名剧中大段的篇章，其记忆的功力使我等深感叹服……除了主打的精读课始终贯彻四年外，到了三年级、四年级又增加了泛读课与翻译课，精读课以提高同学们对外语准确的理解力与精微的语言修养为目的；而泛读课则是培养与锻炼同学快速的阅读能力，当然所读的全是有一定难度的文学原著，而且愈到后来愈难。教这门课的是法国语言文学界的资深教授曾觉之，他以渊博的文史学识见长。翻译课则是三年级、四年级的重点课程之一，专门培养与锻炼学生的翻译能力与技艺，前后由陈占元与盛澄华两位教授分别执教，陈占元是中国翻译界的元老，曾参与鲁迅与茅盾创建中国第一家文学翻译杂志《译文》的工作，早就有不少译作问世。盛澄华则是著名的纪德专家，卓有成果的译者与研究者，在法国文学研究界以其富有才情、成名甚早、风流倜傥而闻名。此外，还有口译课，由陈定民教授主持，他更是一个鼎鼎大名的人物，新中国成立初期，他一直是国家领导人会见外宾时或政府涉外高级会谈中的首席法语口译，但可惜的是，他因为政治外交出访任务出差而经常缺课，这也许有碍于北大西语系的学子在口译方面继承他的衣钵……

既然是以培养外国语言文学的教学人才与研究人才为目标，西语系的教学设置中当然有很大一部分文学史专业课程。首先，文学史课程从一年级就开始有了，一直贯穿到四年级，头两年是全系各专业都要学的欧洲文学史课程，讲授者是李赋宁教授，后两年则是各专业自己的国别文学史课程，我们法文专业学的是法国文学史，授课老师是闻家驷。李赋宁与闻家驷都是西语系的名教授，享有很高的声誉，李赋宁既是造诣专深的英美文学学者，又对整个欧洲各国文学有广博的修养，他毕生最主要的学术成就是他所主编的三卷本《欧洲文学史》，在新中国成立后半个多世纪里，这要算外国文学研究领域里最令人瞩目的一部学术巨制了。闻家驷作为西语系资深教授的名声当时似乎不及他作为闻一多之胞弟的名声那么大，他后来则以雨果诗歌的译者与《红与黑》的译者而享有盛誉。他们两位都是高水平的文学史教授，讲课很是精彩，叙述准确，评论中肯，剖析精到，立论稳当，颇有经典论述之风。为了给学生专业文学史打下有深度的基础，还设有另一门课程，那是陈占元教授的巴尔扎克专论，安排在四年级，每周也有两节课，课时篇幅不小，把巴尔扎克这位法国文学引以为骄傲的作家放大加以呈现与评析。由于陈占元曾游学巴黎多年，在法兰西文学氛围里浸染已久，学养深厚，他的视点、评叙、材料与阐释都透出那种文学原汁原味的自然气息，而不同于那时在外国文学领域里占主导地位的苏式庸俗社会学的观点与论述。这三门课都是我当时特别感兴趣的，学得也很用心，也很努力，这肯定对我多年后的工作是有所影响的。在今天看来，我毕竟在编撰法国文学史方面还算得上取得了成就，我应该感谢我的先师、先行者对我的启蒙与启迪。

在系主任冯至的主持与领导下，当时的西语系为了培养出一批批既有国别语言文学的精良专业水平，又具有广泛的文史学科基础与修养、真正能适应胜任研究与教学工作的人文学科人才，的确在课程的设置上下足了功夫，至少是做出了最全面、最周全的安排，似乎是要在把这批学生送出校门之前，使他们得到最完整的装备，真正"武装到牙齿"，除了以上两大板块的专业课程外，还设置了不少配合性、补充性的课程。众所周知，文学的产生与发展都是在一定的历史框架里进行的，因此，历史不可不学，不仅要学专业语言文化所在的国别史，如法国史，而且还要学中国历史，这大概是为了防止西语系的学生产生"言必称希腊"，甚至"崇洋媚外"的倾向。再者，不同的文化是需要加以对照比较的，特别是从事外国语言文化的人，面对外国的语言文化，需要有本民族的文化知性与文化意识，为此就要学中国文学史，特别是"五四"以后的中国新文学史；还有在中国从事外国文化工作必须经常提升自己本民族的语言文化的技能与修养，因此具备良好的汉语写作能力至关重要，汉语写作、汉语修辞课程的设置也就很必要了，总之，我们也有幸享受了应有尽有的文史大餐的服务。当然更不能忘记的是，西语系要培养的是"有政治觉悟"的"又红又专"的人才，而不是"白专"人才，于是，政治课就成为贯穿四年的一条"红线"，每年都有一门重头课，马列主义哲学课是为了培养学生有唯物主义的科学的进步的世界观；政治经济学是为了使学生们通晓从剩余价值学说到阶级斗争学说的政治社会理论；新民主主义革命史与党史则着力教育学生牢牢树立"只有共产党才能救中国"的理念，促使学生树立懂得感恩、报恩的责任感……总而言之，西语系的课程堪称全面、丰富、周到、稳妥，经得起推敲，这份课程设置与教学大纲显然是一批既精通中西语言文化又尊崇社会主义革命路线的教育专家煞费苦心的杰作，为了将青年学子喂大喂壮，他们不仅设置丰富如"满汉全席"般的佳肴大餐，而且让每一道大餐都由技艺高超的名师掌勺，中国现代文学史由王瑶，汉语修辞写作由杨伯峻，中国历史由田余庆……早在20世纪50年代，他们也都是北大著名的教授了。

  有如此明确的培养目标，如此周全扎实的教学内容，如此强大高质量的师资队伍，西语系培养出来的外国语言文学人才，一般都具有这样几个强项：外语阅读理解能力较强，特别是文学阅读与理论阅读的能力强；笔译水平较高；历史社会与人文文化知识较为丰富。因此，以就业而言，往往在教学研究、编辑出版与文化交流等领域占有明显的优势，其中不出一些优秀出色的佼佼者那才是怪事呢。在我比较熟悉的几届同学中，就有执掌《世界文学》主编一职多年的金志平与余中先，主持《中国文学》编译的罗新璋，在马恩列斯编译局主译法文的施康强，在人民文学出版社主持法国文学翻译的夏玟，在各名牌大学成为主力教授并在译述方面卓有业绩的桂裕芳、王文蓉、程曾厚、李玉民、袁树仁等。当然，与其他高等外语院校相比，北大西语系的弱项也是有的，口语、口译明显不如他校，因此，在我国，外交外事领域、外贸旅游领域里，则主要由其他外语学院毕业生充当骨干，从中的确产生了一些在历史前台活跃露脸的外交家、外贸家，他们的面孔已经牢牢嵌印在中国崛起的历史进程中，倒不像北大那些杰出的学子的文化业绩还要留待历史与时间的检验。

不论怎样，北大西语系给予了我一个文化专业以及这个专业所需要的各种职业技能，它给我提供的培育是全方位的、高质量的，可以说占尽了北大燕园里的"地利"与"人和"。当然，仅有"地利"与"人和"还是不够的，如果没有"天时"，这里也曾有过没法念书、无书可念的时候，如政治运动频繁、此起彼伏、连绵不断的时候，更有"文化大革命"、停课闹革命的时候，谢谢老天爷，我在北大没有碰上这种倒霉的时间段，倒是逢上了最适于念书求学的"黄金时段"，那是可怕的"阶级斗争"相对平静、"兴无灭资"的政治任务相对闲置在一边的时期，正是在新中国成立初期几大社会改造运动之后与1957年"反右"后的一个宝贵的"空档"。那个时期，在北大校园里，努力为祖国学习，是压倒一切的中心任务，在燕园上空，响彻着"向科学进军"口号的强音，青年学子们全神贯注、全力以赴在文化科学高地进取、攀登，那一番热烈、紧张、分秒必争的情景至今似乎还历历在目。

每天规定起床的时间是6点半钟，但至少是我们这一班的宿舍里，提前起来的居多，贪睡的几乎没有，大家都要赶在早餐以前做完一节早操，更要利用那个把钟头进行晨读，特别是对学外语的学子来说，发声朗读与背诵更是晨读的必修功。晨读的程序完毕，每个人就背着书包出发了，先是要到大饭厅去用早餐，为此，书包里总要带上自己的饭具,一个搪瓷盆加一把汤匙,吃完早餐,自己把食具清洗干净,又放进书包随身携带着,就像战士随身携带着干粮。饱餐之后的出发,如同在军号声中的进军,从一块阵地转战另一块阵地,对我们西语系的学生来说,一般都是辗转于外文楼、文史楼与哲学楼之间,每天不同的课程一般都是安排在这几幢楼里,每两堂课之间的休息时间非常短暂,你得背着书包从这幢楼赶到那幢楼,就像赶场子一样紧张。整个上午就这样过去了,中午用餐与午休时间也不宽裕,你迟了一步、慢了一点,时间就很紧迫了,往往就要使你的午睡时间打折扣,而午睡没有保证,下午听起课来就会昏昏沉沉了,因为每天夜里的睡眠并不充分。下午的课也并不少,全部课上完后,就到了一个小时的体育锻炼时间,如果你要保证自己有良好的睡眠与食欲以支持你每天紧张的学习,这一个小时的体育锻炼是必不可少的,当你锻炼得大汗淋漓之后,你又得赶快奔赴大饭厅用晚餐,同样,步子也得快,因为晚饭后,你就得赶赴图书馆抢占座位,那里经常人满为患,去迟了是没有位子坐的。每天晚上10点,你就得从图书馆打道回宿舍,只有半小时给你洗漱,10点半就得熄灯就寝,你必须争取有一夜沉沉的睡眠,因为明朝等待着你的又是同样紧张、分秒必争的一天……

就像上足了发条的时钟,每天就以如此紧张的节奏运行,进展,永不停歇,节假日基本上也是如此,只是节奏稍微舒缓一点,寒暑假也很少有人回家乡探亲,更没有"痛快玩一玩"或"旅游度假"之说,大家要利用假期大好的时光好好复习功课或者进行"自我加餐恶补"……这就是我们在北大四年的学习生活,如此在专业文化高坡上奋进,怎么会不成材不成器呢?从日后的发展来看,我们这个年级的确人才济济,各种岗位上挑大梁的业务骨干比比皆是,这不能不感谢当时我们每天紧张的节奏,不能不感谢那个时期"向科学进军"的嘹亮号角……

西语系的专业教学将我塑造成为一个学术文化人才,而燕园里丰富多彩的文化氛围则有力地烘托、辅助、补充了这种塑造。

　　北大不愧是人文汇集的名校，校园里的学术文化活动极其丰富，或者说，这里几乎所有的活动都带有学术文化色彩，即使是举行时事政治性的报告会，那请来讲演的人竟也是带有浓重文化色彩的人物，如诗人元帅陈毅、才子型外交部长乔冠华……如果有什么外交的接待欢迎任务，那对象也必定是文化名人，西语系更是如此，像名满全球的世界影帝法国人若拉·菲利普，来校演讲或作报告的，莫不是像田间、赵树理这样的文化名人……至于经常来演出演奏的更是当时第一流的文艺团队或闻名遐迩的演艺名人，如中央乐团，如张权、李光羲……

　　为燕园里文化学术氛围大增声色的还有学生的社团活动，这里，有各种各样的社团：剧艺社、京剧社、诗社、国乐社、文学社，以及唱片欣赏会等等，每近周末，大饭厅与大礼堂附近的墙上与布告牌上，都贴满了各社团活动的海报，琳琅满目，如山阴道上风光无限，令人目不暇接。参加方式有两种，有些是社团的正式成员，他们都是活动的主持者、组织者与演出者，这些成员一般都是同学中的"才子"。每个人都有一两手"好活"，或者是对该道感兴趣并自认有天分者，就我熟知的班级而言，如德文专业的赵蓉恒，他不仅学德语的禀赋很高，有过目不忘、入耳不忘的本领，而且拉得一手非常漂亮的二胡，他便是国乐社的中坚分子；又如后来在中国社会科学院哲学领域取得骄人成就的叶秀山，在北大时就多才多艺，是京剧社里的一个成员。另一种参加的方式，只是作为受众与观众，不经常，不固定，就像觅食的小鸟，哪里有可口的食物就在哪里停下。我没有特别的天禀才情与还堪露一两手的技艺，不敢正式参加任何一个社团，但我自知底蕴浅薄，急需食补，且最好是杂食兼收，于是，我在各种社团活动的面前，就像海绵一样，尽可能地多方吸取、兼容并蓄，往往在琳琅满目的社团海报面前，我常有分身乏术的苦恼：在这种求知的热情下，我参加过诗社的活动，去听过田间的演讲，去集体拜见过卞之琳……而我去得更多更经常也更受益的则是音乐欣赏会的活动，这是一个以俄罗斯语言文学系的青年师生为骨干的社团，几乎每周都举行活动，除了听唱片外，还有有关的知识介绍以及技法欣赏的讲解，而所欣赏的唱片则基本上都是欧洲的古典音乐。我之所以对这个社团的活动特别感兴趣，首先当然是这些古典音乐本身十分有魅力，一接触就会如痴如醉地爱上它；其次则因为古典音乐与西欧古典文学关系密切，我作为一个西方语言文学系的学生岂能对西方古典音乐无知无感觉？我得积累这方面的知识，我得培养出自己的真情实感！这便成了我积极参加的动力，也正是从这里开始，我知道了从巴哈、莫扎特、贝多芬、肖邦、舒曼、门德尔松、施特劳斯，直到柴可夫斯基、里姆斯基·科萨科夫、德沃夏克等这些大师的名字，并开始了解了相关的知识，更重要的是我总算对西方古典音乐中的那些鸿篇巨制以及优美名曲有了初步的认知与感受，这方面的社团活动对我来说真可谓入门的启蒙与辅导。

从此开始，以此为基础，我成了一个西方古典音乐的附庸风雅的"粉丝"。"附庸风雅"并非我妄自菲薄之语，我全身绝无任何音乐细胞，五音不全，不会唱歌，乐理不通，不会识谱，从来没有碰过任何一种乐器，哪怕在青年人中最为普遍流行的口琴。但我却自认为是西方古典音乐的爱好者、欣赏者、知音。不过，我的"附庸风雅"倒是下了"苦功夫"，并长期持之以恒，那就是我花了不少时间去吟记甚至背诵那些曲中的著名乐段，至少是其中的主旋律，我开始是吟记那些短小的名曲，如舒伯特的《圣母颂》、圣桑的《天鹅》、舒曼的《小夜曲》、施特劳斯的《蓝色多瑙河》、柴可夫斯基的《徐缓的歌》、比才的《斗牛士之歌》……能够自由自主吟记背诵这些名曲哪怕是若干片断，那也是一种绝妙的自得其乐，能随着原版乐声而应和，那更是有种得意扬扬之感……不久，我又更进一步，吟记背诵起大型交响乐中著名的旋律乐段来了。最初，我从贝多芬的《田园交响曲》第二乐章开始,也就是树林中小溪流淌、雀儿啾啾、布谷鸟啼鸣的那一大段妙不可言的音画诗,然后,又回到第一乐章久居城市之人外出踏青时的轻快与欣喜,再到第四乐章暴风雨之后天空的平和与宁静……在北大期间,吟记背诵了多少古典名曲我实在是记不清了,反正,从北大期间开始,而后数十年持之以恒,随着自己听音乐的条件改善了,逐步有了自己的起码的音响设备,吟记背诵的量也逐渐增加起来,到后来,我所吟记背诵的就有贝多芬的《第五交响乐》《第七交响乐》《第八交响乐》《第九交响乐》,以及舒伯特《未完成交响乐》、德沃夏克的《新大陆交响乐》等,特别是贝多芬的《命运交响曲》更是陪伴着我岁月中一些坎坷的日子,节节抗争之后的休整小憩与沉思的第三乐章,经常给我以鼓舞与慰藉,《第八交响乐》中对美好前程的憧憬与一步一步坚定走下去的段落以及葬礼哀乐段落,则不止一次使我流泪……德沃夏克的《新大陆交响乐》更是在我的一生中占特殊地位,我最初是喜爱它的清新与充满希望。后来,因为去美国的儿子特别喜爱它,对它有特殊的感情,如今儿子已英年早逝,我只要一听《新大陆交响乐》这个名字,心里就一酸……总而言之,我很庆幸在自己的吟记背诵库里有这么一份财富,它之得来,我当首先感谢燕园的音乐文化生活,它不存在什么实用功利的问题,我一生既没有就此写过音乐评论,也没有当众炫示卖弄,这只是一个自我感觉愉悦与精神享受的问题,自得其乐的问题,如果一定要说还有什么实际的影响,那便是我这个习惯多少培养了我一些艺术感受能力,对不同艺术形式的感受能力,而这对于一个文学评论者、文学研究者来说,是相当重要的。

  总的来说,燕园四年,我充分利用了提供给我的学习条件,不论课内课外我都学得很努力,没有节假日,没有寒暑假,几乎每天都在往文化高地上奔跑。我做得往往比课程要求我的更多一点、更满一点,老师只要求交读书报告,我交上去的却是论文,至少在篇幅上达到论文的水平;王瑶老师并没有要求听他现代文学课的学生去通读

《鲁迅全集》,但我却这样做了,至少读完了他的全部小说与杂文;翻译课老师并没有要求学生提前翻译文学作品,但我早早就开始这样做了。以我的智力灵敏度与我的身子骨条件而言,我如此做是超出了我的负荷力与承受力的,久而久之,就"积劳成疾",到了三年级终于爆发了一场严重的神经衰弱症,来势汹汹,令人恐惧,每夜只能入睡个把小时,整天头痛头昏,全身无力……根本无法应付日常的课程学习,眼见即将休学回家养病……但对于我这样一个靠助学金上大学的子弟来说,这条路无疑是前途无望的绝路,这种"绝地求生"的处境使得我下定最大的决心,做出最大的努力来进行自救,中西药并用,扎针施灸,加强体育锻炼,改变课程安排,减轻学习负担,学气功、练太极,更重要的是调整心态,变换心境……这一切我都做得毅然决然,一丝不苟,坚持不懈……经过将近一年坚韧而又得法的努力,我终于走出了危机与阴影,应付了正常的课程要求,恢复了健康,争取到了还算优良的成绩。到了四年级,不失为一个合格的好学生而顺利毕业,走上了工作岗位。这一段经历对我来说是刻骨铭心的,从这一段经历中,我得出了根据情势及时调整自己的精神、心态与行为方式的经验,这成为我后来数十年的一笔精神财富。如果说,我这一辈子所做的一些事情来自我的勤奋的话,那么,我能有所成的一个原因还在于我能调整自我、走出危机与阴影。

辞别伯乐而未归

——从文艺理论到外国文学

近几年,由于各种各样的缘由,我写了一些回忆与思考我的师辈的文章,这可以说形成了我文字生涯中一种怀旧的倾向,虽每篇的缘由各不相同,但都有一个自己也无法否认的自然情势:自己老了,似乎有一种唠叨旧人旧事的需要。好在这些对象,都是文化学术界的名师大家,一直为读者所关注、所敬仰,而追忆者,也要算这个领域里"混得面熟"的一人,人们自有兴趣听听此人究竟说道些什么,因此,拙文倒还有不少人愿看,甚至有佳评。这样,我也就一篇一篇地写了下来,至今已有将近20篇了,其中十来篇已结集为《"翰林院"内外》一书。

既然写,总得言之有物。为此,我力求在这些追述中对历史时代、氛围、境况尽可能有切实的触及,对人物对象本人的特点、精神、人品、性格有独特的观察与深切的感受,并尽可能捕捉一些生动具体的记忆,而就追述者本人的真实感情而言,则力求坦诚地道出自己的缅怀、感念以至谢恩之情,既然我所写的对象都是我的师长,而且无一不是"好人",无一不曾施惠于我,无一不曾有助我在漫漫长道上的踽踽前行。如果从这个角度来讲的话,那么,我最应该缅怀的,则是蔡仪,因为他作为我的师长,的确是我的"伯乐",虽然我还算不上是什么超凡的"千里马"。然而,直到现在下笔的这个字为止,我还没有正式追述过他、缅怀过他,其原因说也费解,恰巧是由于我对他的内疚：我有负他的栽培，我告辞了自己的"伯乐"而终究没有回归他的麾下。

这先得从我得以入文学研究所工作一事讲起。我于1957年从北大西方语言文学系毕业。那个时代的毕业生都由组织上统一分配工作，其运作方式大致是校方的推荐与用人单位的挑选相结合。后来听说，我的材料被送到文学研究所后，先是被所里的一位权威人士断然否定了，后来却有幸被蔡仪选中，收入了他麾下的《古典文艺理论译丛》编辑部。其原因大概是由于两者选人的角度与需要不同，而这似乎又与我大学四年的学习成绩有关。我并不属于班上几个名列前茅的"优等生"，在听与说的能力上，我的成绩只是"良好"，不够"优秀"，比起好几个耳朵灵敏、反应快捷的"尖子"来，只能说是"中等"。但在阅读理解与笔译能力上似并不低差于人；而在文史课目上，在分析综合、理论概括的能力上，则要算是本年级中成绩优秀、表现突出的一人。实事求是地说，成绩单说明我不是外事交流、宣讲教学之类工作的好材料，但确实还算得上是适于科研学术工作的一粒"良种"。我想，蔡仪很可能就是根据研究所特定工种的需要而录取了我。因此，我之所以能够进入学术文化领域、得以在这个天地里还算令人信服地印证与发挥了自己的潜质，首先就应该感谢蔡仪这位"伯乐"。知马能跑者并非"伯乐"，知何种马能跑何种路者，方为"伯乐"也。

对于我来说，蔡仪不仅是一般意义上的"好领导"，简直就是个"慈祥的领导"，在他麾下工作的六七年中，我得到了他诸多的关怀、器重与栽培。我的正式工作是做古典文艺理论的编辑与翻译，这对北大西语系的毕业生来说，是一个很理想的、"专业对口"的职位。根据蔡仪关于编辑部分工的安排，我主要负责英、德、法、意等西方诸国有关译稿的联系事务与一部分编务，基本上是独当一面，可谓担当了重任。这既是蔡仪的信任与重用，也与编辑部的境况有关。

这个小单位只有三个人,其他两人都是专搞俄文的革命老大姐,一个是来自延安,很有身份,另一个是正准备休产假,而俄文方面的选题与联系事务相对也少一些,因此,好些工作,特别是跑腿联系的事情自然落在唯一一个学西方语言的小伙子头上。其实,这是一个很好很好的锻炼与机遇,因为这个刊物的编委与译者基本上集中了北大著名的学者与专家,这个小青年骑着一辆自行车,来往于未名湖畔,出入这些西学名家门下,实在是一件既得益、又得意的事情,仅从这些专家学者的接待谈话中拾些牙慧,也就够咀嚼一阵子了。

在当时的文学研究所,除了一些研究室外,还设有不止一个编辑部与资料室,青年人之中,存在着重研究工作而轻编辑工作、资料工作的倾向,似乎定编在研究级别中就要比属于其他编制高人一等,我在进文学所的第一天,所长何其芳在接见的谈话中,就曾告诫我不要有这种误识。不过,说实话,我当时并无这种误识,我对自己的编辑工作岗位很是满意,何况,我也根本没有必要产生这种"低人一等"的顾虑,因为我的编制一开始就被蔡仪划入了他作为领导的文艺理论研究室,正式的职称从一开始就是研究人员而不是编辑人员,只不过我是担承着编辑工作的青年研究人员而已,而蔡仪一开始也要求我制订出自己的进修计划,并规定了我的专业方向:西方文艺批评史。事情很清楚,从最初起,这个青年人就幸运地被正式列为研究人员的编制,这正是蔡仪建设与发展他的文艺理论研究室计划的一部分,只是先把这年轻人放在编辑翻译工作中历练一番而已。要培养一个西方文艺批评史的学术人才,还有什么比《古典文艺理论译丛》更好更有效的入口呢?事实上,我日后的工作调动与"提升",都是在研究编制之内进行的,而没有涉及研究所内从一个工种转化为另一种工种这个老大难的问题。

对于人文学术研究工作来说,写作实践本来就是一件天经地义的事,追求发表也是人文工作者的一种自然而合理的本能,但从20世纪50年代起,一直到改革开放前,写作与追求发表在知识分子成堆的地方经常被认为是资产阶级名利思想的表现。在当时的文学研究所,一批以维护道德秩序为己任的"左"派人士、革命老大姐、马列主义老太太一到运动来了,就个个生龙活虎,发挥出了特有的能量,斗争锋芒直指"资产阶级名利思想"的种种表现,以及庇护这种思想的"资产阶级反动路线"。我自己从来都不"红",至多不过有点"粉红"吧,坦率地说,从大学时代起,我就有写作发表欲,而且强烈得达到了正常人不应有的程度,分配到文学研究所后,我当然知道兢兢业业做人做事,把尾巴藏起来的必要。即使我小心翼翼、"韬光养晦",却被一位革命老大姐的火眼金睛看出了毛病,在我下放锻炼前必须带去的一份思想鉴定中,她给我写上了"该同志的个人主义思想严重,希望所在组织严格要求"的语句,幸亏所里负责政治工作的领导同志作风特别民主,把那份背靠背的鉴定给我过目,我才知道那位平日满脸和气的革命老大姐原来有这么一双凌厉的眼睛,竟从我的清静无为中看出了如此重大问题。如果我头上只有这么一个革命老大姐顶头上司,以我惯于服从的性格,我作为一个青年研究人员的业务进取欲肯定会被压抑得逐渐窒息泯灭。幸运的是,在这位老大姐的头顶上,还有一位蔡仪,对青年人诸多关怀、诸多鼓励的蔡仪,通情达理而又说话有权威、能拍板定案的蔡仪,这个小青年的业务工作才真正有了一个坚实的"后台",才有了一把真正可以遮风挡雨的"大红伞"。蔡仪不仅规定了这个小青年的专业进修方向与计划,而且鼓励他多多进行写作实践与翻译实践,正是在他的安排下,我的第一篇带点学术性的文章得以问世与发表。

那是在我走上编辑工作岗位仅半年的时候,正值《古典文艺理论译丛》1958年第二辑出版问世,这一辑集中译介了西欧18世纪的美学理论,主要有狄德罗的《美的根源及性质的研究》与《论戏剧艺术》、康德的《美的分析论》、黑格尔的《论美为理念、即理性与感性的统一》、菲尔丁的《关于现实主义创作的理论》等在美学史、文艺批评史上赫赫有名的理论名篇。这一辑以其厚重的分量立即引起学术理论界的关注与重视,《人民日报》直接与蔡仪联系,希望他提供一篇对该辑的评介文章,容许的篇幅在 4000 字左右。蔡仪没有把任务交给我的两位革命老大姐,而是交给了我。这文章不好写,要把这一辑中理论名篇的价值与意义写出来、写准确,你至少得研读得比较深透。我总算交了卷,文章很快就发表在《人民日报》理论版较显著的位置上。稿费也很快就到手了,天下第一家党报毕竟气派大,付酬标准相当高,足比我两个月的工资还多。我揣着这笔丰厚的额外收入走进中关村新开的一家高级西式饮食店,在一个清雅的角落要了一杯牛奶、两块美味的点心,算是对自己的犒赏。这是我生平第一次喝到的一杯奶,点心也特别甜美,总共却只花了我不到一元钱,我走出这个饮食店时,心满意足,觉得自己真是"幸福的人"……对这件事,我一直保持着一份美好的记忆,要知道,一个穷小子二十四五岁生平的第一杯牛奶绝非"小事",其来龙去脉、与之相关的人与事,他是不会淡忘、不会"忘恩"的……

至于搞翻译,文学研究所从来就有这么一条不成文的规矩,只有理论翻译方可列为正式的"科研成果",在评职称时才能作为业务成绩计,而作品翻译均不算数,只被当作个人的"业余爱好",这个规矩后来又被外国文学研究所沿用、尊奉。我身在《文艺理论译丛》的编辑岗位上,蔡仪所允许并鼓励的翻译实践当然只限于古典文艺理论的翻译,他深知此类名篇巨制的读解之难与移译之难,故要求译文必须忠实准确、精益求精。正是在他的允许与鼓励下,我翻译了不少古典文学理论名篇,如费纳龙的《致法兰西学院书》、莫泊桑的《论小说》、斯达尔夫的《论莎士比亚悲剧》、达文的《〈人间悲剧〉哲学研究〉导言》、左拉的《论小说》、雨果的《论莎士比亚的天才》等,并且都在《文艺理论译丛》上发表了,当然,这些译文都是按蔡仪的规定、经由该刊专家编委严格的审校后才获准发表的。不论怎么样，这成为我最初的学术平台，在这里，我最初得以在理论文化界"混了个脸熟"。也正是在蔡仪麾下的几年中，我还完成了以理论名篇《〈克伦威尔〉序》为重要内容的一部译稿《雨果文学论文选》，算是我进修西方文艺批评史的答卷之一，只不过这部译稿被一位霸气十足的权威人士压了两年后又遇"十年浩劫"的阻隔，直到1980年才被列入著名的《外国文艺理论名著丛书》得以出版。

我在编辑工作岗位其实待的时间并不长，大概不到两年，就完全从编辑事务工作中解脱出来，我那一摊子事务被新调去的一位同志接手，而我则作为正式的研究人员参加了蔡仪为主任的文艺理论室的研究工作。这在人们看来，我在工种上的意义被提升了一级，得到了蔡仪的器重。

到了1961年，高等院校文科教材编写工作，在周扬的领导下全面展开，蔡仪被任命为《文艺概论》编写组的组长，由他组建班子进行编写的这一部重点教材，其任务的重要性显然超出了文学研究所的范围。文科教材的编写工作集中在北京西郊的中央高级党校进行，蔡仪把他属下的文艺理论研究室中的"主力部队"拉了过去，再加上从几个重点院校中文系调来的一些讲授文艺学概论的资深教师，共同完成周扬紧盯着的这个任务。我有幸被他选中，参加了这个编写组，并独力承当了一个专章的撰写任务，如果我没有理解错的话，这又是一次信任与器重的证明。

不仅如此，而且在编写组正式运作之后，蔡仪又交给了我一个额外的重要的任务，那便是每周写一份编写组的正式工作简报，向上级汇报编写工作的进展，特别是编写组对于大至每个理论问题、小至每个定义概念的讨论情况与各种意见，这实际上就是承担编写组的学术秘书工作。这一定期的汇报与其说是上报给文科教材办公室的，不如说是直接给周扬看的，要知道，蔡仪统领的文艺学编写组与王朝闻统领的美学编写组正是周扬管辖下的两大重镇，因为这两门学科与周扬本人作为文艺批评权威的身份与理论活动太息息相关了。至于文艺学概论编写中的意识形态内容与政策性干系，当然更不在话下。因此，不论对于被领导的编写组与领导编写组的上级来说，这份定期的简报既具有明显的重要性，也具有微妙的敏感性，至少蔡仪本人是十分重视的，我写成每一期后，他都要仔细审阅、反复斟酌、精心修改。问题在于我对这份工作很不在意，掉以轻心，我只对自己那块自留地西方批评史专业与理论翻译上心，而对修炼这种秘书功夫毫无劲头。我那时对秘书这个行当在我们社会现实中的重要性与前程无量的可能性虽略有所知，但实在不感兴趣，我一贯心无大志，只对自己的专业方向在意，唯恐秘书工作耽误了我自己搞翻译写文章的时间，做得也就不那么"精益求精"了，只要求自己达到"大概齐"的水平。

蔡仪对我显然感到了失望，于是，在我担任此职仅三四个星期后，就走马换将了。接替我的那位同志有志于学术界中的仕途，而且于学术政治之道的悟性与能力也堪称人才难得，他做得很获蔡仪满意，由此，他成为蔡仪在编写组的重要助手，后来又经过他多年的努力，最终果然修成了"大器"，在学术文化界官至极品高位。

那次"免职"后，我不仅没有失落感，反而有点庆幸得到了解脱。"人各有志，人各得其所"，我仍沿着自己的轨道自得其乐，不过我很清楚，我的确是有负了蔡仪的信赖，使他感到了失望，而且，我心里也很清楚，他对我更大的失望也许还在后头，因为我一直是"身在曹营心在汉"，我一直存在着调离蔡仪的文艺理论研究室而他去的"小算盘"。

在蔡仪的麾下，我没有任何可以抱怨不满的地方，我一直得到他的器重与栽培，不仅在学术业务上，甚至我的个人生活也曾得他的亲切关怀，连感念他的知遇之恩我还来不及呢！哪里有不满可言？我之所以一直"身在曹营心在汉",存在着"跳槽"的"反骨",实在是出于学理认识与专业志趣的原因。

我们生活在一个理论居于强势地位的时代。现实生活中,理论所拥有的巨大能量、尊贵地位,以及某些时候玉石俱焚、寸草不生的作用,在我身上造成了复杂而矛盾的感情倾向,既尊崇向往,又疏离反感。作为文艺理论研究室的培养对象,我的事业心与虚荣心都使我向往理论家举足轻重的学术地位与挥斥方遒的无限风光,因此,我也按照那个时代"脱颖而出"的常见方式,接受上级任务或接受报刊约稿,写过两三篇批判文章,但几乎每次我都觉得自己在装腔作势,颇感不自然,甚至对批判对象有某种愧疚感,我实在不愿意多此以往,更害怕长此以往。我想,如果像我所见到的某些权威人士那样,依仗意识形态的权势,靠编列教条、堆砌概念、重复官话套话来建立理论批评家的名声,那是经不起时间的检验的,有一天必将彻底垮台。而在我的心目中,一个正经的文艺理论批评家,就应该对文艺理论有正面的、系统的阐释,对美学哲理有成体系的建构,对此,我倒很是心仪、很是向往。我相信蔡仪就是按这个方向来培养我等青年学者的,我深知他的好意与苦心,为此,我一直深深地感谢他。但是,以我肤浅的理解与有限的学力而言,我又深知,要真正成为一个优秀的理论人才,一个堪称"大家"的学者,光靠熟读马克思主义、辩证唯物主义与历史唯物主义的经典著作是远远不行的,光凭有出色的思辨能力,有起承转合的作文本领也是不够的,必须有深厚的文史功底。

按我的想法,一个理论家至少应该对某几个作家,对某几个断代文学史有比较深的研究,对某一个国别文学称得上是真正的行家,他才不会有"空头理论家"常有的那种空论,那种缺乏史实依据、似是而非的夸夸其谈,根据这些理解,我规划出自己如此如此的学术道路:最好先对国别文学去潜心研究一二十年,然后再回过头去做理论的总结阐发、体系的完善构设,那样或许能成为令人信服的文艺理论大师。当然，我最理想的国别文学研究就是法国文学研究，因为这个国家几乎就是世界所有的文艺思潮、众多的文学流派的摇篮与发源地，而这正是我在大学里所学的专业。因此，在蔡仪手下几年，我一直存在着"归队"、"搞老本行"的意图与计划，具体来说，我一直存在着调离文艺理论研究室而转入西方文学研究室的小算盘，这便是我的"身在曹营心在汉"的真实心态。

当然，志趣与爱好是更为基本的原因，我毕竟是西语系法国语言文学专业的毕业生，读得最多、感受得最多，也最为喜爱的是法国以至欧美的经典文化，而五六十年代闭关锁国的现实条件反而更刺激了对这种文化的向往与饥渴。当时，我有一种与此有关的情态，现在说来颇为可笑，但确反映出以上这种因缺失而感到的饥渴，从而又经常拨动着我心里想要"跳槽"的那个小算盘，从蔡仪的文艺理论研究室跳槽到卞之琳的西方文学研究室的"小算盘"。

实事求是地说，在获准接触外国文化方面，当时的文学研究所多少还是得了若干优待的，例如，每年都有相当的外汇可以订阅国外的书籍与报刊，加以有钱锺书、李健吾这两位对外国文化十分精通的大热心人主持研究所的图书资料工作，国外的报纸杂志与新问世的文学作品，我们还是可以读到不少的，这成为我们瞭望外部世界文化的一个相当大的窗口。但有一个明显的遗憾，五六十年代正是欧美影视戏剧大发展的时期，不断有名作佳制风靡一时，而我们对所有这些却只闻其名而不可能有所见识，国内公开放映的只有《列宁在十月》《保卫斯大林格勒》等苏式的经典。不过，中国影协有一个电影资料馆，经常在内部放映一些欧美电影名片，"供文艺界领导参考"，颇像早期的《参考消息》，只有一定级别的人才能看到，每逢这种"内部观摩放映"，总会有赠票送给文学研究所的西方文学研究室的高级研究人员，后来，又扩大赠票的范围，不再计对象的职称高低，但最后还有一条底线，那便只限于正式从事西方文学研究的研究人员，从事其他文学研究的人均不在赠票之列。于是，在文学研究所，就出现了一个观摩当代西方影视名片的"特权阶层"，而这个阶层只限于"西方文学研究室"这一个小单位，我身在"文艺理论研究室"当然不在此列。但恰巧那个时期我对电影艺术偏偏特感兴趣，甚至有点痴迷，自己还不时在报刊上发表对外国电影的评论文章。被拒在我所心仪的"内部观摩"场之外，其饥渴难耐，就像小时候因为没有钱进不了电影院那样痛苦，不，比这更甚，就像于哥利诺被关于饥饿之塔中眼见塔外相隔咫尺有一桌盛宴而不可得那样痛苦，于是，每当我看到公共信箱里有影协给本所观摩者寄来的赠票，就成为我备受煎熬的日子。

我经常仰望着西方文学研究室的那个"特权阶层"，不胜艳羡，同时又强烈感受着"身在曹营"的强烈遗憾，这种遗憾不时拨动着心中那个"跳槽"的小算盘，愈到后来，愈发急切。事情就这么可笑，就这么有点"没有出息"……

尽管我"跳槽"心切，但我一直不敢也不好意思开口，我心里觉得，面对着栽培与器重我的"伯乐"提出这种要求，简直就是辜负与不义，好几次下定决心去开口，又临时自觉或不自觉找了个借口逃脱下来。直到1964年，外国文学研究所成立，或者说，原来属于文学所的几个外国文学研究室分离出来另组成了外国文学研究所，我才鼓起勇气、硬着头皮，向蔡仪提出了调离文艺理论室的要求，因为我如果不趁这个分所的大好时机分配到"西方文学研究室"去，以后恐怕就不会有"回队"、"归汉"的机会了。

我虽深知蔡仪说话行事都极有涵养，但我预想我这次辞别谈话，一定会出现某种尴尬与不快，为此，我以"小人之心"做了最坏的准备，并下了据理力争的决心，事情却大出乎我的意料。首先，我一上来面对着他的和气亲切就心虚怯场，事先准备好的一套说辞，都忘得一干二净，当然，有的"小算盘"就更摆不到桌面上来了，我只是吞吞吐吐说，我想要在文艺理论方面真正有所作为之前，先集中在国别文学史上下些功夫，因此，我想在分所之际分配到西方文学研究室去。说着的时候，我小心翼翼，对理论研究不要有任何不敬、任何轻忽，更不轻言自己将来要告别理论研究，倒是表示自谦说自己不是好的理论人才，需要在国别史上多做些积累，以求将来做理论概括时更扎实稳当等。言下之意，似乎自己不过是要暂时到外单位去进修进修国别文学史，以便将来回到蔡先生的理论阵营更好地服役……蔡仪严肃而专注地听着我这一派并非完全真诚的说辞，仅仅略为沉默了几秒钟就表态了，他短短的几句话，平和而淡然，大意是，国别文学史在哪个研究所都可以搞，既然我有去外国文学所的意愿，那就去办手续好了。我没有想到他如此简短，如此痛快，如此淡然……没有不悦，也没有挽留，我不敢说这里是否有失望与寒心，但我感觉到了一种坚硬的矜持，一种尊严的矜持。真是"天要下雨，娘要嫁人"，还有什么可说的呢？说了还有什么用处呢？……

也许因为蔡仪和我都是湖南人，而在文学所，湖南同乡是很少的，所以，我辞别文艺理论室后，和他仍维持着良好的关系。我感念6年来他与何其芳对我的培养，使我并非"两手空空"去到外国文学所，而一去也就得到了独当一面的重用。我至少是个有感恩情结的人，因此，每当逢年过节的时候，我尽可能去拜访，在他建国门外宿舍公寓的静雅书房里小坐片刻，我问候问候他的身体，对他的理论体系建构表示敬意，他则告诉我他工作之余在台阶下小块空地里种了些不同季节的植物与蔬菜，当然也对我在新工作环境中的进展表示高兴，我感到了他一如既往的关怀。1979年7月的一天，他托人带口信要我去他家一趟。这是绝无仅有的一次"召见"。原来，他作为中国社会科学院学术代表团的成员，刚从法国访问回来，他跟我谈了谈访法的情况，对卢浮宫更是赞不绝口，他要我去一趟，为的是要送我一本法文书《狄德罗美学论文集》，那是著名的迦尔尼叶古典丛书版，集中了狄德罗全部关于美、关于戏剧艺术以及美术绘画的论文，并有著名学者保尔·维尔里叶的长序与注释,是很有保存价值的一个版本,法国学术机构送给他,他本可以自己珍藏,却转赠给了我。他说,你是搞法国文学的,对你会更有用。

大概是从20世纪80年代初起,我就没有再定期拜访蔡仪了。原因很简单,从1980年开始,我因为《给萨特以历史地位》一文与《萨特研究》一书,起初被侧目而视,而后就在全国成为"清污"的对象。我深知蔡仪是一位传统性很强的马克思主义理论家,我有"公案"在身,一贯谦和平易的他,虽然不至于闭门不见或将我轰出门外,但相见尴尬、无话可说是意料之中的事,在这种情势下,我当然应该有回避的自觉。这样过了两三年,虽然雨过天晴,萨特哲理在改革开放的中国也开始大行其道,我原来的"干系"也变成了一件"可圈可点"的学术行为,我却再也没有去看望过蔡仪。一是因为我"愈走愈远",从萨特又到重新评价意识流、现代主义、后现代主义、荒诞派,以及20世纪新现实主义、为自然主义翻案正名等,我深知自己的所作所为肯定不对老派理论家的胃口,二是因为中国的20世纪80年代毕竟是一个多事之秋……我真正成为一个"过河卒子",但往前走,再也没有回头。

离开蔡仪后,我在国别文学研究的道路上"愈陷愈深",那是一个深不见底、浩瀚无边的大海,穷一人之力,何能游到终极的彼岸?到1998年为止,我已经出版了《法国文学史》等近200万字的论著,独立主编了七十卷的《法国二十世纪文学丛书》、十二卷的《法国现当代文学研究资料丛刊》、七卷的《西方文艺思潮论丛》。从我当年由理论研究转到国别文学研究时的初衷来说,我似乎已经到了可以对国别文学研究做一个小结,而掉过头去做理论概括、体系建构的地步了。对于这个问题,我在那年写的《一个漫长的旅程——写在F·20丛书七十种全部竣工之际》一文中这样估量、这样感慨地说:"现在,我已清醒地意识到,以我近65岁的年龄而言,今生我是不可能回过头去在理论体系建树上再有多少作为了：人生苦短、个人实在是太渺小啊。"

这个无边的大海要求你继续游下去，即使你不可能达到终极的尽头。

我终于没有能回得去，终于是辞别了伯乐而未归！

我的绿色家园

——我译都德

在学界，我要算是弄翻译相对较少的一个，原因很简单：能量守恒，在这方面花的精力与时间较多，在那方面能投入的也就较少。对于天才也许例外，至少对我这样智力平平的人完全如此。

不仅在这方面投入的时间与精力少，而且译题也比较分散，这就像在浩瀚的译海里，这儿捞一片海藻，那儿拾一只贝壳，到头来零零星星，不成体统，不成派头，令自己也深感寒碜。到如今能够勉强构成四五个"点"的，只有雨果、都德、梅里美、莫泊桑与加缪，雨果我只译过一本文艺评论集，都德、梅里美、莫泊桑、加缪也只是各一两个小说集。

我译雨果基本上是从功利出发。大学毕业的那年，在闻家驷教授的指导下写以雨果为题的毕业论文，为了把论文写出点"学问"以利于毕业分配，便尽可能多看了一点雨果的文艺理论。毕业后我被分配到"古典文艺理论译丛"编辑部当翻译与编辑，在这样一个学术单位里供职，总得在业务上有一个"安身立命"的支撑点，于是便比较系统地译起了雨果的文艺理论，总算在毕业后的两三年里把雨果主要的文艺评论译成了一本。

我译都德则基本上与功利目的无关，而更带一些灵性的色彩。

北京大学西语系很重视文学作品原文的阅读，我们从二年级就开始在课本里读到文学作品的原文片断、章节，到三年级，自己就可以抱一部名著的原文去啃了,我最初选啃的作品就是都德的小说名著《磨坊文札》。

之所以从都德开始,是因为他的语言很纯净,适合当时规范化语言教育的要求,而且原文难度也不大,除了偶尔有一点普罗旺斯语外,很少有生僻的词汇,正适于大学生阅读。更重要的是,他那平和自然的风格很叫人喜爱,他那种富有感情与情趣而又蕴藉柔和、不事张扬的笔调特别叫人神往,在听多了高亢、强买强卖的噪音之后,这不啻一块使人精神得到些许宁静的绿洲。

对于学外文的人来说,最大的欣喜莫过于从目不识丁到能够阅读原文,特别是文学作品原文,那就像刚学会走路的幼儿有一种本能的欢快,又像是一个人面前有了一片广阔的天空,或者有了一条开阔的道路,顿觉精神意境凭空扩展了一倍两倍……

一旦在阅读中入了港,就很容易产生翻译的冲动。这不仅有对创作领域的好奇与想尝试的愿望,而且也有未来职业朦胧的吸引,于是,在三年级的课余,我就开始译了一点都德。

课余时间很有限,当然译得并不多,只不过两三个短篇小说而已:《繁星》《赛甘先生的山羊》与《高尼勒师傅的秘密》。

尽管数量很少,却都是我喜爱的作品,译起来也就特别投入,它们不仅应和、启迪了我内心深处的一些思绪,而且还叫我搭进去不少自己的感情。

如《繁星》,少年牧人在山顶上得以与自己的意中人相处了一夜的那种纯净柔情与柳下惠的自持操守,实在太迎合一个大学生将要进入感情领域有所作为的情愫状态了,而且还相当清晰地引发出对牧人式的"绅士风度"的向往。"绅士"一词虽从来都不属于社会主义、无产阶级品位的范畴,但今天看来,这种向往,实在是和当时亚禁欲主义的道德教育太合拍了。

又如《赛甘先生的山羊》,它似乎比任何一课思想教育、人生辅导对人更有影响与启迪。小山羊向往自由,这是天经地义的,它跑出了羊圈来到山里的经历与感受,的确也很新鲜、浪漫、欢快、开心,但入夜它就被狼吃掉了。都德这则寓言故事确实功德无量,他本来想对巴黎文人与自由生活做点讽刺,却"无心插柳柳成荫",造就了我这样的人一种山羊式的思维方式,一种世俗、务实、顾及后果,因而也就不断将就羊圈的生活态度。在20世纪50年代学成的一代人中,很多很多人大抵如此。

再如译《高尼勒师傅的秘密》更是给了我深切的感受。普罗旺斯乡村里,风力磨坊的营生被城里的机器面粉厂压垮了,乡人见磨坊主人痛苦不堪,全都自动把小麦送到磨坊里来维持它的运转。这是工业化冲击下小作坊必然衰落命运的一曲温情的挽歌,说实话,与生产力历史发展的方向颇不相合,但其中那种宗法式的、乡土气息的共济会精神,却使我非常心动神往。这与我当时曾经有过一段背时的经历有关。

有一个学期我害了严重的神经衰弱症,不是整夜失眠,就是只能入睡一两个小时,至多两三个小时,几乎每天做噩梦,很多梦都是这样可怕的:炸弹从上落下,落进自己的脑壳里,在里面爆裂开花,噩梦机制如此缺德,它让你不能动弹地躺在那里慢慢地细腻地体验炸弹在脑壳里爆炸的过程、巨响与能量……夜里如此受熬煎,而白天却要背着大书包,从这栋楼的教室赶到那栋楼的课堂,上十来个小时的课,晚饭后,又要在图书馆里苦读三四个小时……当时学校里"向科学进军"的冲锋号吹得震天响,眼见周围的同学个个紧张有序,昂扬自若,不断在"攀登科学高峰"的战斗中,节节胜利,步步攻克,而自己却在掉队,很快就要有休学一年、甚至两年的危险,心里的那份焦急、恐慌、忧虑真是难以形容……于是,我不得不每隔一天请假一次,骑车到西苑中医研究院去针灸,每天课后,还要到烧开水的锅炉房去,在一炉熊熊大火的旁边拨出一堆"文火"来熬中药……在这个时期,我特别感到周围的人每一声问候、每一份理解与同情、每一次帮助的宝贵。事实上,我也得到了一些友情的关心与帮助。负责学生工作的同班同学刘君强为减轻我的学习负担,给我争取到一个不小的特权:政治课与历史课我不用去听讲,只需期末通过考试就成;丁世中每隔一天就把他崭新的自行车借给我,让我骑车去西苑针灸;还有同宿舍的学友说道他们应付病痛、健体强身之道……正因为自己经历过这样的坎坷,所以《高尼勒师傅的秘密》中乡人那种纯朴诚挚的互助精神,使我特别感动,我译小说最后那一节时,就未能像好样的铁男儿那样"有泪不轻弹"。

不久后,西语系学生会办了一个油印刊物,发表三四年级同学的学习心得、读书笔记以及翻译作品之类的东西,我的都德译文在那上面发表了,这是我在自己的学科领域里第一次学步走的正式记录。

出了大学校门,我与都德一别也是将近30年,这期间,我一直忙于很多别的事情,几乎没有再回到都德那里去,只是在写《法国文学史》时,又读了一些都德,完成了文学史中的都德一章,至于又译起都德来,则是前几年,起于一次偶然的触动。

在一次会议期间,我听一位与会的朋友介绍了他的乡居安排:在京郊一个山川秀美的所在向当地老乡购下了一处四合院,加以装修,形成一个乡野其表、现代化生活条件其中的野墅,每个周末就驱车去那里避开尘嚣,享受乡居生活的乐趣,或者疲惫心烦时,就去那里住上一个时期。他这种"绿色生活"使我羡慕不已,如此这般,置房费与装修费并不多,与演艺圈中人士到乡下去圈购一片土地在上面建造自己的宅子那样的大举动、大投入相比,远为经济、省力,同样都可以享用田园生活。我不禁怦然心动了,心想这倒也在自己经济承受能力的范围之内,未尝不可一试,于是,就下了决心去实施这个计划。然而新的问题、新的情况纷至沓来,不断磨损着这个决心:杂务纷繁没有时间去进行,没有车,也不会驾驶,往返城乡不无麻烦与困难……于是,俗务考虑逐渐就把田园冲动淹没掉了,我仍蜗居在钢筋水泥的统楼中,像奥布洛摩夫躺在床上耽于空想一样,不断地做自己的绿色梦……很自然,我想起了都德。

都德成名后,在普罗旺斯乡间的一个山坡上,购买了一座旧的风力磨坊,经常从喧闹的巴黎脱身来到这里过隐居生活,进行写作。《磨坊文札》一书的灵感与题材就是在这里获得的,它基本上也是在这里写成的。这大概是田园生活中最潇洒、最开花结果、最令人神往的一例了。

一边是令人神往的绿色田园,是"磨坊"向往;一边是城市的噪音,二环路边的废气污染,特别是在这种环境下要从一个项目忙到另一个项目,不说伏案中殚思竭虑地绞脑汁,电话铃带来的急务、琐事,还有人情世故鸡零狗碎所带来令人血压升高的难题、麻烦以及不痛快……这些东西在我们的现实生活中是太常见了,也最为要命,碰上它,你就很难平静下来,甚至很难入眠,必须找一个逃遁所、避风港、绿色宁静的栖身之地。

然而,我没有绿色宅子,没有远离尘嚣俗务的"磨坊",我只能望梅止渴,自我麻醉。

于是,每当我实在平静不下来,实在陷于烦躁、焦急、匆忙、眩晕的状态中摆脱不出时,我就拿起《磨坊文札》,开始是看看,后来觉得如果真要压下或消除焦急、烦躁、烦恼、火爆的情绪,最有效的办法是潜下心来,将这一恬静、平和的书译个两三段,情绪很快就会平静下来了。这样,都德成为我近几年来的镇静剂、"降压灵",需要时,就拿来用上一两小时,不需要时,就放在一边,往往两三个月、甚至半年一两年也不去碰它。

如此断断续续,几年下来,没想到把一本《磨坊文札》几乎全都译出来了,由于译得不紧不急,自己觉得倒也译出了一点原汁原味。

我的主课作业

——三卷本《法国文学史》与两卷本《法国二十世纪文学景观》

一、三卷本《法国文学史》的写作过程

原《法国文学史》上、中、下三卷，分别在1979年、1981年、1991年陆续出版问世，时间跨度长达12年。之所以如此，其原因是三本书是陆续写成的，成书时间跨度本身就很大，而且，恰逢中国20世纪历史发生重大变化，如第一卷就是在1972年开始动笔的，那正是一个特殊的年代。

1972年夏，作为中国社会科学院前身的哲学社会科学部，全体人马奉命从河南干校调回北京候命，当时的状况是"等候发落"，一是整个哲学社会科学部前途未卜，时有将解散的传闻；二是一大批数量惊人背负沉重政治包袱的中青年等候"平反"、"落实政策"，全学部唯一的任务就是在军宣队的全面领导下进行政治学习，学习的内容除毛选四卷本外，就是当前的政策与党报社论，经军宣队同意，有时也可以适当扩大到《马克思恩格斯文选》。

就我个人而言，在那一场史无前例的浩劫中，被运动、被教育、被整肃，已经是身心疲惫、伤痕累累、不胜其烦、心存厌恶了，只想离现实中"四人帮"的"无产阶级政治"与"革命路线"远远的，找一个逃避现实的隐蔽场所，也想埋头做一点自己感兴趣的事，稍稍弥补已被耽误、被牺牲、被霸占了的时光，这样，我就萌生了利用原来

一点业务基础编写一本法国文学简史的念头,并串连两三位志同道合的"搭档":郑克鲁、张英伦以及金志平。

当时,学部是未完成"斗、批、改"政治任务的单位,且前途未定,做业务工作是"不合法的",好在军宣队已在这个单位搞得筋疲力尽了,又在苦苦等候上面的指令,无所事事,凡事睁一只眼,闭一只眼,放任自流,满足于充当"维持会"的角色,于是,我等也就有办"地下工厂"、偷偷搞点业务的可能。

为什么想到要编写法国文学史?最简单的原因就是,新中国成立后,国内一直没有人编写法国文学史。记得在"文革"前的1958年,人民文学出版社出版过一本《法国文学简史》,薄薄的,不到12万字,是从苏联翻译过来的,原是苏联大百科全书中法国卷的"文学部分",译者是我50年代在北大时的老师盛澄华教授。因为从新中国成立后,斯大林-日丹诺夫的文化论断一直是国内意识形态遵奉的经典,这一本苏制的小册子一直也就享有某种权威性的地位。但经过了"文革",我辈过去所遵奉与崇拜的革命偶像与神都已没有了神圣的面纱与光圈,苏式的偶像权威也就不在话下了。当时,我个人认定,以我们的知识积累、文学见识、鉴评水平,要编写出一本规模上、篇幅上、丰富性上超过那本苏制小册子的文学史,是蛮有把握的,当然,也没敢生好高骛远的念头,只打算写一本四五十万字的书而已。

说干就干,郁积了好几年的对文化学术的热情一下就爆发出来了。由于我比其他合作者痴长几岁,在学术阶梯上早爬了几年,策划、统筹、主持编写的工作重担自然就落在我的肩上。先是拟定了章节大纲,然后就要进入分工执笔的阶段。但是,不论从策划、统筹、拟定提纲、查阅资料到进入写作,都无不面对这样一个根本的问题:要把这本法国文学史写成一部什么样思想倾向、什么样文化态度的书,而这个问题,在当时的条件下是一个非常严峻的问题,足以影响个人命运的严峻问题。

谁都不能忘记、也不应该忘记"文革"在意识形态上的狂热性、暴烈性与荒诞性，就其"无微不至"的程度而言，那个时期要算是人类历史上思想钳制最为严酷的一个时代，从运动之初"暴风骤雨"开始，人类历史各个时代的思想文化就统统被"扫进历史垃圾堆"，如果只当作"历史垃圾"弃之不顾倒也罢了，偏偏领导当局老是顾忌这些思想文化遗产对无产阶级专政的"敌对性"、"颠覆性"，而不断把它们提出来当作"封资修复辟的舆论工具"轮番猛批，经过长时间地毯式的轰炸，整个思想文化领域一片焦土，寸草不生，只存在"一曲国际歌，八个样板戏"的大一统局面。如果说"文革"初期与中期还只是一些"无产阶级革命家"与"马列主义秀才"率领亿万人马在"思想阵地"上横冲直撞的话，那么到了后期，则有大大小小的"梁效"与权威的历史学家、哲学史家积极参加营建这种无产阶级学术文化大一统的局面了。

这就是我们开始编写法国文学史时所处的时代条件与社会环境。对于这股炽热可怕的时代洪流，我们这一辈时代小人物，也曾顺应过，跟随过，终究又轮到自己被冲击、被批斗，其受害之深较前届被冲击者、被批斗者实有过之而无不及。就我个人而言，正因为长时间的政治现实打开了自己的眼睛，更因为自己受伤害后，伤口长期难以愈合，隐隐作痛，所以在写法国文学史之初，就怀着强烈逆反情绪，决意反当时的思想标准而行之，坚决破除"四人帮"对待文化遗产的"彻底批判论"，不过，我并没有走得"太远"，有所"出格"，不过是以马克思、恩格斯对古希腊时期与文艺复兴时期的艺术、启蒙主义文论、19世纪现实主义文学的那些充满热情的评述为准绳，采取一种马克思主义经典的文化历史观的立场，这在当时已经是很背离"文革"的政治了。因此，当时就不存在什么有朝一日可以出版问世的奢望，只不过是自己实现自己，对自己尽心尽力罢了。

到1976年"四人帮"垮台的时候，编写工作已完成了相当一部分,与原来只一卷的计划相比,编写的规模大大地扩充了,膨胀了,仅中世纪到18世纪,就已经达到了一卷的规模,因为,一进入编写后,我们才发现"文革"以前的那些年没有虚度,的确读了不少书,积累了相当丰富的知识,也形成了不少见解。一写起来,就大大超出了原定的篇幅,于是就决定按"略古详今"的原则,将后来的19世纪至20世纪再写成两卷。

"四人帮"垮台,全国欢腾,各个文化单位都急于走上正轨、恢复业务工作。报纸杂志要组织若干批"四人帮"、"拨乱反正"的文章,还不那么难,但出版社要出版一点像样的文化、学术读物,却不容易,梁效式的理论大作、被"拉下水"的某些学术权威贯彻了"尊法批儒"精神的论著都无法发表出版了,深受他们影响的一些文章论著,也因为改不胜改,难以清除"梁效特色"与"尊法批儒"色彩,也都成了出版不了的废品。我们本来怀着自觉逆反意识写出来的《法国文学史》上册,倒是恰逢其时,与出版社一拍即合,竟未作任何修改,未加任何粉饰,在交稿后仅仅一年多的时间里顺利出版了。这在当时不能不说是罕见的"奇迹"。面对这样的结果,我不敢说自己有什么"先见之明",有多少"理论勇气",但我的确对"反潮流"一语有了切身的体会,并发现反潮流带给当事者的并不一定就是灾难。后来在20世纪80年代前期,拒绝意识形态领域的长官要我就萨特评价问题写反思文章的指令,实与这次经验有关。

1979年上卷出版后,中卷与下卷的写作大大放慢,经常一搁就是一年半载,这是因为"四人帮"垮台后,有了一个外国文学的"春天",各个方面约稿组稿很多,好些研究项目与翻译项目令人应接不暇。我自己如此,郑、张二位也是如此。但成书时间跨度拉长也有一定的好处,就我个人而言,在这个跨度里,我插进去了这样几件事:一是,我写了一系列批判与清算"四人帮"极"左"文艺思想的理论文章;二是,我发动与组织了对斯大林-日丹诺夫关于西方20世纪文化之论断的批判,并做了一系列工作对西方现当代文学进行重新评价;三是,涉及恩格斯对巴尔扎克与左拉的裁判,发动与组织了对自然主义的重新评价,这三件事都有较大的工作量,除了繁杂的学术组织工作外,更主要的是我自己要做先行研究,拿出"主打文章"、"主旨报告",虽然这些事占用了不少时间,但更深化了我对文学发展历史的认识,也增加了学术上、理论上的"底气",对把《法国文学史》中册、下册写成"成熟的文学史著作",是大有裨益的。

时间跨度拉长,还带来一个结果,那就是参加编写人员的增添,除原来郑克鲁、张英伦、金志平外,最主要的是,在这个跨度期间,我作为导师带过一批研究生,其中不乏才俊之士,我很自然就吸引他们参加若干编写工作,虽然每个人的工作量并不大,如施康强、郭宏安、吴岳添、金德全、孟明等,如今他们都已经是学术文化方面的名士了。而由于写到19世纪末就达到三卷的规模,自然要求每一章都具有一定的分量篇幅与深度,于是,有的章节就特请对该专题有研究的同志承当,如罗新璋、黄晋凯。因此三卷本《法国文学史》实可谓汇集了本学界一代精英的劳动。

当然,这三卷中的大部分章节篇幅都是由我执笔撰写的,占全书总撰写量120多万字的将近三分之二,如此大的工作量,我不可能在短期内完成,这也是三卷本的编写时间拖拉得较长的一个主要原因。

1991年,三卷出齐后,《法国文学史》于1993年获第一届国家图书奖提名奖。正因为是第一届,据统计,参评的书积累了1980年至1992年整整13年,共达50余万种,能在其中被选拔出来,还算是一件值得一提的事。

二、对三卷本的时评与自我再评估

《法国文学史》三卷陆续问世后,曾得到学术界、文化界的不少评论，这些评论在当时对鼓励我们的工作，事后对总结与思考文学史的编写，以及再后来对修订这部论著，都是值得回顾、认真对待的。

上册出版后，李健吾先生于1979年7月在报刊上发表了一篇书评，热情洋溢，把此书作为中国人以马列主义编写的"第一部法国文学史"而加以"庆贺"，并指出了三个可称道的特色。李先生是我辈的师长，学识远高出我们，他甚至以"雀跃"一词形容见此书后的喜悦，其奖掖提携后辈的热情与促进学科发展的无私精神令我极为感动，终生不忘，奉为自己效法的榜样。

中册出版之前，为了心里有底，我将该册关键性的一章即《概论》的校样请我辈所敬仰的钱锺书先生审阅。钱先生很快就审阅完，并正式给我写了一封信，诸多鼓励，称："叙述扼要，文笔清楚朴实"，"言之有物，语之有据，极见功力"，较前人已"有超越，可佩可喜"。钱先生的来书我一直感动难忘，极为珍视，把它视为我学术生涯中远远比获得什么"特殊津贴"为重的大事。

下册出齐后，文化界、批评界有了一个整体的对象进行评论，好评甚多，溢美之词不少，三卷本被美称为"完璧"，"自我国有外国文学史以来，规模最大的一部外国文学史"，被评为："史料翔实"，"论述深入细致"，"思想观点鲜明"，"可称'国人独步'"。特别是下卷更被称为"成熟的外国文学史"，评论者指出"编著者纵观作品与流派的嬗变，囊括社会历史背景，社会影响与思想艺术特点，潜心搜集、锐意探求，洞烛幽隐，不趋时尚，务去陈言，自出机杼"，"显示出我国学人在对待外国优秀文化遗产方面的恢宏气度与大家规范"。

三卷本之所以得到学术文化界的欢迎与好评，其主要的原因不外三个方面：

一是因为这部文学史不仅是新中国成立以后，也是19世纪末20世纪以来，中国人自己写的第一部多卷本的外国文学史。在整个外国文学中，近一个多世纪以来，要算法国文学方面的译介评述为最多了,然而,即使在这样一个相对发达的学科里,国人所撰写的法国文学史也寥寥无几,计有 1923 年李璜、1929 年袁昌英、1930 年徐霞村、1932 年夏炎德、1933 年穆木天的数本,均为篇幅甚小的简史,甚至只是简介,到 20 世纪下半叶,其阅读参考的价值已明显不足。颇有分量的是吴达元先生 1946 年在商务出版的两卷本《法国文学史》,其篇幅达到 80 万字,对重要的作品都有一定介绍与论述,给国人的印象甚深,但不难看出,此部文学史的译述痕迹太明显,不难断定,是以某一部外国文学史为蓝本编译的。对于一个未发展成熟的学科与学力不雄厚的学人来说,将一部国外的论著加以编译综述而成为新著,是一种常见的,也很自然的现象。据称,吴著是以法国著名的文学家朗松权威论著《法国文学史》为蓝本的,但朗松论著的理论性与哲理性较强,即使只进行自由度较大的译述,也有一定的难度。事实上,吴著基本上只是另一个文学史家德·格朗日论著的中文译述本,而德·格朗日的文学史较朗松的所著则要简明通俗一些。虽然国人的这些法国文学史的著述在传播知识方面无疑起了不可磨灭的历史作用,但毕竟还处于以译介、转述为主的学科启蒙阶段,谈不上成熟的文学史编写工作。

  根据人文历史学科发展的规律,要进行文学史编写,特别是规模较大的文学史编写是需要一定基础的,不论是学科发展的基础与个人学力的基础。李健吾先生在对我们那个上册做评价的时候,就曾回忆了他那一辈人由于社会现实等条件的限制,而未能写出规模较大的文学史论著的经历,可见写文学史远非像写一篇文章那么容易。到我等写文学史的时候,虽然具体的年代是令人窒息的,但从一个多世纪的社会文化发展看,法国文学在中国的译介经过老一辈学者的辛勤耕耘,毕竟已经有了相当的基础,像傅雷、李健吾这样杰出的翻译家与学者已经做出了一些创造性的贡献,使法国文学的译介与研究在整个外国文学学科中已处于领先的水平,没有这个学科基础,我辈是不可能写出《法国文学史》的。就个人条件而言，我们这一批写书者，当时也都是40岁出头的学人了，总算在"文革"来到之前已积累了一些学力，用李健吾先生的话来说："他们如果更年轻一些，则学力不够，要多吃些苦头，而老迈如我之流，则体力已衰，自恨光阴虚度，无能为力，而他们则胆大心细，把这份重担子挑起来。"受惠于学科的发展与前辈的开拓，再加上我辈的主观努力，这就是这样一部《法国文学史》得以产生的条件。如果说在受压抑、被窒息、完全没有精神自由的年月，我们开地下工厂编写文学史是一种"胆大妄为"的自我选择，难能可贵的自为之举，那么我们按多卷本的规模来进行编写，则要算虽很叫自己费力费心、但实在是很明智的抉择了。因为古人说得好，取法乎上则得乎中矣，《法国文学史》问世后，受到普遍的重视与好评，首要的原因就在于这一"取法乎上"使得我们实现了中国的多卷本文学史的零的突破。

受欢迎、获好评的第二个原因是，该书的历史叙述具有较大的繁详度，史料较为翔实，知识量与信息量较能满足当代文化和读书界的要求。这个原因与前一个原因密切相关，多卷本的规模必然要求在历史叙述上较为完整详尽，但实际上，后者实为前者的基础与条件，有了较大的繁详度，才可能达到多卷本的规模，而较大的繁详度与较大的篇幅规模，则又必须以"言之有物"为硬件，这"物"就是丰富扎实的史料。

文学史是一种特定的读物，它不同于一般的历史，更不同于只谈几种社会形态、几种生产关系的社会发展史，它也不同于作家笔记、作家专论，不同于作品评析专著，不同于形式体裁论、思潮流派论，不同于文学概论，不同于文化史、文明史、艺术史，但所有这些种类著作与读物的成分，文学史都必须具有。它必须对某一个时期文学发展的历史事实做出全面而具体的叙述，如出现了哪些作家、哪些作品，形成了何种倾向，体现了何种思潮等。而每个作家、每部作品也都是一个个完整的"小世界",作家的生活经历、思想发展、创作过程、继承与独创,作品的题材、内容、思想意义、艺术价值等,都是这一个个"小世界"中你必须面对、必须涉及、必须发言的实际对象。与此同时,文学史还必须对产生、包容这一切文学现象的社会现实条件、历史发展状况以及影响、决定文化艺术的"纽带"或"渠道"做出必要而清晰的说明。因此,文学史要求知识面广泛、资料性丰富,在这个意义上,它必须是全面的、综合性的知识读物,它的知识必须是配搭性的、均衡性的。当然不是等量搭配,等量均衡,而是符合一定比例的均衡,即符合文学史所要求的那种比例的均衡。

还应该看到,对文学史知识繁详度、资料丰富性的要求,在不同的历史条件下,不同社会文化状况下,其程度、其多少是颇为不同的。林琴南时代或后林琴南时代,对法国文学的译介尚在伊始或初级阶段,国人也就可以满足于基本上只提供作家名单与作品书目的简介式的法国文学史,对全面的历史叙述、完备的知识、丰富的资料尚未有自觉的要求。在闭关锁国、对外来文化充满警戒心理的历史年代,国人也不会对文化意识形态渠道所提供的精神食粮配给存在其他额外的奢望,一部苏式的小册子已足以成为国内法国文学方面的权威"准文件",其知识性、资料性的严重匮乏使它只不过是一份很不齐全的名单书目。这种情况,早在"文革"以前,就已经使得我们这一批毕竟见识过国外名家大部头文学史论著、精神文化上的"叛臣逆子"心存不满,也曾经做过起而效尤的梦,这种梦未能在别的时候去实施,倒是在逆反精神已完全形成,又看不到什么业务前景与个人出路的倒霉年代去实施了;在只想把自己所积累的与经过努力可增添的知识,整理得尽可能完全一些,以"躲进小楼成一统"但求自我完成的意念驱使下付诸实施了。

正是基于以上的认识,出于上述的心境,我们在编写《法国文学史》时,首先向自己提出了掌握丰富资料,在知识性上力求有较大突破的要求。所幸在编写工作之初,我们还有些私人存书可以派用场,而在研究所的业务工作恢复后,藏书颇丰的图书馆就对我们开放了,这里,各种中外文的专业书基本上应有尽有。

但是,且不要以为写文学史只需要阅读与参考国外同类的论著就够了,国外有些文学史著作尽管部头甚大,但有不少篇幅是不着边际的、天马行空的高谈阔论,这是法国人不少理论学术著作的通病,正好不能满足国人求文学史知识的具体需要,而为国人所需要的关于作家的全面知识与对作品内容的具体介绍,以及对历史社会背景的全面论述,那些学术著作却恰好是简略而不充分的,甚至语焉不详。这既与法国学人夸夸其谈、爱发空论的文风有关,也与他们面对的是本土的读书界、文化界,无需普及这些方面的基础知识有关,而对我们来说,普及这些基础知识并将它们加以系统化、体例化,却是编写文学史中责无旁贷的任务。因此,为了对作家进行比较充分的介绍,我们就必须去多方查阅一个个作家的资料与传记,为了对每一部作品的内容与形式做出全面而准确的说明,就必须对一部又一部作品进行仔细地通读。要把某一个问题说明清楚,就连一个细小的情节也不能放过,即使为了对社会历史背景进行一般性的介绍,我们查阅的书籍与资料亦不在少数,并且力图在论述说明中注意知识的具体性与全面性。我记得在20世纪70年代末一次学术会议上,听朱光潜先生发表了这样一个意见,大意是:写文学史就有如提供一个旅游指南,必须把旅游路线与旅游点了解得很透彻,尽可能掌握"第一手资料",尽可能向旅游者提供完备、详尽的导游说明。当时我就把光潜老师的话视为对我们的要求,也视为对我们的鼓励。虽然,我辈在学识上与渊博精深、扎实雄厚的钱锺书、朱光潜、李健吾实不能相比,但也的确在自己的学养基础上为《法国文学史》的知识性做出了认真的、辛苦的努力,就其努力的程度而言,是问心无愧的。

受欢迎、获好评的第三个原因是,整部书有若干理论色彩,论述多少有点理论深度。

我们是生活在一个理论强势的时代，看到理论在文化领域乃至整个社会所享有的至高地位，自然有重视理论的"潜意识"，对什么事情都想说出个"道道"，说出点"名堂"，发掘出点"规律性的东西"，马克思、恩格斯的《德意志意识形态》，以及论思想史与社会发展史的论著、篇章就是我们最高的理想。直到今天看来，这绝非坏事。这有助于人要求自己保持思想者的高度，但有两个必须：一是必须适可而止，不要由马克思、恩格斯一些科学的历史唯物主义经典文献进一步跨进列宁、斯大林无产阶级革命意识形态的炽热氛围，以求保证维持一种科学的理性的状态，而不至于进入狂热的自我扩张、摩拳擦掌、气势逼人的斗争哲学境地；二是必须保持清醒的头脑，不要随波逐流，陷进汹涌澎湃的空论潮、教条潮之中。经历过20世纪下半叶历史的中国文化人，能否使自己的理论文字不至于朝生暮死、转瞬间即成过眼烟云，就看在这两点上的自持与作为了。

由于大学毕业后的初期阶段，我被分配在理论工作岗位上，自然养成了重视理论的习惯，但在那种岗位上耳濡目染，我难免也沾上过教条主义的毛病，而走过一点弯路。所幸，我很快就恢复了对事实的尊重，对历史的兴趣，我主动从理论研究的岗位上转到历史与现状研究的岗位上，就是明显的标志，并且在理论问题上，自觉地、明确地形成了以下两块"反骨"：一是自觉地止于马克思、恩格斯；一是自觉地对空论与教条的背逆，而明确要求自己在文字工作中成为一个"思想者"，保持着对经典理论的向往。

有了两方面的兴趣，因此，在文学史的编写中，我力求避免整部书成为资料的堆砌。窃以为，面对着一堆材料而缺乏自己的思想观点、见解感受，不能不说是精神上的低能、文化上的弱智，我想尽可能做到论从史出，全书带有一定的理论含量、理论色彩，达到史论结合的境界。具体来说，我很重视每个时代文学的概论，全书五六个概论全是由我执笔,每一个概论都是各个不同时代文学的框架,是其全部思想内容与艺术形式特点的提纲,是整个时期文学的定调,是对其基本色调的把握,在这里,不仅要概括社会的、文学的有关的全部历史事实,要综述整个历史过程,而且要说明各种事实、各种内容之间的因果关系、内在关系,更重要的是要揭示带本质意义的性质与某些带规律性的东西,如17世纪古典主义文学的发展变化以及不同倾向与绝对王权的关系,19世纪浪漫主义文学的社会根源与不同倾向的分野等。

由于整部文学史的繁详度较大,较重要的作家都有专章加以论述,一般的作家也达专节的规模,即使是较小的作家也有必要的说明。因此,对作家作品的评论与分析也就必须保持一定的深度,如果对所有这些内容没有形成自己明确的思想观点与多少有点独特性的见解,做出不乏启示性的论述,那么,这种预期的深度是不可达到的。

三、一部全史,两大板块

1991年三卷本《法国文学史》出齐后于1993年获国家图书奖,不可否认是件有一定影响的学术文化事件,它作为新中国成立后唯一一部获如此奖项的外国文学学术论著,至少对一些有关的学术文化机构与高等学校的科系的科研工作起了某种提示作用(如果说是"示范作用"的话)。从此,各有关单位写外国文学史成风,而外国文学史读物则像雨后春笋纷纷出版,但几乎无一不是简史的水平或单卷本的规模,《法国文学史》作为国内唯一一部多卷本的外国文学史的地位,到了1994年由于有了王佐良、李赋宁、周珏良联合主编的多卷本《英国文学史》的出版,才有了改变。此后,于2002完成的由李赋宁任总主编的三卷本《欧洲文学史》,也是一部颇有分量的学术论著。到了这时,在中国,编写文学史似乎成为中国人文学界的一项主业,其中少数国别文学史确系资深学者教授多年研究工作或教学工作的学术成果,如余匡复的《德国文学史》、高中甫的《歌德接受史》,另有不少则只能说是出于学术功利目的的组合拼装之作,特别是由从不研究文学史的学术活动家领衔主编的大部头,更只是为学术机构长官功利目的服务的学术形象工程而已。

由于所具有的繁详深度与分量规模,三卷本《法国文学史》由人民文学出版社出版后一直成为文化读书界所熟知的读物,在高等院校,亦不失为一种较为重要的专业参考书,因此,一直存在着重印再版的社会需要。事实上,不仅一家出版社表示愿意再版,但作为当事人,我面对着再版重印,却不能不认真考虑两个问题。第一个问题是,我们已经进入了21世纪,法国文学也已走完了整个20世纪的行程,但原来的三卷本只写到20世纪初期的法国文学,如果再版重印,理应将上个世纪的文学发展续写完毕。第二个问题是,初版10多年后再版,势必要做些必要的修改,特别因为三卷中出版于1979年的第一卷,事实上是写作于"文化大革命"的末期,虽然我对当时"四人帮"一系列意识形态戒律有非常自觉的逆反意识,但要完全摆脱那个时代的局限颇为不易,因此,第一卷中也就不可避免留下了若干时代烙印,这是再版重印中必须解决的。

关于第一个问题,如果要从头续写法国20世纪文学这一部分,无疑会有相当大的工作量,按照三卷本薄古厚今的原则与实际处理,要避免虎头蛇尾的草率,法国20世纪文学则应占有两卷,该达到七八十万字的篇幅规模,才能与前三卷保持平衡,这样,《法国文学史》就要从三卷本扩充为五卷本了。浩浩荡荡,主要由一个人完成,对我何尝不是一件功业圆满的好事,但是,事实上,早从20世纪80年代,我就逐渐将学术研究工作的重点转向20世纪文学,扎扎实实不断做了一些事:首先从理论上清除西方20世纪文学研究的"拦路虎"日丹诺夫论断,对传统的理论戒律揭竿而起;然后,对20世法国文学几乎全部的思潮与文学流派、所有重要的作家与代表作进行逐一研究，所有这一切都落实具化为我主编的七卷《西方文艺思潮论丛》、十二卷《法国二十世纪文学资料丛刊》与七十卷《法国二十世纪文学丛书》。更重要的、也更为自己所重视的是，结合上述工作，我在十几年的过程中，就法国20世纪文学中有代表性的近百位作家与一两百，甚至两三百部作品写出了近80万字的专题研究文学与评论，这些文字也陆续结集为《凯旋门前的桐叶》《枫丹白露的桐叶》《塞纳河畔的桐叶》三个文集并出版问世，实际上已经构成了对法国20世纪文学整个发展过程的全面描述与展示，对其中几乎所有重要作家作品进行颇具深度的评析，因此，从我个人来说，是否还有必要将已经成书的研究成果在体例与格式上改编成为文学史的形式作为《法国文学史》的第四卷、第五卷，也就成为一个问题。特别是后来，我又将上述三个文集的内容按照文学史发展时序重新编纂成两卷集《法国二十世纪文学景观》，上卷为"20世纪初的文学至40年代的抵抗文学"，下卷为"50年代文学至世纪末期的新寓言派文学"，上下两卷共70余万字交由上海文汇出版社于2005年出版。这样，对我自己而言，《法国文学史》事实上更是已经由三卷扩充为五卷，论及范围从中世纪文学一直到20世纪末期文学。我作为一个文学史学者终究完成了对法国文学全过程的描述与评析，也算是今生无憾了。只不过，前三卷与后两卷毕竟在格式与体例上有所不同，文笔风格也各有特色，后者较前者为洒脱自由，故实在应该分别出版。

  前三卷要再版重印，必须面对的第二个问题则毫无变通回旋的余地，那就是必须加以修改，解决其中特别是第一卷中的时代烙印问题，时至21世纪初，这个工作当然该由作为主编与主要撰写者的我来完成，也只可能由我一个人来完成。为此，我花了近两年的时间来做这件事，除了对整个三卷本进行全面校订修改外，主要对第一卷进行了较大规模的改写，仅16世纪文学部分，完全彻底重新写的就有概论、蒙田与拉伯雷三章。更主要的是为三卷修订本撰写了一篇长序，对该书的编写过程与时代社会条件做了回顾叙述，对影响文学史编写的诸多理解问题、传统思想、教条原则加以坦诚解析、彻底清理。这是我在文学史编写问题上的一个思想总结，也是作为一个学术者的一次认真而直率的反思。对此，我自己有如此的自识"此文虽缺世故与机巧，但绝不缺少中国知识分子的良知与学者的胆识与勇气"。

2007年4月，三卷本《法国文学史》修订本顺利地由人民文学出版社出版，这与该社总编辑管士光先生的大力支持是分不开的，我衷心地感谢这位有魄力、有水平的出版家。稍迟两月，修订本的长篇序言作为一篇独立的理论文章在《南方文坛》上发表，该刊主编张燕玲的识见与胆略令人印象深刻。至此，对于我来说，三卷本《法国文学史》善始善终，已画上了一个圆满的句号。

从20世纪70年代中期直到2007年，共约30年的时间里，虽然我的学术文化工作有多方面的内容，所做的事情也有多项，但不可否认，文学史研究是其中的主要一项。总算时光没有虚度，毕竟完成了从中世纪到现当代的全发展过程的梳理与表述，而其主要作业就是三卷本的《法国文学史》与两卷本的《法国二十世纪文学景观》。尽管远非完美无憾，尽管两大板块在形态格式上有所不同，终不失为对整个法国文学发展过程的一份比较完整、尚属繁详的资料，不失为一种由中国人自己所描述出来的五彩缤纷的文化景观，在我国也算得上是一项严肃有益的社会文化积累吧。

我的揭竿而起与"三箭齐发"

——乘着1978年这股东风

2008年,在中国,很多地方,很多人都在讲这30年的故事。这构成了此年度特定的时尚,仅次于"北京奥运"的最大时尚,毕竟1978年以来的30年,在共和国的历史中要算是值得大书特书的一个时期了,对它的回顾是一种时代社会的需要。

当一个历史进程成为全社会回顾的主题对象时,曾经在这个历史过程中有所作为的人,一般总能以这种那种方式得到关注与"聚焦",甚至当时只在前台上闪了一次身影的人也不例外。作为从那个历史进程中走过来、多多少少也有那么一点动作的而为人所知的一个人,我虽然深知自己曾经留下了若干痕迹,但我却没有想到事隔30年,居然还有幸在这场社会大记忆中分得了三小匙"羹"。一"匙"是,《南方都市报》对我进行了一次专访,并就此发表了一整版专题报道(2008年5月4日);一"匙"是,东方出版社把我在当时著名的"萨特事件"中所有的论述汇编成集,出版了《柳鸣九谈萨特》一书;第三"匙"则是香港的"阳光卫视",为我录制了一个长约半小时的专题访谈节目。所有这些都并非本人的自我推销行为,而都是人家"找上门"的,使得退休在家、门庭冷落的老人,竟一时应接不暇了。

感谢文化舆论界没有忘记我在上世纪七八十年代所做的一些事,给了我以上这些关注。这是一个相当完整的故事。虽然在历史长河中只是"小事一桩"，但我似乎仍有必要加以完整的叙述，即使只是为了我自己。

一、大时代机遇与小我行动目标

事情的确是从 1978 年开始，其意义也正在于是从 1978 年开始的。

在这个人们开始渴望有变数与时遇的年头，我自己是个什么状况、处于什么"坐标"？

那年我 44 岁，进入研究所从事研究工作总计已 20 个年头，其中有 10 年完全被"文革"白白地吞食掉了。不过，时间也没有完全白白浪费，我毕竟"擦亮了眼睛"对原来心目中好些神圣的人与事有了"清醒的认识"，开始从钱锺书的《宋诗选注》评述里那种仰观历史伟人时的理性距离感中学得若干东西，用来面对时代社会中巍峨的庙堂人事，不再有青年时期那种经常心潮澎湃、热泪盈眶的天真与轻信。这时，我所供职的中国社会科学院外国文学研究所走出了"文革"的"废墟"，恢复了业务工作，我与三个资历大同小异的同事，作为研究所的"业务骨干"被提升为"副研究员"，说实话，如果没有"文革"，这一升迁早可以提前大约 10 年。这时，我已经完成了《法国文学史》第一卷的编写工作，人民文学出版社也已审阅完毕，决定于次年出版。我在全力投入第二卷的编写工作之前，利用了这一"空隙时间"，写了一系列批判"四人帮"对文学遗产的"彻底批判论"的理论文章，计有：《文化遗产问题与马克思主义与反马克思主义的斗争》《论十八世纪启蒙文学》《十九世纪批判现实主义的历史地位与"四人帮"文化专制主义的破产》《"四人帮"的攀附与〈红与黑〉的意义》。如果要简而言之概括这些文章的"基本状况"，大致可以这么说：它们都是以马克思与恩格斯关于欧洲古典文学遗产的经典论述的名义，对"四人帮"极"左"的以"清扫"古典文化为目的

"革命理论"进行声讨与清算,而且按古典文化历史发展的时序逐一进行了比较系统的论述。也许因为论述达到了一定的深度与规模,这些文章集束式地发表当时颇为令人瞩目,成为我个人在"文革"之后重新登上文化论坛第一轮的"业务表现"。

除了个人的研究工作外,从这个时候起,我也开始有了一个正式的职位或者说一个小小的"官衔":西方文学研究室的副主任。主任是卞之琳,下设三个副主任,分别管政治、行政与业务,我是分工管业务,由于卞之琳只是挂名,三个副主任倒还有点"实权"。不久后,三家分晋,西方文学研究室一分为三:英美文学研究室,德国、北欧文学研究室与法国、南欧拉美文学研究室,我被任命为后一个研究室的主任,从此一干就是十几年没有动窝。此外,从恢复业务工作伊始,外文所的领导就决定创办《外国文学研究集刊》,作为研究所正式的学术"机关刊物",此举实为仿效何其芳20世纪50年代初办文学研究所之时创著名的《文学研究集刊》之举,所长冯至对这一学术机关刊物甚为重视,由他亲自主管,而我则作为他的正式助手协助他进行创建并实际上负责了前三期的约稿与编辑工作。这样一来,我不仅有了一个研究室作为自己有所施展的一个点,而且有了一个刊物作为一个活动平台,如果要有所作为,其空间还是蛮不小的,对此,我实在应该感谢冯至对我的认可与重用。

这就是我在1978年已经站立在一定的场地上蓄势待发的状态。

这时,飞来了一个有点划时代意义的社会机遇:中国开展了一次"实践是检验真理的唯一标准"大讨论、大宣传。此事是如何策划的,如何发起的,这是一个值得中国的史官忠实笔载、热情彰显的大事,不论原创的功劳、实际推演的功劳属于谁,在我看来,实在要算是中国20世纪政治思想历史中的最为精彩、最开创了时代新格局的"神来之笔",它使人想起了恩格斯论述过的人文主义理性精神在启蒙时代所起的历史作用:"一切都受到了最无情的批判,一切都必须在理性法庭面前为自己的存在做辩护或者放弃存在的权利……以往的一切社会形式、一切传统观念都被当作不合理的东西扔到垃圾堆里去了。"(见《〈反杜林论〉导论》)如今,到了20世纪的中国,"实践"成为裁决的"法庭",一些方针、路线、观念、意识形态,都必须在这个"审判台"前受到检验,虽然它不像启蒙时代的理性精神那样,完全是作为一种崭新的思潮对一种敌对性的陈腐的统治思想体系进行猛烈的颠覆性冲击,而是在"社会主义意识形态范畴"之内针对一些极"左"过激的思想观念、方针政策提出了质疑与修正,甚为文质彬彬、温文尔雅,都是在"马列"旗帜下自家兄弟之间的"纠纷",但已经足以破除一些貌似"革命"、其实对"革命"并不有利的不明智的戒律与条条框框,这对20世纪中国人就要算是特大的好事了。

说实在的,从当时这场讨论与宣示一开始,我就有点处于亢奋的状态。原因不外有两个方面:第一方面原因是,多年来,作为社会基层的一个布衣知识分子,积累了一些政治敏感与政治观察的经验,不难看出这样一场把实事求是精神提升到君临一切的讨论,实际上将根本动摇个人崇拜式的"两个凡是"的思想桎梏,有了这种根本的思想解放,中国的很多事情也许就会有转机了。为此,说得夸张一点,我也不禁"手舞之,足蹈之",因为毕竟我一直也算是一个"关心国家大事"的人,虽然,像我这样的知识分子的这种"关心",似乎从来是没有人在乎、没有人欢迎的。第二个方面的原因是,我明确感到这场讨论对我个人来说,完全是一次真正的机遇,一次可以有所作为的机遇,既然这是意识形态领域里一定程度解冻的信号,而我又在这个领域里摸爬滚打了多年,当然,就会得到施展一番的空间与余地。至于施展什么,几乎与此同时我就已经胸有成竹了,我决定在西方20世纪文学的评价上有所作为,具体针对的目标就是苏式意识形态的日丹诺夫论断。

说"胸有成竹",所言属实。何止如此,简直就是"早有成见"。长期以来，从我作为一个业者进入西方文学译介与研究领域以后，我就深感外国文化领域一直就是一个被革命左派侧目而视的"域外之地"，在这个地界里行走实为不易。所幸，对20世纪以前的欧洲文化，马克思、恩格斯曾有过不少经典论述，而这两位革命导师恰好是欧洲古典文化的爱好者，且对它有精到的鉴赏力，他们不乏赞赏的论述，自然也就成为中国文化工作对欧美古典文化评价的归依，我自己就是以马列的论述为准绳撰写法国20世纪以前的文学史的，也是依马恩的论述对"四人帮"的文化毁灭主义做了一系列批判的。但20世纪以后的欧美文化，就没有马恩的论述可依了，而只能让斯大林时代以后的意识形态权威说了算。正因为如此，新中国成立以后的中国的文化工作者要在这个领域里做点实事求是的事，就极为困难了，唯一可做的，就是跟在那些意识形态领导人后面，对这个世纪的文化艺术一味进行口诛笔伐，一骂了事。我自己深深感到了这种尴尬，所以，在《法国文学史》第一卷的《前言》里，就明确地宣称三卷本《法国文学史》将只写到19世纪为止，"20世纪部分日后将另行成书"，也就是说，准备绕过20世纪这个"雷区"，留待以后再说。总而言之一句话，如果在意识形态上没有一个突破，中国的文化学术界根本就无法对西方现当代文化进行实事求是的评价与译介，而在这个领域里，最大也最为神圣不可侵犯的意识形态拦路虎就是日丹诺夫论断，不把这只拦路虎请走，你休想前进迈出一步！

日丹诺夫何许人也？今天的年轻人知道的恐怕不多，他是苏联斯大林时代一个极为显赫的大人物，20世纪三四十年代长期在苏共中央书记处做书记，是政治思想、意识形态部门的决策者与实际上的总管，而他掌权的这个历史年代正是苏联历史上"无产阶级专政"愈来愈严酷、兴无灭资的阶级斗争愈来愈炽热的时期，这种时代特点当然也强烈地反映在涉外的意识形态与文化艺术的政策上。1934年，日丹诺夫代表苏共中央在全苏作家代表大会上所做的政治报告中，有这样一段话:"由于资本主义制度的衰颓与腐朽而产生的资产阶级文学的衰颓与腐朽,这就是现在资产阶级文化与资产阶级文学状况的特色与特点。资产阶级文学曾经反映资产阶级制度战胜封建主义,并能创造出资本主义繁荣时期的伟大作品,但这样的时代是一去不复返了。现在,无论题材和才能,无论作者和主人公,都是普遍地在堕落……沉湎于神秘主义和僧侣主义,迷醉于色情文学和春宫画片,这就是资产阶级文化衰颓与腐朽的特征。资产阶级文学家把自己的笔出卖给资本家和资产阶级政府,它的著名人物,现在是盗贼、侦探、娼妓和流氓。"这便是著名的日丹诺夫论断,在很长的历史阶段里,直到20世纪下半期,这一直是苏联指导意识形态工作的最高思想原则与政策方针。

由于日丹诺夫在苏共中央的权威地位与他这篇政治报告的重要性,更由于我们在新中国成立后一开始就实行"向苏联一边倒"、"向苏联老大哥学习"的政治路线,他这篇演讲很早被译为中文,被当作思想文化工作的指导原则,在中国获得了经典的准文件的地位,当年在研究所里,领导们印发给我们大家的"文件汇编"、"学习资料"中,就常见它赫然在目。在涉外文化工作中,日丹诺夫的敌视立场得到效仿,日丹诺夫的戒律与准则得到了虔诚地遵循,日丹诺夫的批判语言,广泛得到了重复与引用,日丹诺夫论调还不时得到人们自觉地阐述与发挥,当然是作为恭恭敬敬的"学习心得"。于是,直到20世纪七八十年代末期,西方现当代文化有生命力的"蒲公英"种子虽然在世界上各个地域已经广为传播,并且得以生根发芽,但在中国只发现了坚硬如花岗石的土地。在这里,有政府的意识形态部门以及文化出版机构的严格掌控,西方现当代先锐、先锋的理论思潮被拒之门外,西方20世纪种种时尚的文化产品完全被禁止引进,西方现当代经典的文学艺术作品不允许翻译出版,即或偶尔有所出版,也仅仅只是作为"供分析批判的反面教材"或"内部参考资料",并且往往加上了批判性的按语或说明，如某个很有声誉的出版社翻译出版了萨特的《存在与虚无》，出版社就没有忘记在"前言"中宣称作者是"帝国主义的代言人"，当然，全国仅有的两家有权出版外国文学作品的出版社也翻译并公开出版过一些"外国文学作品"，但都是当时社会主义阵营中一些文化活动家半是时政宣传、半是文学的作品，或者是少数有文学成就的左翼作家如阿拉贡、亚马多等人政治色彩浓厚的社会主义现实主义的作品，而真正具有广泛社会影响与经典地位、将进入文学史的作家作品则几乎无一入选……这便是当时闭关锁国的文化状态，而其理论形态与理论指导原则就是日丹诺夫论断。

二、"反骨"、阳谋与弦上的箭

"知"，是"祸根"。人在精神上的不适应性、不安定性、不满足感、不舒适感、难承受感，甚至痛苦难耐感，往往来自他的"知"。不止一个先哲都讲过这类的话，如果对外部世界现当代文化之五光十色、丰富多彩、新锐特异一无所知，那么，面对着日丹诺夫论断所造成的现当代文化之空白与荒漠，我也会安之若素。然而，我虽然身处于闭关锁国的大环境之中，却毕竟还拥有一扇向外部世界远眺的窗口，那是我的学科、职业与工作单位所赋予我的：北大西方语言文学系的毕业生，又是在文化单位工作，而这个单位又拥有典籍丰富、卷帙浩繁的图书资料。经由钱锺书、李健吾两位西学大师的多年掌控与经略，这个书库所藏的大量外文报纸杂志、图书资料在当时算得上是居全国之首，仅以法文的文化学术报刊来说，就有将近20种之多，至于西方现当代的文学名著经典，则都应有尽有……多年之中，这个图书馆直接开架的书库与报刊阅览室，正是我几乎每天都要流连忘返的地方，也是我一次一次抱出一摞一摞名著经典回去饱餐的地方。从我走上工作岗位到"文革"来到前，我就足以从这里见识了、感受了国门之外当代世界文化的五彩缤纷、神驰灵动，确认了马克思、恩格斯之后的20世纪文学艺术在规模、分量、深度、价值与意义上，丝毫并不逊于马克思、恩格斯所见识过并曾热烈赞颂过的西欧古典文学艺术。有了这份"知"，我对日丹诺夫论断所造成的文化荒漠状态早就很不以为然了，对这一苏式意识形态更是早就生出了要揭竿而起、挑战出击的"祸心"与"反骨"，何况，坦率地说，早在中学时代，我内心深处就已经形成了强烈的民族主义情绪，从中国近代史的课堂上，我一直牢记海参崴是丢到什么地方去了……当然，这种"揭竿而起"的心思要凝固化、自觉化，没有比较强烈的自我算计的促使与推动是不可能的，正如人自觉的意图与自主的行动往往都与利益驱动有关，即使是正义的事业、英雄的行为往往也不可能与自我的谋划绝缘，而我对日丹诺夫论断"蠢蠢欲动"的自我"小九九"，其实也是相当明确的：不把日丹诺夫这尊神请走，我的文学研究史工作根本无法搞下去，只要日丹诺夫论断仍然高悬，我就会丧失整整一个世纪的学术空间，眼睁睁望着20世纪这一大片高远深邃的蓝天而不敢飞近。为了学术文化的自我，我也得伺机而起。

既然"骨鲠在喉"已有时日，如今又有了用"实践"这把尺子来衡量一切是否合理存在的气候与"大环境"，我自己可以干什么、应该干什么，也就不言而喻了，这便是我从这场大讨论一开始就感奋而起的原因。

不过，虽然"感奋而起"，但有所动作之前，还是格外谨慎小心的，毕竟日丹诺夫论断曾经就是文化意识形态领域里"无产阶级专政"的象征，我不能不深思熟虑，把方方面面的问题想清楚。

是否会有风险？这是要考虑的最要害的问题，乘实践标准大讨论的东风揭竿而起系师出有名，谅不至于翻船灭顶，尽可以放开胆子去做。关键是要紧紧抓住"实践"与客观实际，靠大量作家作品的实例说话，做到言之有据、言之成理，为此，自己要先把20世纪西方文学艺术的客观情况完全吃透、梳理清楚。

起事操什么语言、持什么立场、用什么方法？操马克思、恩格斯那种带有学术色彩的理论语言，持堂堂正正的立场，即维护"无产阶级继承人类优秀文化事业"的立场，采取"积极而有建设性"的态度，甚至是"进谏性"的态度，既敢于讲明确抗衡、有力冲撞日丹诺夫论断的话，做到理直气壮、振振有词，又不要忘乎所以、失于过激与张狂，毕竟我还记得在1957年"大鸣大放"中一些人"无分寸言词"的教训。

揭竿而起要采取什么行动方式？很明确，我想做出一篇颇有规模的"大论文"，公开以"重新评价"为旗号，其实就是做一篇直接针对日丹诺夫论断、为西方现当代文学艺术翻案的大文章，争取发表并尽可能搞出"大动静"来。但与此同时，千万不要忘记，在自己准备就绪、出手动作之前切忌"雷声大、雨点小"，最好是采取"兵出斜谷"的策略。之所以我深感有不动声色、谨慎进行的必要，是因为我积多年经验，早就对文化理论界与学术研究单位中紧张的人际关系，以及打埋伏、拖后腿伎俩有深切的感受，既然这是一项关乎自己政治安全与学术命运的"军事行动"，当然更应该小心翼翼……

就这样有了成熟的盘算，我几乎是从东风初起之时就着手做这篇文章了，逐渐就勾画出文章的轮廓，确立了立论与观点，拟出了逻辑与提纲，搜集、查阅了各种例证与资料，并不断加以补充与完备……整个夏天，我全力以赴而又不动声色地在做这些事，眼见准备就绪，就看能找到什么"地面"与"平台"可以点火放炮了。说实话，这个问题可困扰了我一些时候，始终没有得到解决，显然，我不可能在大报刊上发表这样一篇文章，甚至也不可能在有高身份的学术刊物上发表……

其间，我不免想到了自己正受命负责实际筹建工作的《外国文学研究集刊》，这无疑是个好地方，而且可以一举两得，既发表了自己的文章，也可以使刚诞生的学刊有一个轰动性的议题，造成影响……然而，我几乎同时就感到这样做会有"以权谋私"之嫌……不过，我想，如果先在《集刊》上组织一场"重新评价西方现当代文学"的讨论与笔谈，倒不失为一个好主意，至少有几个好处：首先是不会埋没我在"重新评价"这方面学术上的"发明权"与作为策划者的突出作用；其次，可以显示出我作为《集刊》负责人的创意与水平，在编辑实务上露一手，证明敝人不失为一个"能文能武"的"全才"；再次，在"重新评价"问题上先造成一定声势，便于"主将"的出场亮相，作为将来我发表大块头文章的铺垫。这样做不仅有利而且甚有必要，因为我深知，日丹诺夫的忠实信徒在中国甚众，在研究所亦不例外，在这里，苏俄学派的研究人员不仅在人数上占有优势，而且内聚力大，团队精神强，在全研究所的权力结构中，正日益得势当权。相反，从事西方文学的研究人员却是"一盘散沙"，更明显的是，他们之中有兴趣专攻文学翻译者占较大的比例，而古典名著有待翻译的又为数很多，似乎没有多少人会感到有对西方现当代文学去重新加以评价的必要，小业务、小日子完全过得下去，生存危机不那么迫切，何必对日丹诺夫揭竿而起？既看清了自己所处的环境，我就不能不产生这样的顾虑：贸然率先而出，必然形成"孤军深入"的形势，难免会有遭挫败的结局，甚至"全军覆没"亦不无可能。因此，自己高调登场之前，先在《集刊》上组织讨论与笔谈显然较为稳健可靠。

于是，我就按此办理，着手进行，但为了突出自己的作为组织者的"主体意识"，我一开始就正式而高调打出了"重新评价西方现当代文学"的旗号，"重新评价"当时就意味着明目张胆地"做翻案文章"，而为了铺垫自己作为即将要粉墨登场的主将的作用，则在深入细致的组稿与"个别发动"中，大力宣传自己的观点与见解，说得文一点，是在"嘤鸣求友"，说得露骨一点，是在征求自己的"潜在战友"，以免一旦起事自己落得孤家寡人的境地……

说实话，当时我组织这次"重新评价"的行为方式中，既有"用尽心机"的谨慎，也有强烈的个人英雄主义动机与"自行其是"的痛快，而这，实与我当时获得了一个十分方便的施展平台有关。《集刊》虽说是研究所的"机关刊物"，但筹备的方针、头几期的策划、组稿的设想基本上都由我做主，因为我是被任命的首席筹备者，是唯一筹备者，而且还兼任了研究所一个主要研究室的头头，可谓研究所里的一大"诸侯"。当然，《集刊》的方针大计所长冯至先生是要亲自过问的，但他对我是充分信任，完全放手，实际上就是任我去"独耍"，他自己只扮演起"认可"与"庇护"作用的慈祥长者的角色。我也很珍视老人家的这份信任，要求自己至少做到"秉公办事"与"谦虚谨慎"。具体来说，首先约稿组稿的对象力求广泛周到，凡是所内从事西方文学研究与翻译的同志，几乎都一一得到了邀请，而不论是否在"文革"中同属一派，是否与我个人关系一直紧张、别扭，是否自视高人一等或态度矜持，甚至对"重新评价"似乎有那么一点不屑一顾……总而言之，"笨工作"我总算是做到家了，一个个敦请、一个个约邀、一个个恳谈、一个个发动，总算征集了一批有分量的应邀者，如卞之琳、袁可嘉、李文俊、郑敏、朱虹、吕同六、高慧勤、郑克鲁、张英伦、董衡巽、陈焜、张黎……这些人或者是西方文化翻译界的名家，或者日后不久也将成为名家。

于是，时至1978年盛夏，我基本上完成了两件事，一是为向日丹诺夫揭竿而起草拟了一篇"檄文"，至少是"檄文"的大纲与细则，或者说就是一篇草稿，这是我自己的"本子"，是我此后围绕此事一切言行所依据的"纲领"。二是征集、组织了一支"重新评价"的"队伍"。当然，实在不能说这就是要揭竿而起的"突击队"，因为，答应参加笔谈的人并没有谁打算直接去冲撞日丹诺夫这个庞然大物，意识形态问题上的明哲保身的世故谁没有一点？每个人都会给自己留有余地，而且，即使在"再评价"的问题上，究竟要涉及多大的范围,深入到什么程度,思想观念要走多远,每个答应写笔谈文章的人都会有自己的讲究与分寸,毕竟都是有头脑、有主见的学人嘛,不会被人牵着鼻子走。而从后来的实际情况看,事实也的确如此,《集刊》上的笔谈,并没有起到一种"冲锋队"、"突击队"的作用,而只起了一种助声势的边鼓作用。对庞然大物做正面冲击的任务,还是得由你自己来承担,既然阁下有此预谋,有此志向。当然,这种情况的形成,也因为《集刊》从组稿到第一期发稿时间拖了大半年,等到第一期出版问世时,主将先生揭竿而起、对日丹诺夫发起攻击的一炮早已经打响,更不用说笔谈续篇发表的第二期、第三期了。"笔谈"成了真正的"马后炮",成为主将先生揭竿而起的一次伴唱,不过,说句良心话,这个结果不正是主将先生所乐于看到的吗?

总之,与自己原来的预想有出入,对日丹诺夫的起事并不像京剧中的武戏那样,主帅的出场,先有一番将校的先行与士卒的吆喝作为铺垫,而是由这位仁兄径直上场、高腔亮相。之所以如此,个中原因则完全是由于意外的"机遇",它来得如此巧、如此快,可真有点像是"天上掉馅饼"。

事情是这样的:

将近9月的一天,所长冯至召我去所长办公室见他,那是在原来学部大院老四号楼西头的一个小房间里,此栋旧楼早已经被拆除了,在它的旧址上,建立起了目前中国社会科学院所辖堂堂皇皇的马列主义研究院。当时,刚在"文革"的"废墟"上恢复业务工作,研究所的房屋条件还很简陋,四号楼既是办公的地方,也权作宿舍楼,住了一些从干校回京后已经失去了宿舍的双职工家庭。所长办公室则被挤在西头的一个角落里,里面摆了三张办公桌,一张是所长冯至的,一张是党委书记吴介民的,再一张是副所长叶水夫的。那天他们三人都在座,由冯至对我下达工作指令。简而言之,内容是这样的:在中宣部与社科院的领导下,由外国文学研究所出面,准备在这年的10月召开全国第一次外国文学工作会议并借此成立全国性的外国文学学会，全体大会上需要有一个重点的学术发言，所领导因为知道我近期对20世纪西方文学的重新评价问题已经做了些研究，并且有实实在在的准备（何以得知？显然一方面是由于我在《集刊》发动与组织"笔谈"曾不止一次向冯至做过汇报；另一方面，则是由于"若要人不知，除非己莫为"，司马昭之心，早已路人皆知了，何况我自己难免有些情不自禁、形之于色了），所以要我就这个问题在大会上做个"重点发言"。既然是"重点发言"，当然可以讲得"充分些"，时间"也可以长一些"……

我几乎不相信自己的耳朵……在一个全国性的学术大会上做重要学术发言，而且是由主办单位推荐安排的，这何止是重用，简直就是破格的大大重用，真是天大的喜事、天大的"馅饼"，这在学术地位上意味着什么，在学术前途上可能意味着什么，显然是不言而喻的。但对此我并没有多大的敏感，我真正感到喜出望外、兴奋激动的是：我的"揭竿而起"将有一个堂堂正正的高规格的舞台了，完全不用操心"翻案文章"是否会有出路。当然，我内心深处，也不免扬扬自得，因为"起事"的一炮虽然我还没有正式点着，但我在研究所内部的一些动静已经引起了所领导的高度关注与重视，甚至已经得到了他们一定程度上的认可，安排我在大会上做重点发言即为明证也，从这里，我似乎看到了"起事一炮"将要获得轰动效应的前景……

至今回忆起来，这恐怕是我生平唯一一次真正得到组织上、所领导的重用，因为在此之前，没有时势与机缘，此后不久，气候又有了变化。为什么我在1978年的秋天碰到了被推上了台面的好运气？一个重要的人事原因，看来要算是冯至先生。在研究所里，他是学养上真正有世界眼光与世界胸怀的一位领导者，他没有那种地缘宗派性、语种宗派性所带来的褊狭心理，没有所里苏俄学派那种坚硬的成见框架与定式思维。而且，就我所知，他内心深处藏有一份对西方现当代文学的熟稔与神交，他早年留学德国写的博士论文就是以象征派诗人里尔克为题的，然而从20世纪50年代我在北大西语系当他的学生到七八十年代在研究所当他的部下，从未听他提及他与德国现代派文学的渊源，似乎他根本就没有过这段历史，显然，这是在日丹诺夫论断意识形态主导的时代环境里跟"西方资产阶级腐朽文化"割袍断义的一种表现。我想，时至中国的"无产阶级文化大革命"宣告破产的70年代末，也许他内心深处是乐于见到有人出来为西方20世纪文学说说话的。他当时对我的支持实属必然，如果他不支持，那他就不成其为冯至先生了。这是个人关系方面对我的有利因素。

当然，党委书记的领导更为重要。从小环境的情势来说，这时社科院刚恢复业务工作，走马上任的领导干部从"文革"的压抑中解放出来，谁都想有所作为，研究所受命召开的这次"全国外国文学工作会议"，无疑是启动较早的一次文化学术性的政府行为。这与当时社科院是由胡乔木、邓力群任领导有关，他们都是文化工作的里手行家，又恰逢这两位意识形态高官的"开明期"、"积极期"，而外国文学所当时的党委书记就是一位延安干部，是他们两位的老部下。趁早成立官办的文学学术团体，正是一种眼明手快的举措。事实上，自从1978年这次会上成立了一个"外国文学学会"后，其他各个领域里纷纷成立了各式各样的官办的"协会"、"研究会"等"民间学术团体"，各领域里的领导干部也纷纷出任"学职"。领导想要有所作为，想要造势布阵，总需要一番撑场面的学术文化锣鼓，正好我已经自己在下面敲敲打打了，于是很自然就被选中为搭台布阵的一颗棋子……

会议的地点定在广州，因为外文所的党委书记这位延安老干部在新中国成立初期曾在广州担任过要职，在这里仍有不少老部下，可以大力提供很优越的会馆场所与后勤条件，有望把会议开得很有些派头。这显然是新中国成立后外国文学界工作前所未有的一次全国性的盛会，在整个意识形态领域，也是一件令人瞩目的大事。对于研究所的领导人来说，是正式确立自己在外国语言文学教学、译介与研究这一大片领域中"带头羊"地位的标志，对意识形态领域的高官来说，是在"文革"后的新时期准备推行若干举措的热身行为，大家都很重视，都很期待，都认真应对。对我来说，则是一个大舞台、大展示厅。届时，学界名流云集、济济一堂，这个后生晚辈被推到聚光灯下，弄得好是露脸、露身手的大好机会，弄得不好则是露怯、丢人现眼的"滑铁卢"……

如履薄冰！老兄，你得小心翼翼，你在击倒日丹诺夫论断这个庞然大物之前，先得通过满堂学界名流严格审视的眼光，你得持谦虚的态度，但又得有论辩气势，要言之成理，言之有据，每句话都站得住而又要争取动听出彩……

为此，从冯至那里得到将令之后，在广州会议之前的将近2个月的时间里，我就紧张地投入了备战，虽然已经准备好了一份"重新评价"的草稿，我得再深入地仔细推敲论点，拿捏分寸，补充例证，开掘深度，增添思想火花，还得把一篇已初步成型的"文章稿"装修为一篇"演讲稿"，毕竟在讲坛上要有讲坛上的语式、语气与演讲技巧……因为，我生来有点讷于言，缺乏出口成章的才能，也没有记诵在心、讲起来滔滔不绝的本领，我在讲述中往往要借助某种提示才能一气呵成。于是，又把整个"演讲稿"做成卡片以便于在讲台上自我提示，就像当今的学术才俊在讲演时面前放一台笔记本电脑……

只有完成了所有这一切之后，我才总算把心放了下来，才得以"吃得好睡得香"，为了到时候能做到"熟能生巧"，我私下里又自演自讲了两三次，用十三鹰的话来说，就是"默戏"了两三次……这还不够，出发到广州去之前，我又做了一次"实战演习"，在当时中国社会科学院研究生院外国文学系主任朱虹的安排下，我为该系硕士研究生做了一次"20世纪西方现当代文学重新评价问题"的学术报告。这一班研究生被戏称为"黄埔一期",都是"文革"前大学毕业的,都有一些工作经验,在现实中也受过一些磨练,精力上与思想上都比较成熟。后来,从他们之中,产生了一批著名的人文学者,如赵一凡、黄梅、钱满素、赵毅衡、施康强、郭宏安、吴岳添、章国锋、杨武能等。在整个报告的过程中,他们听得很专注,饶有兴趣,报告后至少有好几位上来表示赞赏、认同。从这次预演中,我进一步有了底气,有了自信,剩下的事就只有:

到广州去!

带着一摞卡片,到广州去!

三、广州盛会与我的"三箭连发"

多年前,我曾经来过广州。那时,我还只是个初中学生,因为父亲南漂谋生,我与两个弟弟也随父母来到这个城市,住在闹市区一个破旧的小阁楼里,五口之家挤在一间只有十来平方米的小房间里,度过了1948年的酷夏。生活相当艰苦,白天,父亲要为养家糊口而辛劳,我偶尔也当个小帮手,正是在出早差的时候,我曾经有两次吃到父亲作为奖赏给我买的奶酪面包,生平第一次尝到了纯白甜美的奶酪是什么味道,这是我过去最难忘的广州记忆之一。除此之外,那就是炎热难耐、很难入睡的广州之夜了。

30年后,我又来到广州,历史、社会与我个人都有了很大的变化,故地重游,似乎应生发出不少怀旧的感慨,但居然没有,几乎一点也没有。我为自己眼下将要完成的事而兴奋、而紧张,似乎没有闲情逸致去缅怀与感慨。

会议是在越秀宾馆举行,这个宾馆坐落在广州市当时一个还相当清静的市区,就在风景如画的"氧吧"越秀公园的后边。宾馆占地面积甚大,中式的楼宇堂正高大,设施条件完备优良。院落里浓荫四蔽，郁郁葱葱，在羊城十月残存的暑气之中，一入住便有清凉之感。20世纪70年代末，这是广州上佳的宾馆，平日，要入住这里并非易事，而这一次，宾馆却把几乎所有的客房都腾空，专供这次"学术会议"使用，因为宾客与工作人员加在一起，足有两三百人之多，颇有全部包下了的架势，这事倒足见外文所那位曾在广州任过要职的党委书记在其"老根据地"的人脉根基！这位延安老干部后来在社科院的职位蒸蒸日上，官至极品，实掌大权长达十余年，对"翰林院"的影响可谓大矣，但据我个人的长期关注与院内外的口碑舆论，他最重要、最有价值的政绩或许就是为广州会议保证了后勤硬件条件这一项了。

  会议开得很有气派、很隆重。隆重来自气派。虽说是由外国文学研究所出面，但上有中宣部与中国社会科学院的大力支持，从旁协作的又有：对外友协、作家协会、外文局、各出版单位，以及各重点大学的有关院系，主办单位与协作单位阵容如此强大，实为后来国内单一议题的文化学术会议所罕见。早从"文革"以前的五六十年代，意识形态的高层领导每当提出跨单位的文学项目，往往是让当时某个重点业务单位牵头出面，张罗主持，如周扬当年提出创办国家重点出版项目"三套丛书"时，便是责成文学研究所联合人民文学出版社与上海译文出版社来共同承当与运作进行的。这次广州会议似乎也是原有领导方法的又一次再现，目的很可能是要通过这次会议搞活已被"文革"毁成了一池死水的文化学术领域，并在成立学会这种前所未有的文化学术组织形式方面先行一步。毕竟，这次学术活动是在划时代的十一届三中全会召开之前一个月举办的，未尝不可以视为大戏正式开场前烘托气氛的锣鼓。因此，"上面"对出面的外文所给予了大力的支持，并拨给了充足而富裕的经费，使得这次学术活动办得很有气派、很有排场，而意识形态领导部门的大员纷纷莅会到场，也证明了这种支持与重视，而且来的都是学者型的高级领导，记得有：中宣部的首脑、文艺批评权威周扬，中央编译局局长、资深翻译家姜椿芳，中国社会科学院副院长兼秘书长、著名小说《钢铁是怎样炼成的》的译者梅益等，我之所以特别没有忘记他们几位，是因为他们的文化学养的确与这次学术盛举很是靠谱，相得益彰，而不是常见的那种领导"内行"的"外行"。

会议规模甚大，与会者约有300人之多，文化学术会议达此规模者，似乎只有全国作家代表大会曾经有过或有过之，除了少数工作人员与新闻媒体的列席人员外，全是来自全国各地的外国语言文字工作者。不外这样几种人：研究机构的学者、高等院校的教师、编译机构与对外文化交流机构的工作者，以及报纸杂志编辑、出版机构的从业人员等，浩浩荡荡，洋洋大观。中国有这样一支齐全的涉外文化大军，不失为一件值得自豪的事。

特别令人瞩目的是，在与会的人群中有声望的名流方家比比皆是，他们基本上都来自一些著名高等学府与权威的学术文化机构：来自北京大学的有朱光潜、季羡林、金克木、李赋宁、杨周翰等；来自社科院研究所的有冯至、李健吾、罗大冈、戈宝权、陈冰夷、叶水夫等；来自南开大学的有李霁野等；来自中山大学的是梁宗岱、戴镏龄等；来自中央编译局的是杨宪益、叶君健等；来自复旦大学的有伍蠡甫、杨岂深等；来自北京外国语大学的有许国璋、王佐良等；来自上海译界的有草婴、辛未艾、吴岩、方平等；来自山东大学的有吴富恒、陆凡等；来自人民文学出版社的有楼适夷、孙绳武、绿原等。除了这些文化学术界的高端名流外，则是各单位、各高等院校的党政负责同志与已经在学界文坛崭露头角的业务骨干。名家聚首、精英荟萃，其密集程度如此高者，在我所见识过的全国性的大型人文文化活动中，唯有作家代表大会稍有过之……

虽然我在外文所是比较冒尖的一个少壮派，但准确地说，我参加广州会议并不是作为少壮派的代表人物，而只是作为会议所需的"劳务人员"，作为一个"劳动力"。因为在社科院这样一个老一辈学术名流成堆的地方，业务等级界线的压力不可谓不大，在40岁出头的一辈中年学者头上，一直罩着两种人：一种人是本学科里的德高望重的"学术权威"、资深的"老专家"；一种是文化学术领域里的"老革命干部"，他们不是"老延安"就是"三八式"或"白区老战士"。有这两种人罩着，即使年已40出头，且在业务上早已崭露头角，也一直被称为"年轻人"，意味着在思想上、业务上还"不成熟"。因此，逢上这样一个高规格的全国性的活动，并不是少壮派都一定有资格参加的，如果参加，那便是作为"会议机器"中的一颗螺丝钉，作为一个"劳动力"，承当一定数量的劳务。我在广州会议上的"劳务"，除了要做一个大会发言外，就是担任小组"联络员"、记录员，在分组讨论中帮主持会议的组长（都是德高望重的学术权威，我这一组是西方批评史家伍蠡甫）张罗杂务、跑腿、做会议记录，以及写小组讨论的汇报材料等。而我之所以成为大会的主要发言者，也不是因为我在学界与研究所已有了足够的资历与地位，只是因为大会需要一个活跃思想与气氛的发言，正好又有一个"年轻人"柳某已经有了现成的准备，于是领导上、组织上为了会议的成功，顺便把此人当作一颗棋子，将他放在了一个"风口浪尖"上。

　　任何高规格的会议都少不了郑重其事的仪式性的程序，内容不外是主办单位的开幕词，各上级机构领导同志的讲话，以及地方有关方面、有关机构的祝词贺信等，广州会议自不例外。不过，会议的组织领导不愧是学术文化工作的行家里手，这些讲话都相当短小精悍，并非长篇累牍的大报告，安排得也很紧凑，因此，整个仪式部分只占用了大半个上午的时间，仪式走完之后，次日上午便开始大会发言，这是广州会议的主体部分。大会发言并非自发性的，而是高度有组织有准备的安排，但一共只安排了三个。一个是人民文学出版社总编辑孙绳武汇报新中国成立后人民文学出版社与上海译文出版社外国文学作品的出版情况,因为直至当时,国内只有这两家出版社有权从事外国文学的出版,它们曾经出版过的外国文学作品也就是国内这个方面出版工作的总和。第二个发言是当时的华中师范学院《外国文学研究》的主编周立群汇报部分高校文科院系举办的一次"资产人道主义问题"学术讨论会的情况。第三个发言就是柳某的"重新评价西方现当代文学的几个问题"了。孙的发言基本上是对外国文学出版物分门别类的概述与有关的统计数字,周立群的发言则基本上是一次客观的学术动态汇报,两个发言的篇幅都相当短,加在一起也只占用了大半个上午的时间。剩下来的足有一个半上午约五六个小时的时间都给了第三个发言,怪不得冯至先生在最初布置任务的时候就允许我的大会发言可以"讲得充分些"。实事求是地说,广州会议的"重头戏"就是这第三个发言了。

从我比较明确知道大会这一安排的那一刻起,我就更加深感我在广州会议上所要扮演的角色之重要,更加深感这次机遇对自己的可贵。但与此同时,一种不辱使命的感恩心情就油然而生,我这个人最经受不住的就是别人对我好。凡遇此情形,我就有向对方"掏心窝"的冲动,就有回应报答的意愿,因此,在即将享受这一机遇登台露脸的时候,我就下定决心一定要为外文所争气、争光,一定要在学术上出彩,要在个人的姿态上尽可能谦虚低调,一定要把自己缩得尽可能的小,要充分突出外文所的领导……于是,我在自己的长篇发言的前面,加上了一段开场白,不外说:在外文所领导的大力支持与亲切关怀下,所内部分研究室举行了关于西方现当代文学的讨论,我个人在讨论中有过一些思考与看法,趁这次盛会举行之机,抛砖引玉,提供出来请在座的专家学者批评指正,以求外国文学工作的发展与繁荣,云云。在这一番自我缩小的谦词之后,我就利用专给我的五六个小时来充分实现自我了,实现"对日丹诺夫论断揭竿而起"的自我,实现

"为西方现当代文学鸣不平、讲公道话"的自我,振振有词、理直气壮,恰与开场白的谦逊形成明显的对照。

整个发言共分五大部分。

第一大部分是提出问题,一开始就尖锐指出了这样一个不合理的文化现象:在中国,现当代西方文学被视为"一个陌生而可怕的领域"、"不能公开出版,图书馆里很难找到,大学讲坛上更是从不讲授",而其原因,发言者则归于日丹诺夫论断,虽然也扫了一扫"四人帮"文化专制主义做的孽。对立面明确之后,以下四五个小时就完全是对它进行辩驳与抨击了。"名不正,言不顺",如此不客气的发难当然需要有大理由。理由多着呢,而且都十分堂正,《共产党宣言》中的"世界文学"论、毛泽东的三个世界划分论、"国际统一战线"论、"四个现代化需要引进借鉴"论、"外为中用"论、"知己知彼"论、"无产阶级在文化上有世界胸怀"以及"中国在当今世界事务中的地位"等。以所有这些名义来请走日丹诺夫这只拦路虎,当然是马克思主义大雅之堂上的正经事、义举。

第二大部分是对日丹诺夫论断中"反动"说、"腐朽"说、"颓废"说的一一辩驳,是对西方20世纪文学艺术的社会性质、社会意义与社会作用的全面评析与认定,是对西方20世纪文学艺术的总体评价与总体认识。发言者深知,日丹诺夫论断难免没有以"帝国主义是资本主义的反动垂死阶段"这一著名学说为本依,既然这一学说属权威要论,发言者自然要小心翼翼,不予触犯,但总可以大谈马克思在《政治经验学》导论中所提出艺术生产与一般社会发展不平衡的规律吧,总可以特别强调要以马克思主义关于"一分为二"的辩证方法来对待西方20世纪文学吧,这就足够揭示出日丹诺夫论断的偏颇与谬误了。如果发言仅止于这些抽象的理论,也搞不定日丹诺夫论断,当然也没法吸引面前济济一堂的饱学之士、学界精英听下去,所幸这位发言者主持过《二十世纪欧美文学大纲》的编写工作,开始主编过多卷本的《法国文学史》，他的演讲卡片里装了大量的文学史史料，何况，他一直有心成为一个精通文学史的学者，而告诫自己不要成为靠马列主义经典作家的引文吃饭的"空头理论家"。

且看，他先从"20世纪西方文学领域中作家的社会活动、政治表现"开论，既然中国的社会主义文艺学从来都特别讲究"政治标准第一"。在他看来，政治上、社会活动中有"良好的"进步表现的作家简直就"成批成军"，不胜枚举，他索性上溯到无产阶级登上了历史舞台的19世纪后期，为那些一直被否定、被批评的"恶魔诗人"、"颓废派诗人"也讲了些好话，又为后20世纪的现代派诗人在政治上正了名，还为那些曾经作为"同路人"的一大批欧美作家如马尔罗、萨特、加缪等评功摆好，至于很多对资本主义社会持传统批判立场的现实主义作家更是"功不可没"了，在他看来，革命导师恩格斯早在19世纪后期就已经对这种批判倾向表示了感谢。

为什么在资本主义制度下能出现如此多的"贰臣逆子"，而不像社会主义制度下几乎全都是歌功颂德的臣民？发言者又深入到"从作家在资本主义社会的阶级地位来看"这第二个层次，在这里，他免不了要做些社会阶级成分百分比的调查（虽然是大略的统计，但实属言之有据），以众多的实例，指出了出身于小资产阶级甚至社会下层的作家占有大得多的比例，这就决定了对社会制度"冷眼旁观"持批判态度的占"大多数"。讲到这个层次还嫌不够，还需从根本上论述作家在西方现当代社会中的地位变化，对此，发言者考察了18世纪以后稿费制度的发生发展，考察了写作成为社会生活中的一种自由职业，从而可以见出，一方面作家在经济上摆脱了对当权者的依存关系，另一方面相对独立的经济地位也派生出"忠于作家的良心"、"伸张正义"、"捍卫自由"等一系列职业道德规范。

从道理上讲清楚大量"贰臣逆子"的必由后，又进入到第三个层次，即"从西方现当代文学的思想内容"来做进一步考察，以下就是洋洋洒洒一大篇为西方现当代文学"评功摆好"的赞赏演讲词了。从世纪之初的反战文学，到稍后出现并长久不衰的批判现实主义文学、20世纪30年代至40年代的反法西斯文学、抵抗文学，一直到战后的存在主义文学、新现实主义文学、"愤怒青年"文学、"黑色幽默"等，为整个20世纪的西方文学描绘出完全不同于日丹诺夫论断的积极进步的形象，还它以本来的面目，展示出其中蕴含的诸多有助于人类向前发展的社会意义：它对社会弊端的揭示与批判、主持正义的呼喊、对社会公正的召唤与追求、对战争与暴力的反对、对独裁与专制的抗议、对自由理想的向往、对纯朴人性的赞赏、对善良与人道的歌颂……可以毫不夸张地说，这一番振振有词、言之有据的论说，恐怕要算新中国成立后学术文化领域中第一次对整个20世纪西方文学全面的推崇性的善评。

　　长篇发言的第三大部分是"如何看待西方现当代文学思想基础"，进一步对文学的精神内核做了深层次的考察。虽然发言者认为20世纪曾产生过若干错误、甚至是反动的社会哲学思潮，并在文学领域也不无有过消极的影响，但指出20世纪西方文学基本上还是继承、发扬了人类历史上进步的思想传统，特别是人道主义传统，并闪耀出新的灿烂光辉，达到了新的高度。对此，他除了对一般层面做出概述外，还特别选择了卡夫卡、萨特、贝克特这三个在思想与艺术上具有现代派特点因而不易被中国读者理解的重要作家进行了比较专深的论述，对他们的代表作《变形记》《审判》《城堡》《存在主义是一种人道主义》《艾罗斯特拉特》《墙》《厌恶》《等待戈多》等一一做了比较深入细致的分析，着力于剥除它们现代派哲学词汇的外衣与荒诞不经的外表形式，而见出其动人的人文主义的光彩。客观地说，如果这位发言者在第二大部分力图展示出自己在文学史方面的博识与学养的话，那么在这第三大部分的演词里则力图追求精到的论析能力与闪光的思想火花。

长篇发言的第四大部分是"如何看待西方现当代文学的艺术性"。与日丹诺夫论断针锋相对，发言者视西方20世纪文学为人类的又一艺术高峰，它继承了过去时代文学的优秀传统并推进到新的水平，如，写实传统因自然主义与心理学的引进而有了新的高度与深度，浪漫主义传统因表现主义、象征主义的贡献而有了新的活力与面貌。他还力挺20世纪文学在艺术上超传统的创新成就，对荒诞派戏剧的表现方法、意识流小说超时空的描写、表现主义的意象化艺术表现都一一做了正面的论述与推崇。

　　长篇发言最后一大部分是"坚持历史唯物主义，掌握正确的批评标准，对西方现当代文学进行科学的评价"，这既是对日丹诺夫偏颇谬妄批评方法的全面批驳，也是对国内一贯过左批评论调的系统反思。在这里：发言者对两个批评原则做了比较透辟的论述，其一，"应该从西方作家当时当地的历史条件出发，而不应该从我们的主观要求与愿望出发"；其二，"应该把作家当作作家要求，而不应越出作家的职责去加以要求"，还对"求全责备"、"晚节不好"、"色情下流"、"颓废消极"等常见的批评棍棒的不合理性一一进行了论析。

　　这可不是一次蜻蜓点水式的挑战性表态，在从来都是彬彬有礼、惯于"点到为止"的学术文化领域里，这大概要算是一个"重磅炸弹"了，它装足了大量的火药，不敢说是轰然一声巨响，至少也算是清晰可闻的一次"噼啪"。要知道，虽然从"九评"发表之后，苏联赫鲁晓夫的"修正主义"在中国已经"臭了"，但斯大林苏式意识形态似乎还享有尊贵的地位，对它揭竿而起，似乎也不是一件不屑一顾的小事。如此一个学术发言享用了一个盛会的五六个钟头，如此一个盛会因有这样一个显见分量的报告而充实，这对双方都是一件相得益彰的事情，一个"双赢的结果"。在发言的过程中，从整个会场肃静屏神的气氛里，从满场学术精英专注倾听的神情里，从发言的上半部分暂停后人们纷纷表示"愿听下回分解"的期待里，从当场有一位师长辈慰问式地递过来一杯水以解我口干舌苦这样一件小事里，我就已经明确地感到了一点：发言得到了认可，受到了欢迎。

发言一完毕，我就亲身感受到了成功的滋味：从走下讲台那一刻起，整整一两天之内，人们有些上来握手祝贺，有些表示认同肯定，有些表示赞赏称道，有些表示关怀鼓励，有些竖起大拇指，从会场内外、过道里、餐席上、花园里我都遇见微笑招呼的人、热情攀谈的人、关心询问的人，自己似乎成了广州盛会中心的一颗"明星"。当时，我深感这一切来之不易，因为其一，我深知这个学界里常见的风格是内敛而矜持，人们的称道总不轻易出口的；其二，我自己在会上只是一个副研究员级的"年轻人"，即使是在与会的少壮派中，很多人都是比我年龄大、资格老的"师哥"、"师姐"。特别使我珍视的是，在向我表示称道赞赏的人中，确有不少我一直所敬仰的师长辈名流，我当时就把这些师长的称道记录在会议所印发的一张大大的日程表上作为纪念，记得有伍蠡甫、杨宪益、叶君健、草婴、杨周翰、李赋宁、梁宗岱、金克木、方平、王佐良……当然，使我最为难忘的还是朱光潜当着周扬的面对我的称赞，那是在我发言的第二天，周扬莅临大会与学术名流见面的时候。新中国成立后，他一直是文化意识形态领域里的理论权威、文艺政策的首席执行官，"文革"中，曾付出了沉重的代价，在监狱里待了一些年头，复出后一反过去声色俱厉的权威架势，为自己过去在历次运动中伤害过人而到处做检讨、表歉意，颇得学术文化界的好感。广州会议那天，他进入大厅，仍有昔日王者般的气派与优雅，大家列队欢迎，相当热烈。在这种场合，我当然对自己的斤两有自知之明，所以自觉地缩在人堆里，但朱光潜看见了我就主动地把我拉出来，向周扬介绍说："这是柳鸣九，他昨天在会上做了一个很好的学术报告。"只不过，周扬当时对此没有任何反应……

今天，我喋喋不休地说起这些花絮，自己也觉得不无虚荣心理。

我虽然一生并无奔赴仕途的志向与追求荣誉的意愿，但如果这类性质的东西来得"事出有因"，的确反映出自我的某种实在价值，我还是沾沾自喜的。其实，我这一辈子真正露脸出彩仅有两次：一次是在"文革"前，我以《二十世纪欧美文学史》编写组学术秘书的身份，在全学部学术组织工作会上做介绍工作经验的专题报告，那一方面是因为编写组在短短几个月就编写出文学史的大纲，成绩突出，另一方面也是因为学部一位新上任的政治部主任，正在需要"放三把火"，于是，我便成了"学术组织工作的先进典型"。除了那次露了头角外，就是广州会议的这个"五六个钟头"的报告了……只不过，这次舞台更为高端，难度更大，而从结果来说，所取得的"胜利"似乎也更"辉煌"。之所以如此，除了是因为这的确是一个有主见、有理论、有史料、有系统、有爆发点的报告外，恐怕主要是它讲出了在座很多有识之士想讲却还没有敢讲或还没有来得及讲出的话。要知道，他们都没有少受日丹诺夫论断的压抑，因此，乐见有"出头鸟"打鸣，也就不禁报以掌声了。广州会上我所感受到的热情，其实就是一定族群在一定时机的一种宣泄。

很快，"战果"就有所扩大：

会议期间，我就当面得到了各地大学的讲学、作报告的邀请，因为与会的有不少大学文科院系的负责同志。但受会议日程与我返京的行程所限，我只在广州就近去了暨南大学等校，后来顺便在北归途中在武汉做短暂停留，去了武汉大学等校，其他几个地方的学校，我都没有顾得上。

几乎是从广州会议的讲台上一下来，我的那篇发言稿就被《外国文学研究》的主编捷足先登、大包大揽地预签了独家发表权。这是当时国内唯一一家外国文学评论刊物，由华中师范学院主办，至今已红红火火办了30年，也算是国内高校系统的一家重点期刊。我从广州回到北京后，将发言成文定型、调整润色为一篇将近6万字的大文，后由该刊 1979 年的前三期长篇连载。如果说在对日丹诺夫的发难中，广州会上的发言是我射出的第一支箭，那么《外国文学研究》上的这一篇长文就要算是第二支箭，至于我在 1978 年通过《外国文学研究集刊》所组织的"笔谈"，由于分别刊载的第一、第二、第三期直到 1979 年 9 月以后才陆续出刊问世，倒成为射向日丹诺夫论断的第三支箭了。

也正是在广州会议期间，我与参加了会议的上海文艺出版社的郑锽达成了协议，由该社出版我的第一个论文集《论遗产及其他》，其中的主打文章就是对日丹诺夫论断发难的这篇长文。后来，论文集于 1980 年如期出版。初版 13000 册，两年后又获再版加印，达到 18000 册，算是那个时期一本颇受欢迎的书。

这就是 1978 年我以"实践检验真理"的讨论为时机，针对日丹诺夫论断的所作所为。我不能说，在这一年的广州会议以前，国内完全没有公开的对西方 20 世纪文化文学的翻译介绍，但从广州会议之后，对这个领域文学的翻译、介绍、讲授、研究、评论方才欣欣向荣、蔚然成风却是明显的事实，毕竟国内外国文学工作领域里的精英，从高等院校的教学骨干到出版社、文化文学期刊的社长、总编、负责人，都在广州盛会上受到了"耳濡目染"。

四、后来的行程

广州盛会一页翻了过去，我以为"功德圆满"、"万事大吉"矣。

这种如意算盘未免太幼稚，太天真！你自己如此张扬，弄出了如此大动静，竟想不付出点代价？要知道，你所触犯的曾经是一个强大的革命传统，它的后面有大批的信众，事关他们的理论地位与学术利益。你，对不起，休想溜之大吉！而且，别忘记，毕竟是在 20 世纪 80 年代，中国人都在"摸着石头过河"，想法有些变化、心境有点反复，那都是很自然的事……

就在我的"三箭齐发"之后不久，日丹诺夫忠实信仰者的反击与清算就降落在我的头上了；针对他们的责难，我当然会有反应与新的作为，既然改革开放伊始的时代社会给我提供了空间与机会；我的第二轮反应与作为，在变化着的境况下，势必又引起新的矛盾与阻力，既然全中国都仍在"摸着石头过河"；面对新的矛盾与阻力（甚至是抗击），我势必又有新的反应与作为，既然我仍能享用到时代社会所容许、所提供的生存空间；如此反反复复，生生不已，连绵不断，似乎三箭连发是第一张多米诺骨牌，一旦引发，后面的事就没完没了，其进程的轮廓大致如下：

广州会议的第二年即1979年，全国外国文学工作第二次会议，也是外国文学研究所主办的外国文学学会第二届年会在成都召开，规模亦相当盛大，只是气候乍暖乍寒，风向有了变化。在这次大会上，领导安排了一个革命大批判发言，该发言高调宣称："批日丹诺夫，就是要搞臭马列主义"，其锋芒所指，当然非敝人莫属。

在成都会议上，我没有做任何声辩，我深知，此种高调一方面是出于某种个人的"理论利益"、"学术文化利益"，另一方面是由于对国门外的文化学术真实状况孤陋寡闻，愚昧无知。因此，我决定："进一步让事实说话"，其具体作为便是开始主编《法国现当代文学研究资料丛刊》，进一步提供史料，其中的第一集便是由我自己编选的《萨特研究》。

1981年，《萨特研究》出版问世，该书对这位在中国一直被侧目而视的作家做了全面客观的译介与实事求是的评价与推崇，出版后大受欢迎，成为一代知识精英的必读书。

1982年，"清污"风风火火地在全国进行，萨特首当其冲，《萨特研究》成为批判对象并被禁止出版，同时挨批受冲击的还有其他西方现代派的种种文学艺术。在"清污"中纷纷出手的"理论家"，仍是日丹诺夫论断的老信徒。

1985年，雨过天晴，《萨特研究》被解禁再版重印，《法国现当代文学研究资料丛刊》亦"春风吹又生"，我编选的《马尔罗研究》（1984）、《新小说派研究》（1986年）、《尤瑟纳尔研究》（1987）得以陆续出版问世。最后，至20世纪90年代中，这个丛刊因出版困难而停止，总共出版了10种。

为了对"清污"中被涉及的西方现当代文学思潮流派再一次进行重新评价，我开始主编《西方文艺思潮论丛》，该论丛于1987年开始陆续问世，计有《未来主义、超现实主义、魔幻现实主义》（1987）、《自然主义》（1988）、《意识流》（1989）、《二十世纪文学中的荒诞》（1993）、《20世纪现实主义》（1994）、《从现代主义到后现代主义》（1994）、《存在文学与文学中的存在》（1997），一共七大卷。

为了对西方20世纪文学做进一步大规模的"文化积累"，我开始主编巨型的《法国二十世纪文学丛书》，该丛书的第一批书七卷于1986年出版问世。此后，惨淡经营，坚持不懈，终到1999年出齐十批书共七十卷，成为国内规模最大的一套国别文学丛书，深受中国文学界、文学创作界的重视与欢迎。与此过程中，我撰写了70万字的评论，后结集为两卷本《法国二十世纪文学景观》（《超越荒诞》与《从选择到反抗》）出版……

为了扩大与深化对外国文学的系统积累，我在20世纪90年代又开始主编"外国文学名家精选书系"，从1997年问世到2008年，基本上已出版七十卷共约5000万字，其中西方20世纪文学部分占有三分之一强，包括一些在中国曾备受争议的作家，如《萨特精选集》《劳伦斯精选集》《卡夫卡精选集》《里尔克精选集》《乔哀斯精选集》《王尔德精选集》《阿波利奈尔精选集》……特别是我主持编译的四卷本《加缪全集》，要算是此过程中的最重要的成果，该集于2002年得以出版问世。

1978 年到 2008 年，我走过的历程大抵如此。从某种意义上说，我在学术文化上相当大一部分作为是从 1978 年才开始的，构成我学术文化的"近代史"的起点与开篇，其中的重点与贯穿始终的主线清晰可见，那便是对西方 20 世纪文化的说明与展示。

回顾这 30 年走过来的道路，难免不深感其不平坦，如果再加上 20 世纪 80 年代中到 90 年代初我前后三次极不公正地被拒在"博导"队伍之外的逆境，那就应该说道路实在是坎坷之至。所幸，从这一趟行程中，留下了一些实实在在的卷帙，对于"会思想的芦苇"这一脆弱的个体来说，这也许就是存在意义的唯一了。

我为萨特办正式签证

——围绕《萨特研究》的记忆

"中国萨特研究第一人",这个加在我头上的称号,从第一秒钟起,就使我深感受宠若惊,其中又混杂着几分纳闷,因为这是一顶颇有分量的冠冕,而我却不知道其原创者为谁,不知道是哪位评论家、哪位文化观察家对我如此慷慨、如此溢美。

我第一次见此称号是在2005年五六月份,那个时候,北京与外地的几家报纸杂志,显然是出于共同的记忆,都纷纷辟专栏、发专文纪念萨特诞生100周年与逝世25周年,从5月一直到6月,一家接一家先后出手,我所见到的至少有《潇湘晨报》《中国新闻周刊》《新京报》《新周刊》《南方都市报》《中国经济报》等好些家,其中《新京报》竟分别于6月10日与22日两次辟有专版专栏,显得更为热衷。总而言之,不约而同,相当隆重,而慷慨授予我"萨特研究第一人"这顶桂冠者,我记得是《新京报》《新周刊》等三四家报刊。

这无疑是文化舆论界的溢美之词,却也并非信口开河,胡吹乱捧,而是事出有因,有根有据,其事由存在于上世纪80年代初的文化学术的历史过程中,也算是那个时期众所周知的一个"公共事件",因此,当人们做相关的历史回顾时,就自然会记得这一"时代的履痕"。

这次"公共事件"过去已经有30年了,尽管其"骨架"曾经为人所知,但已经被时光尘封得依稀隐约,而且其细部与血肉,如果没有当事者的回忆，是很难为世人所知的。正好有 2008 年的一股全民回顾改革开放 30 年的时尚东风，顺风乘势，加以完整追述，也许不无意义，因为这个事件毕竟是时代进程中的一个产物，也像露珠反映阳光一样，反映着中国上世纪 80 年代的精神过程的一个侧影。

一

事情得从 1978 年说起。

这一年，中国开展了一场名为"实践检验真理"的大讨论与大宣示，它标志着意识形态领域中思想解放的开端，是一件有点划时代意义的大事，我非常自觉地乘着这一股东风对长期主宰中国文艺界的苏式意识形态日丹诺夫论断"揭竿而起"，提出了重新评价西方 20 世纪文学艺术的学术理论问题，具体行动有三：一是在全国第一次外国文学工作会议（广州会议）上做了一个长达五六个小时的学术发言，对日丹诺夫论断进行冲击与剖析，全面对西方 20 世纪文学艺术的思想内容、社会意义与艺术创新做了全面的、实事求是的正面评价；二是将此篇发言整理为约 6 万字的长文，公开发表在著名刊物《外国文学研究》上；三是在我当时主持实际工作的《外国文学研究集刊》上组织了"重新评价西方 20 世纪文学的笔谈"。这三件事做得很有目的、很有预谋，也很有规模、很有声势，我曾经称之为"三箭齐发"，可算是 1978 年中国意识形态领域里一件不大不小的学术文化事件，这便是后来"萨特事件"的最初由头。

不久，我的"揭竿而起"就遭到了反攻倒算。早在广州会议上，虽然那个"重新评价"的长篇发言广受与会专家学者的认同与赞评，但我也已经感到有飕飕冷风与逼人寒意，生发出这种冷风与寒意的人为数甚少，但其政治能量与力图在社会生活中发挥导向作用的强烈主观意志实在令人生畏，基本上都是日丹诺夫论断的老信徒，由于所习的外国语种与学术地缘的原因而以坚守日氏理论为生命线，或者是以维护思想道德秩序为己任并长期在此类工作岗位上任职行走的人士，而他们几乎都属于中国社会科学院这块"马列主义的思想阵地"，特别是其中的外国文学研究所，他们对我的"揭竿而起"不表态、不置评，冷眼相加、寒脸面对的种种表态，使我强烈地感到"墙内开花墙外香"的人事常情。

果然，广州会议的次年，在1979年的"成都会议"上，气势汹汹的"秋后算账"就发生了。这次会与前一次会都是属于同一个系统的学术活动，广州会议名为"全国外国文学工作会议"，在会上成立了"中华外国文学学会"，选冯至为会长，确定中国社会科学院的外国文学研究所为常设机构，是为外国文学学会的第一届年会，而成都会议则顺理成章为第二届年会，当然，仍由"翰林院"的外国文学所主持操办，其官方性质是不言而喻的，年会的方向、内容与大会发言也都是由领导上、组织上安排的。正是在这次会上，出现了一个高调的大批判发言，横扫外国文学研究、翻译领域里的"右倾翻案风"与"资产阶级错误动向"，其批判重点则是广州会议上我那个冲击了日丹诺夫论断的发言，声色俱厉地上纲上线，给发言者扣下了这样一项帽子："批日丹诺夫就是要搞臭马列主义"，大有一棍子打死之狠劲。

从会议的气氛与方向而言，如果说1978年秋的广州会议是宽松开放的话，1979年秋的成都会议则是收缩后移，一年之隔，气温大降。这也不难理解，70年代以来，中国人正开始"摸着石头过河"，左摸一下、右摸一下，深一脚、浅一脚，正是很自然的事，何况善于从一种倾向之中抓出另一种倾向，正是领导一直崇尚、自觉追求的掌控艺术，外国文学所隶属的"翰林院"从来都属于神经中枢的直接感应区，它所出面主办的学术系列活动，在早春时节必然会出现乍暖还寒的反复。至于高调大批判的发言者，从到目前为止的数十年的过程看，更是有其定势轨迹的必然性，此君学得日丹诺夫的母语，便奉苏式意识形态教条为终身信仰,摈拒"与时俱进"的智慧,又因善于经营权势人脉而在研究所、学术界颇为炙手可热,成为一位"亚权势"人物,从此在本单位以做政治思想裁判与维持精神道德秩序为己任,承担起在学术园地里"除虫锄草"、"清污净化"的职能,实令人有几分畏惧,其威风长期不衰。可惜一个人的精力与才情有限,多用于作威作福、训斥施教,便无力做出自己的学术建树矣。虽然,身居显要的学术岗位,长期以文学史研究为本职,到头来却只有一本由几篇高调大批判文组成的文集作为其毕生唯一的"研究成果"。

如果是在"文革"以前,有这样一个扣帽子、打棍子的发言冲我而来,我肯定会感到很恐慌,但 1979 年的我,毕竟已经见识过、经历过暴风骤雨,多少有了一点点"临危不惧"的能力,何况,不难看出,这样一个"清污"纠偏的发言虽然有一定组织上、领导上的背景,但毕竟还不是领导上的政治判词与组织上的正式结论,更何况,当时在台下的听众,露出了不以为然神色者大有人在,我不仅不感到孤立,而且感到同情者、同道者颇多。不过,我婉言谢绝了一些朋友怂恿我上台答辩的情意,只打定了一个更有力的主意、更大的计划:"进一步让事实说话,进一步以过硬的材料清除日丹诺夫的影响",因为,我知道,导致这种狐假虎威、汹汹对人的"革命大批判"的原因,除了有个人的某种私利目的外,主要就是对外部世界文化学术状况的愚昧无知与盲目偏见,而在社会文化生活中,只要这种由闭塞而来的愚昧无知存在着,日丹诺夫论断就必然会有它的市场,有它的影响,甚至会滋生繁衍。在中国,首先需要的就是实事与实话。具体来说,我"进一步让事实说话"的主意,我对左调大批判的回应,我的具体答辩,归结为一个行动计划,那就是:创办《法国现当代文学研究资料丛刊》。

我只打算把这个"丛刊"局限于法国文学研究界这一范围,而不准备把版图扩展到整个外国文学,一是因为我自己的学术专业是法国文学，这是我的"本行"，而创办并主编这样一个丛刊，是必须具有比较深的专业水平的，而且我也有意与本学界众所周知的那种自以为学得"老大哥"的母语，便自视为世界万国文化的权威专家的"大国沙文主义"倾向划清界限；二是因为法国20世纪文学是世界文学大多数思潮流派的发源地与摇篮，我以为把这个国家文学艺术的典型现象展示明白与说明清楚，也就不难见世界文学之全貌了。

于是，成都会议之后，我很快就着手筹办《法国现当代文学研究资料丛刊》，而其第一辑便是后来文化读书界所熟知的《萨特研究》，紧随其后的，则是《马尔罗研究》《新小说派研究》《尤瑟纳尔研究》等等。

二

为什么我的这个"研究丛刊"工程是从萨特入手？

首先，当然是因为他在法国20世纪精神文化领域中超重级的分量。他不仅在小说、戏剧、政论、传记文学方面均有丰厚的业绩，是诺贝尔文学奖的获得者，而且以思辨的深刻穿透力与强大论证使其标签式的存在主义哲理具有了全球影响与世界声誉，成为整整一个历史阶段的流行时尚。此外，他还是一个举手投足均有世界影响的社会活动家、政治思想家、时代的弄潮者。在我的眼里，萨特划时代的重要性正在于他的精神灵智性，而不在其创作的技艺性。因此，在我后来出版的《法国二十世纪文学景观》第二卷中，曾把他作为20世纪哲理文学中的一道"灵光"，而我这种排序法实不能不与我比较重视文学的思想性有关，这正是我大学毕业后在蔡仪的文学理论研究室里受了好几年熏陶的"痕迹"。不论是什么思想缘由，我的"丛刊"从萨特等人入手的做法，得到了真正行家的认可与赞赏，1981年我在巴黎进行学术访问时，至少向西蒙娜·德·波伏瓦与尤瑟纳尔这两位当今法国文学的名家介绍陈述了我对"丛刊"的设想，萨特的这位终身伴侣当然对我从萨特入手很感高兴、十分认同，而法国历史上第一位法兰西学士院院士的尤瑟纳尔也认为我这一"切入"很有见地。

选取萨特作为"丛刊"的"开篇"的第二个原因，则完全是由于国内学术文化界的实际状况，怎么说呢，姑且这样来概括吧：是由于国内不合理的意识形态状况所决定的"优先论证必要性"，也是因为我尚能看到的"优先澄清的现实可能性"，"即"优先论证的"易行性"与"有效应性"。这一"必要性"、"可能性"、"易行性"与"有效应性"是由这样一种悖反的情况所决定的，那便是，一方面萨特是公认的大左派，是社会主义阵营的忠实支持者，是共产党有名的同路人，20世纪60年代后，更是热情洋溢地投入到"毛主义"的怀抱。按常情来说，这样一个思想家、文化名人理应在社会主义中国得到热情接待，他理应在这片土地上得到他"存在的支点"，但是，另一方面情况偏偏相反，他作为思想家、哲学家、文学家却并没有得到社会主义中国的认可，更谈不上热情的接待。他只在50年代初作为国际统战对象被邀访问过中国，行程中没有任何学术文化的安排，作为一个哲学家与文学家，他并没有得到任何正面的评价，尽管他的《恶心》与极少数短篇小说也在中国得到出版，但也只是作为"供内部参考"的"黄皮书"出版的，未能堂而皇之地来到"光天化日"之下，一旦到了公开出版的范畴，有的出版说明就旗帜鲜明地划清思想界限，义正词严地把萨特称为"垄断资本主义的反动性与腐朽性在意识形态上的反映"、"日暮途穷的资产阶级垂死挣扎的心理的一种表现"，甚至是"帝国主义的代言人"了。我一直觉得这两方面的不协调、不和谐以至对立颇有那么一点像是"煮豆燃豆萁"，像是"大水冲了龙王庙"，对于萨特来说固然是不公正的，对于一个社会主义大国的意识形态理论状况而言，也绝非是值得自诩的事，至少缺乏度量或者是识判有误吧。而在我看来，正因为明显悖反、明显不合理，也就最有必要去优先加以澄清与说明，因而也就必然最易于把它说明白，予以澄清，达到拨乱反正的目的，这便是我的"丛刊"从萨特切入的重要考虑。后来的事实证明，我所考虑的第一个"必要性"应该说是相当准确的，而第二个"易行性与必然效应性"却很不准确，事情的发展远非那么简单，而是大为复杂。

就这样，1979年成都会议之后，我很快就启动了《萨特研究》的成书进程。对我来说，这个进程，一开始就是"胸有成竹"、"轻车熟路"的，不论是对萨特问题的思想观点、识判评价、感情倾向，还是对萨特全面资料的基本掌握，甚至都可以说已经有了某种"草图"与"毛坯"，在成书之前，至少有这么两个：

一是在1978年的广州会议的长篇报告中，已经有了一个小小的"专章"对萨特做了相当充分的正面评价，"相当充分"从篇幅即可见出，足有4000字的篇幅，基本上明确勾画出了这样几道清晰的标线：1.萨特继承了过去时代人类文学进步的思想传统，"达到了民主主义、人道主义的最高度"；2.他现实描述性的文学作品具备进步的思想内容，有对社会生活独特的观察与对资本主义社会的批判；3.他的存在主义哲理，"自由选择"论有明确的善恶是非标准，有鲜明的积极价值取向，有助于世人进取向上，在现实生活中，更是"大大优越于命定性、宿命论"，"大大优越于那种怠惰寄生的哲学和依靠神仙皇帝的消极处世态度"，而它"把自主的选择与创造作为决定人本质的条件"，则"有助于人们为获得优秀本质而做出的主观努力"，不失为人生道路上一种可贵的动力，是"个性自由论、个性解放论的一种新形式"；4.在社会政治活动中，他是法国历史上从伏尔泰、雨果、左拉到法朗士这一作家兼斗士传统的继承者，并且达到了激进左派与共产主义同路人的高度。

二是在1980年发表的《给萨特以历史地位》一文中，又进一步延缓、扩充、细化了广州会议上我对萨特的正面评价，更强化了为萨特挺身而出、仗义执言的立场与态度。这是当年5月份我应《读书》杂志主编董秀玉的邀约为萨特的逝世而写的一篇纪念文章，作为一次主动的约稿，《读书》的此举表现出了它对当代世界文化事件反应的灵敏度，而从该文发表后的广泛影响看，则显示了一个刊物准确的"自我选择"意识，堪称《读书》杂志在20世纪80年代最值得自诩的"英明之举"。对我来说，这篇纪念文章基本上重复了我已经发表过的上述论述与评价，只不过因为恰逢哲人辞世而去，回顾他一生的作为与在中国所得到的待遇，不免感慨良多，因为全文充满了情感色彩，甚至达到了慷慨陈词的程度。首先，"给予历史地位"这一标题，就有十分明显的诉求性与"鸣不平"的基调，特别明显的是这样的言辞："他作为思想家，在我们社会主义国家里受到过不公正的对待……这，对于主观上对社会主义中国抱着善意，对马克思主义也严肃认真的萨特来说，也许是最大的不幸。这一精神上叛逆了资产阶级因而被资产阶级视为异己者的哲人，能在什么地方找到自己的支撑点？……我们不能拒绝萨特所留下来的这份精神遗产，这一份遗产应该为无产阶级来继承。"而且，针对导致萨特遭遇到苛酷责难的双重标准理论，还做出了这样直率的反问："萨特的确在政治上、思想上有过错误，但是，在近半个世纪以来当代极为复杂、变化多端的政治环境中，试问能保持一贯正确，绝对正确的究竟有几人？只不过萨特比较表里如一，不隐蔽自己的观点、不掩盖自己的矛盾，不文过饰非而已。"特别是该文引述了卢梭《忏悔录》中这段著名的话："万能的上帝啊，请您把无数的众生叫到我跟前来！让他们听听我的忏悔……然后，让他们每个人在您的宝座前面，同样真诚地暴露自己的心灵，看看有谁敢于对您说：'我比这个人好！'"更是带有一点愤世嫉俗的味道了。

这就是在《萨特研究》成书之前我对萨特的基本思想立场与理论观点，或者说，是我将要贯彻在此书中的立论大纲，有了已经形成的这样一股底气与主意，成书过程也甚为顺当高效了。

三

制作《萨特研究》，首先要拟出、要搞定的，是全书的选项、选目，旨在保证全书成为这位内容厚重深刻，甚至纷繁复杂的法国哲人的一个全面、准确、经得起推敲而又易于为中国人所理解的缩影，因为毕竟这是第一次全面地把萨特展现在一个对他并不了解而又带有偏见的国家面前。这样一份选项、选目拟定出来了，才能进一步做翻译介绍，全书的轮廓、全书的精华、全书的灵魂就都出来了。如果在这之前对萨特各个方面的文化业绩与实际作为没有全面的调研而只有一知半解，要临时抱佛脚制定出全书选项、选目的一份完整的"图纸"，那就会甚为艰难而旷日持久。所幸，我在动手以前，就要算是一个"有准备的人"了，对这个法国人不说"了如指掌"，至少也是"胸有成竹"了。

首先，是要选出他的文学代表作。他的长短篇小说以及戏剧创作有二三十种之多，不可能在一个选本里都选上，只能选出一部分有代表性与表征意义的作品，而且，为了避免有断章取义的可能，最好是将入选的作品完整推出，不做删节，这样就必须解决在有限篇幅范围里，做出最精当的筛选。经过反复考虑与斟酌，我把他的全部文学作品划分为两大类，一是社会政治写实性的作品，一是哲理寓意性的作品。前一类中有长篇小说《懂事的年龄》《延缓》《心灵之死》，短篇小说《一个工厂主的童年》，剧本《肮脏的手》《毕恭毕敬的妓女》《阿尔托纳的隐藏者》……此类作品都是对现实政治历史中的人与事做具象描写，其社会思想内涵都十分明确，但对萨特作为一个哲人作家标志性的"内核"即"自我选择"哲理倒表现得不甚集中、不甚明晰。但后一类哲理寓意性的作品，如剧本《苍蝇》《间隔》《艾罗斯特拉特》，小说《恶心》，却都比较浓烈地、凝聚地表现出了他的哲理。而在我想来，《萨特研究》的一个首要任务就是阐明萨特核心哲理的内涵、性质、界定与意义，如果没有完成这一任务，那就没有达到我自己心目中的"专业水平"与选家慧眼。因此，我决定选取他的几部哲理寓意性作品作为《萨特研究》一书中完整地加以全文译介的代表作：选《苍蝇》是为了展示萨特关于"存在决定本质、英雄式自我选择的哲理"；选《间隔》是为了让人见到萨特对于"存在决定本质、卑劣式自我选择哲理淋漓尽致的艺术图解"，这种图解发挥到了极致以至引发出"他人即地狱"这一20世纪文学中最为精辟的警句；选《恶心》，则是为了有一份萨特关于荒诞性与恶心感哲理的形象图解。全文完整翻译这三部作品，将构成了《萨特研究》一书的一大"板块"，将比较全面地体现出萨特那"招牌性"的"存在主义自我选择"哲理。

与这一大翻译板块相关的是另一大编述性的栏目，在这个栏目中，对萨特其他一些小说、戏剧作品一一提供了"内容提要"。这是按照中国人对叙事类作品有先需要了解其故事情节与人物关系的阅读习惯，以弥补上一大板块不可能全部译介萨特所有作品之不足，两个不同板块互为弥补，相得益彰，就能够使读者对萨特全部叙事类作品的内容都有比较感性的认知了。

《萨特研究》的第三大板块则是对萨特理论文学的译介。说实话，要入选哪些篇目，是一件甚为"头痛"的事情，且不说萨特的纯哲学著作就有好几大部头，也且不说他好几部文学传记作品每一部卷帙浩繁、厚厚重重的像一块块大大的水泥砖头。真有如愚公移山，不知从哪里下第一锄为好，即便是独立成篇的文论，他收集成书出版的《境况种种》也共有十卷之多，如此浩瀚的理论著作大海，确令人有"望洋兴叹"之感，因此，这一部分选题工作进行得更为费时费劲。经过反复思考，反复比较，反复斟酌，总算完成了这一个艰难的程序。其间,首先是明确指导思想与取舍角度,其次是划定范围,圈出篇目,然后再加以筛选,一一衡量,最后限于篇幅选定了这样极为有数的几篇:其一,《为什么写作》,这是萨特作为哲理大师与文学大师的一个纲领,一具魂魄,与他的传世经典大作《文字生涯》互相呼应,既是它的一种理论概括,也是它的一种精神升华,是了解智者、写作者萨特不能不读的"入门导读";其二,《七十岁自画像》是萨特对自己的理论活动、文学创作活动与政治社会活动的诠释与说明,鉴于他只活到70岁,此作实乃他一生的全面回顾与总结,其重要性是不言而喻的;其三,《答加缪书》,是萨特、加缪这两大哲理巨人关系中关键性历史事件的标志,既反映出法国20世纪精神领域里存在主义思想潮流中两翼的深刻分歧,也折射出萨特本人在社会生活中的为人与个性,是一份颇有研究价值与思索空间的文件。虽然入选的文论只有这三篇,但我自己觉得实为准确精当之选,至少是我费了些心思,浇铸了心血的结果。

以上三个板块,构成了《萨特研究》一书的主体,其余的栏目则是补充资料性的:计有"作家与批评家论萨特"、"关于萨特戏剧创作的文学背景资料"以及"萨特的生平与创作年表"。这三者也存在如何确定选目的难题,特别是法国与世界各国研究者论萨特的评论实在是浩如烟海,筛选起来殊为不易,最后总算选出了大学者、大作家安德烈·莫洛亚的《论萨特》与法共批评家加洛蒂论萨特的戏剧与小说的《我们时代的见证》,多少显示出了选家有根有据的把握。此外,考虑到"丛刊"的性质与形式,还设有几个附录性的栏目,以向国人介绍有关法国当代文学资料为目的,计有"一年来的法国文学动态"、"法国文学奖金的资料"、"战后法国几种主要文学奖的获奖作家与作品"的"完整清单"。

除了以上这些板块、栏目与内容外,我当然没有忘记全书要冠以一篇研究性的、有分量的、有充足篇幅的序言,我的目的很明确:

不仅要做一个选家,以选本的内容来展示,而且要做一个立言的研究者,道出我的研究心得,要讲出我想讲的话(当然是大环境、大气候所允许的话),在某种程度上,我所选定的内容,归根结底是为了说明问题的佐证。本来,提供完整的、有较高专业水平的选本,以达到论争的目的,不正是我的初衷吗?

选本的"节目单"一旦确立成形,我就不无自信与自得之感,自信这将是一个专业水平相当高的"拼盘",经与纬交织,点与面互补,全译与内容提要配合,足以编织出一幅历史社会与文学发展背景上完整的萨特画像。虽是偏重于哲理文学的画像,但把萨特的哲理文学的画像呈现清晰了,萨特的核心本质也就凸显而出了,何况,萨特的哲理文学画像,才是比较平易近人、为世人所喜闻乐见的,不像他那纯思辨哲人的面相艰涩费解、令人望而却步。当然,我更加绝对自信的是,这将是在中国的第一个讯息丰富、讯息全新的萨特专集,因为其中所选定的近20种作品中,除一两种外,在中国全都是第一次译介,当能填补一大块学术文化空白,给世人耳目一新之感。

选目选题确定后,就剩下写全书的序言与组织翻译这两件大事了。序言共两部分,第一部分是对萨特的全面评价,其主旨是"给萨特以历史地位",这一部分我几乎全文沿用了在《读书》上发表的那篇纪念文章中的立论与言辞,因为那篇文章对萨特的精神文化业绩与历史社会地位做出了全面的评价,对他以"自我选择"论为核心的哲理体系做出了普及化与中国本土化的阐释,也充分表现出了我自己为萨特挺身而出讲公道话的激情与勇气,似乎在两年前就是专为这本书写就的。序言的第二部分则是说明专集内容的编选原则与理由,并对选目选题一一做出评析。全序写完,洋洋洒洒共约2万字,对萨特来说,不失为一篇全面的辩护状,不失为一篇全面的表彰书。

至于组织翻译一事,应该说,我要进行这项工作的环境与条件是相当好的,我的那个研究室,当时在外国文学研究所以"兵多将广"

而著称，法语人才济济一堂，已具大将风度的比比皆是，如罗新璋、谭立德，特别是以李健吾、罗大冈与我为导师招收了一批硕士研究生共有十几人，他们都早在"文革"前就已完成了大学学业并已积累了好几年的工作经验，考入社科院当研究生更是"浪淘沙汰集精英"，如施康强、金德全、罗芄、郭宏安、吴岳添、李清安等。我作为研究室的主任与研究生的导师，既有"调兵遣将"、分派任务的方便，也有识人之明，得以"选贤任能"，根据既定的选目选题，分配得当，使人各得其所。正是在这些老同事与同道的合作下，全书约50万字的译介工作量，得以在不长的时间里全都完成了。

全部书稿完成后，交由中国社会科学出版社出版，出版社觉得以《萨特专集》为书名不够响亮，有点削弱了本书扎实的学术研究内涵，建议改名为《萨特研究》，我当然乐于接受、欣然同意。从此，《法国现当代文学研究资料丛刊》后来的"专集"均一一按此格式取名，如《马尔罗研究》《新小说派研究》《尤瑟纳尔研究》等。

交稿后不到一年，《萨特研究》就顺利出版了，出版日期为1981年10月。

此书的完成与出版，使我颇有"成就感"，我确认这是对那个"批日丹诺夫就是搞臭马列主义"的革命大批判发言的一记有力而响亮的回答，同时，我也确信，自己较好地完成了对一个大哲人、大作家做鉴评、解析、展现与引进的全过程。使得萨特在精神文化上堂而皇之地进入到中国，这在中国无疑是一件具有开拓性的事情，我日后把这称为"为萨特办了文化入境签证"，而后来报刊媒体之所以称呼我为"萨特研究第一人"，其含义看来也正在于此。

面对中国的法国文学学科发展，《萨特研究》也可以算得上是一所"公学"，我与一些同道共同在萨特的语境中有过一番体验，于"文革"之后第一次登上了一个由自己搭建的令人瞩目的舞台，各自留下了自己值得纪念的足迹，而我的老同学李恒基、罗新璋与老同事谭立德所译的《间隔》《萨特年表》与《苍蝇》，都成为他们自己译绩中的"保留节目"，不断被后来多个选本"征用"、重印，再如"黄埔一期"出身的施康强，自从在《萨特研究》中承当了萨特两篇最重要文论《七十岁自画像》与《为什么写作》的翻译而令人瞩目之后，便一发不可收拾，几乎成为萨特文论翻译的"专业户"，他后来重要的译绩之一《萨特文学论文选》（人民文学出版社出版）便是在以上两篇文论基础上发轫而成的。从一所"公学"里出来一批人，以此为共同的舞台，各自不同程度地有了自己的一个小小的起点，未尝不是一种缘分、一桩幸事也。

漫长的旅程

——F·20丛书七十卷纪事

一、"F·20书舍"搭建记

有这样一套丛书，它的专业性强：专以译介法国20世纪文学为己任；它具有明显的开拓性与新颖性：所译介的内容大都皆为国人所初见的作家作品；它兼有多彩的丰富性与科学的准确性：既涵盖了这个世纪文学的全程全貌，又有见地地选取了最有代表性、最有艺术价值的作家作品，几乎把一个世纪中的文学精英精华尽收其中；它具有明显的时效性，非常及时地将尚未完全过去的本世纪法国文学展现在中国读者面前，就像把刚出炉的美味糕点送上了中国人的文化餐桌；它是成规模的巨制，做到了七十卷之多，而且卷卷都体现着译介者充满诚意的劳动与上佳的专业水平；它具广泛而深远的社会影响，一出现就以其新颖性与开拓性使广大读者耳目一新，以其品位与质量获得文化界人士的首肯，以其启迪性特获文学创作界人士的青睐。对于这样一套丛书，说到它时可比喻为一幢"建筑"。如果我不敢比喻为一座"大厦"的话，且比喻为一所"书楼"或一个"书舍"吧！现在我要回顾的，就是这个"书舍"。

1985年春，昆明，阳光灿烂。几家地方出版社在这里召开会议，商谈出版外国文学书籍的事宜，特邀了两三位学者前去做客助兴。盛情的款待，从邀请信里即可预感到了。为了不辜负东道主的盛情，我遵嘱带去了一个学术报告。另外我又带了一份《法国二十世纪文学丛书》的计划，是准备作为"智力劳务"献给会议的。

当时我之所以有一个"丛书"的设想与建议，是因为深感外国文学出版工作要更上一层楼，就必须在系列化、系统化上下些功夫，而在法国20世纪文学方面，虽然国内各出版社都开始出版了一些作品，但很零星分散，选题也远远不广泛、不齐全，而且有些拘谨，从一个社会的文化积累的角度看，仅仅是一个开端而已。除了这点认识外，还有另外两个具体的原因推动我提出《法国二十世纪文学丛书》的方案。一是近年来不断有出版社、杂志刊物的编辑同志前来访问，就法国20世纪文学该出版介绍些什么作家作品征求我的意见，索取选题；二是经常有我国的法国文学研究界的朋友，特别是一些比我年轻的同志，希望我为他们翻译与出版文学作品开辟点路子。这两个具体原因，使我产生了一举就尽完两方面义务的念头。

按照我的设想，这套丛书的主导精神是开放。它的开放精神首先要表现在选题上，一定要打破过去那些"反映社会现实"、"暴露资本主义社会的腐朽"、"揭露统治阶级"、"歌颂劳动人民"的选题框框，而要以真正的思想深度与艺术性作为选题的标准，追求题材与风格的多样化；另一方面，则要与通俗文学、畅销书划清界限，而以译介严肃文学的杰作名著为己任。我以为，果能如此，则此丛书既可以呈现出新颖洒脱的面貌，也可以保持较高的格调，而且，正因为20世纪文学还在发展，编选这样一套外国文学丛书在国内尚无先例，所以更可显示出选家的见地，就像一张白纸上好画新的图画一样。至于哪些作家作品可以入选，在我看来，这似乎是一件水到渠成的事情，从多年的文学阅读与研究工作中，我自信对应该"榜上有名"的作品及其各自的品位，心中还是很有一本账的。

一套好的外国文学丛书，除了要有好的选题外，还必须显示出自己的取值立场与鉴赏水平。为此，我一直认为，译本必须有序，从译介的目的性来说，无序的译本是有重大缺陷的。当然，译本序最好避免那种在作家生平流水账之上再给作品加几个标签、戴几顶帽子的常见的方式，更要力戒那种在外围闲谈一阵，最后加上"是为序也"的名家"大手笔"。而应该以开放的气度，善于发掘作家作品中的思想价值与艺术价值，以不同的批评观念、不同的批评方法，提供新的理解角度，开拓鉴赏的空间，甚至导向审美空间的重建。既然是文学作品的序，那就还应该有点感受、有点感情色彩、有点个人灵性、有点文采。在开放性、严肃、高层次的文学选题基础上，再加上这样的译序，一套丛书就不难具有自己的品位了。

  对于"丛书"的形式，我也有一些设想。总的来说，应该突出灵巧与精致。我从法国伽里玛出版社的FOLIO丛书那里得到启发，决定我这一套"丛书"采取小开本，以便于阅读，便于一般读者购置；出版则采取灵活的安排，分批推出；每批7本，取人类生息劳作一周为七日之意，亦有"七星"之喻，7种的配搭则灵活而无定规，但争取有一点儿像中国菜肴中的拼盘艺术；此外，我又从法国"10/18"丛书那里得到点启发，设计了"F·20"这个用来代表整套丛书的标志。

  这是我当时准备答谢出版界的招待而带到昆明的一个方案。但到昆明后就得知，几家出版社已另有联合出版一套外国文学名著的宏图，而派给我等两三个学者的任务只是单纯讲学，不参与出版事务的讨论。于是，我也就把上述方案与建议深藏在口袋里，惟恐产生干扰。临到会议结束、大家快分手的时候，偶然与刘硕良同志泛泛交谈，我提到了我上述对"F·20丛书"的构想。硕良同志是漓江出版社的副总编辑，在出版界以有见识、有效率著称，他一听到我的设想，大为欣赏，马上就当机立断代表"漓江"表示愿意承担这套书的出版，并且特别强调希望能由"漓江"独家出版，而不是如我原来所设想的由两三个出版社分担。如此高效率地达成了协议，是我根本没有料想到的，剩下的问题就是如何把计划付诸实施了。

作为一个个体脑力劳动者，我一直保持着事无巨细都自己动手的习惯，我认为脑力劳动是一个必须以个体方式进行的劳动，因而对那种靠助手来完成一件件文章千古事的工作方式，实不屑于效仿。我深知，那种方式要求具备的资历、身份、地位、条件与我都是无缘的，我要做的每一件事，小至一条资料的查对，都必须通过我自己的双手。制订"F·20丛书"的计划，是独角戏，执行这个计划仍是独角戏。首先是从拟定最初两三批书的选题做起，一批书7种的"拼盘"配好后，就是约请译者了。我所约请的基本上都是我国在法国文学研究界与我大致同辈的中年骨干，也有很少数青年同志。这两部分同志都学有所长，有相当丰富的译述经验，只是在改革开放以后，才得以开始展示其才能，首先是他们保证了"丛书"的译文质量。约请了译者之后，剩下来的就是我个体劳动的主要项目了：撰写序文、阅稿发稿，以及技术上的编辑加工等。临到"丛书"即将问世，当前的时尚又提醒了我，剪彩性的"典礼"总该有几位嘉宾在场。于是，我又补请了几位同辈朋友担任编委与副主编。其实，说"担任"并不确切，因事先我已讲明，绝不以实务相烦，只不过是借几个姓名"以光篇幅"而已。当然，也有促使本学界的同志关心与爱护这个"丛书"的心意，就像世上有的可怜的父亲，愿意自己的独子多认几个长辈，以使孩儿在明枪暗箭的人生路上能得到若干善意的遮护。

由于硕良同志的大力支持，"F·20丛书"第一批7种得以在1986年至1987年相继问世，也由于硕良同志的精心安排，再加上刘绍荟同志的才能，第一批书封面的美术设计搞得很新颖、很精致。整个丛书在读书界很快就引起了广泛的注意。

我最初在这套丛书上的打算是极其有限的。我希望它能成为一套大型的文学丛书，但我自己只准备起一个开路的作用，具体就是只推出一两批书，安排好两三批书的选题与组稿后，就移交给其他同志主持。至于序文，我为了实践自己以上对译本序的设想，也只准备写出那么几篇以体现出整个"丛书"的风貌，因为，我只是把"F·20丛书"的工作视为我整个工作的一个插曲，而它压在我身上的繁重的工作量却已经在相当的程度上使我放下了我原来分内的本职研究工作，我想尽早地解脱出来。但"丛书"问世后，一系列情况使我不由自主。首先是文化界一些同志热情地鼓励我继续按照已有的路子把"丛书"主编下去；其次是学界一些同志的支持与期待；再次是出版社归纳了读者的意见，认为此一"丛书"的特色表现在选题上、译序上与美术装帧上，而为了保持这三位一体的特色，出版社向我提出了一个具体的要求：今后"丛书"的每一种序都由主编亲自撰写。从瓶子里放出来的东西，再也收不进瓶子里去了。于是，我不得不继续放下手头的一些其他工作，又主编了"丛书"的第二、第三、第四批书……当然序文也就这样一篇又一篇写了下来。

眼高手低，是人的一个通病，这是知与行之间的差距与脱节所必然带来的后果。虽然如上所述，我对"F·20丛书"序言有一些设想，或者说有一些"理想"，但要自己真正做起来，却往往又感到力不从心。尚能告慰自己的只是，我力求写出自己对法国20世纪文学的一些见解，避免人云亦云，力求发掘出作家作品一些真正有价值的东西。我多少也论及了本世纪法国文学发展的动向、态势与规律，在当前国内对20世纪文学的评析、研究、回顾、总结的工作正在起步的时候，也能提供若干信息与参考。至于不止一位评论者在提到这些序言时，曾称赞为"健笔纵然"、"文采斐然"、"每序必有新意，有学术价值"，在我看来，那就是本学界同人的一种善意与鼓励了。

除了"漓江"的合作外，事情还有新的发展。

1990年秋，安徽文艺出版社的江奇勇和徐海燕同志来北京找我约稿，是要我为他们编选"人间有情小说系列"的外国篇六种。在交谈中，我颇为他们在外国文学出版方面的抱负与热情所动，顺便询问他们是否可为"F·20丛书"分担一部分出版任务。因为，我认为法国 20 世纪文学甚为丰富，在世界范围里具有广泛而深远的影响，名家名著如繁星闪烁，难以胜数，远远不是七批书 49 种所能包括的，这样一套大型文学丛书，如能有 70 种或者更多一些，方可算是颇具规模。而随着"F·20 丛书"愈来愈得到文化界、读书界的关注与厚爱，本学界的同志们也不断敦促我把它作为学界的一项事业而不断推进下去。于是，我也就愈来愈下定"一不做，二不休"的决心，欲试着闯闯七十大关，鉴于"漓江"的负担已着实够重，扩大出版的路子，也就势在必行了。

对"F·20 丛书"，奇勇同志早已熟知，他正想搞点有价值的"经典性节目"，一听我的询问，当场就欣然接受。于是"F·20 丛书"也就开辟了一个"第二战场"，由安徽文艺出版社出版第五批书以后的五批，也就是说计 35 种。

1991 年，当"漓江"已推出三批书以后，"F·20 丛书"荣幸地被列入国家"八五"重点图书出版规划，"漓江"与"安徽文艺"又即将推出两批书 14 种，在国内国外文学出版一片不景气中，似乎堪称"风景这边独好"。

然而，接着传来了我国在不久的将来参加国际版权组织的消息。这件事意味着什么是显而易见的。10 年前，我在巴黎会见尤瑟纳尔时，她就很关心她的作品在中国翻译出版后的经济权益，我当时向她解释说，我国尚未参加国际版权协定，还说，作家最宝贵、最取之不尽的财富就是自己的读者，她的作品在中国翻译出版，将给她带来 10 亿读者，这笔财富是相当可观的。显然，这种"花腔"以后不能再唱了，而必须要漓江与安徽文艺两家出版社拿出硬通货来付给那些仍然健在的作家与去世还不到 50 年的作者的家属。在文学出版甚不景气的这几年，两家出版社的同志为严肃文学的出版已经费尽心机，付出了不少的代价，今后，他们如何能按《伯尔尼公约》付得起这笔硬通货呢？

在此期限之前，"漓江"出齐了前五批书，"安徽文艺"出齐了后五批书，总共达到十批70种。能达此规模，是我当初所未料到的。在这里，我要特别感谢"漓江"的刘硕良同志，他的卓识、魄力与效率，使"F·20丛书"得以奠基落成；也要感谢"安徽文艺"的江奇勇与徐海燕同志，他们热情帮助"F·20丛书"扩大了规模；我还要感谢法国文学研究界所有参加过翻译工作的朋友以及两个出版社有关的责任编辑，他们的耕耘与劳作促使这块园地欣欣向荣。

二、搭建"F·20书舍"的思想背景及其他

一个文学大国在一个世纪之内的文学，精选集中为70种书加以翻译介绍，构成一个大型的文化积累项目，显然殊非易事，历时12年，个中的艰苦与辛劳我是深有体会的，回过头来看，其规模、其难度使我自己也不无惊奇。就规模而言，它是迄今为止国内唯一一套巨型的20世纪国别文学丛书；就难度而言，它不仅在选题上是开拓性的、自选性的，而且每书必有译序，70种书的序基本上全部出自主编之手，且并非涂抹几笔了事，因此，难度就比较大了。现在回想起来，从阅读资料、确定选题到编辑加工，还要面对国外版权问题，凡事都要自己动手，每一步无异于西西弗推石上山，那是颇费了些劲的。

整个工程竣工后，说卸下了一个包袱也好，说完成了一个重任也好，反正自己大大舒了一口气，顿时感到非常轻快，轻快之余，倒觉得艰苦创业有莫大的乐趣，甚至是一种幸福。不过，我自己深知这种轻快感，这种可以理解的不无浅薄幼稚的自得感，主要还不是因为"如释重负"，而是因为眼见我多年来一个宿愿、一个志向最后得以完成。虽然这个宿愿、这个志向放在社会文化生活中，实在是相当渺小，但对于我这样一个爬格子的脑力劳动者，却是一件大事；是因为这项工程的完成，意味着我自己在整个20世纪文学研究领域里漫长的业务行程告了一个段落，虽然这个行程在历史长河中短细得无痕无迹。

在文化领域里，当代人对本时代文化的全貌是否因为身临其境而比对过去时代的文化一定会有更深切、更准确的认知与把握？如果是指整体的、概括的认知与把握的话，那么答案可能是：不见得。对于过去时代的文化，当代人由于有时空的距离而不可能对其气氛与动态有具体的感性的认识，但漫长的时间过程，就像浪淘沙一样，把过去时代的文化中那些经不起时间考验的劣质成分、次质成分都淘汰了，而存留下、凸显出其精粹部分、主流部分的整体结构，它的轮廓明确而清晰，对于后来时代的人来说，去进行整体认识、整体把握就容易得多。而当代文化则不同，当代人虽然身临其境，但它在当代人的身边就如同变幻莫测的星云，并不容易把握，而且新现象、新动态、新信息纷至沓来，令人应接不暇、眼花缭乱；如果当代人处于不同的地域、国度、阵营、政派、意识形态体系之中，对当代文化中那种异己的、与自己的归属性泾渭分明、格格不入，甚至对立相左的成分，就更难有客观的实事求是的认识了，就如面前有一道竹幕，眼里有一层翳障，20世纪的中国人对于20世纪的西方文学认识与把握就深深地受到这个局限性的制约，我当然也不例外。

在《凯旋门前的桐叶》一书的自序里，我曾经说过："从林琴南以来，中国人就愈来愈多地接触、认识了大量的外国文学名著佳作，时至今日，对外国20世纪以前的文学，已经咀嚼、体味了一个多世纪，但对外国20世纪的文学的接触、认识却要少得多。民族灾难、战祸纷争、社会动乱、自我折腾，使得中国人在这个世纪无暇及时追踪外国20世纪文学的发展，即使社会条件允许追踪一时，也完全是在政治道德要求与意识形态戒条的禁锢之下，直到改革开放时期，中国人才得以在较为宽松的状态下接触与评介外国20世纪文学。"

以我自己而言，因为喜爱文科，从中学起就读过一些外国文学的中译本，但当时的译本绝大部分都是19世纪的作品，20世纪的作品则为数极少，记得只有《约翰·克利斯朵夫》等很少几部。从中学英文课本中，我们也读过若干文学作品的简写，但也都是古代希腊神话故事之类的，如斯芬克斯之谜、俄狄浦斯的经历；新中国成立以后，这种课本被否掉了，取代的是《纪念白求恩》之类的英文讲义。进了大学，我念的虽是西方语言文学系，学科的知识结构却仍跳不出社会大环境的"如来佛掌心"，外文精读的课本是采用苏联的外文教科书，其中文学精品很多，古典的几乎占全部。随着年级渐高，阅读原文作品也愈来愈多，但图书馆的藏书，几乎也都是古典的。在文学选读课里，有时老师也偶尔选一点20世纪作品给我们读，但都是苏联控制下社会主义阵营里一些社会活动家写的"宣传性"的作品，他们这些人在本国文学中并未得到承认，而今早已销声匿迹了。所幸图书馆还订有国外的报纸杂志，我等学子尚可在这里找"野食"吃，获得一些20世纪文学作家作品的知识，隐约感到了那是一个很广大、很复杂、很陌生的世界，很带有吸引力与"诱惑性"。

1957年大学毕业后，我被分配到文学研究所（当时隶属北京大学，后来划归中国社会科学院的前身中国哲学社会科学部）的《古典文艺理论译丛》做编辑与翻译工作，那几年读了、译了不少西方古典文艺理论以及古典文学作品，20世纪的东西却几乎一点没有沾。后来，调到该所理论研究室，搞西方文艺理论研究，这样，业务方面就不限于古典，而延伸到了20世纪，就是从那时起，我开始接触更多的20世纪的文艺理论与作品，翻译法国"新小说"派的文论就是在那个阶段。那时，有一个情况对西方20世纪的译介与研究客观上起了一点意想不到的作用，那便是从20世纪50年代后期起，中国在意识形态上"左"倾，加强了"反帝反修的斗争"，面对这种政治需要，意识形态、文化艺术部门的领导层，由于对国外当代的思想界与文化艺术界几乎"两眼漆黑"、"一无所知"，于是稍微改变了文化上绝对"闭关锁国"的做法，开始允许内部翻译、出版西方当代文学作品，特别是鼓励编译西方文化的动态与理论资料，定期作为内部刊物发行，其目的都是"供领导参考"或"供批判"。原来的《古典文艺理论译丛》一下就改成了《现代文艺理论译丛》，在周扬、何其芳直接领导的文学研究所里，与外国文学有关的几个研究室一时都改以外国当代文学为主攻方向了。

应该说，当时我们研究所的图书资料是够丰富的，它订购国外书刊的外汇，领导上批得相当充足，在国内要算是得天独厚；而且文学研究所图书委员会的主任是钱锺书先生，文学所另外派生出一个外国文学研究所后，新所图书委员会主任是李健吾先生，他们两位都亲自过问征订国外书刊的大小事务，在这样两位大学者的主持下，国外的当代重要书刊、报纸、作品集与评论论著被大量购进图书馆，我等后生学子大受其惠。记得当时我研究"新小说"派时，就在研究所的图书馆里逐年逐月逐期查阅了好几份法国报刊：《费加罗文学报》《文学新闻》《新批评》等。

也正是在这个时期，我从文艺理论研究，转向了外国文学史研究、作家作品流派研究，我之所以这样做，是鉴于当时的文艺理论经常停留于"马列主义基本原理"上，而我自己则在研究工作中形成了这样一种认识：一个研究者要在文艺理论上真正获得成就，就必须不限于一般的面上，而应有自己特别深入的"点"。作为其文艺理论概括的重点基础，这个"点"不仅应该是某个国家文学发展的全过程，而且应该是某一个有代表性的大作家或有巨大影响的流派，也就是说，一个理论批评家至少要对一个国家的文学、一个大作家的创作有比较专深的研究，这样才可能避免成为一个空头的理论家。基于这种认识，我做了一个先研究10年法国文学史，待10年之后再回过头去搞理论研究的计划，于是，在20世纪60年代初，我要求从文学研究所的理论研究室正式调到西方文学研究室，而最先的研究课题之一，就是从50年代初开始在西方时髦一时的法国"新小说"。

"文革"的前一年，一直对两个文学研究所管得甚为具体的中宣部副部长周扬提出了"研究所的任务是出成果出人才，研究所能不能写出大部头的文学史专著，是研究所的生死存亡问题"。这既是对研究所的一个巨大压力，也派给了研究所一个重要任务。当时，西方文学研究室的研究力量很是雄厚，老一代有著名学者卞之琳、李健吾、杨绛、罗大冈；中年有成就的有杨耀民、袁可嘉、郑敏等。年轻新秀则有朱虹、文美惠、董衡巽、张黎、吕同六、郑克鲁、张英伦等。于是，编写《欧洲二十世纪文学史》的重担就落在了这个研究室的身上，此项目由卞之琳先生一人挂帅领衔，我则作为"文学史编写组秘书"操持"常务工作"。任务重，时间紧，说干就干，青年一辈集体上马，"大兵团作战"，协调配合，分头合作。首先集中力量攻文学史的包括编、章、节、目次以及主要论点论据的"纲要"，由于研究室业务上毕竟久有积累，再加上高度集约化、高度统一协调的工序与安排，短短几个月内就完成了一个六七万字的详细纲要，似乎只需要在资料上与论述上加以丰富，扩充四五倍篇幅，一部像样的《欧洲二十世纪文学史》就指日可待了。对此，研究所领导与社会院（当时的哲学社会科学部）领导当然特别重视，在院一级的范围内组织了报告会，要我代表编写组去介绍了"经验"。

不久，"文革"爆发之前的一系列序幕，如下乡锻炼、搞"四清"之类的事，就把文学史的编写工作完全打断了，紧接着就是"文革"，我们这些正要有所为的青年学人，都被它葬送了人生整整10年大好的时光。而在暴风骤雨般的开始阶段，我还曾因去介绍过一次"经验"而被当作"阎王殿重用的修正主义苗子"上了大字报。到了稍后矛盾愈演愈烈的阶段，由于有点"庸人自扰"害怕抄家的待遇万一落到自己头上，我就把那份《欧洲二十世纪文学史》纲要的打印稿与"介绍经验"稿一起烧掉了，以免多一根辫子。

"文革"后期，出于对"四人帮"那一套"社会主义革命"的极端厌恶,利用没有人管的"无政府状态",我邀了郑克鲁与张英伦,办"地下工厂",搞起了《法国文学史》的编写。我们一开始就不满足于写出一部基本上只能罗列作家作品名单的"简史",而力图做到"资料丰富"、"评介具体"、"分析深入"、"论述展开",搞出一部多卷本文学史。愈写下去,我就愈感到,对20世纪以前的文学自己有把握达到上述要求,而对20世纪文学则难以达到,尽管我在编写《欧洲二十世纪文学史》时积累过一些资料,形成过一些观点,但以我个人而言,对于一个国别的当代文学,还未能掌握到细致深入的程度,正像一个天体望远镜对某个星座进行宏观地观察并不困难,而对星座中某一个星球要做细致具体的观察就不那么容易了。因此,在《法国文学史》上卷出版的时候,我就在前言中预告,这部文学史只写到19世纪末为止,法国20世纪文学则准备另行成书。当时,内心里是这样打算的:对20世纪部分只写一本资料比较简明、论述比较概略的书。

对于探索者、研究者来说,愈是若明若暗的领域愈有吸引力,愈是没有充分掌握的事物愈引人去掌握。在写《法国文学史》上、中、下三卷的过程中,我始终对20世纪文学念念不忘,总想有像样点的作为。

长期以来,早在"文革"之前,我就感到对20世纪文学如何评价是一个首先要注意的问题。如果说,对20世纪以前的文学,中国人是以《马克思恩格斯论文艺》以及《列宁论文艺》中关于外国作家作品的一些零星议论与见解为经典、为唯一的评论根据的话,那么对20世纪文学则是以《斯大林论文艺》为圣经,该书中收集了斯大林的意识形态总管日丹诺夫代表苏共中央所作的关于当代意识形态问题的报告,专门论及了西方20世纪文学,这是当时在这个问题上唯一的"马列主义文件"。日丹诺夫的论断不仅全盘否定了20世纪西方文学,而且严厉加以斥责,用日丹诺夫的论断去对待20世纪西方文学，那就根本用不着分析与评论，也用不着阅读与研究，只需闭着眼、用既有的套话与惯语破口大骂就是。

我早就对这种无产阶级专政式的理论心存不服，只不过像绝大多数的知识分子那样口不敢言、闷在心里而已。"文革"之后，神像、偶像与权威都倒塌得不像样子了，知识分子身上的愚昧与奴性也少了许多，敝人"脑后早有反骨"，一有时机就对斯大林－日丹诺夫论断"揭竿而起"。恰逢1978年政治思想领域有了"实践检验真理"的讨论，我带着明确而自觉地乘机而入的意图，先是在1978年全国外国文学工作规划会上作了题为《现当代资产阶级文学评价的几个问题》的长篇学术报告；1979年初又将报告整理为6万字的论文，在《外国文学研究》的两期上先后发表；同时在我主持工作的《外国文学研究集刊》上有计划地组织、刊载了《外国现当代文学评价问题的讨论》，参加讨论的有卞之琳、朱虹、李文俊、高慧勤等。此三事被称为"三箭齐发"，集中直射长期控制中国的外国文学工作的苏式意识形态、日丹诺夫论断，一时在国内大有影响，起到破除坚冰的作用。从1979年后，国内书刊纷纷译介西方20世纪文学，并蔚然成风。

毕竟是在20世纪70年代末，这样的事当然不会不遭到以精神道德秩序为己任的人士的怒目而视，就在次年即1980年，全国外国文学工作第二次年会上，就出现了以我为目标的"批日丹诺夫就是要搞臭马列主义"的大批判发言。我没有答辩，因为我深感在中国，人们对西方20世纪文学太缺乏具体的接触与感性的认识，与其我去进行论战，不如让事实说话，编译出作者的作品文本与有关资料，让大家看看被说成是洪水猛兽的外国现当代作家作品的真实面貌究竟如何。

于是，我首先选取了我在广州会议发言中分析过的重点之一、法国"存在"文学大师萨特作为对象，编选组译了《萨特研究》并撰写了长篇编选者序《给萨特以历史地位》。萨特在中国曾长期被视为"反动作家"，敝人此举无异于捅了马蜂窝，该书出版之后大受读者欢迎，但不久恰逢"清除精神污染"之盛举，于是，此书特别是此书的编选者序就成为火力集中的靶子。意识形态领域里的大人物亲自表态并进行干预，日丹诺夫式的理论家纷纷出手，对付一篇万把字的序言，竟动用了几十倍的大批判文字以及讥言损语。历史自有公论，在千万读者的关怀下，事隔三年，《萨特研究》终于得以再版。

从《萨特研究》开始，我主编起《法国现当代文学研究资料丛刊》，每一种以一个作家或一个流派为对象，编选翻译其代表作、重要文论以及有关其生平、思想、社会政治观点的资料，后来陆陆续续出版的有《新小说派研究》《马尔罗研究》《西蒙娜·德·波伏瓦研究》《尤瑟纳尔研究》《阿拉贡研究》《叙述者研究》《莫洛亚研究》《圣爱克·苏佩里研究》等，其目的就是让事实说话，让作家自己说话，以便中国人对法国现当代文学有直接的认识与了解。

很久以前，我就形成了特别重视作家作品的研究思想，在我看来，文学史其实就是一代代作家作品的出现史、发展变化史，因此，作家作品研究是文学史研究、文艺理论研究的基础。虽然《法国现当代文学研究资料丛刊》的每一种都有五六十万字的篇幅，其中代表作占相当大的比例，但毕竟"瓶颈"太小，不足以充分展示法国20世纪文学创作的面貌与状况，考虑到1978年以后，各出版社翻译出版20世纪文学作品都是零敲碎打，既无规模，又无系统；而真正要有规模、有系统地翻译出版20世纪国别的文学作品，又必须有系统研究的基础，这一条件是出版社即使是外文编辑力量最雄厚的出版社所不具备的，这样的项目与工程，必须由学者与出版社联手合作才能做成。于是，我就萌发了主编一套大规模法国20世纪文学丛书的意图，建立一个文库，以更进一步为中国的法国20世纪文学研究打下一个扎实的基础，为社会文化积累做一件称得上是"一件事"的事。

接下来就是实干了，长期坚持，事无巨细地实干。

制订计划与确定选题：所选入的皆为法国20世纪文学名家的杰

作名著或至少是重要文学奖中文学新人的获奖作品,唯具有真正深度与艺术品位的佳作是选,并力求风格流派上多样化,但又要与通俗文学、畅销书划清界限,以期建立一个严肃文学的文库。

出版形式与统一规格:分批出版,每批7本,劳作一周7天,并无休息日。开初计划七批书,49种,后扩大为十批书共70种。开本仿伽里玛出版社的FOLIO丛书,采取小开本,便于阅读,也便于接近低收入的知识阶层;又从法国有关丛书装帧格式得到启发,设计了代表丛书的图标:F·20。

每书必有译本序,不要带日丹诺夫气味的序,不要简单开列作者生平年表与作品名单的词条式的序,不要学究式的令人敬而远之的序;要言之有物、有真知灼见、诠释深度、鉴赏情趣的序,要讲究点灵性与风格洒脱的随笔式的序,不妨由主编先试为之,如果反映尚佳,何尝不可蚂蚁啃骨头,把十批书70种的序言全部啃下来?以构成F·20的一大特色,构成它作为一项大型文化工程的一个独有的"高度"。

关于合作的出版社,我先找了漓江出版社的刘硕良同志,后又找了安徽文艺出版社的江奇勇、徐海燕同志,得到了他们的支持,先后进行了有效的合作。

从1992年以后,由于我国参加了国际版权公约,出版当代外国文学就存在一个向国外支付版权费的问题,漓江出版社已出版了35种,如果不再版重印,即不存在这个问题,但安徽文艺出版社待出版的书数量尚多,必须解决这个问题。根本没有可能期望出版社花钱去购买版权,只能自己设法解决。

为此,我在作为中国法国文学研究会会长与法国驻华使馆文化专员齐福乐先生会谈业务合作时,向他陈述了"F·20丛书"已经取得的进展与在版权方面存在的困难,好在"F·20丛书"早已"名声在外",法国驻华使馆相当大的图书馆里也藏有这套书,对中国文化界极为熟悉、了如指掌的齐福乐先生当然也早有所知。本来，法国人一贯以自己民族的文学而自豪，在世界各国推广法语，促进法兰西文化的传播，又是法国外交政策中传统的内容之一，何况齐福乐先生是一个充满中法文化交流热情的学者型的外交官，他当然特别看重一个发展中的国家竟然有这么一套专门的丛书集中译介法国本世纪的文学，而且规模如此之大。他立即表示支持，会谈的当日，他就打了电话给法国外交部图书管理部门的负责人，征求了意见，并且当场起草了一份有法律效用的正式协议，开列了我所提供的待由安徽文艺出版社出版的35种书的名单以及每种书的出版社与出版年代，他在协议中除了承诺为中方解决版权外，还主动写进了优待中方的资助条款。他用这个正式协议取代了我原来所准备的要求不高的文件草案，会谈的那天，最后完成协议文本的制作时，已经过了法国使馆法定的下班时间足有2个小时之久，齐福乐先生为中法文化交流的这份热情与高效率的辛勤工作，使我深为感动，一直铭记不忘。

经过10多年的长期努力，在我国法国文学研究界的同人与朋友的合作下，在两家出版社的支持下，"F·20丛书"终于完成了它预订的计划，成为一个约1300万字的巨型文库，包括了法国20世纪文学中几乎所有大师名家的名著佳作。我自己以一支秃笔居然也写出了几乎70种书的译本序，总共约50万字，其中的大部分译序已结集为《法国二十世纪文学散论》与《凯旋门前的桐叶》《枫丹白露的桐叶》《塞纳河畔的桐叶》等书，基本上表述了我对法国20世纪文学的看法与见解。

较"F·20丛书"稍晚一点，我又开辟了一个"理论战场"：主编《西方文艺思潮论丛》，每集一个专题，至今已出版七辑：《未来主义、超现实主义、魔幻现实主义》《自然主义》《二十世纪现实主义》《从现代主义到后现代主义》《二十世纪文学中的荒诞》《意识流》《存在文学与文学中的存在》，共约300万字。这些专题均为"清理精神污染"时遗留下来的问题,且都是日丹诺夫式的批评家特别咬住不放的"热点"。这七辑中的文章都致力于对该专题进行科学地分析与实事求是地论说,我除了在有关的几辑中撰有专论外,还为每一辑写了带有论争性质的序。致力于这个项目,我并非为了"秋后算账",仅仅是为了促进对西方20世纪文学的科学评价。至于前面所述的《法国现当代文学研究资料丛刊》,最终也出版了10种,共约500万字。

一个作品文库,一个研究资料文库,一个理论园地,这就是我本来就想为西方20世纪文学研究打点基础的几个工程项目,我作为一个智力水平与学识水平也许还算不上是中等之中等的一个人,算是尽了自己的心力,大概我也只能做到这个地步了。

最后,似乎还剩下两个问题:一、我是否要完成写法国20世纪文学史的宿愿;二、我是否要实现搞完文学史再回过头去搞理论体系的初衷。

对于头一个问题,我尚不无犹疑:已经有了几十万字的"老朽陈言",何必再去占读者家中书架上宝贵的空间?对于第二个问题,我已清醒地意识到,以我现今的年龄而言,今生我是不可能回过头去在理论体系建树上再有什么作为了:人生苦短,个人实在是太渺小啊!

三、欣慰的后话

虽然在"F·20"范围之外,我还有其他的企求以及企求难以实现的无奈与遗憾,但"F·20"本身作为一个独立的"句子",自有其完整的甚至完美的句号。这是我自己也不能不感到很知足的,早在这个"句号"落下之前,在整个项目进行的过程中,由于对"F·20"所具有的整体学科的开拓性、对它给读书界新颖感的自信、对其规模品位与编选工作中的学识含金量的自信,我早就已经有了自得感与满足感，而享受了整个制作过程，就像一个画家在绘制一幅美的景观时沉浸在创作的愉悦感中一样。而且，这种自我主观的满足感还不断有来自现实生活中的各种好信息来加以确认，如经常有热心的读者带来"F·20"的译本请主编签名，如只要在文化学术活动里，总会有著名文化人或业内人士主动来表示对"F·20丛书"的兴趣与喜爱，至于文化学术界的朋友与同道的评论中更是不乏溢美之词："规模宏大"、"选题新颖"、"译本序卓有见解，文笔如行云流水"……我把所有这些视为我真正的"收成"，视为颁发给我的"奖章"。

  我知道，任何"奖章"都不可免于时间的尘封，上个世纪后期，"F·20丛书"七十卷全部竣工后，我就开始有此思想准备了，特别是眼见人文图书的空间日益受到各种冲击而逐渐缩小，我也愈来愈习惯于把"F·20"当作一个"历史遗迹"安放在陋室书柜中僻静的一层。然而，使我意想不到的是，时至21世纪，我却又听到并见到了文化读书界对"F·20丛书"的怀念与召唤，例如，有这样两件事：

  2006年，我出席全国作家代表大会的期间，一天在自助餐厅里，遇见了一位过去有过一两面之缘的中年作家，他是一颗冉冉上升的文学之星，在文学创作界颇令人瞩目，他主动谈起他对"F·20丛书"的深爱，说他已收藏了这套书的绝大部分，只缺为数不多的10多卷了，希望我帮他补全，如果我有多余的书的话，当然他愿意付报酬，或以他的作品来交换。我当时便答应了他的要求，而且声明完全是无偿的，不需任何"交换物"。"F·20丛书"有这样一位有品位的道上知己，不亦乐乎，何需代价？作代会闭幕后，我回到家里，找出他所需要的卷册，实现了我对他的承诺，为了把事情保持在最低调的水平上，我只要他派了个助理把书取走了事。此类事情"无独有偶"，我后来又收到不止一个不相识的读者打电话给我，索要"F·20丛书"，他们告诉我，他们常上书市淘"F·20丛书"，偶尔也能碰到，但价格不菲……从文学界有名望的作家到读书界一般的读者，于

"F·20"身后多年都对它表示了青睐与怀念，可谓"雅俗共赏"，在我看来是又一次对它文化价值的确认。

2008年春夏之交的一天，我接待了两个来访者，上海译文出版社的黄昱宁女士与冯涛先生，他们是该社的业务中坚骨干，能文能译能编，都是全能型的才俊之士，我过去和他们从未见过面，更没有过业务联系，他们此行的来意有二：一是表示愿意再版10年前由我主编，并由河北教育出版社出版的《加缪全集》；二是表示愿意重新推出整套"F·20丛书"。为此二者，希望与我合作。在我看来，这两个建议，不仅有着巨大的经典文化积累热情，而且在出版经营上，也显示出了难得的品位与罕见的精明。建议如此美好，当然就一拍即合，合作者都是技艺娴熟的专业人士，事情进行得十分顺畅高效，不久就结出了硕果：2010年初修订本《加缪全集》由上海译文出版社出版，并在北京举行了新书首发式，参加首发式的有文化界一些著名的学者专家，成为一件令人瞩目的文化事件。紧接着，在同一年，"F·20丛书"变身为《法国二十世纪文学译丛》而再现，仍然是每辑七卷像七颗星星，每年一辑，按期闪亮一次。第一辑问世后，朋友们都认为装帧与印制均甚精美，较原来的"F·20"有过之而无不及。

虽然我的论著、译品与主编项目获重新再版者为数不少，但我更较看重"F·20"的重生，我愿意把它称之为"凤凰涅槃"。然而，它重生之时，我又不断听到图书市场不景气、书店纷纷倒闭的消息，不禁心头袭上几丝阴霾。在人文价值滑落、经典贬值的情势下，刚刚实现的"凤凰涅槃"能在多大的程度上完成呢？我自己能看到吗？毕竟我已经进入了"风烛残年"的阶段！

与魔鬼订契约记

——《法兰西风月谈》及其他

一、我藏有一套"禁书"

我走进巴黎市区一幢灰颜色的公寓，金德全君从里面迎了出来，告诉我这样一个消息："克里斯蒂安·布格瓦先生送你一大包书，他托我转交给你。"

那是在1981年，我第一次访问巴黎回国之前的某一天。我记性并不好，又事隔多年，要是别的事，早就忘得一干二净了，但此一幕，这句话，我却一直记得很清楚。

德全君是中国社会科学院外国文学系第一届硕士研究生，早年毕业于南京大学外文系，一进社科院他就显示出了高水平，他既有语言天赋，又有文学才能，如果沿人文道路走下去，成就是未可限量的，但到法国攻下巴黎大学的博士学位后，他就转向搞经济与技术，在事业上很是成功，成为法国一个世界级大公司在远东地区的总经理。我那次访问巴黎时，他正在巴黎大学奋斗。他与巴黎著名的出版家克里斯蒂安·布格瓦很熟，我访问"10/18"丛书的这位主编，就是由德全君安排并陪同的。

访问巴黎最大的愉快之一，就是得到名士亲笔签名的赠书，他们一般都赠得甚有节制，超过一两本的比较少，达到"一大包"的则"凤毛麟角"矣，记得只有米歇尔·布托、皮埃尔·瑟盖斯、雅克·雷达等几位。我一听德全君此话，倍感高兴。而打开这一大包书，就更是喜出望外了，克里斯蒂安·布格瓦先生送给我的，原来是十几本萨德的小说作品，基本上构成了萨德的"全集"。

我喜出望外，并不是因为我正需要萨德的作品，更不是因为我喜欢或仰慕萨德，恰巧相反，直到那时为止，我对萨德是封闭少知、盲目摒拒的，并且还简单化地持有批判的态度。我之所以感到特别高兴，是因为这套书大大满足了我的"藏书情结"。

读书人喜欢藏点书，不论是真正爱书，还是带有附庸风雅的成分，都应该算是一种雅趣。可惜的是，我们这一代人绝大多数都没有追求这种雅趣的条件。20世纪50年代从学校毕业后，低工资只能保证自己与亲人的温饱，那是没有多少钱买书的，不可能成为"藏书家"，特别是自己所从事的专业的原版书更是买不来，也就无从藏了。要拥有原版书，你总得出出国吧，或者像我们的老一辈那样是从国外回来的。但我等参加工作后整整20年之中，都被关于国门之内，不断被"上山下乡"、"滚泥巴"、"意识形态中的兴无灭资"、"阶级斗争"、"思想批判"这些神圣的大事折腾来折腾去，能从图书馆借到一些外文书读读，就算不错了。当然，在那些政治气氛浓烈的岁月中，也有像绿色孤岛一样片断的"和平时期"，在这种时期，到东安市场逛旧书店，就是生活中一大快事了。在那里，费些劲就能搜集到一些陈旧的外文书，历史、文学史与单本的文学作品都有，大概是一些早先从国外回来因为境况比我等更糟糕的老一代知识分子贱卖给旧书店的，听说有些书还是从历次政治运动被冲击对象的家里充公而来的。我从来没有收集到多少特有价值的外文书，只购置到手一套六卷本的魏尔伦的诗歌全集，五成新，花了我不少钱，可惜"文革"中下干校时，存放在工宣队、军宣队掌管的仓库里，后来不知去向了，连同几十本三套丛书版的外国文学名著……

克里斯蒂安·布格瓦的这一大套书，一下就使我可怜的"藏书库"骤然猛增,焉得不乐?何况还是一套萨德的作品,真正意义上的禁书!

"物以稀为贵"。凡是被禁的东西,一定是更"稀",也就更"贵"。似乎是在"文革"前就隐约听说过,中国有不少"春宫画"这种玩意儿,但一般人收藏不到,也不敢收藏,只有党内某个酷爱文物的理论权威才拥有。大概也就是在那个时期,出来了一个正式规定:凡是在京的重点科研机构与高等院校等几个特殊单位中的研究员与教授,可以在内部购得一套未加删节、原汁原味的《金瓶梅》。后一个正式的规定显然印证了前一个传闻,可见有权收藏禁书、禁画的,非要有高级的身份、高级的职位不可,我等初入道不久的小人物,当然无权问津。因此,我一直未见过真正的禁书,只是在"文革"中,有一个当时掌权的革命组织把从"牛鬼蛇神"家里抄来的一些"四旧"堆放在办公室,而在那"四旧"堆里,就赫然有一部司局级以上干部才可拥有的《金瓶梅》,于是,不少人就有机会过来翻阅几页,然后带着轻蔑的态度评说那么两句以示自己的革命性……真有点逗,《金瓶梅》在"文革"中第一次得到了真正的普及……

我没有收藏到中国的"禁书",倒收藏了一套外国的"禁书"。在法国,萨德的作品在20世纪50年代还不能公开出版,到70年代就已经能公开出版了,算不上"禁书",但在中国的80年代初,却怎么也要算是一种禁书,要知道,直到那个时期,删节本的《金瓶梅》在北京的书店还见不着呢……

收藏到这么一套书,很弥补了我的自我缺憾感,更满足了阿Q式的自我虚荣心。敝人本来就非"根红苗正",与大大小小、高高低低的各种庙堂荣誉从来无缘,没想到从法国人那里收藏到了国内唯一一套萨德禁书,总算"拔了一次尖",捞到了一份"布衣荣誉"。

二、束之高阁，藏而不用

萨德作品集是我真正意义上的"藏书"。藏而不用，束之高阁，仅以"藏有禁书"而自诩。

藏而不用，首先是因为时间问题。自从1979年《法国文学史》的上卷出版以后，我的中心课题就一次又一次转移，离18世纪愈来愈远。当然，我深知上册中我对于这个世纪文学的一二十万字的议论，深度并不够，但我实在没有时间与精力回过头去深化对启蒙时代的研究。那些在历史发展中起了巨大推动作用的启蒙思想家的精神财富，我还没有来得及全部研读、参悟透彻呢，萨德这样一个特殊人物还是"先靠边站"吧！对不起布格瓦先生，您的赠书，我"封存"起来了。

藏而不用，更重要的原因，则是由于我的局限性和"保守性"。

我不是一个冷静的研究者，我经常陷入"情绪化"。在人文科学中，面对研究对象时的"情绪化"，虽然不如在医学中那样会产生严重的后果，但也足以大大影响对待的态度与研究的结论。说实话，对于人文范围里有的研究对象，我经常"情绪化"到了唯恐避之不及，就像碰见了瘟疫一样。

年轻的时候，每当我拿起魏尔伦的诗集时，一想到他与兰波那颠三倒四、乱七八糟的生活，一看到他蓬乱不洁的胡子跟秃头上的头发连成一大片的头像，还有他那双带有暧昧邪意的眼睛，我就感到一种虽然轻微、但却明白无疑的生理的厌恶，因而老不情愿进入他的诗境；同样，纪德在私生活中的那种根深蒂固、无可救药的同性恋恶癖，也使我很迟才去研读他的作品，并经过了很久才逐渐克服内心深处对他作为一个作家的逆反心理。

我自己这种明显的"情绪化"倾向，并不是由于我在观念上是很道德化的。事实上，我是很不道德化的，甚至是相当反道德化的。

如果我认定一个人的某种情态、性态是出于人性的正常要求，但却有违于某种道德戒律、不符合某种道德意识形态时，我是甘愿冒道德之箭的射击，挺身而出为之一辩的，从大仲马的放荡、雨果的拈花惹草到于连的人格分裂、包法利夫人的通奸……关键是要"人性的正常要求"，而不要人性的反常与变态，如此而已。这是我长期不喜欢魏尔伦、纪德之类作家的原因。

同样，也正是这样一个黑白分明的尺度，使我哪怕在自己的一大癖好——看电影中，也保持着这种选择，如像好几年前我就知道《沉默的羔羊》一片曾获奥斯卡奖，看过此片的朋友对霍普金斯的演技赞不绝口，但我却一直因为其中有变态的灭绝人性的场面而拒绝观看此片，至今仍然如故。甚至我认为，一个艺术家用自己的才能去把可怕、残忍的变态表演得淋漓尽致，简直就是一件令人愤怒的事……

这种"情绪化"的习惯，具体到了萨德问题上，结果可想而知。

情况是这样的：在中国，即使到了改革开放之初的20世纪70年代末80年代初，有多少人读过萨德的作品？我想，恐怕不会超过三五个人。但从很早的时候起，凡有西方语言文化的人，大多认识Sadism（施虐狂、性虐待狂、残暴色情狂）这个词，而且知道它来自18世纪法国萨德侯爵其人的小说。顾名思义，此词极为可怕。因此，萨德早就在中国"恶名远扬"、"臭名昭著"了，真正可谓属于"不齿于人类的狗屎堆"之列。在这种大的背景下，谁也不会去研读萨德，不会去评价萨德。

凡涉及研读与评论，毋庸讳言，就可能存在着两个层次，一个是公开评论的层次，一个是私下倾向的层次。前者是一种社会行为，它往往必须在社会政治条件、道德规范与意识形态标准所允许的范围里进行，往往必须具有道貌岸然、冠冕堂皇的外表；后者则是一种个人思想自主的状态，存在于个人自由的狭小天地，由于种种非常实在、甚至非常严酷的原因，它难以转化为社会行为。因此，两者几乎从来都是不完全一致的，甚至是互相分离、分裂的，特别在我们这样一个意识形态高度统一的国家里更是如此。如果说，我自己在本学科或超出学科之外的很多问题上都有这种分离与分裂的话，在萨德这个问题上表里倒是颇为一致，都持否定态度。

我写《法国文学史》上卷18世纪一编时，比老本的法国文学史稍微开放一点，论及了萨德，但完全持否定态度。这是"大环境"中的一种自然而然的"小态度"，而对我自己来说，这又并非违心之言。之所以如此，则与我所属于的这一代人在两性问题上的真实思想倾向与内在情感有关。

我们这一代人，是在一个严酷的时代度过青少年时期、中壮年时期的。闭关锁国、政治运动、阶级斗争、上山下乡、思想改造、道德告诫、纪律处分等，像一个密集的火力网，使自我不可能、也不敢越雷池半步。具体在性的问题上，形成了我们很多人身上的两种明显的倾向，它们既表现在外作为社会言行方式，又存在于内不失为一定程度的主观真诚。一种是粉红色清教徒倾向，它虽然还没有达到禁欲主义的地步，但至少是节欲与抑欲的，反正离《十日谈》式的纵欲与颂欲足有十万八千里之遥。之所以是"粉红色的清教徒"，则是因为作为革命时代的子民，身上还不时有"私心杂念"与"自然本能"在躁动，还残留着伊甸园那颗禁果的影响，总达不到革命时代那种"红彤彤"、"红艳艳"的纯度；另一种则是准柏拉图主义的倾向，这种倾向虽然没有达到空灵的绝欲的地步，但至少是重感情、讲文明、崇风度、尚格调、求情趣，对于属于"欲"那个领域，不说完全愚昧无知，但确实孤陋寡闻，即使对于高罗佩的学术著作所谈论的那些房事也知之甚少。总而言之，尚处于一种幼稚的半蒙昧阶段，用后来新潮派人士的话来说，我们这一代是"比较传统的"。既然对于人类性关系中那些正常的自然的名堂、花样、招式都大惊小怪，对与萨德之名联系在一起的那些反常的、变态的东西，当然就会视为瘟疫，掩鼻远避了。

其实，我对萨德的摒拒与否定，不论是在"表"的层次还是在"里"的层次，根由都是先验式的，都只是顾名思义、望文生义而已，并没有通过切实的研读，然而这种盲目性却持续了多年之久……

"藏书不读，借书读"，这是藏书者、读书者常有的一种可笑的陋习，直到有一天我亲自应验了这一陋习的全过程，我对萨德才有了新的认识，那就是1988年我在巴黎蓬皮杜文化中心借书读而结识了萨德这个"魔鬼"。

三、流连于蓬皮杜文化中心的内外

每次到巴黎，我最重要的活动之一就是跑图书馆以及跑书店，那些书都不属于我，我仅可能购买很有限的几本，只得抓紧时间"借书"看，只要我会见作家、学者的日程中有空隙，除了到影院去"漫步"、到拉雪兹神甫公墓去"沉思"，图书馆就是跑得最勤的地方了。而在图书馆中，蓬皮杜文化中心对我的吸引力要算最大。

我喜欢蓬皮杜文化中心，首先是因为它这里特别方便：交通方便，处于市中心，很多我常去的地方就在它周围不远；进出文化中心很方便，没有任何手续；在文化中心内各部门之间通行走动很方便，书籍、报刊、美术、影视、音乐，以及种种展览的各个楼层与大厅任你自由来往选择；阅览与观赏方便，书刊均为开架自取；行动也很方便，你可以在宽大的阅览桌前找一个座位，也可以在宽敞的阅览厅里，随便找一把散落在各个角落的椅子，还可以就近在书架前席地而坐，蓝色厚绒的地面似乎比座椅更柔软……

我喜欢蓬皮杜文化中心，更重要的还是因为它可以说是从法国到全世界文化的一个无比丰富、无所不有的巨大宝库，每层楼的图书馆、资料阅览室都有足球场那样大，陈列的图书、报刊、资料如海洋的水面那样一望无边，一个人在这里面，即使"皓首"，也是难以"穷经"的。

但这里的气氛，却又不像巴黎国立图书馆那样肃穆、凝重，它不给人以沉重的学术压力，不强迫你去做艰深的学术思辨，它提供给你的是一个丰富多彩而又宽松悠闲的氛围。你要看有关学科的理论书籍或历史资料书籍，只要掌握图书编目的规律，就可以在开架上找到；你如果对一个问题钻研了好久，略感单调，眼前的开架书上有如此多其他的书籍可以供你随便翻阅，也许，其中有一页使你产生了奇妙的文化联想，而有心骛八极、自由飞翔的快感，也许偶尔又另有一处竟深化或补充了你原来的理论思索，使你获得钻研的愉快，对原来那个略嫌单调的问题更燃起了强烈兴趣；你如果想更多地"换换脑筋"，就可以随意到其他展厅去翻阅文化休闲性的杂志与画报，其种类多得出奇，使你如坠万花丛中；要是你想更彻底地放松一下，那你就可以到其他的楼层去参观艺术展览，去看电影或者坐在一台电视机前观赏节目，要不就坐在一张柔软的椅子上，戴上耳机，倾听各种优雅的音乐……

而且，蓬皮杜中心丰富的文化内涵，还不仅限于那一幢极为庞大、造型奇特的现代化巨型建筑，还得包括它楼前的那个大广场。这是一个真正意义上的文化广场，这里有演哑剧的、玩杂耍的、变魔术的、为人画像写生的、出售绘画作品与工艺品的、演小品的、跳舞狂欢的、奏乐卖唱的……从蓬皮杜文化中心的高层向下望去，广场上穿插着各色服饰的人群熙熙攘攘，不时聚散分合，就像万花筒里变幻着的彩色图案。

如果你想彻底离开一下文化，满足一下其他好奇心，也可以从蓬皮杜文化中心前面的圣马丁街漫步而行，仅200米就走到了与它平行的圣丹尼斯街。它与布洛涅森林齐名，是巴黎两道著名的"性风景线"。其实堪当此称的何止这两处，红磨坊也明显带有此种色彩。

圣丹尼斯街相当狭窄，只有四五米宽，据说它在中世纪却是全欧洲最宽的街道。我第二次来巴黎，感觉它明显比几年前"清淡"了一些，两边的商店散发的"性"味似乎还不及红磨坊那样浓烈，街道也比以前干净整齐多了，白天几乎看不出是一道"性风景线"，来来往往的大都是到巴黎观光、进出于蓬皮杜文化中心的外国旅游者，他们很多人坐在街头的小店悠闲地喝着饮料，观看街景。这里的气氛之所以如此清淡，很可能是蓬皮杜文化中心就在近旁，早已逐渐以其雅气冲淡了这条街的俗气……

每次我去蓬皮杜中心时，总是一清早用完早点就动身，到了那里，不是阅读就是动笔，或者悠闲地浏览，甚至逛来逛去，中午时分则走出中心，到附近用餐。在圣马丁街口有两家面包坊，香飘周围百米，柜窗里简直就是流光溢彩，法国的面点本来就举世闻名，而且又是新出炉的，其美味真是无与伦比，我觉得比马第维先生陪我游卢瓦尔河流域时所吃的那些法国大菜要好上百倍。

午饭后，我在文化中心前的广场上这儿看看，那儿瞧瞧，然后再回到阅览室去工作两三个小时，直到将近傍晚时才收工。返回寓所的路上，我一般总要经过圣丹尼斯街。几乎每一次，我都带着低层次的好奇心，想看一看 20 世纪 80 年代末的巴黎"神女"，大概是因为还没有到"上市"的时候，我几乎没有碰见过一次，仅仅有那么一回，我看见一个 30 来岁的妇女站在街角，从巴黎朋友曾给我描述过的站立位置与姿态来看，她肯定是"神女"无疑。她身穿浅灰色西服套裙，剪裁入时，淡雅得体，她身材苗条性感，容貌姣好健康，神情沉静自然。应该说，她称得上端庄而又充满了魅力，如果不是此地此情此景，我肯定会把她当作一个高级职业妇女。我不由得大大放慢了脚步，见她站立在街头候客，游人们从她面前悠闲而过，并无人问津，我不由得产生了一种强烈的近乎"怜香惜玉"之情。走过圣丹尼斯街之后，我心里仍念念不忘，这究竟是个什么样的女子？她那么素雅漂亮，怎么流落到这一种境地？

四、在文化中心结识"魔鬼"

我那次在蓬皮杜文化中心的读书生活,原本并无明确的目标,起初,只是想广泛浏览,以求获得一些较新的学术文化动态。当然,由于我曾经被萨特问题的麻烦纠缠了相当一段时期,虽然事情已经过去,《萨特研究》也早已得到了再版重印,我仍难免在文化中心的书架上"故地重游"一番。正是在那些关于萨特的书籍旁边不远处,我发现了一大排关于萨德的书籍,其数量之多,甚至大大超出了萨特。

一个是曾经风靡全球的20世纪大思想家、大作家,一个是几个世纪以来一直被人轻弃、被人耻于问津的文人,在文化中心的书架上却地位悬殊,初看起来简直就是严重的倒置错位,这使我深感意外,甚至有点感到惊异。

书架上的这一大堆书,一部分是萨德的作品,也就是"10/18"丛书的那些小说,大多数是有关萨德的专著、论文集以及有影响的杂志所推出的萨德专号,足有二三十种之多,基本上都是出版于20世纪60年代中期到80年代后期的这20年间,其中七八十年代出版的更占多数,有的还是英美学者所写的专著,当时被译成了法文。面对着这种情况,我马上悟出一个结论:这二三十年来西方学术界显然出现了一股萨德热,以至围绕这位作家的大部头学术专著频频问世,即使是有法共背景的《欧罗巴》杂志也赶了这班车。

蓬皮杜文化中心以其文化视角的现代性与文化反应的敏锐性而著称,它的图书馆、阅览室中的开架书库都是不断补充、不断更新、不断推陈出新、不断灵敏地反映出文化走向的开放体系,我在书架上所看到的上述现象,就是它在萨德问题上的一个反应、一个态度、一种观点、一种评价,我总不能视而不见吧,总不能再闭关自守吧,我不能不走出我的观念意识形态的硬壳,松动盲目摒拒的僵化立场,开始向"魔鬼"萨德走去……我确定了这一次在蓬皮杜文化中心读书生活的唯一目标，那就是：萨德。

　　这些关于萨德的书有各种各类，有研究萨德生平历史的，有评价他在文学史上的地位的，有论述他的社会历史观、宗教观的，有评析他作品中女性形象的，有剖析他笔下的性心理、性变态的……倾向与视角亦各有不同：历史社会学的，女权主义的，心理分析学的，等等。不论这些论著的方法、角度与论述的方面有什么不同，但都有一个共同的倾向、共同的态度，那就是把萨德视为人类精神史上一个重要的现象，一个具有硕大的文化分量、丰厚的历史社会内涵、深刻的人文心理的文学家，一个带有巨大的超前性、与20世纪人类学、社会学、心理学接轨的思想家、哲人，几乎都一致肯定他具有深广的人文社会研究价值。

　　虽然这些论著并不是由法国最大的几个出版社出版的，也不都是出自享誉世界的大学者、大批评家之手，但"寒微出身"，至少促使了他们兢兢业业，言之有物，比某种天马行空、潇洒一挥、有时不免空而不实的大手笔要平易近人一些，而且这些论著还可以与就在近旁的萨德作品的文本互为参照，相得益彰。

　　这文化中心的厅馆真是一个结识萨德，观察他、了解他、研究他的好去处。在开架书前的蓝色厚绒地面席地而坐，身边摞着几本与"魔鬼"有关的书，真有一种无拘无束、胆大妄为的自得感，有点像少年时放学后先偷着到租书店里去看"站书"的那种调皮感受……

　　就这样，我在蓬皮杜文化中心断断续续地度过一些时光，加在一起大概有一个多星期之久，专门与"魔鬼"打交道，总算对他的方方面面有了大致的认识，对他的具体生活、精神特点以至文学作品，形成了一些概念与思路。

　　他是个浪子淫徒——积习难改的浪子，货真价实的淫徒。

　　他1740年生于外省的一个古老的贵族世家，与波旁王室有一点远亲关系，其父乃高级外交官，曾任法国驻俄大使，后又在政界历任要职。他从小在文化上受过特别好的家庭教育与学校教育，其深厚的人文学科基础、早熟的创作能力与执着的文艺兴趣就是来源于此。他在古老幽深的城堡中长大，正如我们在夏多布里昂的著名的自传小说中所看到的那样，这种封闭环境中孤独的童年生活，最能养成耽于幻想的气质与习惯，这很可能成为他后来小说中性想象的根源之一。从贵族中学里出来，又到贵族骑兵学校深造，于15岁进入军界，被任命为御林军的军官，后来参加过"七年战争"。也正是在军旅生活中，养成了对淫秽放荡生活的癖好。他23岁退役结婚，婚后4个月，就因性秽闻第一次被关进了监狱，虽由其父保释出狱，但两年后，又因性虐待与性受虐案被监禁，出狱后，仍放浪形骸，荒唐不经，积习不改。秽案丑闻之后，是入狱；出狱之后，又是秽案丑闻……如此屡禁屡犯，反复受罚或入狱，大大小小竟有二三十次之多，其中以37岁入狱的那次时间最长，达12年之久，还从万森监狱转移到了死囚犯蹲的巴士底狱，直到1789年大革命爆发才获自由。从入万森监狱时起，他真正开始写小说，特别是在巴士底狱期间写得更多，然而，1801年，当他61岁时，又因淫秽作家罪被投入监狱，直到1814年他74岁病死在狱中。

  毫无疑问，这是一个不可救药的浪子淫徒，然而又是一个极为复杂的浪子淫徒。他秽气四散的生活往往容易使人们忽视他的其他方面。他是个英勇的军人，在"七年战争"中作战勇敢，表现不凡；他是当时封建专制主义社会的贰臣逆子，几乎是带有天生的反骨，在巴士底狱中，曾企图煽动犯人"揭竿而起"；大革命后，他表现了对社会进步、历史变化的巨大热情，他是当时革命事业与社会公益事业的积极参与者；但他并非一个狂热偏执的过激分子，而持有一种纯正合理的社会意识，在革命恐怖时期的1793年，他曾主张人道主义与温和政策而被过激派逮捕，列入了处死名单。谁能说他一生中的监狱生活全是因为性案丑闻？

他在文学创作中升华了自己，他没有沦落为淫秽下流的作家，倒可以说升格为一个严肃的哲人。

在文学创作中升华了自己的事例，在文学史上颇不少见。流氓不一定就写出流氓文学，如果他找到了一个合理的支点，朝有意义的方向飞跃的话。雨果、巴尔扎克、大仲马、莫泊桑的私生活都有一些很不光彩的地方，但他们都有自己作为作家的支撑点而向上飞升，终以自己的作品在文学庙堂中占有高位。在 20 世纪，即使是小偷浪人出身的让·惹内把自己的小偷流氓生活直接带进了文学，但他在带进的过程中找到了自己独特的"坦诚"与"自我承担责任"这两个支撑点，竟被萨特赞为文学庙堂中的"圣徒"。

同样，萨德也属于这种自我升华的作家，问题是他自我升华的动力与支撑点是什么？那就是对人文社会诸重大问题的探索热情与深刻思考。其实这种动力与支撑点，也并非他从原我的外部生拉硬扯出来的，而本来就存在于他的原我之中，他不过是调动了他的原我中积极的基因而已。

判断一个作家是淫秽还是严肃，最基本的一个根据是看他在涉及两性问题上的第一热情、第一专注点是什么。打开萨德的作品，不难看出他的第一热情、第一专注点并不是绘声绘色的淫秽描写。令人深感意外的是在他的小说里，几乎到处都是哲理议论。萨德让几乎所有的出场人物都是"议论者"、"思想家"、"哲学家"，他把各种哲理见解塞在他们的嘴里，以至于他小说中思想观点、哲理见解的成分大大地超过了性叙述、性描写。显然，萨德在小说里宣讲哲理见解的兴趣要大于展示性方式、性行为的兴趣。可以说思索与发表哲理见解，才是他写小说的第一热情、第一专注点、第一迫切需要，这是他有意识地力求成为思想家的标志。仅仅因为他写到了某些异常的变态的性方式、性心理，就谈虎色变，甚至是思虎色变，而完全无视或者完全遗忘萨德在思想领域里的努力，实在是太委屈这位兢兢业业的哲人了。

通读萨德的作品，在有感于他特别重视哲理的同时，还有感于他在哲理上的丰富性、思辨性与深刻性。就其丰富性而言，宗教、道德、政治、法律、社会关系、人文、心理以及性等，均无所不涉及，而且并非浅涉而已，其议论与阐述相当舒展，有些段落章节几近于充分发挥、酣畅淋漓的理论篇章。就其思辨性而言，萨德经常把苏格拉底、柏拉图等古代哲人常用的哲理对话、辩论、诘难引进他的小说，让他的不同人物持不同观点、见解和立场，一正一反，一矛一盾，互相辩驳，使事物对象的各个方面在对话中得到了全面的对照与探讨，整个问题也就在思想观点的对立、撞击、交锋中得到了辩证地表述，深化地阐释，显示出了萨德作为哲人的精微思辨性，明显地给萨德的小说带来了在人类社会若干重大问题上反复思考的性质。至于萨德哲理的深刻性，在通读过程中，那是很容易感受到的，它正是萨德作为一个哲人对社会与人类事物透彻的认识，不回避、不绕弯、不掩饰、敢于直言其事的勇敢精神与强有力的思辨能力所带来的。

当然，萨德的小说几乎是以性为题材的这一事实，使他无可置疑地列身于性文学的范畴。性，这是文学中最容易引起侧目而视并遭斥责的东西，何况萨德的性故事中还有那样不正常的、病态的"花样"与"名堂"，而这似乎又是他秽气四散的放荡生活的文学派生物。但是，如果说萨德一生放荡邪乎的生活是不值得宽容的话，他的小说中的性内容却应得到充分地理解。它们与其说是他放荡生活的派生物，不如说是他长期被监禁生活的派生物，是他作为囚徒的性苦闷的一种宣泄。因此，这些故事往往带有强烈、奇特、迷幻的色彩与一定程度性妄想的因素。而且，也正是在服刑期间，他作为被判罪者的处境，又使得他在小说里不得不力戒颂淫的语调，而保持一种道德的、谴淫的、劝诫的立场，有时甚至显得道德感十足，这就相当大地减低了世人所最为担心的那种挑逗诲淫的可能性。况且，萨德笔下的性异常、性变态也并非他自己所臆造的，而是实实在在存在于人类生活中的客观病态，在这个意义上，萨德小说可以说是一种病理报告，有人类学、心理学、医学的意义。

正因为萨德具有这些强有力的方面，时至 20 世纪，仅仅说他是个文学人物已经远为不够了。他已被公认为是一个深刻的社会学家、心理学家、哲学家、人类学家，一个早在 18 世纪就显示其价值与意义的思想家，一个其言论在当前仍有科学性、准确性与研究价值，仍然未过时的思想家。

这便是我在蓬皮杜文化中心初读萨德以及那些论述他的专著之后，所得出的概略的认识。

我总算结识了萨德这个"魔鬼"，当我 1988 年 6 月结束学术访问踏上归途的时候，我为此感到有点沾沾自喜。在那之后，我一直把蓬皮杜文化中心里的这场结识，视为那次为期一个月的巴黎之行的一个主要收获。

五、走出伊甸园

上帝在创造了有天有地、有山有水、有花有草的美好世界后，又创造了现今尚存与现今已经灭绝的动物，其中当然包括 20 世纪的儿童们也爱的恐龙，最后又创造了万物的灵长亚当这个男人，上帝这个系列工程花的时间不多，仅仅用了 6 天，第 7 天他老人家就歇工了。也许在 20 世纪的人看来，他用 6 天稍嫌多了一点，5 个劳动日足矣！

上帝也有疏忽与考虑不周之处，亚当一个人在上帝那座美丽、宁静、和平、纯洁的伊甸园里，不是太孤独了吗？总得有个伴！于是，上帝为了加以弥补，从亚当身上取下了一根肋骨，制造了一个女人夏娃。这样，这一男一女就在伊甸园里快快活活过着美好的日子。

虽说是一男一女，但亚当、夏娃却天真烂漫、纯洁无邪，即使赤身裸体，也像五六岁的童男童女并无成人意识，上帝为了永远保持他们这种洁白无瑕的童贞状态，告诫他们不要吃树上的禁果。但是，有一天，夏娃在伊甸园里碰上一条蛇，在蛇的唆使下，夏娃不仅吃了禁果，而且友爱地剩下几口给亚当吃。两人偷吃了果子之后，立即有了羞耻感，有了成人意识，都因为自己没穿裤子而不好意思。这种性羞涩，近代心理学早已指出，正是性意识的最初萌动，或者干脆说就是一种性冲动，孤男寡女在这么一种情况下，以下的事情就是不言而喻的了。

这蛇究竟是什么？它为什么要这么教唆？它是否就是撒旦变的？关于这一点，似乎难以考证，至少是查无实据。但在犹太教、基督教圣经中，"撒旦"原意即为与上帝对着干、与上帝为敌之意。在禁果问题上，蛇显然就是这么做的，它即使不是撒旦变的，至少也是撒旦派遣的。当然，根据《圣经·旧约》另一种说法，撒旦又是上帝的侍者之一，其职责是在上帝的同意下，对人进行种种考验，看人是否会抱怨上帝，是否会相信上帝。但是，这恐怕只是为了使万能的上帝面对着不可控制的"对着干的力量"不至于丢面子的一种说法，不论上帝是否同意了，反正撒旦的所作所为在形式上是逆着上帝、忤着上帝的，看来蛇何尝不是在考验着夏娃与亚当？由此也可以断定蛇就是撒旦变的，或者是撒旦派遣的。不论蛇在何种程度上就是魔鬼，反正夏娃、亚当违反了上帝的禁令，吃了禁果，开了性戒，上帝在震怒之下，便把他们逐出了伊甸园。此举似乎不太明智，反倒成全了这一对"狗男女"，他们索性在伊甸园外做起夫妻，生儿育女，但不久就发生了他们的大儿子该隐打死了小儿子亚伯的惨剧，从此开始了人类不断叫上帝他老人家摇头叹息、操心费力却又无可奈何的历史。

这是宗教传说。宗教传说里总有宗教寓意，宗教寓意里总有宗教戒条。亚当、夏娃的传说，寓意着伊甸园是纯洁无瑕的圣境，一旦有了男女私情，就无权在这里待下去。这个传说还寓意着男女私情是违反上帝的意愿的，纯粹出自魔鬼撒旦的邪门。而在这一系列寓意中，则有着一条异常坚硬的宗教戒条，那就是禁欲主义的戒条，在这里，即使是合情合理的男女之事，也不合法，也不见容于宗教，甚至圣母玛丽亚生出耶稣这个伟大的儿子，竟然也被说成是无瑕而孕的，并无男人的合作！

这只是一个宗教传说，在世界各种宗教传说中，只不过是"一家之言"而已，在细节上它也有自己特定的具体性，但对于所有属于禁欲主义、或带禁欲主义色彩、或带清心寡欲性质的一切宗教、学说与意识形态来说，它却具有普遍的代表性。

与这种唯心的、唯灵的宗教意识相对的，是唯物的人类学学说。就我们这一辈人的经历与见识而言，如果说基督教的《圣经》是一个方面的经典的话，那么，马克思主义关于人类发生发展的历史唯物主义论著，则是与之相对的另一个方面的经典，恩格斯的《家庭、私有制和国家的起源》就是描述了人类两性关系、家庭关系与国家社会的这样一部生动的论著。

人不是上帝创造的，人是猴子变的。在类人猿阶段，那种纯粹的动物状态，就不用去说了，在完成了从猿到人的过程后，"后动物状态"也是不在话下的。那绝不像亚当、夏娃最初时那般纯洁单纯，直到吃了禁果之后才开性戒，恰巧相反，倒是"性关系毫无限制"的杂交、群交。随着原始社会的演进与生产力、生产关系的发展，性乱的范围开始慢慢缩小，由杂交到群婚再到一妻多夫或一夫多妻，最后才到了个体婚制，而个体婚制也只不过是婚姻形式而已，在这种形式下，又经常有婚外私情、通奸以及娼妓与半娼妓的存在。这就是"亚当、夏娃"、"男人、女人"的真实历史，这种历史的客观状况与不纯性质是任何宗教戒条、道德约束与法权禁令都无法加以纯洁、难以规范化的。

如果允许用宗教的概念与术语，用思辨的方式来表述的话，那就应该说，撒旦本来就存在于人自身之中，人身上从来就明显具有撒旦成分，"撒旦性"就是人性的一个组成部分，甚至是相当主要的组成部分，如果不干脆说它就是人性的话；而"伊甸园性"倒只是人对自身的一种幻想，至多只是一种虚无缥缈的理想。直面与逼视"撒旦性"，就是直面与逼视人性，是对人性切实认识与深入研究的前提，更是对人性加以疏导、矫正，加以文明化、完善化的前提。因此，一切睿智的思想家包括马克思主义经典作家从来不无视、从来不回避作为"撒旦性"的人性恶，从来不对作为"撒旦性"的"人性恶"简单地加以精神放逐与道德判刑，甚至还充分正视、充分估计到它在人类社会发展的长河中所占的地位与所起的作用。

但是，十分明显的是，在历来的各种宗教意识体系、法权思想体系中，"伊甸园性"几乎毫无例外地都得到尊崇，而"撒旦性"则受到了谴责与贬损。表现在文学中，对"撒旦性"的直面与逼视几乎在所有的民族与地区，无不姗姗来迟或者凤毛麟角，在文学史发展过程中，事实上存着一个走出伊甸园，面对、正视"撒旦性"的问题。

同样，具有讽刺意味的是，虽然马克思主义在我们这里居于至尊地位，但经典论著中所描述的人类两性关系真正的客观历史发展过程，却较少为我们所正视，而《圣经》中的伊甸园境界反倒是作为无神论者的我们所向往的纯洁理想。以本人而言，我绝对不敢说在"纯洁度"上自己有资格置身于伊甸园之中，自我身上不符合上帝要求的"杂质"着实多得很呢，但在意识形态的问题上，我倒的的确确存在一个"走出伊甸园"的问题。

在蓬皮杜文化中心结识萨德，就是一个突破，是我的第一步。从此以后，我不论在阅读与研究的范围上，还是在思想观点的形成上，都大有沿着这个"斜坡"出溜下滑之势。

六、随"魔鬼"靡菲斯特出游

1993年,法国国家人文科研中心研究员、法籍华人学者陈庆浩博士,与台湾一家出版社合作,策划编辑出版一套《世界性文学名著大系》,他邀约我主持法国篇的编译工作。

庆浩博士是我1981年访问巴黎时通过德全君的介绍认识的,他在巴黎从事文学研究已有多年,研究面以元明清小说为主,成绩斐然,他在法国、中国内地、台湾地区、日本,均有广泛的学术联系。

由于结识了"魔鬼",对"魔道",对"撒旦性"中的社会历史、人文心理内涵多少有了点认识,又基于对"一国两制"政策的理解,我没有多少犹豫就答应了。

我在合作项目中的职责是调整、增补并确定庆浩博士所初选的书目,搜集有关的原文材料,物色译者,联络协调,统一规格,审定译稿,直到为每一种作品撰写学术性序言。经过将近两年的劳作,最后完成了20种小说的选编、翻译与作序,这些序言后来结集为《法兰西风月谈》出版。

入选的均为历史名人与著名文学家所写的性文学作品,或在文学史上赫赫有名的此类作品,入选的标准是具有社会历史内涵、人文心理意义与文学艺术价值,其中萨德的作品有四部,即《淑女蒙尘记》《淑女劫》《情罪》与《闺房哲学》,而参加这20部小说翻译的均为国内高层次的译者、我的一些老同学与多年老朋友,如李恒基、丁世中、李玉民等。

为了对"一国两制"的方针表示最彻底的拥护,为了对大陆此岸文化出版政策规范表示最大的尊重,我与译者在进行上述译制之前,就特别强调,我们进行此一项目,是以双方必须尽最大努力保证该书系不流入大陆为前提的,为此,我与译者们明确表示,书系出版后,不要出版社往大陆给我们寄赠样书,当然,也要求出版社尽最大的可能保证此书系不传入大陆,更不能将版权授予大陆的出版社或允许大陆任何人擅自翻印发行。而我个人,则不顾庆浩博士与彼岸出版社的再三固请,坚决辞去了法国分辑主编之名。

就在与庆浩博士完成合作项目后不久,相继有两三家大陆的出版社找上门来要求我与他们合作编译出版一套《萨德作品集》,大概是由于我藏有一套"禁书"的名声已经在外。虽然我为庆浩博士的项目所写的三篇序言《淫秽下流作家?严肃的哲人》《对恶的抗议》与《作家萨德并非无德之证》早已在台湾公开发表,但我仍然拒绝了这两三家敢于在国内打"擦边球"的出版社。

人本来就在伊甸园之外,但总要制造在伊甸园之中的自我理想与自我幻想。我在意识形态上已经走出了伊甸园,但却仍然很在乎自己在伊甸园里的纯正资格。书生就是书生。意识形态、价值标准、规范、理念似乎从来就是专管书生的。当我与我的一批书生朋友还很在乎自己在伊甸园里的纯正资格时,商海大潮中的冒险家、勇敢分子早已经把意识形态、规范、以至法规、法度全都抛到九霄云外了,这样,我终于看到了我本来并不希望发生、甚至是大力加以预防的事发生了:

那是1998年8月上旬的一天,我接到北大老同学李恒基的电话,他告诉我一个消息:市面的书摊上出现了一套名为《外国性文学译丛》的书共5种,其中4种是盗版自庆浩博士与我合作的那套书系,被侵权的是4位译者李恒基、丁世中、李玉民与羽林,加上序言作者我本人。盗版者对序作者的权益似乎格外蔑视,有的序他给你任意砍头去尾,有的序他给你换一个署名,有的序他干脆把你的名字删掉了事……

几个被侵权的书生不胜愤慨,于是就给盗版书上所署名的"远方出版社"去信,要求"有个说法"。一个星期、两个星期、三个星期过去了,去信如石沉大海,但通过一两个途径听说,该出版社在某非正式场合做出表示,说他们也是被侵权者……来而不往,非礼也,回信总应该有一封吧，何况，如果双方都是受害者，就更应该有共同语言，更便于沟通吧，不知什么原因，反正我们没有得到一字答复。

于是，几个被侵权者又向两三个出版管理机构投诉。小案一桩，大家很忙，调查难度大。即使是《焦点访谈》那样直接的强力的泰山压顶式的查访亦难以水落石出，何况我等乎？于是，几个被侵权的书生白白地激动了一阵，忙活了一阵，毫无结果。朋友们，熟人们，不论是新闻界的、出版界的、文化界的，还是熟知社会内情的，异口同声说，这种事很难查出个结果，"你拿盗版者根本没有办法"，真个是"宰你没商量"！

也正是盗版书在市面出现之际，时代文艺出版社堂堂正正推出了《萨德作品集》，共选入三部小说，译者是我的学长管震湖先生。我赞赏这家出版社的效率，我更钦佩管先生的勇气。

在发生了以上这些事情之后，我才感到似乎有一不做二不休之必要，于是，放了一个马后炮，把我5年前在台湾发表的三篇论萨德的文章交付《书屋》连续发表。又过了一些时候，到了2002年，在一个国内出版社主动积极的要求下，我将原来《世界性文学名著大系》法国篇中尚能符合国内公开出版尺度的一部分作品挑选出来，另外再掺了一点"性"而不"露"的"沙子"（几部写性爱并不露骨的作品），编选而成《撒旦文丛》公开出版，颇为审慎的态度自然保证了此举的"平安无事"。

浮士德与魔鬼靡菲斯特签订了契约，公开出游，他是去享受尘世的欢乐生活的。我与浮士德不能相比，我跟靡菲斯特的公开出游只不过是去做点小小的"灵魂的冒险"，这种小事在大社会里本来只是"茶杯里的风波"。不过，这毕竟是与"魔鬼"的契约，很难说会有什么样的结果。

但不论怎么样，也不论是什么结果，还连同这整个的过程，到头来都不过是"米拉波桥下的流水"，转瞬间将消逝无踪。

围绕"博士"的若干回忆

——闻成为博士论文专题对象后有感

"丑小鸭"成了"白天鹅"

两三年前,在一次闲谈中,听一位消息灵通的法国朋友告诉我说,巴黎大学一攻读文学博士学位的青年学者(是位副教授)选定了我作为他博士论文的专题对象,并已得到法国校方与导师的同意。

来自巴黎的这则消息当时几乎没有引起我什么注意,因为我并不太相信此消息的真实性,"很可能只是传闻"。

不久后,在一次正式的学术会议上,我又听到一个学界朋友说,巴黎大学的一位中国学者正在以我为专题对象写他的博士论文。这位朋友一贯以学风严谨、言行有据而著称,看来,此言并非捕风捉影。"两点成一线",事情的眉目已经相当清晰,敝人果真成了巴黎大学博士论文的专题对象,这岂不是"丑小鸭"变成了"白天鹅"?不过,这还不值得认真看待,即使有哪位博士在写这样一个题目,也不过是"八字少一撇的事",谁都知道,国外的博士论文一写就是好几年,甚至好些年,有的还不了了之,最后倒化为"子虚乌有"。

又隔了一些时候,来自巴黎的朋友又带来了确确实实的消息:那位中国学者以柳某为专题对象的博士论文已经完成,名为:《法国文学在中国:一位中国当代批评家的漫长旅程》,并且已经通过了答辩,以此,他获得了巴黎大学的文学博士学位。为了证明事实的确凿性，这位朋友还给我带来一份"物证"。果然不假。这样，在我面前就不再是捉摸不定的传闻，而是一桩确切无疑的事实了。

有了清晰的事实，就会有清晰的感想；感想一清晰，就会有层次，有派生；如果触动了往事，触动了伤痛，感想就会如洪水决堤，难免就会有一连串的记忆，就会有一番宣泄，一番泛滥了……"博士"这个词与围绕它的一切，对我们这一代人，对我个人实在是太敏感了，它很容易就会触动一些往事，引起好些回忆……

被耽误的一代

我们这一代人，20世纪五六十年代从大学毕业的一代人，可以说是中国的博士断层代。前面是树木参天的高原，后面是芳草萋萋的佳境，我们这一块却只是一片贫瘠不毛的赤地，没有养汁丰润的博士这个品种。

且先说我们前面。那是新中国成立初期被称为老知识分子的一辈人，他们以前都有过国外的学历，在当时的政治高温中，在不断的脱胎换骨的折腾运动中，他们像刘备种菜园子那样，常自卑地说，他们是"从旧社会过来的"，"有沉重的包袱"，不像我们这批"在红旗下长大的小青年这么幸福"。其实，真正在心理上处于心仪羡慕状态的却是我们，我们仰视他们的学识、才华、成就，以及与此有关的学术职称、社会地位，当然免不了还有工资级别等，说实话，那时并没有看重、甚至没有注意他们是否有国外的博士学位头衔，而只看重他们的精神劳动业绩、才能灵智与学术声望。后来才知道，我辈特别尊崇、敬重的钱锺书、李健吾、卞之琳、杨绛没有一个是拥有博士头衔的，当然，在人文学界，拥有博士头衔的确又德高望重的大家，有朱光潜、冯至。但也不乏业绩平平、并不令人折服的人物，不过这种人物往往格外具有学术威严与学术架势，令人见而生畏，而这种居高气势,当然与其头上的博士光环有关,那是我辈永远可望而不可即的。

后来若干年,又不断在老一辈中发现了好些博士,当然都是洋博士,其中有些人,我辈原先只知道他们是著名的社会活动家,是知识分子中享有崇高荣誉与政治地位的人物,而不知道他们曾经也获得过某个学科的博士学位,更没有听说过他们在原本那个学科里有何建树,有何论著立说。这也是可以理解的,既然投笔从戎、鲁迅从学医到学文之类的改行可传为美谈,将攻读博士学位的那种钻研劲转用在入世之道,将精妙的博士思维转化为政治社会智慧,岂不也是大大的佳话?博士终归是博士,挥戈他向,哪怕是进入陌生的领域,也必定会先声夺人,显赫大贵。不论怎么样,反正博士头衔一直金贵得很,它可以叫人享受一辈子,就像一个拥有将军头衔的军人,转业到任何地区,任何领域,都非得是省部级高干,或者像在银行里有一笔巨额存款的经营者,不用动一个手指头,每年就会有源源不断的利息收入。怪不得我辈年轻的时候,就眼见过老一代中学术业绩平平的博士如何以盛气凌人、居高临下的态度,对待其同辈中学术业绩卓越昭彰的非博士,当然那时光靠博士头衔,欺人之威还不太够,还必须加上"革命的立场、观点、方法"之能,借左风、运动风之势,方能更为奏效。

这种现实不能不给我辈带来一两丝心理阴翳:国内没有建立博士生培养制,赴国外攻读则无门无望,大家被关在国门之内达30年之久,苦读学位的年华早已过去了,如此没有"高学历",何日能熬出个名堂?现在回想起来,直到我辈50过头,仍相当正式地被称为"年轻人"以与那些享有至尊地位的"老专家"相区别,其中就带有认定此一辈人"不成熟"或"难以成熟"的含义,原因之一,恐怕就是着眼于两者学历有无国外镀金之别。因此,我辈人面对着老一辈学人,始终都有一种学历上的卑微心理,就像我们面对着从根据地来的老革命始终都有一种政治上的卑微心理一样。这两个方面的自卑构成了我们这一代人几乎一辈子为人做事的谦恭态势，即使自己的个头不断在长，达到了可观的高度时，总也觉得低人一头，偶尔也曾有莫扎特写《安魂曲》时那种反抗"父性统治"的冲动，但也很快泄气而沦为自省，与后来年轻一代精英对我们这一代的那种"后浪推前浪"的冲刺劲，特别是少数"天才青年"拿我辈开刀以祭自己大旗的英雄气概是远远不能相比的。

至于在我们之后的一代人，应该说是幸运的一代，正逢改革开放的大好时期。他们大学期间没有碰见过政治运动与上山下乡之类的事，得以专心致志地完成了学业，而后又遇上研究生学制建立，当研究生成为时尚与各种对外文化学术交流机制运作、出国留学成为潮流这两大机遇。于是，没有几年，在这一代人中就大批大批涌现出各个学科、各个专业的洋博士，其势其量如喷涌的泉水，在中国历史上是从未有过的。我所在的这个学科，从事者都是学外文出身的，通过各种渠道出国，更具有其优势，因而涌现出的洋博士数量更多。即便有些青年学子，未能出国摘取博士桂冠，也都要在国内戴上博士帽才肯罢休，这样，在本学科之中很快就形成了"冠盖满京华"的盛况了。不久，又喜逢"培养跨世纪学科带头人"这一巨大内需的大力拉动，高级学术职称、高级学术职务无不虚席以待，学科中博士当家的新世纪也就降临了。当然，这一盛世虽然开元有年，但要创建出相称的业绩，却还须拭目以待，因为人文建设毕竟是人文建设，不比造钢筋水泥的楼房，只要有人在施工就见长。

这就是我们这一代人所面临的前后两大板块，前与后两个方面的茂密繁盛鲜明地对照出中间我们这一片的荒芜不毛。处于这样两大板块的间隙中，有效的生命期不可避免地会短得可怜。实际上，这一代人刚脱掉"年轻人"的帽子，当上"成年人"没有几年，就发觉已经直面着退休这个社会人生的最后一站了，还没有完全到站，有关职能部门就赶紧给你办退休手续了，而一旦到站，从事社会活动与学术活动的空间与条件，就制度化地被大大削减了，甚至被完全取消。于是，这批"老兵"只能凭借过去积蓄下来的自我学术存活力、社会活动力与声望影响力而尚未被遗忘，但这种自我能量与自我魅力并不是人人都拥有或都有积蓄的。不难理解，处于这种境况的我们这一辈人，就难免有心理不平衡，难免又感慨万千了，而所有这一切都集中在这样一句常听到的话里："我们是被耽误的一代，被牺牲的一代。"

其实，这是内秀、不乏天赋而又勤奋、有理想的一代，只不过生不逢时而其作为被大打了折扣，即使已被烈火烧焦得不像个样子，但春风一刮，就又生气勃勃。"苍天不负有心人"，"文革"之后总算还给了他们为期10年的舞台空间，容许他们展示与创建，10年而已，再多也多不了两三年，但对于有心者，有专业潜能与文化见识、有学识活力的人，10年也足以制作出力作妙文，创建出显著业绩，造就出一定的文化景观。综观这一代人在改革开放后获得了精神解放最初10多年的作为看，他们的确非常有效地利用了时代发展的机遇，大大推进了学术文化的发展，因此，不妨说这一代人的业绩与成就，总体上比起前面的老一代似无不及，至于其后的新一代，他们要创建出如此规模、如此分量的劳绩，恐怕还需要有待于来日。这个估计虽然不一定适合于整个社会人文科学范畴，但对我所在的这个不大的学科，大抵如此。

廖化充先锋

在学科有长足发展的这个时期里，令人意想不到的是这一代人在原本欠缺的学位头衔方面，却得到另一种形式的"补偿"，这种"补偿"是从20世纪70年代末硕士生学制与80年代中博士生学制的建立而来的。由于在中国是第一次开始培养本土的硕士生、博士生，于是从70年代末起开始在本学科中"挑大梁"的我们这一代"科研骨干",就陆续取得了硕士生导师与博士生导师的资格,没有读过硕士学位与博士学位的人成了"硕导"、"博导",在老科班出身的人看来,这似乎有点"廖化充先锋"的味道,的确可谓对这一代人意想不到的补偿。

由于中国社会科学院在社会科学、人文科学各个学科中都拥有众多享有高声誉的著名学者,因而早在20世纪70年代后期就成立了研究生院,各个研究所则担负了它各学科各个系的功能。其硕士研究生的培养工作当时在全国范围里是遥遥领先的,它所招收的研究生均为"文革"前就完成了大学学业,并经历过专业工作实践与政治磨练长达10年之久的新一代精英,且人数之众颇成阵势,仅我所在的法国文学专业于1978年就招收了将近20人,如施康强、郭宏安、金德全、罗芄、吴岳添、李清安、朱延生等。正式任命的导师有三人,李健吾、罗大冈与我,他们二位是我的师辈,与他们同为"导师",当时实为我的荣幸。因为我在他们面前是"年轻人",所以责无旁贷地把几乎全部具体的工作都承担了起来,从出考题、定考卷、主持面试、判分、录取到讲授两年专业课,直到最后指导硕士论文的写作。十几个硕士研究生毕业论文的指导工作由三个导师平均分担,为了使研究生在本学科的舞台上早一点出道,我又另行要求自己为他们每一个人做一件事(从拟定写作题或翻译项目、做若干引导工作到向报纸杂志推荐),我虽未能做得尽善尽美,却也花了不少时间,而我之所以这样做,仅仅因为我自己尝过长期当小字辈的味道,不愿意后来者因碰上了我也有感同样的苦涩,而要像电影《良家妇女》中那个婆婆因为自己经历过辛酸故尽量要使自己的媳妇少感受些辛酸一样。三年后,中国社会科学院这一届硕士研究生毕业了,他们被称为"黄埔一期",如今已经几乎都是研究员、教授、博士生导师了。

第一届毕业后两年,社科院又招收了第二届硕士研究生,外国文学系中我们这个专业又招收了6名,导师仍是三位,李、罗两位长者因年高退休,另补充了罗新璋与张英伦两位研究员。我除了在第一、第二年讲讲课外,第三年与罗、张两位分别辅导研究生写毕业论文,每人负责两个。这一届研究生中亦不乏才俊之士,可惜他们毕业后因预见人文学科清寒失落已在所难免,纷纷出国改行另行高就,如今也都是经理、董事长、地区执行官之类的人物了。从这一届之后,我们这个专业再没有招收过硕士研究生,在全国范围里,社科院在这个学科上曾大大领先的研究生培养工作从此就一去不复返了,而我的"教书生涯"也就到此告终。

记得好像是1984年,国内开始建立了博士生学制。我们这一代人的师长辈最早成为博士生导师。我们这一代"小字辈",年长的已有60多岁,我还算年轻,也到了50,都已经在副研究员的职位上熬了五六年,上级一直未给提升名额,即使给了一个,但好几位副研都是吃大锅饭同上同下的"批发货",提谁也会引起矛盾,研究所单位的领导那时可没有"让有的人先上去"的见识与胆量,而根据规定,只有"研究员"才能当"博导",因此,这一批"小字辈"起初就被拒在"博导"队伍之外。

但长老们都早已谢绝身外杂务,而培养博士的事业总得要人去做吧,于是在1985年左右,"博导"的尺度放宽了,原来业绩比较突出的老副研,只要提出申请,通过高教系统一个最高的资格审议委员会的批准,即可成为"博导"。在我们外国文学研究所这个单位里,小字辈的副研究员"批发货"共有五人,都是新中国成立后本学科中最先露头角的青年人,是"文革"后最先被提升上来的,其中包括研究所的副所长(后来当然还要变成所长),因此在所长的推动与带领下,"批发货"副研都提出了申请,唯独有一人自以为有几本论著垫底,可以来一点"矜持思维":眼看提升研究员一事不出一年即定可解决,到时自然成为"博导",何必提前一年半载劳神费力去申请?当"硕导"的滋味也尝过,不过是尽义务而已,何必急于去求请"博导"一衔？

"批发货"的问题自有它好解决之处，任何挑剔的委员会恐怕都不便于拒绝一锅大锅饭，因此，除了那个自作聪明、故作矜持、没有提出申请的傻瓜外，上述提出申请的四位都非常顺利地被通过为博导。在我国外国文学学科里，出现了新中国成立后培养出来的一批"小字辈"博导，而我呢，由于聪明误而掉了队。

第二年，在意料之中的是，我们这一批副研的提升问题顺利解决了，意料之外的却是：根据高教部门的新规定，凡研究员、教授要当"博导"，也必须经过申请、审批。如果我没有理解错，这意味着研究员、教授的高级职称一旦向"新中国成立后培养出来的一代人"正式开放，这一高级职称也就马上贬值了，现在，在学术的"流通领域"里又出现了一种面值更高的"硬币"：博导。事实上，曾经没有太起眼、叫迟钝如我者掉以轻心的"博导"这一头衔，其"含金量"眼见着在上涨，因为与此相关的待遇、法权、地位、身份很快就成龙配套跟上去了，如到外地开学术会议，在旅差标准与住宿标准上，博导就要高于一般教授、研究员。

在这种现实面前，你不可能不感受到失误的经验教训：在中国，随大溜、不独行总是安全保险的；赶班车，务必见车就上，迟一班不如早一班。而对于自己的处境，我本来以为大学毕业后，除了"文革"白白浪费了10年光阴之外，一直艰辛地爬了20年学术楼梯，总算在学科里做了几件有声有响的事，书也出版了那么几本，自认一旦解决了提升研究员问题，就可算爬到了这个楼梯的最高一级了，没有想到，学术楼梯长高了，又多出了一级，"革命尚未成功，同志仍须努力"，你还得爬！

第一匙闭门羹

  大概过了不到两年,根据任何人都必须申请的新办法,高教系统的最高委员第一次审批"博导"了。研究所的头头动员我申请,因为本学科已经有了李健吾、罗大冈两位"博导",再添一个就可以成立一个分支学科的博士点了,而一个单位有了博士点,身价当然就大不相同。至于我本人,既然对博导的价值已刮目相看,当然就不会再愚蠢到故作矜持,何况,应该得到的东西、早就应该得到的东西,取之有理……取之有道……此道并不难,交份申请书,举步之劳、一蹴而就而已。以这种狂傲的心态,怀着绝对自信与自得,我静待佳音的来到。

  但是,"亲爱的霍拉旭,很多事情都是在你的哲学之外"!

  评议审批的结果令人们大感意外:所有的申报者都被批准为"博导",唯独被学界公认为"著述成果最多最硬"、应予批准的那位先生却被否决了。

  这未免太过分了吧?这岂不是有点荒诞?简直叫人不相信自己的耳朵,不相信如此的学术处决竟然也会发生。我周围的人,有些前来表示同情,甚至表示愤愤不平;有的表示此事"难以理解";有的人故意来到你面前,却又故意假装一无所知;还有的人见你就绕道而行,就像你在因萨特评价问题上被点名批判时碰到的一样……种种世态不一,都从不同的方面证明了这次处决确实发生了。

  总不能像阿Q那样被处决得不明不白吧?但要搞清被处决的原因与理由谈何容易,"侯门深似海",掌生杀大权的一个评审委员会,高在云端、烟雾缭绕,如庐山面目不清,何况我对这种委员会、那种委员会的构成从来都不太在意。但既然已成为一件人们议论纷纷的事件,也就不可能有不透风的墙,这一类委员会的纪律总不会比党内铁的纪律更严吧。不久总算搞清楚了处决我的委员会是由哪些人士组成的,其中有一半人都并非外国文学界的学者、专家,而属于另一个学界的,他们对我所知恐怕很少,我对他们倒略有印象:其一,基本上都是高等学校中居高位的人物;其二,从未见过他们有何学术论著问世,至少在改革开放以来近10年的这个时期里是如此。另外倒有两三个是本学界的专家、学者,但一听名字就足以叫人"冷了半截",一个是我在某个委员会里与他共事期间争论问题时在语言上曾对他有所顶撞的权威人士;一个是以唯我独尊的高傲而闻名、贯于行使否决权与告状手段的"教授杀手",而在他身后还有一位以学术界的生杀为己任、奉行"顺我者昌,逆我者亡"准则的人物;再一个是我一直未能"搞好关系"的老领导。对我所属的这个学界的人选评审,这三位显然都有"一言九鼎"的作用,何况有的还直接掌握了该委员会的大权,在此格局下,倒霉蛋的命运就不言而喻了。毫无疑问,此人死于我们社会中至关重要的人事关系。当然,与他在"清污"中曾被列为重点恐怕也甚有关系,两疾并发,该死的家伙!

学术资格评审是社会现实的一部分,绝不会因为与文化学术有关,就特别纯净,特别温文尔雅,其中也少不了险恶、灰黑、阴暗、卑劣、污浊、刻损,以及苦涩、辛酸,但其表现形式倒可能是文质彬彬的。我不知道自己被处决时碰见了些什么,没有碰见些什么,我没有听说评议会上出现过恶言损语,但听说会下确不止一人在"上串下联",进行"立场协调",似是一次颇有默契的无声无息处决。我自己也曾在这种委员会、那种委员会待过,有经验,也有所见所闻,在讨论时,你可以对被评审对象不置一词,甚至还可以不轻不重讲一两句肯定的话,但在投票时,你不在他的名上画圈,他就等于吃了你致命的一掌,如有那么几个委员已经协调了立场,达成了默契,并照此办理,那人就死定了,毫无伤痕地死定了……

事实上,还有比这更为高明的:就在我被委员会内部处决但尚未公布的时候,我去另一个委员会里开会,会见了同在该委员会中任职的那位"权威人士",他异乎常态地对我特别亲切,似乎超出了辈分的界限，大有称兄道弟之势，我当时颇感讶异，后来才悟出他是在处决我之后，进行某种"补偿"。另一位处决主将则在更后一些日子的某次庆典会上若无其事，主动、热情前来招呼握手，与往常的唯我独尊架势相比，判若两人。

差劲的反倒是我，从我得知处决结果后，对那位权威人士，我再也不顾及辈分礼貌，在学术场合见面时干脆冷脸相对，视若陌路，而对另外那位主将，则悍然不予理睬。这是我一生中最小气的两件事，也是有些愚蠢的两件事，因为我不仅白白地丢弃了他们因处决了我而也许可能对我有的一点点怜悯之情，反而会更增添他们的恶感。他们仍居那个委员会的高位，我的博导命运还要由他们决定。

第二匙与第三匙

在风风雨雨中忙忙碌碌又过了两年，时至1990年，又第二次审批博导了，我又第二次申请。对于本单位的领导来说，是受"博士点"的情结所驱使，故大力动员我再次申请；对我自己来说，"革命尚未成功，同志仍须努力"，"博导"毕竟是一顶有含金量的帽子。至于命运问题，自认为专业劳绩堪称"显著"、"突出"，我是信心十足，在人事关系方面，我深知还会碰上暗礁，但天真地以为，某些评审委员总得顾忌一点自己是否公正的名声吧，将人家处决了一次，总不能肆无忌惮地再任意处决一次吧！

"亲爱的霍拉旭，世上有很多事是在你的哲学之外。"

第二次评审结果出来了，又使人大感意料，此人又一次被"否"了，而那些资格、劳绩、成果被认为明显"稍逊一筹"者都均获批准。有消息说，这次评审博导很强调政治标准，有的事"属于一般问题"，可以"既往不咎，不算数"，但有的事"还是要算的"。风浪过去不久，记忆犹新，有此讲究势在必然。看来的确如此，因为，听说同时未获批准的另一位教授,其资格、劳绩、名声的"过硬程度"也是得到公认的,但谁都知道他前不久也曾有过"要算数的事"。我宁愿相信这就是自己被否决的真正的原由,而不归咎于某些委员的"不公正",谁叫你在此一大风波中不甘寂寞动弹了几下子,竟然有了"达标"的事儿?由你去导"博",导错了方向怎么办?我欣然接受了这次处决,毫无异议,就像阿 Q 那样画了个圆圈。为自己的行为承担了责任,付出了代价,我无怨无悔,敢作敢当,我觉得值!

又过了几年,到了 1994 年,博导资格的评议审批制度有了很大的改变:不再由那个至高无上的评审委员会批准把关,而是由全国少数几个重点高校与重点科研机构自行评议审批,中国社会科学作为公认的"翰林院",当然获得了这种评议审批权。白发苍苍的"老婆婆"撒手了,"小媳妇"看来有了出头之日,我自以为漫长的"求索"历程总该结束了,我又第三次递上了申请。自信满满,高枕无忧。

"亲爱的霍拉旭,在你哲学之外的事还多着哩。"

恰当此时,社科院负责科研组织的领导机构却推出了一个"创举":颁发一道院级的"红头文件",规定申报参加"博导"评选的研究员,一律不得超过 60 岁,也就是说,超过 60 岁的研究员连申请的权利也没有了。此项规定的理由当然是正当而又充足的:为了社会科学的长足发展,为了培养跨世纪的人才,等等。推出这项规定的领导机构的长官是本院"黄埔一期"的一位研究生,毕业后没有在学途上走下去,而是在仕途上一帆风顺,扶摇直上,毕竟年轻有为,大刀一挥,如斩乱麻,英气十足!

社科院的这项规定,显然很有"开创性",带来了一系列非比寻常的效应:首先是一大批"黄埔一期"的硕士研究生纷纷被提升为"博导",这一辈人从 20 世纪 80 年代初完成硕士生学业,仅花了 10 年就到达了学术阶梯的至极,确实可谓"生逢其时",而上述那位年轻人长官,日后听说他在官阶上又更上了一层楼,而且看来前途未可限量。当然,此项措施,一刀切的壮举,也有那么一点副作用:正当社科院在博导的年龄上做出严格限制时,不止一个重点高等院校却充分利用了自主审批权,不规定年龄限制而提升了相当一批60多岁甚至65岁上下的"博导",博导一成军,博士生培养点就一个个随之而生了,倒是原来在研究生培养上居领先地位的社科院,很快就因博导数量不够,而被迫砍去了好几个博士点,我所在的学科就是如此,其因果结局似乎可谓"自断其臂"。从此,社科院的研究生培养事业由盛而中落,远远落在了高等院校的后面。

这项规定对我的意味是显而易见:规定颁布之日,我已经60岁零3个月了,没有资格再申请当"博导"了,它彻底断绝了我的"博导前程",给我漫长的"求博"之路画上了一个终结的句号。被一刀切下来,一了百了。

经三次应试而不第,要说自己对此全不在乎,只一笑置之,那是假话。事情的悖谬是显而易见的,作为当事者实在无法释然:博导的首要条件本应是学科业绩与成果,是学术影响与文化声望,如果自己只是一无所成的不入流者,那倒容易心服口服,知趣了事,但在这方面倒恰巧被公认为是"名列前茅"的,到头来,客观实际的首要条件一而再、再而三不起作用,而主观恣意、人为标准却一而再、再而三成为拍板定案、任意处决的理由。眼见业绩不如者、资格不如者,甚至自己带出来的后一辈人纷纷进入博导行列,心里自然难以平衡。疙瘩无法解开,也不想去解开它。更无意去标榜大度与清高,那是高位者的奢侈品,一个普通的爬格子的布衣没有义务去承担。于是,不平则鸣,难免就要讲些酸葡萄式的话,如"博导这顶小帽对我来说,有它不多,无它不少",甚至也有抗议性的话:"三次被处决,可谓一桩博导冤案"等,好在某些人士已视我为倒霉的失意者,不与我计较,没有因我出言不逊而进行第二轮算账,就像未庄人听着阿Q的不逊之言,哄然一笑而散。

时间最能磨平一切，特别是具有充实生活内容的时间。愈远离那三次处决，愈觉得它像鸡零狗碎一样卑琐，愈觉得围绕它的沮丧与愤然之不值得，说到底，学术文化过程中的纠葛与争斗实在是渺小得很，因为双方争夺的筹码往往所值甚少。在这个领域里，重要的是创造与建树，这是最根本的规律，中国文人屡试不第，但借文才而不朽者大有人在，雨果也曾多次吃过法兰西学院的闭门羹，但他到头来不知超过那些操否决权的人多少万里。我虽愚钝渺小，不能与巨匠先贤相比，但仰望他们的身影，在远处学步前行还是可以的吧。因此，如果说这三次处决到头来对我有什么影响的话，那就是激励我不断地爬格子、做事……因此，我多少赢得了"勤奋"（此语与"笨鸟先飞"之意相近，乃设有前提的褒词也）的名声。另外，既然我不被认为是"合格的导师"，我也就不用刻意去"为人师表"，这多少使我在为文做事中较多地跟着自我的真实思维与自然性情走，造成了我身上某种程度的"擦边性"或者说"亚出格性"。有时我想，如果我的"学途"当时更顺利一些，我或许也会像有些人那样戴着桂冠，坐在高位上，悠然自得地享受庙堂荣誉的日子，那我至少不会像现在这样竭自己贫弱智力库之水源，去如此努力浇灌"自己的园地"……伏尔泰说得好："我们该耕种自己的园地……"祸兮，福所倚！

这种"耕作业"最需要的是社会文化事业客观需求的拉动与读者厚爱的支持，至少在改革开放后的年代里，这两个方面的条件实际上愈来愈比官方批件、当局鉴定、庙堂标准，以及具体单位的人事支持率，对社会人文领域中的精神生产更起作用，甚至后来居上。之所以如此，就在于这种全社会性的关爱与支持比庙堂的立场态度更少一些褊狭性，多一些广容性；少一些权势性，多一些人文性；少一些利害性，多一些公正性。因此，也更适合精神生产的本性与规律。也正因为存在这种抗衡，往往也就更引起庙堂、委员会的逆反情绪与恶感，只要有可能，后者总要在自己的权力范围与影响所及的领域里，采取居高临下、不屑一顾的姿势，故意不予承认，甚至干脆来个下马威。

　　社会人文的需要与读者的关爱，是我的双重上帝。如果说，我这些年的耕作一直得到读者的支持、社会的承认，甚至还不止一次得到了社会的正式褒奖，原因就在于我心中供奉着这两尊神，仅有的两尊神。我一直受到这两尊神的保护，如：就在第一匙闭门羹那个时期，曾被"清污"旋风猛刮了一阵的《萨特研究》却得以再版了，我知道这完全是社会需要与读者支持这双重上帝推动的结果。又如：我三次落第以至完全退休之后，学术文化出版界却不断约请我主持一些重大的文化积累性的项目，即使我经常害怕对方走错了"药店"，买错了"品牌"，而主动宣称我"并非博导"，但其势亦不有减，我知道这也是双重上帝的安排。当然，此种"门庭若市"不免又引起戴桂冠、居高位、享受庙堂荣华的人物"侧目而视"，甚至明枪与暗箭，左右开弓，此事有物为证，我是不敢妄言的。再如，不止一个学界精英告诉我，有好几位有志于法国文学研究的青年，一直在等我招收博士生，他们都想报考……谢谢他们的好意，从他们的话里我听到的同样是两重上帝的福音。奈何不给予博导"营业执照"，本人何能开张营业？好在现在的年轻人头脑灵活，绝不至于眼见大势已去，还在傻等，我很放心，但对我来说，有他们这两句话就够了，足以慰藉余生。

受之有愧的"抬举"

　　每个人都有自己敏感忌讳的事物或词汇，这事物或词汇有时甚至延伸到很远很广的范围，就像阿Q由讳头上的"疤"而讳"光"，再就连"光"、"亮"、"灯"也都讳了。我承认，由于以上所述的经历，"博士"一词很容易引起我若干敏感的思绪，特别是证实了自己成为巴黎大学博士论文专题对象时，就不免感慨系之了。

　　显而易见，这对我来说，可算是一件很有肯定意义的事。这样的事绝不会发生在国内,我不敢说这又印证了人所共知的一种常情:"墙里开花墙外香",但我要说,国外大学的博士论文以我为论题,客观上是抬举了我,大大地抬举了我。因为,博士论文毕竟是博士论文,不是判决公告或大批判檄文,总要以正面积极的对象为论述内容,而这对象本身还得具有较为重要的意义,道理很明显:最高学位的学术论文,岂能在无聊琐事与平庸对象上下功夫?那岂不使做题者、批准者、审阅者的学术尊严、学术资格、学术颜面尽都荡然无存?而据我所知,在文学专业中,博士论文都是以重要的文学现象与理论问题或重要的作家、作品为题的。

按理说,到国外深造做博士论文,最好是以外国重要的文学现象为题,这样就可以在课题的学术内容与研究方法两个方面最大限度利用国外高等教育的优势与条件,更多地吸收异域的文化学术营养,如像朱光潜先生在爱丁堡大学以西方美学理论为其博士论文题,冯至先生在海德堡大学以德国浪漫主义诗人诺瓦里斯为其博士论文专题对象。在我看来,这是一种过硬的选题方式,是要在外国人自己的领域与传统的地盘上展示中国学人的才华与水平,以及处理吸收外国文化的能力。没有金刚钻,就不敢揽瓷器活。当然,中国学人在外国以中国对象作为博士论文题目去攻取洋博士的头衔的,也大有人在,但也总是以中国文化中的经典内容为论题对象的,如我们这个学科的前辈罗大冈在巴黎大学获博士学位是以白居易为题,后来还有一些中国学人则是以鲁迅、郭沫若为博士论文专题对象的。

因此,很坦率地说,我对把我选作博士论文题一事并不以为然,我至少还有起码的自知之明:自己绝非博士论文经常面对的那种具有经典性的人物。不论从哪方面说都是如此:作为一个1979年届的中国作家协会会员,我所属的学者、翻译工作者这一支队伍,从来都不是中国作家协会中的主流,只是一个旁支,我个人尽管也有过两三个散文集,但内容褊狭,风格滞重,与国内那些有丰富现实生活内涵与精彩艺术才情的作家实不能相比；作为学者，我缺少钱锺书式的博大精深；作为批评家，我关注的范围很有限，而且缺乏严密的理论体系与构成了思潮流派意义的批评方法……即使对我各方面的作为都全面加以关注，我也不足以成为博士论文的专题对象，把我安置在这样一个高度，我实受之有愧。我对自己的定位定格从来都很明确，而且从不讳言：在智力水平上，我只不过是个"矮个子"，在业绩上，我只不过还算是尚有建树的文化工作者，但在历史的长河中渺小得很，微不足道，在庙堂标准看来，只是个"小文人"。

恕我直言，那位把我当作"博论"专题对象的青年学者，实在是在用放大镜在看我，而巴黎大学的学者教授以及学校认可与批准这样一个论题，恐怕也是由于对中国文化学术界情况不大了然所致。有此估计，我对"博论"专题对象一事从来就没有特别欢欣鼓舞，沾沾自喜。它带给我的愉快甚至还不如出版了一本书，得了一些稿费，带小孙女到饭店里去"撮一顿"……

当然，话说回来，我也并没有那般清高，这样一桩抬举了我的事，毕竟还使我有了一些慰藉感：为什么没有选那些庙堂荣誉与地位皆比我高的戴桂冠者而选中了我？这至少还表明我的成果与劳绩达到相当的规模，拥有一定的优势，而自己那十几本论著与若干个大型学术项目多少也给做论文的人提供了为文作评的场所与空间，自己那些尚属"言之有物"、"言之有骨"的言论多少也给博士提供了加以评析议论的"说头"与"谈资"。如果你只是一个空洞无物或寥寥少物的大圆圈，博士怎能围绕着你去高谈阔论，铺陈点染出一大篇博士高文？……总而言之，这件事不失为一面镜子，照出了在一定学术文化背景上、社会关系网络中，我作为一个"精神文化存在"的客观状态，反映出自己在国内精神领域尚不失为一个颇有内容、广受关注的对象。

为政者可悲的是没有政绩，精神劳动者可悲的是没有成果或成果寥寥，出了成果者可悲的是无人喝彩，甚至无人关注，无人理睬，而只有一片空白的鸦雀无声……产生于巴黎大学的这个博论专题，使我得悉了外部世界对我的认知与关注。正因为我这一辈子被否决甚多，受辱于庙堂实在不少，所以我不能无视这一份认知与关注，来自巴黎大学的认知与关注。

人生的投入，哪怕只有一声特殊的回响，这就构成了存在的意义！

该得到的没有得到，不该得到的偏又得到了，这似乎又构成了存在的荒诞！

这两者，轮到我都碰上了，难得！

一个被逼出来的译本

——我译莫泊桑

说到莫泊桑,还得从大学时代讲起。记得那时法文精读课与泛读课中,都会选一些莫泊桑的作品,给我们上这门课的,是郭麟阁与李锡祖两位先生,他们是北大西语系语言修养精深、为人品性又极好的法文教授。郭老师讲课时语言实例特别丰富,大大有助于学生深入理解与多方面掌握。他对文学作品的那种津津乐道与如痴如醉,本身就是一个榜样。他经常在课堂上忘乎所以地双目紧闭,摇头晃脑地背诵成篇成段的文学名著,甚至是高乃依与拉辛那些令人见而生畏的长段韵文,赢得了我辈的格外敬佩。李锡祖先生简直就是一部活字典,在课堂上特别善于"说文解字",一个词从字根讲到词组、词族以及相关的知识,旁征博引,举一反三,甚至还带有历史的、社会的学问。试想,法国文学的名家名篇,在他们如此这般的讲解、注释与阐释中,岂不更"如虎添翼"?对异国的学子也就更具有魅力与渗透力了。

那时,在名家名篇课文中,最吸引人、最使人感兴趣的,是莫泊桑的作品。不言而喻,"短篇小说之王"的名篇自然特具魅力,那里总有一个真实而又引人入胜的故事,有几乎可说是完美无缺的布局谋篇,有深刻的对人情世故的洞察与针砭,而语言风格又是那么纯净清晰,提供给人的是一种顺畅、舒适、亲和平易而又色彩缤纷的语境,所有这些对青年学子来说,不仅是语言文化的养汁,而且也是审美的范例与召唤。因此，西语系法国语言文学专业的学生，恐怕没有人不曾有过想成为莫泊桑小说译者的向往，我也不例外。

虽然有此向往，但大学毕业后很长一段时期里，我并没有从事过莫泊桑小说作品的翻译，只是刚毕业后不久，译过莫泊桑论短篇小说的一篇文章。那时，我刚分配到《古典文艺理论译丛》编辑部做编辑、翻译工作。这个丛刊由著名美学理论家蔡仪任主编，钱锺书、朱光潜、李健吾等著名学者皆为责任编委，在 20 世纪五六十年代有相当巨大的影响，对翻译介绍西方古典文艺理论的经典名著名篇起到显著作用。这个丛刊每期都有一个中心，如希腊罗马诗学、古典主义文艺理论、浪漫主义理论、美学理论、戏剧理论等，围绕一个特定主题翻译介绍西方诗学、西方文艺批评史上的经典理论文献，但每一期都配一两篇作家谈创作的文章，或者是作家重要的文学书信、文学日记。每期特定主题的重要选目均由上述几位对西方理论批评有权威发言权的编委决定，译者也由他们提名，被提名者皆为翻译家中有理论修养的专家教授。至于重点主题之外的配搭文章，则由编辑部两三个年轻的编辑自行选定与组稿，当然所有的译稿都需经编委审阅通过。

记得 1959 年的一期中，正好缺一篇配搭的文章，于是这个任务就落在了我头上。我选定了莫泊桑的《论小说》这一篇在世界现实主义创作论中脍炙人口的理论文字；由于当时需要赶时间发稿，来不及请著名翻译家译出，只好由我这个初出茅庐的小编辑承担。说实话，当时《古典文艺理论译丛》这个高层次的学术庙堂，是轮不上我这么一个大学毕业刚一两年的小字辈入场的，因此我把译文交给了编委李健吾先生审阅批改。李先生是我国对法国文学最有精深研究的学者、翻译家，于《古典文艺理论译丛》的工作，出力甚多、贡献很大，有关法国文艺理论的好几期，实际上是由他主持编译的。而且，他也和钱锺书、朱光潜一样，对后学晚辈充满了爱护与提携的热情，不像我所遇到过的学界"焦仲卿之母"那样，以扼杀虐待为能事、为乐事。

李先生审阅通过了我的译文，只在莫泊桑所引证的布瓦洛那句诗上，改动了几个字。原来，我把这一句诗译得甚为刻板，有点"硬译"、"死译"，而李先生则改得很活，两三个字之差，达意传神，优劣尽显，正像那首诗所言，显示了"一个字用得其所的力量"。为了感谢李先生的鼓励，也出于"拉虎皮作大旗"的心理，译文初次在《古典文艺理论译丛》上发表时，我署上了"李健吾校"的字样。

在那以后的四五十年里，我就没有再译过莫泊桑，只是在20世纪80年代写《法国文学史》中卷的莫泊桑一章时，对莫泊桑进行了比较系统地全面阅读。说实话，文学名著的艺术魅力也曾经常引起我从事翻译的冲动，但是我后来长期身居"研究工作"的岗位，必须经常要有"研究成果"才能"交差"，才能"评职称"、"有发言权"，自己智力平平，能量有限，实顾不上去多搞翻译，于是几十年来就忙于去理论思维，去评论、鉴赏，直到退休之后，做"年终清点"时，才悟出了"理论是灰色的，生命之树常青"的道理。

当然，还有一个重要的原因，那就是我从感情上真正钟爱的一些古典名著，都已经有了译本，甚至不止一两个、两三个，"名花有主"，何必前去凑热闹，更何况一些译者都是我所敬重的前辈与学兄。后来之所以译起莫泊桑来，几乎可以说是被"逼出来"的事。

1997年，我开始主编"外国文学名家精选书系"。这是一个以"名家、名著、名译、名编选"为特色的大型文化积累的项目。为了体现这套丛书的设想与规模，便于组稿、"滚雪球"，我自己先编选出一本《莫泊桑精选集》，自己除了提供较长的学术性序言外，在译文方面，为了贯彻"名译"的特色，我把在翻译莫泊桑方面有所建树的几代翻译家代表人物都选入了，当时也出于一个良好的愿望，希望这个"精选集"不仅成为莫泊桑文学业绩的一个缩影，也成为中国的"莫泊桑"翻译史的一个缩影。但没有想到在选用一位老前辈的译文时，却遇到了不可逾越的障碍：版权问题。选用了人家的译文，如果不事先征得同意，那是要吃官司的，这已经成为文化出版界的新时尚。为了不至于使良好的愿望招致尴尬的后果，我特别致函该译本原来的那家出版社，提出"申请"，并请他们帮我与译者的后人取得联系。本来我以为此事甚易解决，因为所选用的译文仅两三个短篇小说，不到那家出版社的莫泊桑小说集总篇幅的五十分之一，不存在"掠宝"之嫌，倒确有推崇之意——本来，让莫泊桑译事的几位代表人物在一个译本中"欢聚一堂"，是在推崇各出版社在莫泊桑译介上的功绩，而该译文，说老实话，是已经老化过时了，何况，选本借用该译文是"有偿的"，有偿者，即付人民币也。不料，我却迟迟没有收到回信，被"悬"在那里等候"接见"。后来，回信来了，不仅对译者后人的通信处严加保密，而且对我的"申请"更是严词拒绝。尽管我当时很不以为然，但也只能受着，这是人家出版社的权益嘛！当然，几个短篇也不是什么大不了的难题，既然人家"护宝"心切，惟恐你多瞧几眼，那么就敬而远之好了。最简单、最有效的办法就是：自己译。而且，一不做，二不休，索性多译两篇。今天想来，我实在应该感谢那家出版社，如果没有他们的拒绝，而且是严词拒绝，我就不会动手去译莫泊桑。这就是这个译本最初的缘由。

我译的少数几篇莫泊桑小说出版后，不止一个外国文学的选本选用了我的译文。在外国文学名著重译成风，莫泊桑的译本林立，全集、选集早已为数甚众的情况下，我这几篇拙译尚能被选家惠顾，使我颇感欣慰。浙江文艺出版社的老总叶晓芳与主管外国文学的曹洁也对拙译曾有印象，颇感兴趣，故邀我在他们的《经典印象丛书》中，承当"莫泊桑"这一辑。"经典印象"做得很成功，这两位女将的工作效率又给人很深的印象，我与她们已经有过良好的合作，于是我便答应了下来。但我原有的译文并不多，要成一本书，还要译出十几万字，而曹洁女士又催稿甚勤，于是，就只好把我本职之内的一些"思维性"的项目搁置一旁，赶译一集小说，这种情况在我平生中要算是第一次。这除了"经典印象"的吸引力之外,也许是终于接受了"理论是灰色的,生命之树常青"的启示吧。

赶完稿"交差"后,不料曹洁女士又一定要我补加一篇译后记,只得把客观过程讲讲,言未及义,挺"自然主义"的。

会长交椅上的十年

一、勺园盛会选出一个"矮个子"

1987年9月,秋高气爽,天高云淡,北京大学勺园里一片热闹,中国法国文学研究会在这里举行年会,内容是讨论法国20世纪文学与进行研究会领导班子的换届改选。

会议的规模相当盛大,为期将近一周,参加会议的有100余人,国内各地凡与法国语言文学工作有关的专业队伍中的头面人物与业务骨干几乎尽都赴会:高等院校中的法国语言文学教授、研究机构中的学者专家、文化界的出版者与编辑,以及从事中法文化交流的翻译与专业人员……其中学界名流、译林高手、讲台精英比比皆是,译界名流有郝运、王道乾、郑永慧、徐知免等;学界名家有李健吾、罗大冈等;高校名师有陈占元、管震湖、齐香、桂裕芳、叶汝琏、许渊冲等;至于以其才华与业绩已在翻译界、研究界、教学界崭露头角、风华正茂的"少壮派"更是不胜枚举:汪文漪、金志平、张英伦、郑克鲁、李玉民、王文蓉、袁树仁、谭立德、施康强、郭宏安、余中先、黄建华、韩沪麟、夏玫、徐德炎、陈筱卿,当然,还有将成为焦点人物的"矮个子"柳某人……大有高朋满座、汇聚一堂的盛况,要算是新中国成立后此一学界精英人才最为集聚的一次盛会。而且,从今天来看,此后20多年以来,再也没有过这么一次"群贤毕至"、"星光熠熠"的盛会了。

为什么它成为"空前绝后"的一次盛会？首先是因为它正处于国内人文学术研究会大发展的高潮时期。这个时期可以从1978年广州的全国外国文学工作会议算起，在这个会议上成立了以冯至为会长、季羡林为副会长的中国外国文学学会，此后，各人文学科中的研究会就如雨后春笋般地出现了。这是因为举办广州会议的外国文学所归"翰林院"所辖，当时"翰林院"正副院长便是两位对中国意识形态领域大有决定性影响的人物：胡乔木与邓力群，而外国文学所的党委书记吴介民从延安时期起就是他们两人的老部下，于是，外国文学所"近水楼台先得月"，它所举办的广州会议自然成为社会人文学术领域里率先成立学术性研究会的一块"试验田"。既然各学科的研究会纷纷成立，从此，参加学术会议也就成为各学科中的一种时尚：新中国成立后到"文革"前，谁都不知道学术会议为何物，现在来了一种聚会形式，新鲜而又有学术色彩，大家都感兴趣，而且，学术会议几乎都选在有名胜古迹的地方召开，学术与旅游结合，特具魅力，对长年过书斋生活的人文知识分子来说，正是调剂生活的好机会，何况此乃正式的"工作出差"，交通食宿费用各单位均可报销。只不过，有资格赴会出席的，均为各学术文化单位的领导与业务骨干，但这也使参加学术会议成为一种学术身份、学术地位的标志，又更增加了学术会议的吸引力，于是，它愈来愈成为中国特色社会主义条件下学术文化领域里的一种常态。

中国法国文学研究会的北大勺园会议的盛况既有此种一般来由，也有自己的特殊原因，要知道，这个学界的绝大多数成员，都是毕业于北京的几所名校，特别较多的是出自北大。燕园的"未名湖畔"，对他们来说，可不是有新鲜魅力的"旅游胜地"，勺园会议的空前盛况，却另有原因，这原因便是，这是研究会理事会与领导班子改选的一次会议，而在学术界安身立命的人士，谁都会关心自己在改选后的际遇与名位，而且也都希望参与这个过程并在这个过程中施加一定的影响、起一定的作用，这便形成了学界精英济济一堂的景观。

此外，还有一个原因不容忽视，那就是要在这次会上重新确立法国文学研究会常设机构的所在地。在此之前，所在地是在南京大学。应该说，南京并非法国文学翻译研究力量最为集中的中心，比它更具集中优势的是北京与上海，南京大学跟北京大学、中国社会科学院外国文学研究所，以及北京两个外语学院相比，远不如那么精英云集，甚至比上海的几所大学也"稍逊一筹"，它之所以获得了法国文学研究中心的地位，是与当时外国文学界的状况有关。

众所周知，外国文学界是一个各种语言文学共存的学界，由于新中国成立后政治上向苏联老大哥"一边倒"的路线，在外国文学界也就自然形成了"苏俄派系"占巨大优势的局面，也就是说，在这个学界不仅学俄文的人数居多，而且这个领域中学术行政的领导岗位，几乎都是他们所占据，到处都是"学俄文的人当家"。虽然社科院外国文学研究所的第一任所长冯至是德国文学专家，但在他任内掌握实权的副手叶水夫却正是全国外国文学界"苏俄派系"的中心人物，而在他接任第二任所长之后，外文所的第三任、第四任所长均为"苏俄派系"人物，造成"学俄文的人当家"这种局面在外国文学所持续了十几年之久，由此即可见叶先生权势之大，影响之深，而南京大学外国文学研究所的"双肩挑"领导人陈敬咏则是叶先生在外地高等院校一个主要的追随者与"关系户"，他是从苏联回来的留学生，归国后在南京大学外文系很受重用，担任系主任兼外国文学研究所所长、著名英语学术权威陈嘉的副职，但作为身兼党、政、学三重要职的负责人，其实际作用恐怕并不限于"二把手"，看来他的学术行政与学术外交才能大大超过了他的治学能力，争取法国文学研究会一开始的常设机构放在南大外语系，显然是他的一项政绩。至于如何酝酿、如何筹划定局的过程，在当时也算是学界的"高级外交"，我不知其详，只知道叶、陈二位均为起关键作用者,叶是中枢"翰林院"统揽与主管外国文学学会事务的实权人物,陈则是地方上呼应落实的干将。当然,拥立的会长对象罗大冈同样也是关键人物,从广州会议起,他显然一直在图谋创建法国文学研究会,却一直苦于在自己的身边北京拉不起一支拥立的队伍,正好在南京发现了一支"勤王"的力量,于是,与叶、陈二位一拍即合,造成了法国文学研究会落户于南京大学外国文学研究所的定局。

研究会的第一任会长当然由罗大冈担任,南京大学外国文学研究所则派了两个搞法文的中年教师冯汉律与高强主持研究会常设机构的日常工作,分别担任副会长与秘书长。毋庸讳言,这大大提升了南大外文所与这两位成员的学术地位与知名度。冯汉律倒是一位能文能译、已崭露头角的人才,为人好争强斗胜,后来在国外进修期间因心脏病突发英年早逝,实为可惜。他生平最主要的业绩就是重译了《包法利夫人》,但与此同时却对李健吾先生的《包法利夫人》老译本讲了一些欠善意的贬损之言,在我看来,李健吾的译笔实称得上才华酣畅,而冯译则确逊一筹。高强在法国文学的研究与翻译方面似乎没有什么值得注意的业绩,但喜欢显摆自己的法文口语,听说嘴皮上的功夫还不错。他们两位却很把各自的职位当作事业来经营,而陈敬咏作为"政委"也经常"列席"法国文学研究会的领导小组会议。领导小组除了罗会长与冯高两位实权派外,还有上海地区的副会长王道乾与北京地区的副会长柳某,但这两人也只不过是罗、陈、冯、高体制中的"统战对象",基本上只起"摆设作用",特别是柳某,有时还被用来当作出气的"安全阀"。

10年过去了,研究会常设机构如此设置的不合理性,愈来愈被本学界同人所认识、所非议,罗会长本来就是一个喜欢"无分巨细,事必躬亲"的人,但常设机构相距千里,鞭长莫及,尾大不掉。常设机构的两位负责人其脾性与工作也颇遭物议,实不利于团结学界同人,加以"翰林院"的外国文学研究所在法国文学研究方面的实力与作用学界有目共睹，于是研究会常设机构要由南迁北已成普遍的共识与呼声，只等勺园会议来做出决议、付诸实施了。总而言之，学界有不止一个重大的问题需要解决，问题本身又颇有复杂性与难度，且几乎关系到每一个在学界安身立命的人士之切身利害，自然也就群贤毕至、高朋满座、济济一堂了。于是，勺园会议成为法国文学研究界空前绝后（至今为止）的一次盛会。

虽然要解决的重大问题不止一个，且都复杂而敏感，但要解决也有极为有利的、极为有力的因素：那便是形势明朗，一切都不言而喻，没有未知数，该如何决断也就是"明摆着的"了，具体说来如下：

首先，罗大冈先生在鞭长莫及的状态中已经当满了一届会长之职，对于这种力不从心的境况似乎早已深有所感，的确有些疲于此道了，因此辞退之意已决，早已多次表态，绝无回旋余地，另选接班人、另选常设机构的设置地点势在必行，毫无悬念。

其次，继任会长的人选，早在学界近10年的历史过程中似乎就已经清晰地"浮出了水面"，这个人选，需要有比较突出的个人学术业绩，需要有比较卓著的学术声望与比较深远的文化影响，还需要有比较广泛的学术人脉，也需要有比较有效的领军能力，以及学术开创力、学术胆识……至少具有这几个方面优势的人选似乎已经出现了，而且这不是领导上任命的，不是组织上栽培的，不是各派系协商出来的，更不是个人自我炒作、个人推销出来的，而是学术历史形成的，是学界公认的，是大家认同的……

再次，"翰林院"的外国文学研究所已经愈来愈被全国学界同人公认为名符其实的法国文学研究中心，这里所拥有的学术精英阵容之强大特别令人瞩目：李健吾、罗大冈、柳鸣九、罗新璋、金志平、张英伦、谭立德、郭宏安、施康强、余中先、杨志荣等，有一个时期还包括郑克鲁，他们几乎都是当时已具盛名的学者、专家，有的不久以后即将成为学界名流,此外还有一批在读的研究生新秀:老高放、孟明、林青他们都才情卓越,学术表现可圈可点,已开始在学界崭露头角。一个学术单位有了学界精英,有了学术景观与学术声响,自然就成为学界众望所归的学术中心了,是否成为学术常设机构的所在地,只是时间与手续的问题了,何况,继任会长的人选在大家心目中已经明确无疑,新会长上任后,势必将学会的常设机构迁到自己的身边。

大定势如此,剩下的事情就"水到渠成"了,终于,勺园会议将几个重大的难题都一一妥善解决,一致同意罗大冈辞去研究会会长之职,公推他为名誉会长,与另外两位名誉会长李健吾、闻家驷并列;高票选出柳鸣九为新任会长,选出社科院外国文学研究所研究员张英伦,华东师范大学外国研究所所长、教授郑克鲁,武汉大学法国文化研究中心主任、教授叶汝琏三人为副会长;一致同意将法国文学研究会的常设机构设置在中国社会科学院外国文学研究所,由《世界文学》副主编、编审金志平任秘书长。

虽说是"水到渠成",但如果事先没有解决问题的正确指导思想与深入细致的协商与酝酿,事情便不可能有如此妥善圆满的解决。早在会议之前,明确的指导思想就已经有了,并已取得了各个方面的共识,那就是:公平公正,实事求是,各称其位、各得其所。以三位名誉会长并列的方案而言,显然不合常规,但做到了公正公平,一碗水端平,解决了一个大的实际难题,在老一辈之间没有留下任何矛盾与遗憾。接下来,又设有一连串荣誉名位,如荣誉副会长、荣誉顾问、荣誉理事,一些有业绩、有名望的资深学者如陈占元、郝运、管震湖、郑永慧、徐知免、林秀清等,则进入这一个行列,做到了各得其所,尊重有加。再接下来,就是扩大理事会的名额,使学界有学术活力、有业务实绩的中壮年精英较大限度地进入理事会,而减少入门时不必要的拥挤与碰撞,最后基本上也达到了皆大欢喜的局面。总之,方针与预案的对头,使勺园会议开成了一次团结的会、圆满的会。

酝酿协商的工作，早在勺园会议召开几个月前就已经开始：特别是重大问题的协商，更是进行得细致而深入，做到了多方、多轮征求意见，反复磨合，互相补充，最后酝酿成熟，基本上达成一致或接近一致。由于换届大会必须由罗会长亲自主持，而年迈的他又不愿意移驾南下，大会自然就近在他身边的勺园召开，酝酿筹备工作当然就落在社科院的外文所这些人身上。也因为大势所趋、格局明朗，南大外文所作为常设机构的所在地，几年以来就已经成为"强弩之末"，无力顾及，也没有兴趣张罗了。我作为老一届罗会长身边的副会长，在筹备协商工作中当然责无旁贷，但考虑到自己在换届选举中的敏感地位，我主动回避了一些问题，而更多地由金志平与张英伦二位理事出面主持。金志平是我在北大的同班同学，是罗大冈先生的夫人齐香教授的得意门生，有不少译著，当时是《世界文学》的编审，出任该刊的主编是后来的事。他性情敦厚，为人谦和，在法国文学研究界人缘很好。张英伦是北大的高才生，入外文所后，当了几年罗大冈先生的硕士研究生，毕业后表现出出色的学术活力，主编过大部头的《外国作家小传》，他很有头脑与远见，办事干练，且有外交才能。他们二位在筹备协商中都发挥了重要作用，功不可没，至于整个勺园会议的筹办与杂务则辛苦了余中先与老高放、孟明、林青、谭晶、金小虎等几个研究生，余中先当时很年轻，供职于《世界文学》编辑部，后来去巴黎大学念了一个博士学位，练就了一手口译与笔译的硬功夫，回国后成为国内著名的翻译家，如今当上了《世界文学》的主编，更成为译界一位重量级的人物。

在勺园会议上所诞生的新任法国文学研究会会长何许人也，竟有幸出任当时尚属国内甲级学会的学术团体的"掌门人"？

此人并非书香门第出身，乃一草根学子也，所幸有重视儿女教育的劳工父母，从初中时代起即得以历经当地名校的教育与熏陶。此人亦非天才之资，曾自称"智力水平仅中等偏下"，毕业于北京大学西语系，在班上并非"名列前茅"，有些功课尚属"优秀"，有些则仅为"良好"而已，但深信"勤能补拙"，奋力有加，毕业后在学术文化领域却较早崭露出头角。时至勺园会议之时，确曾做出了若干令人瞩目的业绩，择其要者，列举数项：其一，主编了三卷本《法国文学史》，撰写了其中的大部分重点章节，其上、中两卷已由权威的人民文学出版社出版问世，即将构成中国第一部多卷本的外国文学史。其二，已经出版了独著的两个理论文集，两个散文随笔文集，一个理论译文集。其三，曾对日丹诺夫论断揭竿而起，三箭齐发，又挺身而出以《萨特研究》一书为萨特堂而皇之进入中国而大声疾呼，均为改革开放时期精神文化进程中的大事，在全国有广泛而深远的影响。其四，在"翰林院"系统里，主持并承担了两届硕士研究生的教学与培养任务，先后引带出了十几位法国文学研究新秀……这样一份成绩单，在1987年那个时期，要算外国文学领域里很过硬的一份资质证书了，以这份成绩单要在严酷的研究会长选举中绝对胜出，真可谓是"水到渠成"的事，故此选举结果一出，会议内外的人士都一致认为"新会长乃众望所归"，即便是学界有位恃才傲物、目空一切，原来大有问鼎会长交椅的人物也承认："新会长很相称，很拿得出去。"

　　由于完全出于事先的预期，我当选后并没有感到"受宠若惊"，兴奋得不能自持，喜悦之情、得意之感的确是有的，首先是因为我认为自己完全是"民选出来的"，并非由"组织上"任命，亦非某个学术权威所"栽培"、"提拔"，相反，从这两个方面我并没有得到什么支持，倒是感到过若干潜在的寒气与阻力，只不过因民意难违，这二者未能起作用而已，而这种"民意"也并不是我个人刻意酝酿、拉拢营造出来的，而是在国内近10年学术发展历史过程中形成的、产生的。当然使我更为自得与自豪的是，我被推举到精英学界的前列，这个学界，真可谓"人文荟萃的胜地"，首先，它所专注、所致力的对象是一个在人类精神文明领域中占举足轻重地位的文化宝库，宝库里气象万千、琳琅满目、美不胜收,长期流连于其中,以观赏、把玩、研鉴、诠释其中的精品为业,此诚社会职业分工中一"精神贵族行当"也,能居此行列之首,确乃一大幸运。其次,在这个学界才俊云集,精英辈出,先行者戴望舒、梁宗岱、叶灵凤、穆木天、傅雷、李健吾、盛澄华均为文化史上不可磨灭的名家,当时尚存的饱学之士、名家高手仍有李健吾、陈占元、闻家驷、罗大冈、郑永慧、郝运、王道乾、林青,即使新中国成立后涌现出来的后一辈才俊,其阵容显然也强于其他学界,如徐继曾、桂裕芳、张冠尧、罗新璋、丁世忠、蔡鸿君、吕永祯、李恒基、金志平、李玉民、陈筱卿、袁树仁、夏玫、施康强、郭宏安、罗芃、余中先……能置身于这样一个人才济济的学界的行列并充当其"领头羊",该是一件倍感荣幸的事情,有当选后这种荣誉感,自然就立下了这样一个志愿:不辜负学界同人的信任,要当一个"好会长",要当一个与这个不平凡学界相称的会长,以自己的见识、能力与风格给这个不平凡学界添光增色的会长。

  我深知,要实现这一个志向,显然殊非易事,最为根本的是自己要有学术定力与品位定力,并要持之以恒地贯注于长期的实践努力中。首先,切忌一开始就沾沾自喜、自我陶醉、沉湎于既得的声誉之中,要知道,坐上会长的交椅,只意味大家对你过去所做一切的认可,而要在这把椅子上坐得像样,坐得"称职",却完全要靠你今后的努力,要靠你从零从头做起,因此,一开始就必须有一个奋起的心态,有一种"而今迈步从头越"的激励劲。与此同时,我告诫自己切忌流于浅薄的虚荣心理,要知道,面对一个能人辈出的学界,最不明智的事就是爱充当领袖、耍大牌、习惯地显示重要性,甚至挥斥方遒、颐指气使,既然你已经站在最前列了,你就得有意识努力把自己的体积缩小一些,但却要把你做事的能力发挥到较大程度,提供一个勤勤恳恳、踏踏实实做事的例证,使大家公认你是一个务实的人、做事的人,而不是一个享受虚荣、爱出风头、追求"出镜"的人。有了以上这些基本领悟，我觉得自己首先是把事情想明白了，想"对头"了，以此种心态，自己可以走到这把交椅跟前去了。

至于踏踏实实做哪些事，如何去做，我也早已胸中有数，甚至自己早已有了一定之规，因为我过去就算得上是一个"务实的人"、"做事的人"。具体来说，我对自己有若干戒律。戒律之一，不做空头学术活动家。在学术文化界，这种活动家不乏其人，自己不研究问题，面对学术问题自己没有定见，没有发言权，却摆出不少学术架势，热衷于张罗、组织与主持各种学术仪式、各种学术活动，更热衷于在各种场合以老大或掌门人的姿态一现身影，在学术界无处不在却可有可无，他人当面尊重恭敬你，背后却又不无微词与讥诮，甚至直戳其脊梁骨。我之所以告诫自己不走这条路，也并非我悟性高，而是这种前车之鉴的教训足以令我却步。戒律之二，不在学林中刻意经营派系关系，不花心思去搞合纵连横、亲亲疏疏、打打拉拉。同样这也并非出于我的清高理念，而只是因为觉得学术文化的正务已足够一个人殚思竭虑的了，我精力有限，实在无暇去经营人际关系，何况，要经营起来更费力气，即便经营成了气候，对自己也没有用处，因为我在仕途方面并没有腾达的宏图，要派系党羽何用？再说要在"江湖上"充老大，也需要特殊的素质与本领，那我都是不具有的。戒律之三，不要在出国出访上多耗费功夫。毫无疑问，出国出访多，在国内显然已成为身份与地位的标志，对于搞外国文化研究的人来说，出国出访当然是件好事，但这种机会对于一般学者并不多，我 1981 年与 1988 年两次被邀访法便是"千载难逢"的好机会，我深知能得到对方外交部文化司与国家科学研究中心的邀请，这样的机会几乎不会再有，在"粥少僧多"的情况下，还要争取受邀长期出访，那就得以"九牛二虎"之力去搞铺垫、走门路，而我实在舍不得花如此多的时间与精力去争取，何况自己在"法兰西语言谈吐术"上道行甚浅，还是被动地等"天上掉馅饼"的时机为妙。另一方面，也因为在实际上，对于好学者来说，频繁出访亦非研究与思考所绝对必要的条件，能充分利用国内既有的学术文化资源与思想材料者，远比常年在国内外飞来飞去而静不下心来进行研究思考的人，要更有学术成效、更富实绩成果，最令人敬服的范例就是新中国成立后仅出访过一次的钱锺书，敝人不才，何不以此为榜样？

自我设定了以上这些"戒律"，多少表现了这样一个事实：虽然勺园会议后我在学界的身份与地位有了点变化，但我的思维方式并没有什么变化，我仍然像过去那样，从内心深处摒拒功利性的世故图谋与学界常见的那种打上了官本位主义烙印的价值追求，并在行动上自觉地与之保持距离，尽可能离得远一点，说得直一点，我并不准备成为"长"、成为官，我仍然像过去一样，只想成为学术领地里的一个"强劳动力"、一个能干的"把式"、一个能出活的"庄稼人"，如果说，我坐上了会长的交椅之后，的确也有志愿、有努力方向、有图谋的话，那便是做一些实事以活跃本学界的学术气氛，以推进本学界的学术发展，以积累更多一点有用的人文成果。只不过，在勺园会议之前，我是"独善其身"，自己埋头书斋只顾写自己的文章、出自己的书，而勺园会议之后，我就得尽可能引领本学界多思考、多研究点问题，多组织大家去做些成规模的人文积累的实事了。概而言之，就是要在促进本学科的发展上，多做实事。

二、"矮个子"在交椅上十年的作为

促进本学科发展

在中国，开会是群体公共生活的一种基本生态，对于文化学术性的研究会自然也不例外，一个研究会要推进本学科的发展，或者说要显示自己的存在与活力，最基本的方式就是开学术会议，我作为一会的领头羊,当然要致力于此。至于怎么开学术会议,开什么样的学术会议,那则是大有讲究的,对于官本位主义烙印比较明显的学会、研究会而言,最简单易行而又可以堂正风光的方式,就是每年开一次"年会",会上的议题广泛而不专门,随便谁、随便什么议题基本上均可登上讲坛,这大大便利于对专门学术专题并无研究的人士到会上"信手拈来"某个"一得之见",侃侃而谈,而对于有身份、有地位的人士更是可以高兴讲什么就讲什么,但每次年会无不选择在有名胜古迹的旅游胜地召开,于是,这种会就愈来愈成为某些学界人士显示自己身份与地位的际遇,成为学界有身份人士的集体旅游。我既然有志于务实地推动本学科的发展,自然不能选择这一条道路,何况,这完全是一条"金光大道",有丰厚拨款的支持,而我这个学会,是没有这份福气的。我所选择的是另一条道路:开一次次专题明确的学术讨论会,议题一明确,有研究者、有成果者才能赴会,参会人数自然也就减少一些,开会所需的经费也就少了许多,但一旦召开,其学术纯度、学术含金量在本学界反而会熠熠生辉,令人瞩目,成为有亮点的学术活动。

要筹办这样的专题学术讨论会,如何选定议题,是一项首要的"技术活",其"技术含量"一是要选定议题的学术时令性;二是要了解本学界的"消化能力";三是我自己对议题要有引导的主见与掌控的能力。所谓的"学术时令性",通俗的说法就是学术文化上的"逢年过节",一般就是某个文学事件、某个作家或某部作品的"周年纪念",说白了,其实也是一个文化学术借口,似乎只要有一个借口,文人学者聚集在一起侃侃而谈就"师出有名"了。本学界的"消化能力",就是指本学界对议题了解与研究的广度与深度,以及总体学术准备的程度,只有当学界有了学术准备,这个问题才能谈得起来,讨论得起来。再就是出题者本人的主见与掌控能力了,这要求他必须在一定程度上"先行一步",自己多少有过研究,有一定的研究心得与见解，有一定的发言权，如果没有，那如何起引领作用？总之，应该具有这三个条件，而且这三者在你身上必须统一起来、结合起来，最终才能成为一个对学界有激奋思考、引起兴趣、有话要说、有话可说，说出颇能在学界别开生面的议题。也许，一两次学术会议的议题选得中肯而精当还不难，但每次选题都要中肯而出彩就不容易了，更难的则是每次基本上都能如此且始终贯彻十来年之久。今天回顾起来，我在任内这些年筹办学术会议大都按此等标准行事，做到了这个"分上"，这首先就使得学术会议具有了专题性与专业水平。

其实，决定学术会议重要性与质量的关键，仍是学界本身的必需程度与可行性，以及会议组织者的创见与掌控能力，学术时令性只是一个"名号"与"说辞"，组织者是可以灵活掌握的，在我的作为中有两个例子就很明显，一是1988年举行的左拉学术讨论会；一是2002年举行雨果纪念大会。前者是打着左拉诞生150周年纪念的旗号，后者则是以雨果诞生200周年的名义，并都不严格符合周年纪念的"时令"，前者提前了两年，后者也提前了将近两个月，两者都是出于本学界的"必需"与迫切性。关于后者，我准备在以后相关的地方加以说明，现在先说说关于左拉学术讨论会的事。

1987年我上任后，首先就需要搞一次学术活动以显示自己的"政绩"，但近一两年之内偏偏没有适合的"文学时令"，相距较近的就是1990年左拉诞生150周年。于是，我就以迎接这个周年纪念的名义于1988年筹办了左拉学术讨论会，不过，"个人原因"毕竟是次要的，主要还在于学术问题本身带有其必要性与急需性。

毋庸讳言，长期以来国内对左拉与自然主义的评价一直存在着明显的偏颇。在我们的文学批评界，左拉的"自然主义"是一个颇具贬义的用语，如果人们谈到繁琐的、死板的、令人感到厌烦的描写，经常就用"自然主义"一词去加以概括；如果人们谈到色情的、黄色的描写，更是经常用"自然主义"一词去加以称呼。如果是谈一个写真实的作家,对他作品里一些值得肯定的成就与长处,人们总是把它们归功于现实主义,而对他作品里一些缺点与毛病,如"歪曲了现实"、"歪曲了人的社会性与阶级性"、"没有反映出社会现实的本质"、"以表面的貌似真实的描写掩盖了社会的本质"等,则都归罪于左拉与自然主义的影响。而如果要谈人类文学思潮发展演变的过程,那么,人们则把自然主义称为现实主义的蜕化,还有更不客气的,干脆称之为一种"堕落"。

我一直认为这种偏颇是狭隘的现实主义至上理念与"左"倾简单化主观臆断所导致的,对左拉与自然主义的评价严重不公正、不科学,急需在评论中、在高等院校的外国文学教学中加以澄清与纠正,很有必要在本学界进一步深入研究左拉及其自然主义并做出重新评价,因此,决定以这个议题筹办一次学术会议,作为我上任后的"开场锣鼓"。

应该看到,这个会很不简单,颇有"风险",它带有"意识形态的性质",甚至带有"政治色彩",因为对左拉与自然主义评价的偏颇与恩格斯1888年4月一封著名信件中的文艺论断有关,在这封信里恩格斯对现实主义文学提出了严苛的标准,做出了大褒巴尔扎克、大贬左拉的文艺论断,对后来的现实主义至上论、自然主义糟粕论有很大的影响。恩格斯是我终身敬仰的导师,事实上,我在研究工作与为文作评中,一直是以他为学习的榜样,甚至是模仿的对象,特别是他那泽润的文风。面对他的文艺论断,我且不说为了自己政治上的安全,即使只是面对自己崇敬的偶像,我也不敢造次,何况引领本学界去对革命导师的论断进行商榷,还有一个"殃及池鱼"的责任问题。因此,我做出这样一次学术会议的决断是经过反反复复、深思熟虑的考量的,甚至是经过了煎熬性的思想斗争的。只是在我根据经验与分析,对20世纪80年代意识形态领域的底线做到了心里完全有数,对左拉自然主义问题的纯学术性有了充分把握,并且在文学史料与理论论析上做了充分准备之后，才决定付诸行动的，而为了做到"文责自负"、"公私分明"，我自己以个人的名义另行准备了一个长篇学术发言，其主要部分有：一、对恩格斯原始信件的文艺论点及其对后世的影响做如实的说明与分析；二、从文学史的客观发展过程论述左拉及其自然主义的理论与创作，就是现实主义文学传统的一个不可分割的组成部分，自然主义是对现实主义的发展与补充，左拉是对巴尔扎克的继承与超越；三、论证左拉的创作理论把科学精神注进文学，左拉的文学创作把人的"血"、"肉"机制及其派生的精神心理扩入文学表现的范围，是左拉对文学巨大的特有的贡献，左拉文学作品中百科全书式的几乎无所不有的社会图景描绘具有高度的社会历史价值与思想认识意义。总之，该文对左拉及其自然主义重新进行了全面的科学评价，做到了实事求是，小心求证，平心静气，以理服人，后来获得了广泛的认可。"功夫不负有心人"，1988年的左拉学术会议在北京召开，取得了完全的成功，我在会上的长篇发言，后来也在《外国文学评论》上公开发表了。从那时一直到现在，并未受到学术文化界的质疑与批评，这在我的理论评论活动中，要算是少有的一次幸运，它甚至为我又一次赢得了"有学术胆识"的名声。

难办的事过去，前方就是一马平川。1988年的左拉学术会议以后，我在举办专题学术会议方面，就是"轻车熟路"了。

从1988年左拉会议之后，我把举办专题学术会议当作自己作为会长的主要职责来做，基本上不到两年就举办一次，到我辞去会长职务为止，由本学会主办的专题学术活动主要有这样一些：巴尔扎克文学创作讨论会（北京）、文学中的意识流问题讨论会（北京）、文学中的荒诞问题讨论会（长沙）、存在文学与文学中的"存在"问题讨论会（西安）、法国20世纪文学讨论会（广州）、雨果诞生200周年纪念大会以及雨果文学创作讨论会（北京）等。本学会参与的重要学术文化活动则有纪念法国大革命100周年、普鲁斯特国际学术讨论会等。

以我在任期间法国文学研究会的学术活动频率而言，当时在同类学会、研究会中恐怕算得上"首屈一指"，而且，这些学术会议与学术活动专题性强，有明确的社会文化学术投合性，又组织得当，讨论集中在学术上的确有所获，必然产生了实实在在、广泛久远的影响，至少在学界使人有深刻的印象，因而法国文学研究会也就成为一个令人瞩目的学术团体，获得了"有学术活力"、"有学术生机"的佳誉。特别值得赞赏的是，法国文学研究会还往往不止一次在专题学术会议的基础上，进一步组织专题论文集公开出版，取得更为突出的成果，如荒诞文学论文集、存在主义文学论文集等，虽然我要为此多付出不少精力，但至少在人文学科的领域里，组织学术活动做到这个分上，是被认为达到了"最高境界"。当然，这一切并非什么了不起的业绩，不过，对于一个在本单位既无权势，又无派系的"学术苦力"来说，却殊非易事，无行政与人力资源可征用，无助手秘书、私淑弟子前来相助，凡事就得自己动手，何况我天生没有坐享其成的命，喜欢自己事必躬视，总觉得自己来干更为放心，每要组织一次学术活动或一次学术讨论会，设想出主旨、主题与创意后，首先就是联系合作单位，邀约学界有分量、有水平的学者同人前来赴会。为此，自己要拟出通知与邀请函；而为了使学术会议能做到有的放矢，言之有物，又要经常拟出与讨论问题有关的范围与论纲，以便受邀者事先胸有成竹、有备而来。除了打印邀请信函、有关资料，以及将它们付邮寄出这样的琐事不需我亲自完成外，其他的事几乎都由我自己动手动笔，琐事则难为了学会的秘书长金志平，他性格平和、任劳任怨，对于他来说，这当然是大材小用，要知道，他自己也是著名的翻译家，任《世界文学》编辑部的资深编辑与主编，即使只需他把拟好的信稿交付给打字员与收发员去完差，也实属不易。因为他为人好，又是我在北大的同班同学，他给了我面子，我至今仍感谢他。

特别令人"没辙"的是"巧妇难为无米之炊"。对于我而言，在书斋里做学问，只需有书籍与纸笔就够了，但要搞学术活动，特别要搞学术讨论会就必须有大量的经费，而这正是天生与我无缘的。要得到经费，如果不是当权为政者自己拥有审批调拨权，就是背后有坚强的靠山可获通融之便，我在自己的单位，两者都不是，这就拖累了以我为会长的研究会，在经费问题上难免要"穿小鞋"，基本上要每两年才能争取到一笔经费，每次不过三五千元人民币而已，这是个什么概念呢？如果按常见的"公款吃喝"的标准来说，刚够摆上两三桌酒饭而已，这对于组织一次学术活动的所需真乃"杯水车薪"也。

因此，要开学术讨论会，我们这个"北京中央"的研究会就必须在外省市找一个高等学校的有关院系作为合作伙伴，我方有"京字招牌"与卓著的学术名声而苦于"囊中羞涩"，他方有大宗学术经费而正求提升学术地位与名气，两方优势互补、一拍即合，法国文学研究会与西安外语学院、长沙铁道学院、广州中山大学等单位就存在文学、荒诞文学、法国20世纪文学发展等为专题的学术活动就是这么搞起来的，每次都是由我方提供议题、创意、开幕词、主旨报告，并负责组织学术发言，而对方则提供经费的"大头"、会址、食宿条件以及会务服务，如果说每次学术会议是一个"股份公司"的话，那么，法国文学研究会每次都是以"知识产权"入股而当上"老板"的，坦率地说，如果没有这种合作方式的话，法国文学研究会不可能在办专题学术活动这方面办成如此多的事情。这也是法国文学研究会的学术活动大都选在外地召开的原因，只有两次学术活动是在北京举行的，一次是我就任会长的第一次"开场锣鼓"，即1988年的左拉讨论会；另一次则是我辞去会长职务的"谢幕"之举，即2002年雨果纪念大会与学术讨论会。而这两次大型活动，特别是后一次，我在筹备工作与具体会务安排方面可真受到了一次如"炼狱"般的历练，此乃后话，容后再述。

敬老尊贤

按我有限的理解，坐在会长的交椅上，基本上只有两大要务必须面对、必须尽可能地去做好，如果想成为一个口碑不错的会长的话，一是如上所述，要举办一些有质量、有水平的学术活动，以促进本学科的发展，这是"硬道理"、"硬任务"；二则是尽可能地促进本学科内部和谐的人际关系与和谐气氛。对我来说，我更为经常操心的是后一项要务，反倒不是前一项，因为自己有过对日丹诺夫论断"揭竿而起"的经历，提出学术问题、举办学术活动似乎已是轻车熟路的事了，而与人打交道，却正好是我的弱项，是我的"软肋"。我生来就缺少在人际中应对、周旋的技巧，甚至每当面对他人时，也经常有难以轻松自如之感。面对一般的人际关系，我尚且是这种心理状态，何况我必须面对的是一个很有个性、很不容易面对、如要调理就更难的学界与文化群体。

如果说人际关系复杂的一个重要根由在于人性的复杂与个性多样化的话，那么我所面对的法国文学研究界就是一个特别具有丰富、复杂个性的群体与领域。对这个比较敏感的问题要有所说明是件非常吃力不讨好的事情，我且提供若干粗浅的认知：进入这个学界的人，大都比较聪敏易感，又不同程度地具有语言天分与人文才情，因为法国文学是一个需要这些精神素质的领域，正像航天科学要求数理才能一样，而在这个领域里能崭露头角，更是得有"两把刷子"，因而这些成员具有某些自我优越感与自命不凡感，也就在所难免，这样的学人聚集成堆，若不常有"文人相轻"的状态，那才是怪事，仅为"相轻"尚无大碍，争强斗胜、互不相容、主动出击、磕磕碰碰则势必有两者俱损之负面后果了，此其一也。其二，有才俊细胞的学子进入这个文化领域、从事这个职业行当，几乎无一不是自我选择的结果，他们来到这里无一不自觉地带有明确的目的与志向，那便是要在业务上有所作为、有所成就，至少是有所表现，终极目标是成为强者、胜者、闪光者，成为学术文化天空中的星星，而不是默默无闻者，不是大路上的一颗石子、社会机器中的一颗螺丝钉。因而强烈的自我实现欲、自我发展欲、自我突显欲，也就成为常见的共性，而在人际关系中，也就自然要求他人对自己的承认、尊重、仰望，远远甚于要求自己对他人持对等的理解、诚意与尊重。其三，由于法国文学文化本身就是一个崇尚自我独特性、崇尚个性自由的领域，在这个领域里安身立命的人士长期耳濡目染，在人格处世上自然也就带有几分落落寡合、守望自我、自行其是、特立独行的味道，即使原来并不完全如此，日久受感染也就自然发散出这种"幽香"。以上所有这些似乎是我对本学界妄自菲薄之议，颇有不当非议之嫌，但与其说是我对客观群体的一种妄评，不如说是在对自我剖析的基础上的一种体察与认知，因为以上三个方面的"因子"与"细胞"在我自己身上也都存在着，即使我自认为只是这个"族群"中灵性智商仅为中等偏下的一员，但其基本特质，我也是"应有尽有"。

正因为对本学界人士的"脾性"有如上的体察与认知，坐在会长交椅上，我自然有"高处不胜寒"之虑，而要面对这个学界的人际关系，做任何事情则有"如履薄冰"之感，特别是出现过的某种"炽热"事件，不仅印证我的认知，而且强烈地提醒与告诫我在学会的人际关系上一定要小心翼翼、得理得法。我深知，对于根植于人性深处的事情，我是无能为力的，但我既然坐在这把交椅上，总还可以怀着诚意去尽自己的人事，姑且"但问耕耘，不问收获"吧。正是在这种思想下，我在一些方面做了些努力，兹述其中的几项要者如下：

其一，在研究会的范围内，尽最大可能建立起对凡有一定业绩者均作充分尊重并给予一定荣誉的机制。何谓"有一定业绩"？矮个子会长所掌握的标准很简单，凡是出版过一种学术研究论著或翻译作品的专业人士，皆被视为"有业绩者"，门槛显然不高，在本学界，出版有学术论著并非易事，但出版有一两种翻译作品，对很多专业人士来说并非难事，达此标准者，大有人在。"作充分尊重并给予一定荣誉"具体何所指？要知道，研究会既非领导机关，也非经济实体，既无法授予奖章奖状，也无法发给奖金，只有虚名虚衔可赠，那就根据业绩的大小分别依阶推举为理事、常任理事、顾问以至名誉顾问、名誉副会长等。按矮个子会长的理解，这不过是多设大大小小的一些座椅，有椅子坐的人多了，学会里自然会更平静更安定。为此，在几乎每年一次的年会上，总有一项增补理事的议程，事先由矮个子会长提名并在一定范围里有所酝酿，凝聚共识，最后鼓掌通过。这事做得很有诚意，程序又简单易行，于是，逐年下来，法国文学研究会理事会就像滚雪球一样，人数愈滚愈多，形成了一支"浩浩荡荡的队伍"，它在整个学会的"全人口"中所占比例之高，也许是中国任何其他研究会都比不上的，不说占二分之一、三分之一吧，至少也要占四分之一、五分之一。

对此，不止一个人很不以为然，认为理事会编制如此开放，有损学术机构的尊严，进理事会如此容易，门槛未免太低，增补未免太滥。我却仍坚持己见，认为以"一本书主义"为标准，门槛并不低，而学会的尊严在于其出成果、出人才的频率，在于其学术活力与学术影响力。更为关键的是，在我的理解里，学会、研究会只不过是一大批学者经常聚集的一个厅堂，理事会的增补扩充，只不过是根据需要，在这个厅堂里多设一些椅子而已，这里并非什么议事决策机构，也没有什么涉及实际利益的事情要议要决，只不过是为了在这些学人以学会友、以文会友时来到这个厅堂时，有更多的人坐在椅子上说话，省劲点，心境宽松点、舒畅点，如此而已，仅仅如此而已，当会长的多备几把椅子，与人为善，何乐不为？

不可否认，"理事"这一头衔并非与"功利"完全无关，它意味着"业绩声誉"、"学术地位"，特别是全国性的研究会与学会的理事头衔更是"含金量高",在评职称与提干问题上,都是很有用的砝码。正因为关系当事人的前程,我更认定要以"与人方便"、"玉成其事"的宽松态度行事,绝不能冷漠以对、袖手旁观,更不应该作威作福、小肚鸡肠,因为我自己尝过攀登学术阶梯的辛劳,也吃过学术等级高压的苦头,深知中国知识分子奋斗的不容易,对自己的同类后来人理应有一种仁者情怀。我觉得这是自己应该具有的一种"座椅道德",并相信只要恪守"一两本书主义"的标准,就不存在过松过滥的弊端了。特别使我难以忘记的是我的一位长辈有这样一件事:郭麟阁教授是我在北大的授业恩师,他在法国语言与法国文学方面都有很深的造诣,仅他在课堂上随口就能背诵大段大段高乃依与拉辛的悲剧,就使我等青年学子敬仰得五体投地。在他晚年的时候,我曾到医院去看望他老人家,师生多年不见,交谈甚欢,他在谈话中倾诉了这样一个遗憾:他致力于法国语言文学教学多年,可是到头来在法国文学研究会里却没有得一个理事的名分。法国文学研究会这个失误发生在我尚未当道的时期里,我听到他这番话时,也无职无权加以解决,但我每当想到这件事时,就深感法国文学研究会欠了郭老师一笔永远无法弥补的债。而我一旦坐上了交椅后,仅郭老师这个遭遇,就足以使我立下了这样的志愿:绝不让任何一位敬业有成的学人在我的任期里受到这种不公平的待遇,我要让他们来到这个学术厅堂时都有"椅子"坐,都各得其所。

本着以上这些诚意,我一直坚持理事会的名额不受限制,要不断开放增补,多年如此下来,理事会的人数发展就到了"浩浩荡荡"的规模,大概国内极少有学会、研究会拥有这么多的理事与名誉理事,效果如何呢?我没有看到有任何副作用与负面效果,倒是大家各得其所、各有其名位,新鲜血液也流畅无阻,法国文学研究会终于成为一个还算宽松、舒畅的"聚会厅",勺园盛会最后那一幕炽热火爆的场面,再也没有出现过。

其二，努力营造互相承认、互相赞许、互相赏识的气氛，促进团结和谐。

文人由相轻而致不和，这根由来自人性深处，谁也无法根除，这一点我很清楚，何况我自己身上也并非没有若干成分。但是，与"发乎情而止乎礼"是一个道理，理应加以掌控、抑制与削弱，否则，研究会就会乱成一团，这种前景对坐在交椅上的人将是极为难堪的，即使从利害关系考虑，我也必须做出自己的努力。不过，说老实话，做何努力的选择实在很少，以自己的情况来说，唯一可做的就是正面提倡，从自己做起。这也并不特别难，自己首先保持低姿态就是一个最方便易行的办法，我从不敢讲稍有自得之嫌的话，与自吹自擂更是"敬而远之"，倒是多次自嘲是"矮个子"，坦言自己在本学界仅为中间偏下的智商水平而已。

收敛自谦固然重要，更重要的是对他人要能持积极的评价，要善于发现他人的可取之点、长处、强项以及优势，特别要有对他人唱赞歌，甚至唱颂歌的雅量与风度。在识人方面，我还不失为一个公正的人，对他人的认识不失公允，尚属通情达理，倒不是说我眼睛不"毒"、不"尖"，我自认为自己还很能从一些细节的人情世态中看出若干人性弱点、人性卑劣，但我生性较忠厚善良，总说不出尖刻狠酷的言词来，甚至在内心里也不承认自己观察的所得，似乎看出了他人的弱点是做了一件对不起人的事情。另外，我生性也容易激动，说话表态往往兴之所至，少费斟酌，唱起"赞歌"来却不乏真诚的热情。我特别注意对我的同辈人唱"赞歌"，因为我从自己的经历中深知他们的业绩来之不易，对他们的溢美之词也就不少，如"本学界难得的才俊"、"傅雷的传人，青出于蓝而胜于蓝"、"法兰西谈吐艺术的高手"、"桃李满天下的讲坛名师"、"其业绩接近傅雷的译林高手"等，即使有人提及勺园盛会上那位"义士"的发难，我几乎没有一次不强调"他的文章写得很漂亮，有文采，在本学界是数一数二的"，我讲这话的时候，甚至在有的方面实际上是把他放在"数一"的地位上的，虽然他几乎在任何时候，都有一种咄咄逼人的劲头。

我知道，零零星星与人为善的言论与点评，当然还不足以在学界营造出和谐互敬的关系，还应该尽可能做些实事，但谈何容易，学会的空间非常有限，经济力量更是微薄，而任何实际举措还得有复杂微妙的人事平衡……多加考虑之后，我终于只办成一件像样的事情，那就是1999年举办的"'六长老'半世纪译著业绩回顾座谈会"，在会上，我作了一个开会词，也算是"主旨发言"，会议的主题、内容与我个人的愿望与用心，基本上都在这篇发言里，这里不妨原文照录：

>　　法国文学研究会囊中羞涩，在商品经济大潮中，无力搭高台，唱大戏。今天，在难逢的世纪交替之时，聊备茶水开这样一个座谈会，以述学界友情，略表敬老尊贤之意，具体内容就是，对本学界北京地区六长者半个世纪以来的译著业绩进行回顾与赞赏。
>
>　　法国文学界在我国是一个有了一些岁数、成熟而充满活力的学界。在这里，时贤才俊辈出，精品译著、高论妙文不断问世，为中国读书界、学术文化界提供了高层次的精神产品，为全社会的文化积累做出了不可磨灭的贡献。而在整个学界所有这些贡献中，长者们的贡献显然占有很重要的地位。
>
>　　这里所说的长者，是个相对的概念，我权且把20世纪50年代大学毕业的我们这一辈人的师长，都划入长者的范畴，也就是指在本学界都已经工作了半个世纪之久的一批先行者。如今，这一批师长、学长中仍然健在的，除了北京地区的这六位外，还有上海地区的郝运、林秀清，南京地区的徐知免等，他们都是卓有贡献、令人敬重的学者，由于我们条件有限，这次座谈会仅以北京地区的长者为对象，未能包括其他地区的，对此，我们深表歉意。
>
>　　在六位长者中，占元先生要算是年龄最大、资格最老的一

位,他那个高龄的前辈们,如今唯有他是硕果仅存的了,我还在小学三四年级的时候,占元先生就已经是翻译界、文化界的知名人士,做了不少有益的工作,颇有社会影响。我进北大的时候,他是燕园引以为自豪的名教授行列中的一位,他讲授的翻译课,使我们受益匪浅。占元先生作为翻译家,他的巴尔扎克译品以严谨著称,他所译的狄德罗美学理论则是高难度的活,非一般译者所能胜任。他还是一位学识丰富的法国文学史学者,他对巴尔扎克、狄德罗、纪德等一系列重要作家都有过系统而精辟的论述。特别令人感佩的是占元先生的人品,他忠厚宽宏,虚怀若谷,从不计较名位,永绝意气之争,颇有圣人提倡的温良恭俭让之美德,对我等后辈热情诚挚、平易近人,像李健吾先生那样,是一位真正宽厚的长者。

渊冲先生是本学界值得尊敬、令人佩服的前辈,他与我们在座的好些人相识都比较迟,但他对我而言,早就如雷贯耳了。相识之初,他的热情豪爽、坦诚率直就深深打动了人,我以为,这是一种明澈见底的性格,是一种不设防的作风,只有真正的好汉或者有好汉自信心的人才能具有。渊冲先生翻译方面的业绩与成就是全面而又突出的,他不仅是好些法国文学名著高水平的中译者,而且是中国文学经典作家作品的英译者、法译者,在中译外这个高手才能入场的领域,他也是成就最高的一人。对于他的译作,他有两句著名的自评:"书售中外三十种,诗译英法惟一人",这一自评与他把这两句话印在名片上的做法,似曾引起微词,但我以为这正是许先生率直性格的特色,何况他的自评并没有任何水分,没有任何浮夸,既当之无愧,何不当仁不让?渊冲先生有丰富的、成功的翻译实践,他的翻译理论当然也格外值得重视,如果我用自己的语言来表示支持与赞赏,那肯定会苍白无力,不如引用钱锺书先生对渊冲先生的专著《翻译的艺术》与

《唐诗三百首》英译本的评语,锺书先生说:"二书如羽翼之相辅,星月之交辉。"这就足以标出了渊冲先生翻译理论的价值。

永慧先生是本学界和善可亲的才者,也是在座不少人的老朋友、忘年交。在中国的翻译家之中,永慧先生大概是拥有读者最多的一位了,他的译著等身,成绩惊人,有广泛的、巨大的社会影响,他虽已届高龄,却精力充沛、宝刀不老,可以预料仍会有新的译作源源问世,将来,劳绩的丰碑必大为可观。但我想,即使只以郑先生目前的成果而言,如果编辑出版《郑永慧译文集》,其规模也很可能与十五卷的《傅雷译文集》旗鼓相当。作为法国文学的翻译家,永慧先生再一次体现了傅雷先生曾经体现过的一条宝贵的经验:在翻译的选题上当有 Bon Sens Bon Gout,永慧先生具有选题的"慧觉"与"慧眼",他选取了巴尔扎克、雨果、梅里美、左拉、莫泊桑、纪德、萨特这一系列高峰或高地来建树自己的劳绩,就有如一个将军选取了一些主要的制高点,如果翻译不是一个八仙过海各显神通的领域的话,那就几乎可以说,后来者在法国文学翻译方面可做的事似乎不多了。

震湖先生是法国文学研究界的一位元老,是法国文学研究会的创建人之一,他不止一次以他的睿智对法国文学研究会的工作起了建设性的作用,是法国文学研究会真正意义上的、名副其实的顾问。震湖先生幽居东郊,与我们研究会中一大批来自西郊的学人相知不深,但去年的一次活动,使我们对震湖先生的学术见识、学术勇气与学术活力有了全面的认识,那就是研究会就震湖先生与时代文艺出版社合作推出三卷本《萨德文集》一事举行的座谈会。震湖先生在内地第一次翻译出版了萨德这位惊世骇俗的哲人的文集,的确表现了为社会文化积累甘冒风险的大无畏的精神,他在短短一两年内完成萨德三部作品的翻译,显示出他高层次的翻译能力与娴熟的译述技艺,他为《萨德文集》所撰写的学术性的序言，老到练达，颇多创见，使人感到姜还是老的辣。震湖先生无疑具有多方面的才能，他能文能译，而在译事方面，他的法译汉有雨果、左拉等累累硕果，他的汉译法，则有哲学史专著，他还能操英译汉、汉译英的双向技艺，而在翻译的题材上，则从经典作品到爵士乐，从海关条例到巫术，真是好有一比，好比金庸小说中内功深厚而招数变幻无穷的奇侠。

齐香先生与桂裕芳先生长期在北京大学任教，辛勤育人，桃李满天下，法国文学研究界有很多人都是他们的学生，如在座的罗新璋、金志平二位与我，我们的法文启蒙课就是齐、桂两位先生给我们上的，就像阿尔萨斯小顽童对阿墨勒老师的最后一课永志难忘一样，我们对齐香先生、桂裕芳先生的最早一课一直记忆犹新，她们优美的语音、美丽的形象以及桂先生大姐般的温柔一直活在我们心里。她们二位在承当繁重的法语教学任务的同时，也从事了法国文学的翻译工作，并有诸多建树，齐香先生在乔治·桑的翻译上有显著的成绩，并曾获得翻译成就奖。桂先生的年纪不老但辈分甚高，她的翻译业绩，可谓硕果累累，她主编并部分翻译的莫泊桑小说全集无疑是一项重大的文化积累工程，她编选并翻译的《洛蒂选集》，当会令人瞩目。特别应该指出的是，她在法国当代文学的翻译方面，也许要算本学界成绩最为突出的一位学者了，她是普鲁斯特巨作的主译者，也是纪德、莫里亚克、布托、夏洛特等作家的重要作品的首译者，她的译文准确、流畅、朴实、自然，无矫饰浮华之痕，给人以素面朝天的美感，她把布托的 *La Modification* 这个书名，译为《变》，仅只一字而意蕴无尽，深得现代派文学要素象征与抽象之神韵，令我赞叹不止！

虽然世上的事物都有如米拉波桥下的流水，但我相信人文价值将要长存，人文领域是一个积累的领域，而不是一个取代的领域，用雨果的话来说，莎士比亚不能取代但丁。因此，我们今天有必要对六位长者半世纪的人文业绩进行回顾，加以赞颂、予以研究、加以发扬。

当然，人类的人文精神是一座广阔而高远的大山，高山仰止，人生渺小，每一个西西弗推石上山的数量毕竟有限，推石上山的方式各有长短，各有优拙，但不论规模与高度如何，只要推石上山有所进展，那就将是充实的人生，人生的价值也将附着于人类的人文价值之上而长存不灭。

不揣见识浅陋，语言笨拙，牙齿漏风，讲以上一些话，叙学界友情，向长者致敬，有失衡之处、失言之处，请长者们、请兄弟姐妹们多多包涵。

谢谢！

这次活动虽然场面异常简朴，但效果与影响甚好，勺园盛会上的那位发难者也参加了座谈，这是勺园会后他第一次光临法国文学研究会的活动，在这以前，虽然每次学术活动都正式邀请他参加，可是他从未露面。这次他参加了座谈会，法国文学研究会也算是开了一次"团圆会"。会后不久，我也得到齐香先生托人捎来问好的口信，她是罗大冈先生的夫人，是我在北大时的老师，我一直尊敬她，但她与我从来都没有过任何联系，虽然我跟罗大冈先生是在同一个单位工作。

对此，如果我没有理解错的话，我个人敬老尊贤的诚意，似乎得到了有关方面的一点首肯。

其三，矮化座椅，把自己缩小一点。

我自己是草根平民，从来没有对仕途心动过，说实话，对与仕途官场有关的人世百态、心理意识与风格作派都没有什么好感，自然而然，从我一坐上交椅的那一天，就告诫自己在椅子上千万不要煞有介事、自鸣得意，不要把座椅当作那么回事，更不要视为"权杖"的象征,何况,它本来就与"权杖"无关,如果迷恋痴着,忘乎所以,只会落得浅薄庸俗,滑稽可笑。从行动与措施上,我至少也做了这么几件事情:

我一就任,就委托外国文学所研究员张英伦为常务副会长,并让他充分"有职有权",大有把我自己架空之势,且明显有将来由他继任会长的意图。张从北大法语系毕业后又考上罗大冈先生的研究生,是罗先生的高足,他能译能文,办事能力强,效率高,且头脑明智,待人处世颇有外交家的精到严谨,从各个方面来说,都是难得的人才。可惜他不久后即去了法国,从此一去未归,另有发展,在巴黎商界获得成功。他的选择使我的谋划完全落空,即使在他出国多年未归而被"翰林院"按章除名、取消了国内的公职之后,我仍为他在法国文学研究会保留了副会长一职达数年之久。

我在上述打算落空后不久,又委托吴岳添为常务副会长,他是南京大学的毕业生,后考上了中国社会科学院研究生院的"黄埔一期",是我名下的研究生。他接受此职后很踏实肯干,我也就把更多的事情委派给他,凡学术活动,一般都由我亲力亲为做好前期筹备工作,如拟定学术活动的内容、主题、论纲、开会通知,以及预先谋求报道与出版等,而出头露面、临场主持的事则由他来承担,我力挺推举他的诚意是显而易见的。

当我在会长交椅上坐了两届共10年后,我向全学界、向研究会的理事会正式提出了辞职的要求,并安排了正式酝酿下届会长人选的议事程序,请秘书长金志平统筹此事,所有这些都采用正式的书面形式,以坚决表明我去职的心态。没有想到的是,大部分理事都纷纷来信表示不赞成我辞职,主张由我连任,讲了不少溢美之词。一部分理事则在保留的前提下,也尊重了我事实上的安排,认可了吴岳添为下届会长人选。

研究会的这次民主过程使我深感欣慰的有二:一是我10年来在

交椅上的表现得到本学界的首肯与赞许，我的一番诚意与努力得到了奖励。二是我对下届会长的人选意图事实上得到了本学界的认可，这为即将来到的顺利换届打下了实实在在的民主基础。至此，我的目标也就更加明确：那就是坚决地在近期即行退职，而为了答谢理事会的信任，我不能立即就撂挑子，我决定在最近的时间里，再最后为法国文学研究会举办一次有影响的、有分量的学术活动，也以此作为我的谢幕与退场式，在这次学术活动后我就戏剧性地全身而隐。

我就近选定了 2005 年初纪念雨果诞辰 200 周年之际为这个戏剧性全退的时刻。

三、既是豪华的文化学术盛会，也是"矮个子"的谢幕退场

2002 年的"首都文化界纪念雨果诞辰 200 周年大会"既是我学术组织活动中的一件大事，也是我精心谋划、精心准备、精心操作的自我谢幕的退场式。它充分反映出我作为一个"草根学者"的"全貌"与特点，反映出我的学术头脑与学术见识，反映出我的学术组织能力与尴尬，反映出我"事无巨细每必躬亲"的优点与琐碎成癖的毛病……更重要的是，它在我的学术生涯中颇具戏剧性、标志性，自我设定的戏剧性与标志性。在这次大会上，我还是法国文学研究会的会长，而在这次会之后，我就从这把交椅上走下来了，我认为，我的这一退场，还算是处世为人的智慧，还不失为人生历程中的一个亮点。

请允许我喋喋不休地道来，仅仅为了自己做一份记录、写一篇"日记"，不过，毕竟是物化为国际饭店大宴会厅里高朋满座的一份记录、一篇日记……

早在 2002 年来到之前，我就已经准备在这一年要有所作为，因为恰逢雨果诞生 200 周年。雨果是世界一流的大作家，诞辰 200 周年又是一个极其难逢的文学时令，且雨果在中国的影响又特别巨大，

作为法国文学研究的中心机构，对此文学时令责无旁贷地要有一个大举动，何况，我主编过二十卷《雨果文集》，也有自己关于雨果的论著与译著问世，在"雨果学"上真还有点发言权。既然客观的必要性很充分，自己又是一个"有准备的人"，何不把事情做大一点？何不按最高规格来办？具体来说，就是要搞一个纪念雨果的大会并配备一系列雨果学术讨论会，既作为法国文学研究会一次空前的学术文化盛举，又作为我个人学术组织工作中浓墨重彩的最后一章。

规模多大？规格多高？这是标杆，先定下来，取法乎上，再做"跳将过去"的各种努力吧。整个学术活动的名称是"首都文化界纪念雨果诞生200周年大会暨雨果文学创作学术讨论会"，既然是首都文化界，那就不限法国文学研究界，也不限于整个外国文学界，至少应有首都文化界其他领域的代表人物参会，其规格当属我这些年来在首都所见识过的最高级别文化纪念活动，如过去文化部、对外人民交流协会、作家协会所举办的高级文化活动。地点：不是人民大会堂就是北京饭店，至少是某个五星级饭店的大宴会厅。参会人数：200人上下。会议安排规格：设贵宾专座若干席于前列，其他全部参会者均分席而坐，仿人民大会堂国家新年晚宴的形式。纪念大会为两小时，每个发言均不超过10分钟，会后则以"自助餐"招待全体与会者。学术讨论会另安排适当地点与时间举行，为期两天……

要实现这个蓝图，前提当然是经费，到底需要多少钱呢？我必须先做一个比较准确的估算，而要做出估算，必须先做调查。靠别人调查是不行的，必须靠自己；靠自己道听途说或间接打听也是靠不住的，必须我自己去跑腿查实，取得第一手资料。于是，我出了书斋跨出了我的第一步，先到附近的两三个五星级饭店去物色可用于纪念大会的场地，既不能太大，因为场地的租金会非常昂贵，也不能太小，因为要与"雨果诞辰200周年"相称，要与"首都文化界"相称，还要与"200位与会者"相称。经过我独自一番实地勘察与反复比较，我终于认定国际饭店的大宴会厅，不论面积大小与设施装潢都最为"相称"。

地点定了，下面就是价格问题了，这就更需要我去深入与饭店有关部门的负责人进行面对面的沟通。原来五星级饭店的宴会厅场地费与自助餐费的标准是随季节与供求而变化的，且相差很大。不巧的是，雨果的诞辰是在2月份，如果严格按此日期举行纪念会，正赶上北京春节前各机关、各企业纷纷举行辞岁迎春的各种盛宴、联欢会、聚餐会的高潮期，五星饭店的场地费与聚餐费将比日常的单价高出许多，对此因素，预算是不能不考虑的，为了减少经费，那就不得不事先做好适当变通的思想准备（至于后来如何变通，且看以下分解）。

场馆与聚餐两项调研完成后，还有会场设备与装潢布置，以及有关劳务费用、摄影录像等调研要一一完成。要知道会场讲坛的气派、牌坊的美观、雨果大幅头像的设计，都是纪念大会最为重要的"门面"，而摄影录像则是纪念活动的资料文献的必需，都应该有细致的考虑与安排，而每一项的花费都不在小数，必须一一摸清楚、开列预算……

在完成了这一系列的调研后，我总算得以开列出纪念活动的全部财务预算清单，做到了心里有数：如果我能募捐到五六万元人民币，那么，我就可以在五星级饭店里举办一次规模盛大、豪华耀眼的纪念大会啦！是的，得有五六万！

编制财务预算靠自己、募集经费更得靠自己。途径是征求合作伙伴、拉赞助，具体办法就是"入股"——一定数额资金即可名列于"主办单位"的行列。以法国文学研究会的名义发公函与通知，还加上我自己打几十个沟通电话，总算征求到将近20个重要的文化学术单位作为合作伙伴，从后来出资多少的情况说，具体有这样几类：一、是在财务上做出较大贡献的"大股东"，如河北教育出版社与人民文学出版社，它们多年来都与我个人有业务合作关系；另外，上海译文出版社、译林出版社、广播电视出版社、广西师范大学出版社,也有可观的贡献,因为这些出版社都出版过与雨果有关的书籍,特别是前两家出版社更是出版了规模甚大的多卷本雨果作品集,乐于有纪念会这样一个高级平台来展示展示。二、做出一般贡献的"股东"有北京大学外语学院、清华大学外语系、中国人民大学文学系、南京大学外国语学院、北京师范大学文学院、武汉大学外国语学院、首都师范大学外国语学院、北京第二外国语学院等,它们与法国文学研究会都是同一个学术领域里的兄弟单位,他们的负责人很多也都是我个人的老朋友、老熟人,很容易就一拍即合。三、倒是法国文学研究会本身出资不多,所做的经济贡献微不足道,好在出了创意与智力投资,就算是当上老大的一个"股东"吧。此外,名义上入股"主办单位"行列的只有两个:一是中国作家理论批评委员会;一是法国驻华大使馆。前者是当时中国作协副主席张炯领导的单位,张炯是我在文学研究所理论研究室的老同事,关系一直不错,20世纪60年代,他还当过我的婚礼主持人与司仪,他对雨果纪念活动有热情但没有经费,因为他自己身在"翰林院",在作协仅为兼职挂名而已,不掌握经费的调拨权。

总的来说,征求合作伙伴、拉赞助的工作进展得相当顺利,几乎是"一呼百应"。不久,外文所的财务室就通知我,赞助款全部到账,因为研究所是我这个学会的"挂靠单位",一切财务上的事全由所里的财务室打理,我自己更是自觉地远离一切经济收支。当我得知赞助款已经达到预算的数目时,我便"甩开膀子",投入纪念活动的具体筹备工作。

首先,敲定纪念大会在国际饭店的大宴会厅里举行,而为了避开春节前饭店营业的拥挤高潮期以节省相当一大笔"旺季高价"费用,大会不能严格按雨果诞生的实际日期2月26日举行,必须提前到1月初就举行,但这么"不守规矩"未免太不专业了吧,我得先找一个说辞当成"理论根据"。对于一个专业学者来说,这并不太难,他很快在文学史上找到了法国人提前祝寿的先例,而且正是在雨果老人80周岁的华诞之际,请放心,这个中国雨果学学者会显示他的专业水平,自会在提前举行的纪念大会的开幕词中做出说明的。

然后就是向将近200人发出请柬通知了,既然是一次高级、盛大的雅聚,那就必须让被邀请者一见到请柬就感到一股高雅、精致的气息。多花点印制费是必不可免的,重要的是设计出一张有浓郁文化气息的请柬,绝不能只是一张大红纸。这位学究虽然天生手拙不善于画画,但对构图与色彩还是蛮有感觉的,过去一直喜欢为自己书的封面提供构图与配色的创意,且不乏成功的先例,如他的《巴黎对话录》与《世界最佳性态小说欣赏》就是。在他看来,这张请柬就是雨果纪念活动的"封面",他又情不自禁而"手痒痒"了,除了请柬外,还有纪念会上发的礼品资料袋,也得有特色有品位,在这两者上的构思设计他都费了些心思,加上美工师的技艺,制作出来的效果很不错,颇获与会者好评。至于会场上的格局构思、安排布置、装潢色调当然更是"重头戏":惯用的主席台"套式"不可取,必须以宏大宽阔的讲坛代替,台上起背景作用的大幅底板至关重要,其色调、其大幅头像、其文字说明、其标识都必须一丝不苟。于是,书斋学者又亲力亲为,设计出了既美观大方又气派恢宏的会场构图方案。

会场布置中还有一项特别的内容,那便是图书与图片展览,这里不仅有工艺美术的考虑,而且有一个"经济政策"问题,几家出版社出了赞助费,那就得给他们提供适当的平台,以展示他们在出版雨果作品方面的业绩,赞助费有多有少,业绩亦各有千秋,有的设一精致的展览台,有的则展出出版物的大幅图片,"待遇"各不一样,但在美工设计上都必须达到精美的标准……

此外,会场的"硬件"设计,还包括贵宾席与听众席的安排,以及众多圆桌的布置、来宾名牌的摆设等细节,我都要有妥善的考虑……

说实话，我忙于以上这一桩桩、一件件非学术性的琐碎事务时，也意识到自己这样一个68岁的"著名学者"、"资深会长"有点"异化"，多少有点"掉份"，甚至有点"屈尊降格"，但我仍然乐此不疲，甚至还很自觉地往这"琐事坑里"掉并自得其乐，因为我觉得自己是在做一件跨行的"手工活"、"事务活"，我也得证明自己"还行"，一个人一辈子只在书斋里跟书打交道，不亦悲乎？总得跳那么一次、蹦那么一下吧？即使是微不足道的一次，至少也得试一试，以证明自己也能"蹦跳"，证明自己能"文"亦能"武"，还不是一个片面发展的"畸才"，何况，这次雨果纪念大会是我给自己设定的"会长谢幕式"，我此生要出格蹦跳一下，机会唯此一次了！津津有味地干吧，老伙计！

所有这些，我干得还算很顺利，可谓得心应手，我并没有弄得焦头烂额，疲惫不堪，其原因除了我自己对方方面面的问题包括其中的细节都有比较周到、细致的考虑，自己先把事情想得很清楚，除对自己想要得到的效果有明确的要求与方案外，我还找到了一个尽职尽责的得力助手，那是外文所行政处的一个姓王的中年行政人员，他本来是一个专职的司机，也兼管一些其他事务，当上行政主管，则是后来的事。他通过自学，很有一些技能，如操作电脑，进行美术构图设计，对于实际的美工装饰与操作也相当在行。我提出方案与要求后，有他加以具体化，再由他行走于有关美术装饰公司之间加以贯彻，何事不能搞定？事实证明，雨果纪念大会的美工装潢效果也的确十分圆满。

有了以上这些纪念大会的"硬件"安排，将来再加上一顿北京国际饭店丰盛的自助餐，我相信一次场面豪华的文化活动已经呼之欲出了。但我很明白，所有这些都不足以造就出一次真正高规格、高质量的纪念大会，还必须在至关重要的"软件"上下真功夫，那就是参加纪念大会的贵宾名单与我作为大会的发起者、组织者的开幕词，前者最好是"群星灿烂"，后者则理应达到思想见解与文采表达俱佳的标准，因为我毕竟是一个学者、一个文化人，高水平的来宾与听众自然会对我有此高期待、高要求。

既然纪念大会的发起与主办单位包括国内涉外文化领域里几乎所有重点院校与学术出版机构，这些单位的学术名流与文化精英基本上都将赴会，这是不在话下的，问题在于"水涨"则"船高"——该当有高级别的贵宾来撑场面。这样一次高规格的涉外文化纪念活动，按照过去的先例，涉外，得请有关国家的驻华大使赴会；于内，得有副委员长、社科院院长的一级高官撑台，最好还有学界泰斗、文学巨擘前来添光增彩。我既然已经自讨苦吃把纪念雨果老人的大会揽为己任，那就不能免俗，得按规格标准走，但作为一个草根学者，在官场没有人脉关系，其唯一的头衔不过是一个什么研究会的会长，实在微不足道，要达到此一标准谈何容易，只好硬着头皮上。唯一的办法就是以雨果老人为旗号去冒昧进行邀请。也许是因为雨果在中国颇有感召力，也许这个"草根学者"在学术文化界还算有点虚名，邀请总算没有碰壁，一位学者出身的副委员长欣然接受了，社科院的院长也答应来，法国驻华使馆也表示大使将乐于赴会，学界泰斗季羡林、文坛大家王蒙更是答应在纪念会上发表讲话。

"硬件"与"软件"齐备，更需要有一个精彩的开幕词，那就要看你自己的出息了！我深知其厉害，如临大敌，不敢有半点轻忽，特在纪念大会之前足足给自己留出了半个月的时间，决心以"优势兵力"打"歼灭战"，就为写出一篇出彩的演讲词。毕竟是一个雨果学学者，也是一个多少有点思想的人，也早有追求文采与风格的爱好，总之，还算得上是一个"有准备的人"。事实上只花了两三天就写成了一篇开幕词，也就是在2002年1月5日国际饭店雨果纪念大会上被不止一个来宾赞为"有见解、有文采的演说"，会后，被不止一个文化名流赞为"精彩美文"的演讲词。

雨果诞生200周年纪念日是2002年2月26日，我所筹办的纪念大会则于1月5日在北京国际饭店大宴会厅隆重举行，提前了一个多月，日期的选定，我是经过综合的考虑的，特别是从上述节约会议经费的经济原因掐指计算出来的。对此，作为主办者、组织者似乎应该有所说明，事实上，我也为自己提供了一个冠冕堂皇的说法，是个什么说法呢？不妨见我在以下开幕词里是怎么说的。

开会的前一天，我亲自到国际饭店布置好的会场上去最后巡视了一遍，把开幕词的打印稿事先装进我的西装口袋里，我在国内几乎从不着西装，但这次必须破例，好在我多年前去美国时置办的那身衣装领带还很新，式样与颜色也没有过时，有那么一点点休闲的风格，正符合我学者的身份……万事俱备，气定神闲，这个前夕夜里，我竟睡得相当安稳，没有平日遇事容易失眠的状况……

来宾纷纷入场，在大厅门口每人领取了一个精致美观、印有雨果头像的纪念袋，里面除了出版社赠送的雨果作品与资料外，还有纪念大会的开幕词文本、大会的程序表与发言次序。国际饭店的大宴会厅，本来就很富丽堂皇，经过一番布置，又增添了几分西洋式的典雅与雨果式的恢宏气度，前台阔大而空旷，台上蓝色的大幅底板上印有黑白分明的雨果老人巨型头像，他白发苍苍、神情严肃而带忧思状，目光深邃而执着，定下了全场庄严凝重的格调。大厅里设有数十张圆桌，来宾皆分桌而座，每桌十人，贵宾则集中为四桌。大厅旁侧设有漂亮的展台，展有出版社的雨果文集中译本，后边则挂有雨果作品中译本的大幅美术照片。

高朋满座，济济一堂，加上媒体记者与纪念会的工作人员，有将近300人，真可谓首都文化学术界的一场盛会。名流云集，赴会出席的著名作家与评论家有王蒙、张炯、朱寨、刘锡诚等，首都高校名教授有张艺联、郑永慧、桂裕芳、袁行霈、管震湖、胡家峦、王宁、王文融、陶洁、范大灿、蔡鸿宾、顾蕴璞、黄晋凯等，新闻出版界的首脑与著名出版家有于友先、刘杲、杨牧之、聂震宁、孙绳武、王亚民、赵衍、辛未艾、董秀玉等,社科院的领导人与著名学者有汝信、江蓝生、叶水夫、钱中文、黄宝生、朱虹、李文俊、罗新璋、金志平、谭立德、史忠义、倪培耕、叶廷芳、张羽、张黎、郑恩波、黄长著等,以及法语翻译界名家高手丁世忠、李玉民、刘华等。我的心目中,来宾与贵宾实在很难区分,只不过在来宾中,有一部分是有官衔与地位的,我也不能不另眼相看,尊重有加,只能划入贵宾行列,好在按我的方案,并无台上台下的区分,只不过有几张圆桌位置稍靠前了一点点,我总算在不能免俗之中,尽可能没有流于太俗。而我自己既没有到贵宾席去陪同尊贵的客人,也按我事先早已做出的安排,大会由我的接班人,也是我过去的研究生吴岳添主持,唯有他一个人活动在主席台上。我既然早就把他作为自己的接班人,那就当让他处于一个很风光的位置上,不过,既然我把纪念大会视为我自己的"创作",还得有自己周到细致的安排,我事先把大会发言的程序与发言者的身份头衔明确拟定为成文的节目单,要求主持者"一字不差地照本宣科",实际上是要求人家充当大会的"司仪"——好在大会以后的日子全由他作主了,权且委屈一下吧,何况在一个那么美观恢宏的舞台上当"司仪",也绝不"掉份"。岳添同志很好地完成了他作为司仪的角色,这是我从会长座椅上下来之前,与他最后的一次合作。

大会开始了,第一个登上讲坛的是致开幕词的会长。"皇天不负有心人",他的开幕词赢得热烈的掌声与两位接下来登台演说的重要贵宾的赞语,一位是作协副主席王蒙,一位是法国驻华使馆的公使燕保罗。这篇开幕词不长,但其中蕴藉的成分却甚为复杂,既有博得了赞赏的文采,也有为纪念大会提前举行一事的说词;既有对雨果的热烈赞颂,也有内蕴的保留态度,不失为对雨果全面而中肯的评价;既有中国人常有的民族主义文化自豪感,也有对法兰西人文价值标准的向往;既有批评家文学史观的表述,也流露出一个中国人对当前社会现实的心绪痕迹。总之,是一篇显示出一个文化学者的专业水平与个性特点的文字，以结构与词句而言，似乎还算得上是一篇文化美文。不妨全录于下，作为这次纪念大会的写照，因为这次大会是老会长心力的交结所在，也是他会长生涯的一个重要场景，是他给自己精心编制的一个退场式。

尊敬的来宾们：

1881年，法国人开了为作家提前做寿的先例，这年的2月，巴黎公众以纪念雨果华诞80周年为名，举行了盛大的庆典，政府首脑、内阁总理前往雨果寓所表示敬意，全市的中小学生取消了任何处罚，60多万人从雨果寓所前游行通过，敬献的鲜花在马路上堆成了一座小山……这庆典再一次表明，在一个人文精神高扬的国度里，拥有声望的作家，其地位可以高到什么程度。

2002年2月26日是雨果诞辰200周年，我们眼前的纪念大会提前了一些时日，在不少人有感人文精神失落的今天，这种超前的行动不能不说是表现了中国文化界与人文学者对雨果的特别关注与格外尊崇。

雨果是人类精神文化领域里真正的伟人，文学上雄踞时空的王者。在世界诗歌史中，他构成了五彩缤纷的奇观，他上升到了法兰西民族诗人的辉煌高度，他长达几十年的诗歌创作道路都紧密地结合着法兰西民族19世纪发展的历史过程，他的诗律为这个民族的每一个脚步打下了永恒的节拍。他也是文学史上最伟大的抒情诗人，人类一切最正常、最自然、最美好的思想与情感，在他的诗里无不得到了酣畅而动人地抒发。他还是文学中罕见的气势宏大的史诗诗人，他以无比广阔的胸怀，拥抱人类的整体存在，以高远的历史视野瞭望与审视人类全部历史过程，献出了诗歌史上绝无仅有的人类史诗鸿篇巨制。他是诗艺之王，其语言的丰富，色彩的灿烂，韵律的多变，格律的严整，至今仍无人出其右。

在小说创作中,他是唯一能把历史题材与现实题材都处理得有声有色、震撼人心的作家。他丰富的想象,浓烈的色彩,宏大的画面,雄浑的气势,显示出了某种空前的独创性与首屈一指的浪漫才华。他无疑是世界上怀着最澎湃的激情、最炽热的理想、最充沛的人道主义精神去写小说的小说家,这使他的小说具有灿烂的光辉与巨大的感染力,而在显示出这种雄伟绚烂的浪漫风格的同时,他既最注意也最善于把它与社会历史的必然性与人类现实的课题紧密结合起来,使他的小说永远具有现实的社会的意义。尽管在小说领域里,取得最高地位的伟大小说家往往都不是属于雨果这种类型的,但雨果却靠他雄健无比的才力也达到了小说创作的顶峰,足以与世界上专攻小说创作而取得最高成就的最伟大小说家媲美。

在戏剧上,雨果是一个缺了他欧洲戏剧史就没法写的重要人物。他结束了一个时代也开创了一个时代,是他完成了从古典主义戏剧到浪漫主义戏剧的发展。他亲自策划、组织、统帅了使这一历史性变革得以完成的战斗,他提出了理论纲领,树起了宣战的大旗,创作了一大批浪漫剧,显示了新戏剧流派的丰厚实绩,征服了观众,几乎独占法兰西舞台长达十几年。

如果仅把雨果放在文学范围里,即使是在广袤无垠的文学空间里,如果只把他评判为文学事业的伟大成功者,评判为精通各种文学技艺的超级大师,那还是很不够的,那势必会大大贬低他。雨果走出了文学。他不仅是伟大的文学家,而且是伟大的社会斗士,像他这种作家兼斗士的伟大人物,在世界文学史上寥若晨星,屈指可数。他是法国文学中自始至终关注着国家民族事务与历史社会现实并尽力参与其中的唯一的人,实际上是紧随着法兰西民族在19世纪的前进步伐。他是四五十年代民主共和左派的领袖人物,在法国政治生活中有过举足轻重的影响,在长期反拿破仑三世专制独裁的斗争中，更成为一面旗帜，一种精神，一个主义，其个人勇气与人格力量已经永垂史册。这种高度是世界上一些在文学领域中取得了最高成就的作家都难以企及的。作为一个伟大的社会斗士，雨果上升到的最高点，是他成为人民的代言人，成为穷人、弱者、妇女、儿童、悲惨受难者的维护者，他对人类献出了崇高而赤诚的博爱之心。他这种博爱，用法国一个著名作家的话来说："像从天堂纷纷飘落的细细露珠，是货真价实的基督教的慈悲。"

从他生前到20世纪，雨果经历了各种新思潮的冲击，但这样一个文学存在的内容实在太丰富太坚实了，分量实在太庞大太厚重了，任何曾强劲一时的思潮与流派均未能动摇雨果屹然不动的地位，一个多世纪漫长的时间也未能削弱雨果的辉煌，磨损雨果的光泽，雨果至今仍是历史长河中一块有千千万万人不断造访的胜地。

从林琴南以来，中国人结识雨果已经有100多年，雨果的《巴黎圣母院》《悲惨世界》等经典名著早已成为中国人的精神食粮。中国人是从祥子、春桃、月牙儿、三毛等这些同胞的经历来理解与同情《悲惨世界》中那些人物的，因而对雨果也倍感亲切。当然，百年来中国的历史状况：民族灾难、战祸、贫困，都大大妨碍了中国人对雨果作品的译介、出版、研究、感应的规模与深度；雨果那种应该被视为人类精神瑰宝的人道主义精神还曾在"横扫"、"清污"之中遇到过麻烦。

随着社会的进步与开放，时至今日，在中国，对雨果进行系统的、文化积累式的译介已经蔚然成风，大厅里所展示的图片就说明近些年中国文化学术界、出版界在这个方面卓有成效的努力。我们这个一改过去简单形式的纪念活动，也凝聚了中国学术文化界对雨果不可抑止的热情，反映了当代中国作为有悠久历史文化的世界大国，熟悉世界文化并持有成熟见解的文明化程度。

人文文化的领域，从来都不是一个取代的领域（莎士比亚并不能取代但丁），而是一个积累的领域。文学纪念总蕴含着人文价值的再现与再用。我们对雨果的纪念不仅仅是缅怀，也是一种向往与召唤。在现实生活中，我们还需要卞福汝主教这样具有崇高的人道主义精神与人格力量的教化者，需要马德兰市长这样大公无私、舍己为人、广施仁义的为政者，需要《九三年》中那种对社会革命进程与人文精神结合的严肃深沉的思考，需要《笑面人》中面对特权与腐败的勇敢精神与慷慨激昂。

我们今天的社会进程与发展阶段还需要雨果，需要他的人道精神与人文激情，因为雨果的《悲惨世界》所针对的他那个时代的问题，如穷困、腐败、堕落、黑暗，至今并未在世界上完全消灭。作为一个发展中国家，我们还有很多很多的事要做。

见识短浅，有辱雨果华诞。

感谢大家的倾听！

开幕词之后，依次登台发言的是两位作协副主席王蒙与张炯，代表法国驻华大使馆的公使燕保罗，代表中国社会科学院院长出席的副院长江蓝生，代表季羡林的北京大学外语学院院长胡家峦，季老已90高龄，恰因身体不适于会前两日入院治疗，他给纪念大会的主持者柳某写了一封亲笔信，表示了歉意，并祝贺了大会，由代表者在会上宣读，接下来发言者还有中国出版界两位精英人物聂振宁与王亚民，以及高等院校的学者代表北大教授董强。方方面面，还算周到齐全，会议内容可谓相当充实，安排得也很紧凑，前后不到两个小时即告结束。

最后，作为整个纪念活动真正的圆满句号，是一顿美味的自助餐，自助餐很丰盛，剩下不少。用餐的时候，大家对整个纪念活动的高规格与圆满不乏溢美之词，有评论者这样戏言："看样子，这是柳会长最后一次举办学术活动，是他的收山之作。"

没错！评者所言极准！

但大家没有想到，早在纪念大会的前几天，我就拟了一份十分坚决的辞职声明，重申前两年就不止一次提出过的辞去会长一职的要求，并明确推荐吴岳添为继任会长，我将这份声明打印了数十份，交给了吴岳添，嘱咐他在雨果纪念大会两天以后寄发给法国文学研究会的各位理事与有关单位，说实话，此举我并未通过理事会"一致同意"的常规程序，实际上就是硬性的辞职，是我行我素的退位，是一意孤行的"自我罢免"。但是，这样也并非没有民主酝酿的基础，因为两年前，我就已经履行了民主的程序，做好了民主的铺垫。

我的继任者把声明信件寄发的日期提前了两天，在纪念大会当天用自助餐时他就分发出了若干份。虽然他的"只争朝夕"的效率有点出乎我的意料，我却甚为欣赏！

从此，我没有再过问法国文学研究会的任何事务。

送给小孙女的一个译本

——我译《小王子》

报纸杂志常在刊载某篇文章的时候,要介绍一下作者为"何方神圣",我曾经多次被介绍为"翻译家",每遇此种情形,我总感到别扭。因为觉得翻译并非自己的主业,仅"偶尔为之"而已,我倒希望人们只按我的主业来实事求是地称呼我,如今却像京剧艺术中的"票友",竟蹭上"京剧艺术表演家"的美称,实在是"不好意思呀"(用方鸿渐的话来说),这岂非在众多译林高手面前被编辑先生陷于"掠美"之不义境地?

被称为翻译家,当然也并非"空穴来风"、"无中生有",毕竟自己在翻译方面也爬了近百万个格子,出版过若干译品,有一点认可似乎也是很自然的事。关键在于我既没有把翻译当作热爱的事业来从事,也没有把它当作安身立命的行当来经营,而是另有所务,另有所钟,总觉得径直把我归于翻译专业一类,颇有点"不合辙"。

关于翻译何以未成为自己的主业,我曾经在一篇文章中不无调侃地说过,原因很简单:能量守恒。在这方面花的精力与时间较多,在那方面投入的也就较少。说实话,这讲得不彻底、不到位,事实上,不仅是实际上投入时间、精力不多的问题,而更主要的是主观上根本就没有打算多投入、多从事。原因有二:

其一,我对思考与研究文化史课题比弄翻译更感兴趣、更热衷,总觉得与其移述外国古人的思想与感受,不如直接表达自己的思想与感受，特别是自己想表达的思想与感受似乎也还不少，有时甚至有骨鲠在喉、不吐不快之感。当然，我也深知，自己这点货色与先知先贤的内涵相距实有天壤之别，但某个先哲不是也曾经说过："大狗叫，小狗也可以叫？"这就大大壮了自己的胆，于是，多年来也就这么自以为是地"叫"了下来，这倒也成了自己的主业。

其二，早从我当学生的时候起，翻译界在我的心目中就是一个"春秋战国"、群雄争霸的领域。在这里，批评、批判、指正、质疑之类的事情比别的领域似乎更多，有时是以语言学的名义，以严格文法、确切语义以及最佳修辞学的名义；有时则以严谨学风、高尚学术品质、高度文化责任感的名义；甚至有时上纲上线到了社会主义翻译事业、文化建设责任的高度。而如果细加考究分析，事情经常远非那么严重，远远没有那么"就在线上"、"就在纲上"，但被"上纲上线"、吃这种"枪子"的，往往不仅有那种急于求成、译文粗疏、因几字之差即"成千古恨"的不慎者，而且有以翻译为毕生事业并已名满天下的名家，我就亲眼看见译笔卓有才情的李健吾先生因"海派译风"而在译界屡遭挤对，甚至被人恶意指责为"错误百出"，我也亲眼看见在译事上几乎称得上有"丰功伟业"的傅雷，或被人攻击为"洋场恶少"，或被挑剔指责得"体无完肤"，而在他们之后，直到改革开放，遭此种待遇者还有杨绛以及后来的译界新秀……综观学术文化领域，我总觉得没有一个学界像中国的译界这样充满了酷烈的内斗，无情的撕裂，而且不时上演，延绵不绝，似乎大有光荣传统不可丢之势……

这种"丛林生态"从何而来？窃以为，一是因为这个深受西方个性张扬主义影响的学界，经常要出一两个胸怀大志的岳不群、左冷禅式的人物，以称霸译林学界、统一江湖为己任，自然免不了有声讨异己、杀伐对手的壮举。二是因为打擂之风颇为流行，为在译界出人头地而跃上台面拳打脚踢、攻人不备的勇猛后生时有辈出。三是因为出版编辑界中既非学者又非译家，但有志于充当译界裁判长的人物，不时出面发言，以权威的架势挥斥方遒，力图在译界建立某种道德秩序以至经济法规。于是乎，一个与国计民生相距甚远的学界，竟有了如此多的强音高调。在思想高远的有德之士看来，在学术文化领导看来，这也许颇符合"百家争鸣、百花齐放"的理想生态，而在我这样一个低境界，但求和平宁静的人看来，却多少有点"兵家之地"的味道。还是躲得远远的去弄自己的小小营生吧，这便是我有意识不搞翻译或少搞翻译的原因。当然更为实在、更为主要的原因还是，我那些小小营生本来就已经够我忙乎的了，自己能力有限，哪还顾得上多做其他的事呢。

然而，凡是学外文出身的人，一旦进入文化学术行当，总难免或多或少要搞些翻译，这不仅因为在这领域里，"文史不分家"、"中外不分家"、"古今不分家"，而且阅读、思考、研究、论述、移译、编选、编辑等各种劳作方式在某个精神产品的研制过程中，往往不可避免地要互相渗透、彼此交织、杂然纷呈，不要以为只有像傅雷那样把一部部法文作品移译成一本本中文书才是翻译，而钱锺书富含外国文化认知与典注的学术论述，就没有翻译的质地与分量，也许这是一种更为融化、更为升华的"翻译"。何况，经典的外国文学名著的确如璞玉般诱人，容易使学过外文的学人技痒，总想译之为中文而一快，即使是几乎从不翻译整篇作品的钱锺书，在海涅优美的文笔面前也曾情不自禁，将他著名的文论《精印本〈堂·吉诃德〉序言》全文翻译了过来。虽档次不同，但我自己也经常处于这种劳作状态，同时，也不时有这种情不自禁搞点翻译的冲动，只不过，屡被上述那种"远离兵家之地"的考虑大打了折扣，因此，到头来，正式译出的作品，也就只有那么几项了。

在有数的几项中，出于"有所为而为者"，实在是很少，大都是不得已而为之或恰巧是为了"无为"而为之的。我的一个主要译本

《莫泊桑短篇小说集》完全是与初衷相反、被逼无奈而弄出来的，此事的前因后果我已经在《一个被逼出来的译本》一文中讲得很具体，这里不再重复。我的另一个译本《磨坊文札》则是一种"无为"心境的产物，甚至是为了"分心消遣"，寻求"清凉剂"、"镇静剂"的结果。其他译《局外人》、译萨特、译图尔尼埃，也都是颇有犹疑之后才终于动手的，是为了提供我自己的研究论述的佐证，为了配合我主编《加缪全集》、主编《法国二十世纪文学丛书》而非得由自己来动手做的，可以说是我研究与编纂工作的必然"副产品"。在我所有的译本之中，真正出于自己主动、有所为、有所图谋而作出来的，在我退休以前的大半生里，基本上就只有《雨果文学论文选》这一种，它本由来已久，最早可溯源于在北大当学生做毕业论文的时代，而真正开始着手进行则是在我供职于《古典文艺理论》编辑部的时期，那时，我的本职工作是该刊的翻译与编辑，我在翻译工作中必须要有所表现，必须要做出点像样的成果，正是怀着如此明确的目的，我才有计划地进行了这本书的翻译与编选。

退休后，情况多少有了点变化，我开始主动有所为、有所图地搞了一小点翻译，其中主要就有《小王子》一项，只不过，这一项并非出自任何业务意图与文化目的，倒是与我个人在亲情方面的一个意愿有关，说得直白一点，我做这件事仅仅只是为了我的小孙女，艾玛。

2003年初，当我将要进入古稀之年的时候，在美国的儿子儿媳的小家庭里，喜添了一个小千金。儿子已经事业有成，生活安稳，又出生了一个可爱的孙女，我自己在人生历程的心境上也觉得上了一个"新台阶"。过去经历过由大学毕业生上升为创业者的新台阶，后来又进入为父者角色的新阶段，而今又成为一个老祖父，也算是完整地经历了人生历程，有了新的心境与感慨。在这个阶段，自己个人的事业、声誉、影响、得失都开始显得微不足道了，甚至开始从思量与意识的领地里隐退，而兴趣、关心、思念、意愿，却不知不觉朝第三代的这个小生命身上转移。这样一个小家伙的魅力真大，要不过去时代的神话怎么老把有神奇力量的天使描绘成胖乎乎的小孩呢！

虽然远隔重洋，我对这个小孙女却了如指掌，这是因为老伴朱虹为了帮儿子儿媳渡过婴儿出生后头一个年度的难关，毅然发扬慈母精神，从波士顿大学客座教授席上请了一年假，来到他们家帮助照顾母婴二人，因此，能每天看着小孙女的变化成长。她以老祖母的慈祥之爱与出色的人文学者的理解力相结合的眼光，观察着这个尚在混沌懵懂之中的小女婴，竟然发现了那么多的可爱与有趣，而且几乎每一两个星期就与我通一次越洋电话，让我分享她充满亲情与富有情趣的观察，这构成了两个老人之间最大、最温馨的乐趣。另外，再加上儿子儿媳每隔一小段时间就发回小千金的大量玉照，这样，我几乎就像是生活在小孙女的近旁，对她人之初的脾性、习惯、成长变化，甚至一颦一笑都了如指掌，从其中居然还没有少感受出、体味出丰富的意蕴与意趣，正是有老夫人与儿子儿媳提供了丰富的素材，我才得以写出了《小蛮女记趣》一文，这篇文章在不止一家报刊上发表后，颇得广泛地欣赏，故被我笑称为"自己的散文代表作"。

对小孙女如此熟悉、如此钟爱、如此思念，就不免总有要为她做点什么的意愿与志向，特别因为她的祖母已经为了迎接她来到这个世界而付出了整整一年的辛勤劳动，但是，为她做点什么呢？当然，可以为她写点散文（可惜我不会写诗），可以为她将来的教育贡献一笔"基金"，可以为她将来回北京游学、小住准备一处"落脚点"……但我实在离"大款"很远，物质财富实力的确寒碜可怜，更为关键的是，与对她的钟爱相比，我做任何事情、付出更多都是不够的，我的任何努力也填不满对小孙女的钟爱……我得一件件来做，我得做一件算一件……

2005年，一家背景雄厚的出版社前来约稿，称他们计划出一套精装绘图本的"世界儿童文学名著"，其中有法国作家圣爱克·苏佩里著名的童话《小王子》，希望我能为他们翻译此书，如果我不拟承当的话，至少也为他们物色一位高水平的译者来完成这件事。我根据自己"远离兵家之地"的思想惯性，当即表示我无意于翻译此作，愿意为他们物色适合的译者。但是，在为物色译者而做考虑的过程中，我突然悟出，一部儿童文学名著，这不正是为小孙女做一件事的机会吗？区区几万字，何必另费周折？自己动手不是更为便当吗？花不了多少时间即可为小孙女做一件事，而且在译本的扉页上标明是为小孙女而译的，这岂不是一件很有意义、很有趣味的一件事？这就像为小孙女做一件手工艺品一样，比如用纸折叠成一只飞机，用泥土塑一个小人，不都是一个充满乐趣的过程？只不过，眼前的这桩手工活，有更深隽的精神成分，因而也可能成为更长存的纪念。于是，温馨乐趣淹没了世故的考虑，我轻快地完成了《小王子》的译本，然后，高高兴兴地在译本的前面加上了这样一个题词："为小孙女艾玛而译"，在自己心目中，这个题词胜于一切，重于一切，是一个老祖父的心意。

虽然这只是为小孙女做的一件手工活，不包含任何致学图谋与文化用心，但选择了这样一个作家、这样一部作品，却不可避免地或多或少与文化的、精神的意念与思绪有关。

首先，这个童话堪称人类文库中一块精致的瑰宝，它写得既美丽动人又具有隽永深邃的含义，在儿童文学中，它是想象与意蕴、童趣与哲理两个方面最齐备并结合得最为完美的范例。一个稚嫩柔弱的小男孩在浩瀚无际的宇宙之中，独自居住着、料理着一个小小的星球，这大概要算是任何童话中最辽阔、最宏大、最瑰丽的一个想象了，比常见的一个小公主左右着一个王国、一个小女孩主宰一个古堡或管理着一座花园的意境要宏伟得多，博大得多。他所面临的处境、状况、课题与问题也更为巨大、艰难，对于人类而言，也更带有根本性，仅以他离开了自己的星球遨游宇宙之后，他要再回到自己那颗小星球上就难如"李白上青天"了，甚至更要难得多。这一类想象是常人构设不出来的，只可能出自像作者圣爱克·苏佩里这样一个惯于从一万公尺的高空俯视地球的职业飞行家的高远的胸臆。

小王子就是作者心目中的人类，小王子唯一可依存、可归依的就是他自己那颗小星球，小王子的寂寥感、落寞感、孤独感，嘤鸣求友的需求都是圣爱克·苏佩里所要传达出来的人类感受，小王子所遇见的基本状况与种种问题也是作者所欲启示人类思考的课题。也许这些课题不仅对儿童而且对成年人来说都是稍嫌深奥而严肃的，但都是愈来愈多的人类所应该思考的，也必然会加以思考的，儿童则在记住《小王子》故事中关于玫瑰花、关于飞翔与星际旅行的种种有趣故事的同时，也会慢慢思考这些问题，而且会随着年龄的增长与时代社会的发展而愈来愈思考得更多、愈来愈思考得更深入。我希望我的孙女将来是善于思考这类严肃问题的人群中的一分子。《小王子》将来该会成为可供她不断咀嚼、不断回味的一个童话故事。

我译《小王子》之所以几乎有那么点"义无反顾"的劲头，还由于特别看重它那种难能可贵的"全球胸怀"。小王子所思考与面临的问题，都与他那颗小星球的命运休戚相关，他关怀自己那颗小星球，他为了自己那颗小星球而做了一切，因为他深知在浩瀚无际的太空中，他只有这个落脚处，只有这个家园。这就构成了这篇童话的"全球关切"、"全球胸怀"。众所周知，在人类历史发展过程中，居于意识形态殿堂的神圣高位者，往往有宗教宗派意识、民族意识、国家意识、阵营意识、同盟意识……在这些意识的名义下、旗帜下，人类历史上不知发生过多少次矛盾、纷争以至战争。虽然所有这些都是历史发展的过程所决定的，但不可否认，给人类赖以生存的这颗星球带来了不少痛苦、破坏、灾难、浩劫……随着人类历史的进程，特别是社会经济的长足发展与全球化倾向的逐渐出现与扩大，"全球视角"、"全球关切"、"全球胸怀"愈加有可能逐渐成为人类走出纷争、困境的途径。正因为我们的地球已经为宗教对立、文化矛盾、民族冲突、国家纷争的连绵不断而不堪其负了，人类更有必要为了"同一个世界，同一个梦想"而多用心思、多着力奋斗，更有必要大力宣扬有利于"同一个世界，同一个梦想"的理想，并"从娃娃抓起"。毫无疑问，《小王子》的作者在这方面是一个先行者。而我自己作为一个祖父，与自己的小孙女之间不仅横隔着太平洋的距离，而且有两个不同国家的国籍与不同意识形态环境的差异，自然而然会特别赞赏《小王子》中的全球胸怀与全球关切。

　　我特别喜爱这本书，还因为把它的小主人公写得实在太可爱了。他天真、善良、单纯、敏感、富有同情心，你看了，一定会觉得他就像自己的孩子，一副叫人怜爱的模样，他这么普通，与你没有距离，但又这么特殊，与你遥不可及，足以使人"总是沉没在悲苦的思念之中"。而且，圣爱克·苏佩里还为本书做了插图，把他心目中的小王子描绘了出来，画得那么有趣，充满了温情与幽默情趣，使人难以忘怀……我虽然膝下无福有这么一个小孙子，但我完全可以把他介绍给我的小孙女，让他成为她的朋友。

　　我的《小王子》译本于2006年出版后，颇受欢迎，两年之内，再版重印了4次，累计印数近4万册。对于出版社来说，这是一个"赚了钱"的译本，在近年来人文图书市场大为萎缩滑坡的"大环境"中，这要算是颇为难得的事了。我在为这家出版社感到高兴的同时，却不能不注意到，在经济效益上自己作为"利益攸关的一方"，似乎是没有得到应有的"待遇"，如果按版税制计算，这本书的稿酬大概可以达到三四个5位数，而按爬格子的数目来计算，则译者实际上所得到的收入仅为应得数的十分之一。当初这么一份"卖文契"是如何签下的？这固然是出版社早有心计的编辑成功的外交运作的结果，也实与译者本人一心想为小孙女做一件事、毫无划算、草率签约有关……

　　尽管有上述市场经济所造成的一点心理不平衡，但我至今仍然深感很值得，因为，毕竟我真正为小孙女做了一件我想要做的事。

我劳作故我在

——自我存在生态评估

如果要说我自己，还是得从我的屋子说起，因为它几乎可以说就是我这个人的"物化"。

"屋不在大，有书则灵"。我自己居住使用的那一套单元何止是"不大"而已，简直就称得上"简陋"、"寒碜"：没有装修，还是20年前入住时的老样子，水泥地，墙壁已经旧得呈灰色了……所幸还有几个琳琅满目的书柜，给居所带来了一些颜色与活跃，特别是长条沙发对面的两个书柜，更是我的所爱，玻璃柜里共有约300册书，厚薄不一，但装帧相当漂亮，色彩缤纷，颇令人有"谁持彩练当空舞"的感受……

我倒挺喜爱此屋的简陋与寒碜，不愿花时间、花功夫用充满甲醛的涂料与地板去美化它（而真正的绿色装修材料在市面上也难以觅得，何况我没有时间去觅）。因为，我总觉得它显现出了我的存在状态，甚至在某种意义上，就是我作为一个人的缩影，姑且说"人如其屋"吧："身材"离伟岸很远，头上没有"光环"，胸前没有奖章、"勋章"，在"博导满街走"的当今，我却因为非学术的原因曾经三次被拒之于博导行列之外……所幸，我有两个书柜，长条沙发对面的那两个书柜，除了我自己的论著与翻译约三四十种外，就是我所编选的、所主编的书籍了，这些书构成了我生命的内涵，也显现出我生命的色彩。

面对着这一大堆书籍,有人曾善意地说过:"这么多纸张,即使只是誊写一遍,也是一大工程,何况是写出来的、译出来的、编选出来的。"

这些产品出自何种行为方式、何种精神状态、何种主观追求?对此,在这些书陆续问世的过程中,的确有过不少评语,如:"有人文热情"、"有文化积累使命感"、"有学术胆识"、"有学术创见"、"才情并茂"、"立论清新"、"文采斐然,自然成章"、"笔耕不辍"、"硕果累累"……说实话,当自己听到或看到这些评语的时候,的确很飘飘然,而在被敲打、被绊倒、被不公正对待的日子里,它们则确实起了支撑自己、勉励自己的作用,但是,到了要对自己所走过的道路、自己的治学经历做出比较科学的、准确的回顾与总结时,却难免有"不敢当"之感,觉得还是有一位前辈的概括与评语来得最实在不过,那便是我在20多年前听说的这样一句话:"柳某某这个人还是很勤奋的嘛。"

如果向我转述的人引证无误的话,据我所知,此话系出自胡乔木之口。那是在1982年夏天炽热的日子里,我的一篇文章《给萨特以历史地位》与一本书《萨特研究》引起了轩然大波,成为全国性大批判的"众矢之的",自己则成为多方面人士政治思想工作的教育对象,甚至是"挽救对象",我被要求就萨特问题写出"再认识"的文章,实际上也就是要做自我检讨。正是在这个时期,我听到了上述这句话,语气似乎是这样的:"我知道,柳××这个人还是很勤奋的嘛。"对此,我当时理解为这是领导上为了教育挽救"失足者"而在其身上发掘"积极因素",当然是高屋建瓴、居高临下而又仁至义尽的,我再迟钝,也不至于感受不到其中的好意。但我当时并无感激之情,我从一个不懂无产阶级政治的书生的虚荣心理、浅薄情绪出发,觉得此语对我评价并不高,至少远不如文化界、读书界对我的赞语,对此,我甚至还调侃地说过:领导同志对我并没有什么肯定,不过是说我是"笨鸟先飞"而已。我当时之所以没有奉命去写"再认识"的文章，主要原因固然是要坚持自己的学术观点、不做违心的"改口"，另外似乎还有一个小小的潜意识的原因，那就是没有得到足够的"礼贤下士"之"礼遇"，没有"知遇之恩"来加以推动。

但时至今日，到了古稀之年，我倒觉得"勤奋"二字恰巧是对自己治学经历最基本、最具体、最确切的概括与总结，即使是在社科领域"仁者见仁，智者见智"、大有争议的现实环境里，也是坚硬得颠扑不破，谁都认可的，就像算术中的最大公约数。

其实，勤奋是中国学子、中国学人的普遍共性，并不是一个什么了不起的特点，因为，说到底，中国人是勤劳的，我只不过是一个一般的、正常的中国学子而已，勤奋早从学生时代开始，直到如今仍然保持了这个本色。从初中到高中，我上的都是当地的"名校"：南京的前中大附中，重庆的求精中学，长沙的广益中学与省立一中，如何从一起步就勤奋起来的，不能不说与学校好的教育质量、良好的学习风气有关。上了北大，有了明确的专业方向，更是勤奋得十分自觉，不仅要求自己把课内的专业学好，还在课外给自己加码，重重地加码，如像学了外文，早早地就在课外找了一本文学名著进行翻译；老师只要求交一般的读书报告，自己偏偏提升为一篇"准论文"；修了王瑶先生的中国现代文学史的课程，就要求自己在一个学年之内把《鲁迅全集》当作课外读物全部读完，而且逐篇做了主题摘要；闻家驷教授指导写学年论文，论的是雨果的一部浪漫剧，却又把浪漫派的文艺理论建树也扩充了进来，洋洋洒洒一写就近三万言……那时在北大，向科学进军的号角吹得很响，课程既多又重，自己又在课外如此重重加码，除了在自己平平资质所允许的范围里提高效率外，主要就是靠挤时间、拼时间、开夜车去完成了。如此下来，到了三年级，就爆发了严重的神经衰弱，每天晚上只能入睡一两个小时，而且老做噩梦，种种噩梦中总有那么一个经常上演的"保留节目"，那便是梦见一个炸弹从天而降,掉进自己的脑壳,在那里面开花爆裂。噩梦机制是那么缺德,它让你不能动弹地躺在那里,慢慢地细腻地体验炸弹在脑壳里爆炸的过程、巨响与能量……神经衰弱如此凶猛袭来,眼见就有辍学病休的危险,于是,自己赶忙又"勤奋"地跑医院、扎针灸、煎中药……总算勤奋劲又不负我,我较快地摆脱了神经衰弱的阴影,顺利地完成了我的学业。

一种行为方式成为一种惯性后,持续下去也就是自然而然的事了。我在中国社会科学院之所以获得"勤奋"这个"最大公约数"式的评价,不过是多年来凭惯性这样做下来了而已。概说起来,也很简单:几十年来,我基本上过的是没有星期天、没有节假日的书斋生活,从没有享受过一次公家所提供的到胜地去"休假"、"疗养"的待遇,也很少到国内好地方去"半开会半旅游",当然每天夜里12点钟以前就寝也是极少的。所谓"勤奋",说到底,基本上就是一个"挤时间"的问题,尽可能地在学业上多投入一些时间。如果没有挤的自觉性,一个人每天的时间不过就是那么一些,特别是从20世纪50年代一直到80年代改革开放前的那一个时期里,每个人所能有的时间总量还大大打了折扣:几乎连续不断的政治运动、路线斗争、斗私批修、政治学习……把业务工作时间分割成了零星碎片,且不说"文革"一场浩劫就误了大家整整10年……如果,再不"只争朝夕",自己所剩下的时间就很有限了。我远没有先贤"头悬梁、锥刺股"那种苦读精神,只不过是不放松、不怠惰,按平常的"勤奋"程度往前走而已,当然,为了多挤出一些时间,免不了就怠慢某些自己认为无意义的集体活动,如像游行集会、义务劳动、联欢郊游之类的,甚至溜会、称病不出这种不入流的事也干过不止一次两次。群众的眼睛是雪亮的,久而久之,自然也就引起了诸如"脱离群众"、"重业务轻政治"之类的非议与侧目而视,当暴风骤雨的政治运动来临时,还领受过一些大字报、大批判,诸如"修正主义苗子"、"走粉红色道路"

（身上涂那么一点红色，骨子里实为白色，岂不就成了粉红色）、"严重个人主义"、"名利思想"等。

　　如果说，我的确将"勤"视为治学之本，那并不是因为我对"学而时习之，不亦乐乎"、"诗书勤乃有，不勤腹空虚"、"学问勤中得"、"业精于勤"之类的古训格言自幼就诵读牢记而后身体力行。我的文化底蕴没有这么厚。我不是出身于书香门第，这些格言我是很迟才读到的，以勤奋为治学之本，完全是我自己的存在状态所决定的。这一种主观精神与原则只不过是从主体存在中生发出来的结果。事情很简单，我出身于劳动者的家庭，父母费了很大的劲才使我获得了良好的教育条件，我不能不以"勤"来善待这些条件，而要争取将来得到比我父母优越一点的生存条件，我也必须努力、勤勉。这便是最初的原动力。及至进入到专业的领域，起作用的便是专业技能的压力与周围环境的压力了。

　　学海无涯，任何一门学问都是如此。我所从事的学科是法国思想文化，在整个西学中它占有非常重要的比重与地位，在这里，有人类最为美好的社会理想：自由、平等、博爱，有深沉的人道主义思想体系，有充满独特个性的艺术创造，对我来说，这种文化高度真如喜马拉雅山，其浩瀚真如大洋大海，而且充满了无穷的魅力与奇妙的引力，足以把一个人的全部生命与精力都吸收进去，就像宇宙中的黑洞；足以使人在其中忘乎所以、流连忘返，就像童话中的幻境。这既是专业魅力所具有的吸引力，也是对投入者贡献自我的要求与压力，因此，面对着这样一个如高山、如大海的学科专业，我以自己的中等资质实不敢稍有懈怠，实不能不献出自己全部的精力与时间，不过，我也是很怀着热情与愉悦去献出自己的精力与时间的，在这过程中，如果有所收获、有所拓展进而得到社会承认与公众赞赏的话，那其乐就更大矣！简直就构成了人生的绝大乐趣。

　　另一个推动力则是鞭策性的，那便是客观现实环境的压力。我大学一毕业，就分配到"翰林院"这样一个最高的学术机构。在这里，比肩而立的翰林学士令我辈只有抬头仰望的份，本学术专业领域，早有钱锺书、朱光潜、李健吾、卞之琳等学术标杆高悬在头上。要攀登的学术阶梯更是使人见而发怵，我一进文学研究所，就眼见不止一个不无才能的青年研究人员已经在最低一级的学术阶梯（实习研究员、助教）待了七八年未动窝，面对这种形势，自己不加倍努力，就意味着放弃，就意味着出局。说实话，那个时期，"翰林院"的业务压力似乎比现在要大一些，当年，不无成绩、不无学养的中级研究人员因无代表性的著作而被炒出"翰林院"的屡见不鲜，而研究员没有出版过几本书的人几乎就没有。这种压力当年鞭策着我辈青年埋头往前赶，这未免不是一件大好事，也可以说是一种"必先苦其筋骨"的磨练吧。

　　从事精神生产的人，都乐于把自己视为体力劳动者，与工人、工匠无异，并无意于强调自己高人一等，巴尔扎克就曾把自己称为"苦役"，罗丹的《思想者》也不是一个衣冠楚楚、道貌岸然、文质彬彬的上等人，而是一个全身赤裸裸的"苦力"，他全身肌肉紧绷，拳头紧攥，显然在支付巨大的体能，如果说他与一般的体力劳动者有什么天然区别的话，那便是他从事的不是简单、重复、机械的劳动，而是要达到较大创造性的劳动，他必须关注自己产品的创造性、独特性、突破性。我很高兴自己的一生是不断劳作的一生，而不是"四体不勤"、"不劳而食"的一生。作为一个劳作者，我自然也有所有"劳动者"的习性，除了要求自己有不断操作的勤劳外，也很要求自己的"所出"尽可能带有创造含量、独特含量、知性含量，因为我知道，我们从事精神生产的人，是面对着有头脑、有理性的人群，如果你对他们有起码的尊重，而不把他们视为任你哄骗、任你忽悠的小孩或白痴的话，你就必须殚精竭虑，绞尽脑汁，拿出真货色来，我不敢说，我这么做做好了，但我的确是要求自己这么做的。

如，我努力追求学术研究就是提出问题与解决问题这样的境界。我对自己有此要求，并非我有慧根悟出的结果，只不过是听从何其芳的指导而已，其芳同志——他生前我们都这么称呼他，充满了爱戴与敬意——他是诗人，是文学批评家、文学史家，也是从延安"鲁艺"来的老资格"文艺战士"，因此，成为文学研究的创建者与第一任所长、"党组书记"。作为党政"双肩挑的第一把手"，每当政治运动、"路线学习"来临时，他总有责任作"动员报告"、"运动总结"之类的讲话。说老实话，我一直觉得他身上存在着诗人、学者与"党员政治家"的矛盾，他在上述那些政治报告中总免不了要检讨自己的"重业务"、"没有突出无产阶级政治"等，也总免不了要谈些科研工作、学术工作的话题。在我看来，他的"政治报告"中最动听的恰巧就是这一部分，因为，这里有他自己的经验、真知灼见与自我体验，其中，"学术研究工作就是提出问题与解决问题"，就是经常出现的一个题旨。在这个问题上，我倒的确称得上是他的弟子。我信从这一学理，当条件允许时，我也力求身体力行，予以实践，而且多少也做出了几件广为人知的"大事"：20世纪60年代提"共鸣问题"大概可算是其一；最大的一件则要算是1978年对长期统治外国文学领域的"日丹诺夫论断"揭竿而起，进行系统地批判；此外，就是同一时期重新评价萨特及存在主义，以及后来针对恩格斯的有关论述，对左拉与自然主义进行重新评价等。这些事之所以尚可称为"大事"，是因为它们都有全国性的文化学术影响，并已经被时间与历史证明了它们是有道理的、起了积极作用的。

再如，在劳作中尽可能从难从重以求产品有扎实的劳动含量，切忌避重就轻，虚而不实。在学术文学界，一旦拥有一定地位后，就会有一些诸如搭顺风车署个名、借已有权位不劳而获、分一杯羹的"美事"，窃以为此类行径实非诚实劳动者之所应为也，宜慎戒之，还是应要求自己保持劳动者本色为是。我自己主持多卷本书系的编译工作时总要亲自动手,编选一卷或翻译出一卷作为"标本",至少要提供新颖的编选视角与思想闪光点、分量扎实的序言,作为其劳动品牌标志,至于具体的编辑工作,更是要亲力亲为,有时丛书达数十卷之多,每一卷的序言皆出自我手。

对于为文作评,则力求有一点新意,有一点创意,尽可能去陈言避套话,虽然我们这一代人为时代社会条件所辖,几乎逃脱不了讲套话、重复官话的命运。在知性上则以自己有限的才力,尽可能师法钱锺书、朱光潜、李健吾等先贤典范,纵不能做到引经据典,穷历万卷书,妙语连珠,华章熠熠生辉,总也要达到"及格"水平:言之有理,言之有据,议论行文时而也得有一两个亮点、一两处深度。我智力水平,天生无"才思敏捷"助我,这样做虽不说有"苦吟"之窘迫,劳作的艰辛还是很有一些的,但每得一篇还看得过去的文章,劳动之后的酣畅与愉悦就构成了一种乐趣,这是我生活中最珍视的一种乐趣。而面对着那些署有自己名字的产品问世时,则因为其中无一不存有自己或多或少的思想观点、感受体验、思绪情愫、文笔文风,凝现着自己的心血而感到欣慰与满足。

"我思故我在","我劳作故我在",这种存在方式、存在状态,带给了我两书柜的劳绩,也带给我简朴的生活习性、朴素的人生,甚至我的"生活享乐"与生活情趣也是再简单不过的。这么些年以来,我从来就没有过任何一次高消费与高享受,日常生活的主要内容不过是劳作(包括阅读与爬格子)、散步、听音乐、看电视、体育活动而已,虽然生活如此平淡,甚至在旁观者看来甚为清贫、寒碜、索然寡味,但我还能从其中体验出不少乐趣:为文作书,从无到有,言之有物,亦有亮点,首先就有劳作的乐趣、创造的乐趣。文章发了,书出了,拿了稿费,虽然为数不多,但其乐多矣。带小孙女去餐馆用稿费"撮一顿",此一乐也;带着稿费去逛书店,随意购些喜欢的书,此二乐也;收到扣税单,再次确认自己作为纳税人对社会又做了一次

"奉献"，此三乐也；如果文与书在社会上得到佳评，有好反应，则又是一乐也……乐趣之所以多多，根本原因就在于这一切都是劳作的结果，这种劳作者的自豪与乐趣，这种简朴的平民乐趣，这种心安理得、毫无愧疚的乐趣，恐怕是躺在安乐椅上一支烟在手之际，就有种种"入账"、"奉送"、"名利"、"回报"、"献礼"纷至沓来的高层人士所不会体验到的。

  这种存在方式、存在状态也必然在我对人对事的价值取向与态度倾向上打上深深的烙印，这里既有合情合理，也有不全面与偏颇；既有真知灼见，也有浅显局限；既有社会公理，也有个人不平。加以我脾性直坦，又自信"靠劳动吃饭"，有恃无恐，忘乎所以之时，论人议事就不免口无遮拦，直言不讳，如此只求自己痛快，棱角分明，必然引起矛盾与争议，给自己平添不少阻力与困顿，我的学术生涯并不顺利，与此不无关系。成也萧何，败也萧何。自己既是自我的打造者，也是自我的敌人……这正是我作为一个劳作者自我存在生态的两个方面。

为了一个人文书架

——《外国文学名家精选书系》八十卷及其他

一、"化外之民"在网上的一席之地

我不用电脑,也不会用电脑,网络世界对我来说,是根本不存在的,在那里,沸沸扬扬、轰轰烈烈所发生的一切,都与我相距十万八千里,甚至完全无关。我以为这一辈子,与这个世界铁定是彻底无缘了,也乐于自绝于这个"文明世界",完全做一个"化外之民"。

但我没有料到的是,时至古稀之年,自己却被电脑时尚的潮流卷入了网络世界,不由自主地在这里也占有了"一席之地"。说来也巧,我得知这一点是在 2006 年中国作家第七次全国代表大会期间,我是作为当选代表参加那次大会的,在一次会议间隙中偶遇一多年的熟人,他比我年轻、更比我新锐,不仅在仕途上相当风光,而且是网络上的常客与达人,对网络世界熟悉得很。他告诉了我那个时尚空间里不少时髦的事,其中一条就是我的《"翰林院"内外》一书"上了网",而且"在网上的点击率相当高",如果我没有听错的话,他告诉我的是:"五万次"。事后,我并没有去核实他告诉我的情况,也不想深究我的书在网上的"版权"问题,我很容易满足,听到自己的书进了网络,有人去看去读,也就感到满足与愉悦了。

周围的亲友与熟人上网的越来越多,于是,我也就更经常听到他们在见面时或在电话中告诉一点关于我在网络上的消息,不外是新书

出版的报道与报刊文章中的评论,以及我的网页内容等等,其中有多次被告知:"你的网页有好几十页"、"比郭沫若还多",伴随着的则是"蔚为壮观"、"成果丰硕"、"著作等身"之类的话,或赞赏、或调侃、或非恶意的嘲讽……

"网页有好几十页",这倒引起了我自己的好奇;"比郭沫若还多",则引起了我的忧虑。因为我知道自己的斤两是与一代文豪郭沫若的分量相距甚远的,如此被"小题大做",实有"过誉身名必谤增"的危险。不论怎样,我产生了上网一看究竟的念头。终于,有一天,在家人的帮助下,我生平第一次上了网,去浏览了一下"我的网页",总算搞清楚了"几十页之多"是怎么回事。

这"几十页",说来声势浩大,其实不成大器,除了少部分对我的介绍与评论文字外,主要的就是开列我名下的论著、译作,以及主编项目、编选项目的书目。如果细加区分,也就清澈见底了:首先说说论著,在本学界中,我还算一个论著不少的人,但并没有多到了不起的程度,按严格意义来说,我所写出来的学术专著、评论文集与散文集加在一起总共只有十六七部书,如果把重复出版与重叠出版的也"滥竽充数",也不过再多四五种而已。再说译作,我在这方面的成果更是为数不多,除去一些单篇翻译外,成书成集总共是七八本,两大项加起来,总共不过30来种,算是我作为一个学者的实实在在的"本钱",比起一些"一本书主义者"来说,或许可以说还算"富裕"的,但实在不能充斥为"几十页网页"。

关键在于,网页把我论著与译作以外所有的主编项目与编选项目都一一罗列了进去,而在这个方面,我做成的"项目"真还不少,这里不妨粗略开列如下:《雨果文集》二十卷、《法国二十世纪文学丛书》七十卷、《外国文学名家精选书系》八十卷、《世界短篇小说精品文库》十八卷、《世界心理小说名著选》十卷、《世界散文经典文库》

八卷、《法国现当代文学研究资料丛刊》八卷、《加缪全集》四卷、《法国当代文学广角文丛》八册、《全球诺贝尔奖获得者传记大系》二十一卷、《盗火者文丛》八卷、《西方文艺思潮论丛》八卷、《名家点评外国小说中学生读本》十卷、《撒旦文丛》八卷、《世界小说流派经典文库》十卷、《法国龚古尔文学奖获奖者作品选集》十卷等，如此十六种主编、编选项目，就足以造成"浩浩荡荡"之感了，何况，登录者又分卷罗列，这就不止十六个分项，而是两三百个条目了，这就是充斥为"几十页网页"的内幕实情。怪不得有人对我调侃说"你的网页比郭沫若的还多"。

我应该谢谢网络世界的这种文明信息化功能，它把我的劳动成果与名下的项目都一一展览了出来，虽然展示得有些凌乱、很不规范、相当粗糙，也颇多疏漏，如果从个人的虚荣心理来说，它不仅展示了我，而且放大了我、抬高了我，以"几十页网页"的篇幅造成了一种"文史大家"、"编纂大家"的表象。

说实话，这个表象带有某种"虚有其表"、"名过其实"的性质，如果不客气地加以自我解析，我的老底其实很有限，谈不上学养深厚，只不过是我在文学研究所理论研究室作为专业方向，对西方文艺批评史研习了好几年，后来到外国文学研究所西方文学研究室又专攻了法国文学史多年，这使我对西方文学思潮发展的历史与法国文学发展史还算有些积累。我挟带着这点"本钱"延伸进入了编选领域，高效而最大效益化地利用它，居然使之像原子核一样发生"裂变"而成为一大套一大套的书。当然，做这些事光靠有若干文学史知识积累还不够完全奏效，必须对文学史问题的来龙去脉有比较全面系统的梳理、对文学史问题有比较成熟的排列组合、有独特的视角与观点、对作家作品有自己较深切的感受与心得，所幸我在进入编选领域之前，已经在自己的文学史专著中大体上完成了这样的积累与准备，甚至可以说观点与见解都是现成的，这样我就不断地得到一家一家出版社的邀约，将我一项又一项的编选业务、主编事业做得顺顺当当、有声有色。但从根本上说，以我作为学者的良知，我应该坦言，我的编选量大大超过了论著量，这样的学术文化声势实在有悖学林中"厚积薄发"的理念与标准。

我还应该承认，在另一个方面我也占了不少"便宜"，那便是当我主持多语种性的综合编选项目时，我事实上是有不少合作者与辅佐者的，例如《世界短篇小说精品文库》《外国名家精选书系》《世界心理小说名著选》等。在主编这些项目的时候，我当然要制定与把握全书的标准、角度与统一的规格，其中的法国分卷当然也是由我独自操刀、亲力亲为，但其他国别的分卷，我就必须找其他语种其他国别文学的学者专家来合作了，由他们承担了那些分卷的主打工作与琐细编务，而最后整个任务却统一在我这个主编的名下。因此，这样一个个大型的主编项目，实际上就是一项项集体劳动、通力完成的工程，是一个个由若干股东组成的"股份公司"，只不过我是持"筹划股"与"劳务股"最多的一个"大股东"，因而自然成为这个"公司"的"董事长"，成为策划者、组织者。不过，我感到自得的是，从来没有一次是本单位领导上、组织上培养的、任命的、指派的，而是按"社会文化生产方式"的规律与法则而自然形成的，用今天的话来说，是由"市场机制"获得的。具体来说，我毕竟是20世纪80年代中国最早的一部多卷本外国文学史的主编与主要撰写者，算是一个有学术资历的人，而且，我在改革开放之初曾经对著名的日丹诺夫论断"三箭连发"，也曾大声疾呼"给萨特以历史地位"，在文化界颇有观点新锐的名声，因此，出版界每当要推出文化积累型的大型编选项目时，很自然就选择我作为项目的"领军人物"，或者，当我产生了某种编选项目的创意时，很容易就有出版社愿意前来合作。

除了个人的学术文化声誉外，更为深层次的一个历史文化根由则是，早从16世纪开始到20世纪，法国就一直是世界文学中几乎所有重要思潮与流派的源头，对世界各国特别是欧美各国文化艺术的发展都有重要而深远的影响，在世界文化中占有比较明显的重大份额，因此，要制作大型的综合性编选项目，往往需要一个在法国文化方面学有专长的人来充当此任，而我毕竟是法国文学研究领域中公认的"首席学者"。从我身上折射出来的这种"社会文化生产市场机制的选择性"，在我所在的单位外国文学研究所，至少在我之前就已有过其他的两个先例：一是《外国文学作家大辞典》一书，此书颇具规模，出版后很有影响，是外文所各语种各国别文学的研究人员通力合作编写而成的，首席主编就是搞法国文学研究的学者张英伦，既因为他首先提出了这个创意，也因为出版社看中了他有全面综合的业务素养；二是《欧美现代派文学作品选》，这也是一部很有影响的书，其主要编选者则是袁可嘉与郑克鲁，一个是英美文学专家，一个是法国文学专家。这两部书都出现在改革开放初期，正是社会文化生产市场机制发生作用的结果，因为在这个研究所，一直是苏俄学派掌握实权，全所性的综合业务项目，一般都是由苏俄学派的干将出面主持的。说实话，正是从这两部"先行者"编选项目中得到了启发，经过一番深思熟虑，我自认为条件并不亚于他人，何不摆脱本单位任命机制的局限，走走"社会方式"的路子？要发展自己的文化学术业务，就该多有一种发展模式，多有一条路。于是我在自己安身立命的研究所，也把"社会方式"的编选业务、主编业务开辟了起来，做大了起来，出现"喧宾夺主"的局面。

二、分门别类清理这个人文书架

十六大编选与主编项目好几百本书，杂然并列，不免有些凌乱散漫，我且趁此机会，略加梳理，分门别类，以求眉目清楚，于人于己都是方便。大的类别有三：一是学术评论性的项目；二是研究资料性的项目；三是作家作品选编性的项目。

第一大类，基本上有三种：《西方文艺思潮论丛》七卷、《法国当代文学广角文丛》八卷、《全球诺贝尔奖获得者传记大系》二十一卷。其中至少有两种，从主编意图来说，是颇有点"用意"的。

《西方文艺思潮论丛》每卷一个专题，分别以20世纪西方文学中几乎所有那些"声名显赫"的思潮流派为专论对象，是这样七卷：《未来主义、超现实主义、魔幻现实主义》《自然主义》《意识流》《二十世纪现实主义》《二十世纪文学中的荒诞》《从现代主义到后现代主义》《存在主义文学与文学中的存在》。第一卷《未来主义、超现实主义、魔幻现实主义》率先在1987年问世，最后一卷《存在主义文学与文学中的存在》出版于1997年。正是处于紧接着"清理精神污染"之后的那个理性沉思期，我创办《西方文艺思潮论丛》的立意很明确，就是要对"清污"中某些革命大批判论调做出反拨与清理，中国20世纪意识形态领域里的最后那一次政治运动中，革命大批判继"文革"之后，又一次对西方20世纪新文艺思潮流派进行了一次"横扫"。对《西方文艺思潮论丛》七卷，用后来一位文化名士调侃的评语来说，就是对此进行的"秋后算账"；用我自己的话来说，则是对西方20世纪新文学思潮流派的又一次"重新评价"。本学界不少著名专家学者都应邀撰文作评，其中吕同六关于未来主义、陈众议关于魔幻现实主义、李梦桃关于意识流、叶廷芳关于卡夫卡、罗新璋关于龚古尔自然主义、王宁关于20世纪文学思潮、章国锋关于后现代主义，均有重分量的大文。正是由于"论丛"实事求是的精神与相对集中，相对有系统、有深度的论述，后来还曾获得过中国社会科学院的科研成果奖。

第一大类中的《法国当代文学广角文丛》从主编意图来说，最是"平淡无奇"，其务实的目的不过是要为我作为研究会会长的法国文学研究界同人搭建一个出论著、出文集的平台。由于本学界的"研究成果生产力"有限,为了不浪费来之不易的出书名额,有时就不免"炒炒冷饭"来充数,但惨淡经营几年,其中也颇有学界精英新秀的佳品力作,如史忠义的《20世纪法国小说诗学》、涂卫群的《从普鲁斯特出发》、老高放的《超现实主义导论》。这几位中的前两位是留学国外多年的"海归派",后一位则是因出路问题而流失海外的精英。

于1995年开始问世的《全球诺贝尔奖获得者传记大系》并非我所主动策划的,而是与长春出版社"一拍即合"后做起来的。我之所以在当时颇有热情地承担了主编的重担,其思想根由有二:一是多年来从主流媒体上经常看到或听到对诺贝尔奖的非议、恶评、不屑,甚至轻鄙,如"有政治偏见"、"保守"、"反动"等,对此种极"左"的褊狭态度,我一直很不以为然,觉得推出这样一套丛书,正是展示人类的精英典范、扩建合理有益的人生价值标准的机会,值得克服一些困难去把它做好。另一个思想根由则是,从我们这一辈人所受的品德教育中,我深感仅仅以雷锋、黄继光、时传祥为楷模,对于一个求发展的民族来说是远远不够的,特别是到了改革开放的时代更是如此,人的价值标准必须有更广阔的尺度,更丰富的内涵,毫无疑问,诺贝尔奖不失为一种宣示与启发。因此,我几乎是以一种思想热情为这套书写下了一篇我认为"言之有物"的总序,其中有这样一些话:

古往今来,在世人的头上,曾高悬着各种价值标准,而种种名义的荣誉,从爵位勋章、圣徒称号到奖状奖金,则为价值标准的最高物化体现……

每一种价值标准,不论是政治法权的,宗教道德的,社会文化的,学术技艺的,都曾力求保持自己庄严崇高的"仪表",都曾声称自己的绝对与永恒。然而历史是无情的,它总要把各种价值标准召唤到它的审判台前来加以检视,让它们辨明自己继续存在的理由,它严格地精选出符合人类发展方向、有助于历史进程、适应广大人群的利益与需要的那些价值标准,让它们成为支撑人类永恒精神文明建构的有力支柱,而汰除那些出于谬误观念、狭隘利益、偏激需要的价值标准,不论它们是以何种神圣的名义而显赫一时,而具有不可抗拒的威严……

在20世纪这样一个各种意识形态、各种制度、各种民族国家利益、各种思想观点尖锐对立、激烈撞击的时代,诺贝尔奖历年各方面的颁奖对象,并非从未引起过任何异议。这是不可避免的,是很自然的。但比起种种偏激狭隘的标准,诺贝尔奖毕竟更具有广阔的视野,博大的胸襟,公正的态度,合理的取舍,毕竟是为地球上更广大的人群所认同、所推崇,毕竟更经得起历史的检验,而它之所以能保持这种全球性的崇高地位与长存性,就在于它的价值标准中有一最简单然而也最可贵的精髓,那就是提倡为全人类的进步而有所作为。

我以上这些话没有白讲,至少据我所知,就有些有识之士很注意这篇总序,称之为"有针对性"、"颇有新意"、"有些意思"、"值得一看"的文字。

到1999年止,这套丛书一共出版了21种传记,有文学家法朗士、莱蒙特、贝克特、聂鲁达、索尔仁尼琴、福克纳、马尔克斯、吕克维奇、安德里奇、艾略特、帕斯捷尔纳克,政治、社会活动家则有罗斯福、阿拉法特、佩雷斯、拉宾、曼德拉、萨达特等。参加写作传记的,有外国文学领域里的一些著名学者高莽、郑恩波、林鸿亮、张振辉、张晓强、潘小松、罗海燕、吴岳添、段若川、朱景东、杨恒达等。也有其他学科,特别是中东政治经济研究学科的一些高水平专家学者,如李光斌、王京烈、杨丽华等。跨学科的组稿与编务,往往存在更多困难,所幸有其他学界朋友的友好合作,也得两个主编助理张晓强与周霞的相助，困难也都一一克服了。

第二大类中，《法国现当代文学研究资料丛刊》是我甚为得意的一个项目，我自认为它颇有独创性，学术研究的含量比较高，后来的社会影响也较大，较深远，其打头炮的第一种《萨特研究》就是明证。我创办此一套书，一方面固然是我在批日丹诺夫之后，为清理那种极"左"的反西方文学的大批判论调而力图展示出法国现当代作家作品的一个个实例，让事实来说话，以澄清历史，另一方面也是为了在中国给法国20世纪文学研究打下一个坚实的基础，至少是历史资料的基础。

按我的设计，丛刊的每一卷以一个20世纪大家为对象，选译出他一些重要的文学代表作与思想理论名著，编写出他全部作品的内容提要，译介出国外论述他的重要评论，提供出他的生平年表以及有关他的历史背景资料，此外，每一卷还必须有一篇有分量、上水平的学术性编选者序。按此设想，这样一本书不仅足以给一般读者提供此一作家全面而丰富的信息与知识，而且足以给以此一作家为对象写硕士论文甚至博士论文的学子提供一份相当完备的资料。我的第一个"样板田"《萨特研究》大获成功之后，我又亲力亲为编选了《尤瑟纳尔研究》《新小说派研究》《马尔罗研究》共四卷，总算为"丛刊"奠定坚实的基础。然后加以推广，请几位同行好友"依样画葫芦"，相继推出了沈志明的《阿拉贡研究》，罗新璋的《莫洛亚研究》，金德全、李清安的《西蒙娜·德·波伏瓦研究》，李清安的《圣爱克·苏佩里研究》，张寅德的《叙述学研究》，吴岳添的《马丁·杜·伽尔研究》共十种。到了20世纪90年代初，出版社因此类专业性强的外国文学书籍的市场日见萎缩而停了下来，令我十分遗憾。

在我的编著成果名单中，第三大类即作家作品的编选性的项目显然占绝大的比重，从篇幅来说，足有数千万字之巨，在此一类12个项目中，我更为比较重视的是这样六项：《F·20丛书》七十卷、《雨果文集》二十卷、《加缪全集》四卷、《世界短篇小说精品文库》十八卷、《世界心理小说名著选》十卷、《外国文学名家精选书系》八十卷，它们每一种，都有我感到得意的"可取之处"，就像自己一大群孩子中有几个较为得宠的被认为有其优质长处一样。

《F·20丛书》的全称是《法国二十世纪文学丛书》，1986年问世，1999年终结，共出版了七十卷，漓江出版社与安徽文艺出版社平均分担。这要算是我的"得意之作"，从策划、创意到主编运作、组稿、审稿、发稿一直到丛书图标的设计、开本的大小，当然更有几乎全部七十卷的序言，都是出自我的亲力亲为。心血所在，何以不特别钟爱？

我做这件事明确的目的就是要在中国为法国20世纪文学建立一个相当完整的文本文库，虽然在当时法国20世纪文学的绝大部分代表作家仍未在中国得到翻译介绍，经过惨淡经营十多年，我终于完成了这个心愿，七十卷的规模基本上把法国20世纪文学所有的重要作家作品都"一网打尽"。这就像在中国为法国20世纪文学整体创设了一个豪华的文学橱窗，我相信在20世纪的90年代，恐怕世界上还没有一个国家的文化界做到了这个分上。说实话，这是我作为一个中国文化人感到骄傲的一点，还有一点也令我"沾沾自喜"，那就是七十卷的几乎全部译本序均出自我手，而且在内涵与文采上都还算有点讲究（这些文章后来结集为《超越荒诞》与《从选择到反抗》两书，在上海文汇出版社出版），我自认为把主编工作做到这个分上，大概也算是达到了此类劳动的极致。

在我所主编的书中，"F·20"可算是最"轰动一时"而又"声名远扬"的一种。在当时八九十年代，我外出讲学或参加文化活动时，就经常遇见热心的读者持"F·20"的译本前来要我签名，而多次文学会议期间，我至少遇见过好几个在国内享有盛誉的作家主动向我垂询"F·20"的情况,并多有佳评,有的溢美之词甚至使我颇感受之有愧。看来这套书很得中国创作界的青睐,有一位著名作家为了力争把七十卷都收集齐全,还曾请我相助。至于为了要将整套书收集齐而去市上花高价淘书的热心爱好者,我也曾碰见不止一个两个。正因为如此,国内出版外国文学译本享有权威地位的上海译文出版社已经决定以"法国二十世纪文学译丛"的名号,再版这一套已经绝版的书,估计2010年可以问世。

二十卷《雨果文集》在我国迄今出版的所有外国作家专辑中,大概要算规模最为宏大者之一,共约1000多万字,选入并译出了雨果在诗歌、小说、戏剧、文艺理论、政论散文等各领域所有重要的代表作。雨果的创作量在世界作家中要算是最为宏伟的一个,足有数千万字之多,要从这么大的作品量中选出最重要、最有代表性的来,这本身就是一件很不简单的事,何况还要一一约请译林高手进行翻译,我自己也承担了文艺理论卷的翻译。而后,又有繁重的编务劳动,除编务性的说明文字外,还有总序以及诗歌、小说、戏剧、文艺理论、政论散文五大部分的分序要写,这是我对自己额外的要求。一般译文集的主编是很少写序或写得很简单的,但我觉得既然中国人花了如此大的精力把一个外国作家作品集中而系统地译介过来,如果不拿出中国人对这个作家有分量的认识与见解,那就没有达到"社会文化积累"应有的标准。经过约五年断断续续的努力,我终于完成了所有以上这些工作。《雨果文集》二十卷于1998年出版,次年即获第四届国家图书奖的提名奖,而我所写的六大序言加上我所编撰的《雨果生平创作年表》,又以其学术性另结集为专著《走近雨果》一书另行出版,总算为中国的雨果研究奠定了一个扎实的基础。在这项事业中,与我合作的译者有程曾厚、许钧、李玉民、丁世忠等,他们都是新中国成立后优秀的法语人才,他们的雨果译品,在国内同类译本中当属上乘之作,他们与我的通力合作成就了这一项真正称得上是"社会文化积累"的建设工程。

加缪这一项目，名为全集，规模却远不如雨果的"文集"，因为这位 20 世纪的伟大哲人作家全部创作只有区区四卷，我主编起来，编务劳动量相对就要小得多，首先不存在繁重的选目工作。我的全部任务，除了承担一种小说的翻译外，就是编审统一与写出全集的序言。同样，这一次，我极为重视总序的写作，为此也下了不少功夫，写成了国内外国文学出版物少有的学术性大序，洋洋洒洒 3 万余言，既是一篇有见地、有分量的作家总论，也是对"荒诞——超越——反抗"这种 20 世纪重大哲理的严谨解说与精辟阐释，与全书质量上佳的译文相得益彰，也算得上文化积累工程的一精品之作。参与这项合作的，除了译界老友外，还有我在北大的同班同学：丁世中与吕永祯，他们都是译界的佼佼者。《加缪全集》于 2002 年在河北教育出版社出版后，次年获第六届国家图书奖提名奖。由于加缪在中国的巨大影响，此书又于 2010 年加缪逝世 50 周年之际，经过修订与补充，由上海译文出版社隆重推出新版。

《世界心理小说名著选》是我自认为很有学术见解含量，也颇具独创性的一种。首先"心理小说"这样一种称谓与归类本身在小说史研究中就有其新颖与独创性，更重要的是我从世界文学发展过程中，将世界心理小说概括总结为三大流派形态：一、包括书信体、笔记体、自叙体在内的，以主观倾诉与尽情溢泄为特征的"心理浪漫主义"。二、包括政治心理、伦理心理、爱情心理、犯罪心理、妇女心理、更年期心理等题材在内的，以冷静客观的分析揭示人物内心世界变化规律与逻辑的"心理现实主义"。三、包括意识流、潜意识、潜对话、"物"主义等手法在内的，实现作者隐退而以客观呈现为特征的"心理现代主义"。我把自己的这种心理小说史观表述为全书的总序，并以此为经纬，编选出全书的重点部分《法国心理小说选》三卷。有了这些认知与见地为"底气",我又邀约了几位其他国别文学的学者专家韩耀成、钱善行、张玲、钱满素、陈众议、高慧勤,加以推广、扩充为德奥卷、英国卷与美国卷、拉美卷、日本卷,终成《世界心理小说名著选》共十卷,其中除了全面选择几个文学大国的心理小说经典之作外,还编写了各国未入选的心理小说代表作的内容提要,用媒体的话说,全书得以成为"心理小说流派的总汇"、"心理小说嬗变的经纬"、"心理小说发展的碑记",因此被评为"具有明显的学术价值"。此套书1990年问世后,很受文化界与创作界的欢迎与关注,可惜印数不多,未超过5000套,不久后即成为绝版书,有文化界朋友向我索取,我也无法满足。

《世界短篇小说精品文库》,顾名思义是世界各国短篇小说最为齐全的汇集与译介。规模甚大,共有十八卷,法、英、俄、美四大短篇小说丰产国,各有两卷的篇幅,其他意大利、德国、西班牙、日本、拉美等国,也各有一卷,洋洋洒洒,可谓短篇小说之大全。要把各个国家的短篇小说精品从林林总总巨量的篇目中筛选而出,其难度如沙里淘金,不是我一人之力所能完成的。我作为主编,除了进行策划,确立编选原则与选题标准,统一规格、承担编务外,我只示范性地编选出法国部分共两卷,其他国别的编选都由各卷的编选者负责,他们都是该国文学的权威专家,如朱虹之于英国文学、钱善行之于俄国文学、刘象愚之于美国文学、吕同六之于意大利文学、陈众议之于拉美文学、高慧勤之于日本文学,正是在大家通力合作下,全文库共十八卷得以胜利完成。同样,这一大套书的编务也很讲究学术含量,全文库有主编的学术性总序,各国别卷有编选者的分序,对各国短篇小说的历史发展过程、社会民族历史内涵与思想流派、艺术风格的演变都有全面系统的论述,每序都不失为一篇高质量的学术论文。至于方便读者的作家作品简介、篇目题解、艺术特色点评,也都做到很认真很细致,十八卷浑然一体,构成了世界短篇小说一个完整齐备的文库。

"皇天不负有心人","文库"于 1996 年在海峡文艺出版社出版后,次年,即获第三届国家图书奖提名奖,"提名奖"者,即无奖金仅一纸获奖证书也。

《外国文学名家精选书系》是我编选项目规模最最宏大的,它的文学版图,囊括各国文学,当然是以文学大国为重点,它的时间上溯古希腊、古罗马,下至 20 世纪,从荷马、但丁、莎士比亚到普鲁斯特、乔伊斯、萨特,80 个文学巨匠,八十卷,每卷一人,以相当充足的篇幅译介展示其全部文学财富(包括代表作、文学名著与理论名篇),提供其生平创作的年表,并冠以编选者进行阐释、评价与鉴赏的学术性大序。于是,每一卷皆成为一个世界性大作家创作精华之全面而集中的体现,构成了该作家全貌的最佳缩影。读者有一书在手,一个特定的文学人物的方方面面、里里外外即尽收眼底矣!

我对于这套书的创意,来自法国《七星丛书》的启发。由"百年老店"伽里玛出版社出版的这套书不仅在法国而且在全世界都享有盛誉,大概只有英国的《企鹅丛书》在名气上与它不相上下,它实际上就是对文学史中的经典作家进行精细、权威的编选、编纂,以推出经典的选本或文集,颇像我国出版社在《鲁迅全集》上下功夫那样。它起先是专以法国作家为对象,后来也扩充到一部分其他国家的文学巨匠,如曹雪芹的《红楼梦》在《七星丛书》中就有旅法大译家李梦华先生的译本。我在写《法国文学史》的过程中,没有少与这套书打交道,它经常就在我的案头,是我参阅、遵循的主要依据,"日久生情",这套书的权威性、典范性早已深入我心。说老实话,我的《外国文学名家精选书系》就是以它为楷模、为样品而"依样画葫芦"地弄出来的。

要提供高质量的作家精选集,关键要有比较权威的编选者,我首先选了几位我自己比较熟悉,并在《法国文学史》中撰写过专论的作家,如以雨果、都德、莫泊桑、左拉为对象,选制出了《雨果精选集》《都德精选集》等几卷作为该书系的"样品"或"带头羊",然后推广开来,约请对某作家有研究的学者或译家出任该书的编选者,逐步铺开。总算我作为一个著名的劳力在本领域积累了一点人脉,尚能"振臂一呼而有应者",于是,外国文学研究界、翻译界的许多第一流的学者、教授都进入了"书系",担任了编选者,如许渊冲、郑永慧、桂裕芳、罗新璋、李玉民、沈志明、许钧、谭立德、方平、朱虹、黄梅、朱炯强、刘象愚、钱中文、顾蕴璞、钱善行、吕同六、高慧勤、张黎、杨武能……编选者阵容之强、层次之高在国内同类书籍中,实为首屈一指。

译文则尽可能吸收一部分五四以来的优秀译文,读者可以欣赏到傅雷、冯至、李健吾等大作家的译笔,同时"书系"更致力于"与时俱进",由当代译林高手提供新的上好译文,如罗新璋之《红与黑》、顾蕴璞之译蒲宁、陈中梅之译荷马等。

研究性的选本序言,皆为编选者深入研究的真知灼见,是解读一个作家的指南,构成了本书系的一大特色。

"举贤不避亲",综上所述,这套书以"名家、名著、名译、名编选"为特色,的确不失为一项巨型的文化积累工程。如此大规模的文化项目,在外国文学领域尚属首创,它向文化界提供了宏丽的世界文学景观,它向图书馆、广大的读者与藏书家提供了完备的"文献库"。

前四十卷由山东文艺出版社出版后,于2000年获中国图书奖,后四十卷则由北京燕山出版社接力,现已出版到七十卷,只差最后十卷,需要付印推出了。

在我的主编项目中,有两个比较另类的,一个是《名家点评外国小说中学生读本》十卷,另一个《盗火者文丛》十卷,这两个项目有点另类,是它们多少越出了作为我本色业务的外国文学领域,不说越出了多少,至少是有所跨越。

《名家点评外国小说中学生读本》所选的基本上是法、英、美、俄、拉美、日本、意大利等文学大国和地区的中短篇小说名著名篇，作为文本并没有什么重大的突破，但增加了一大内容：即中国文化名家对这些选项文本的点评。这种中西交汇融合的做法，在当时还算是比较早的，颇有新意，我自己当时也认为是一种新的尝试，而灵感则来自中国古已有之的点评本，我想，金圣叹点评《水浒传》是文化史上的佳话，当代中国文化名家点评欧美小说名家不也是一桩新鲜事？弄得好的话，出一个"名家、名译、名点评"综合性的书也未可知。关键是要组织有见地、有情趣、有文采的中国文化名家来进行点评，这是我作为主编的主要工作，所幸多年来我在文化界多少积存了一点"人脉"，得以邀约到一些名家参加点评，其中著名作家有王蒙、刘心武、张辛欣；著名评论家、研究家有何西来、刘士德、楼肇明；外国文学领域里既能译又能文的名家则几乎是"一网打尽"：朱虹、方平、黄梅、陈中梅、李文俊、赵一凡、董衡巽、刘象愚、梅绍武、吕同六、陈众议、高慧勤、施康强、郑克鲁、王文融、谭立德、李玉民……当然还有我自己。因为是有心做这件事的"始作俑者"，我自己的点评量格外也要多好些。这套书的编辑技术工作做得也很精细完美，责编是后来在出版界赫赫有名的编辑人汪稼明与王瑞琳，但不知是何原因，此套书在图书市场上却未能一炮走红，第一版印了5000套后，就未能再版。

《盗火者文丛》是我主编项目中最边缘化的一个"另类"，它不是以外国文学作家作品为对象，而是以搞外国文学的中国学者文人为对象，一共十人，每人一卷，总共十卷，这十人是梁宗岱、李健吾、冯至、卞之琳、萧乾、绿原、许渊冲、高莽、蓝英年，还有柳某。鉴于这十人都是学有所长的学者，都曾有不止一个令人瞩目的散文集出版问世，我把他们的散文称为"学者散文"，文集选编的主要内容就是他们的散文代表作，至于学术代表作，每人则只选一篇，既标志其学者身份又显示其学术功力。我做这件事的目的是为引起社会读者对文学领域里"学者散文"的关注，也是为了引起对文学史上"学者散文家"这个族群的关注，因为我自己很早就心仪文学史上的这一个类型的名家，如徐志摩、黎烈文、钱锺书、梁实秋等，我赞赏他们深厚的西学学养、睿智的心境、言之有物的坚实内容，不同于舞文弄墨的隽永风格。我把这类文化名家作品中对社会人生的审视与针砭，对人道主义、人文主义的向往，对科学、民主的追求，视为"积习甚深、惯性甚大"的中国社会现实中的"火种"，因此，把他们划入了"普罗米修斯"式的"盗火者"这个传统，而我选定的十人，有的本来就是这个传统中的名人，有的则是新中国成立后这个传统的后继者。我在"文丛"的总序中说明了我的这种理解与称谓，这篇序也算是表述了我对中国近代文化史观的核心见解。"文丛"于2005年由中央编译局出版社出版，当时，该出版社负责人韩继海与责编对这套书的支持，至今使人难忘。"文丛"问世后，据我所知，它曾有幸在京城各大书店长售而未下架。

三、书柜前的沉思

以一己之力，主编出以上所有这些项目，成书数百册，这在中国20世纪八九十年代以后的20多年里，的确不失为一件值得我个人欣慰的事，因为，细观其中的每一个项目，都具有以下的几个特点：其一，是成系统、成规模的，而且规模都相当大，有些甚至在新中国成立后同类出版物规模中要算是首屈一指或者是为数很少的，规模大、篇幅大，这至少说明了付出的劳动要多一些，因而，劳动的成果自然也要分量重一些；其二，它们或多或少都有一定的学术含量，绝非轻易凑合汇编之物，而都依据于对文学史发展过程的科学认知与对作家作品较深刻的、较有独创性的见解与心得，它们作为学术文化成果，在某种意义上，是我自己作为文学史家的延伸与增生，它们之所以获得良好的社会评价、有相当广泛的影响，其重要的原因就在于此；其三，它们是学界良好的卓有成效的合作的例证，在译文上是与广大译者的合作，在编选上是与本领域跨分支学科的学者专家的合作，均都顺畅而和谐地解决了、完成了，从未发生过不愉快的事件，这是由于主编除了对合作者们有充分的尊重外，还有一条世俗的小经验，那便是他自己从不经手任何一位译者或编选者的稿酬，而是尽最大努力敦促出版社直接对此负责，故杜绝了任何利益上的纠葛，为与学界同人共同分享这些项目成功的愉快，主编又经常邀学界朋友出任名誉上的编委、副主编以至第二主编，但并不以任何实务相烦。因此，可以说，这些成果是学界一代精英通力合作的见证，因而也最集中、最完好地反映出20世纪五六十年代涌现出来的中国一代精英学者与译家的专业水平。

　　长期以来，我有一个"持之以恒"的习惯，每当我有一种新书出版问世，总要从出版社寄来的样书中把第一本留存下来首先"入库"，入库者，即把它装进我自己一个特定书柜里以备观赏也。最初，展品只占书柜的一层，随着岁月的推进，展品不断增加，即使把它们挤压得紧紧的，一层的空间也不够了，扩充为两层……两层又不够了，扩充为三层……一个书柜不够了，扩充为两个大书柜……于是，时至古稀之年，在我那陋室里形成了一道赏心悦目的"风景"：两大书柜并立在墙前，六大层的书柜，每格长有一米，上面紧紧凑凑地竖立着我所有撰写的、翻译的、编选的、主编的书，约有三四百本，显露出来的书脊虽然不如隐着的书封面那么鲜亮美观，但也足以留下色彩缤纷、琳琅满目的印象……

　　我的陋室是货真价实的"陋"，两居室，仅三四十平方米，从未装修，还是我20多年前入住时的老样子，水泥地并不光整，原本白色的粉墙因岁月而变得灰暗了……唯独这两大书柜里色彩明丽，而且还不时有新的内容添加进去，它们正面对着一个长条沙发，那是我经常倚靠而坐或沉思、或悠然自得、或出神发呆的地方……不论是什么时候，坐在沙发上，面对着这两个书柜，我总有赏心悦目之感、沾沾自喜之感。疲惫时，我在这里得到酣畅的休息，恢复了元气；苦恼时，我在这里得以豁然开朗，如释重负；陷入困顿或遭到打击时，我在这里获得了温馨的慰藉与安抚；无所事事时，则在这里又获得起步前行的方向，因此，这儿是我的"绿洲"、我的"家园"、我的"疗养胜地"、我的"加油站"……

这儿也是我的"沉思之亭"——几十年前，我游巴黎枫丹白露，见过湖里岛上有一圆筒状的小亭，听说，那是拿破仑常去独自沉思的处所……这两大柜书，终归是一份清单，是一份劳绩，是一个过程，它面前的这个空间，自然就成为我的"沉思之亭"，它唤起往事与回忆，它标明意义与启示，它不免使我思考我的经历、我的条件、我的故事、我的形成……我是怎么走过来的，我是如何做成这些事情的……用时髦的术语说，也就是我的存在——存在状态与存在本质……

人贵有自知之明。我不敢说我完全做到了这点，但我尚能要求自己这样做，对自己还算有个基本清醒的认识，当然，忘乎所以、自我膨胀、头脑发热、飘飘然不能自持的时候也常有之，不过总体上还从未忘记自己的"斤两"：我体魄不健壮、精力不充沛，从小就没有通宵达旦苦读的身体本钱；智力平平，既无过目不忘、强闻博记的本领，又无文思敏捷、下笔如有神助的才情，不是在文化学术上能干大事的材料；我出身"寒微"，家庭与"书香"无缘，父母仅有低层次的文化，我不像很多文化学术大师那样早就有"家学"垫底，具有深厚的根基；我成长于20世纪50年代后，不像好些前辈学者那样"喝过洋墨水"，也失去了很多后来者那样的在国外获深造的机会，属于"被耽误的一代"……说实话，凭我有限的资质与条件，能进入学术文化领域的较高层次，已经是"撞上大运"了，而终能在这个领域里交出这样一份劳绩,就更是使我自己有时候也不敢相信的"奇迹"……我不相信所有这些竟出自我手,不相信我能做出这许多事情……

一切存在的都是合理的,或者说,一切存在都具有其根由。我得由自己来说出若干根由。

我感到欣慰的是,所有这一切首先应该归功于我致学的勤勉。"勤能补拙",我从小就相信这条古训,我深知自己虽然并没有拙到"不可雕塑"的地步,但要补上自己所欠缺的"大聪明"与"小聪明",就必须勤奋、努力,从我进入初中开始"开窍"脱离朦胧混沌的状态后,这就成为我求学中的基本态度,一直沿袭了下来,而且愈是考进了北京大学,愈是进入了学术文化领域,勤奋治学的强度愈是大有增加。从大学毕业进入职场后,数十年来,我基本上是过着没有节假日、没有周末休息日的生活,熬夜更是日常习惯,只不过因为我体力不强,精神不济,从不敢通宵达旦,总要为自己第二天的"接力跑"留一点后劲。每天,就像驴马拉磨一样,周而复始围绕着自己的业务打转,心无旁骛,生趣寡然,疏远了几乎所有的生活乐趣:旅游之乐、远足之乐、歌舞之乐、烹调之乐、口腹之乐,更杜绝了花木鱼虫、琴棋书画等雅兴与休闲情趣,仅有的调剂只是听听音乐、散散步,找一个场地活动半小时筋骨或者骑自行车到附近街巷里溜达半小时……

整个生活就像一块硬涩涩的面包干……如此如此,基本上数十年如一日,因此,当我在北大的老同学不少人还"满头青丝"的时候,我已经是"白发苍苍"了,难怪不止一个人这样告诫我:"柳××,你把自己用得太狠了。"对此告诫,我却从不在意,仍按自己原有的惯性继续运转,甚至心里认定,书斋学者的生活本应该就是如此,特别还援引康德作为自己理想的楷模,因为我从一本书上看到,这位德国哲人的生活就很简单,机械而枯燥,如硬面包干……甚至,就此我还有过一次小小的"不当之举":1980年我在波士顿的时候,有一次,朱虹带领我去拜访哈佛的大学者艾伦教授,他比我年长约20

岁，我对他是仰视的，为了奉承他治学的专注执着，我自作聪明地援引了心中楷模康德的生活方式，没想到我这一拍拍到了"马腿上"，艾伦对康德方式很不以为然，憬然与之划清了界限，当时使我颇感尴尬。实际上，艾伦作为一个学者，不仅学问做得大做得精，生活内容也很丰富，兴趣爱好也很广泛，后来，他来了中国，看过一次京剧后就如醉如痴地爱上了中国的这种国粹，而我接触京剧的机会比他不知多多少，但我却一直没有入迷，直到自己锐感年迈体衰因而大减劳动强度的这几年，才经常为了看李胜素的《贵妃醉酒》、程派诸名旦的《锁麟囊》而特意守候在电视机旁……

虽然我知道自己为了这点学业而丢失了很多东西，也扼杀了不少兴趣，虽然近年来每次故人聚会之后，我总耳闻朋友有"柳××比同龄人衰老"之叹，但我只要一面对我的两大书柜，或者一想起我的两大书柜，我就至今无悔，觉得我按照自己的条件、自己的方式利用好了我的时光，我对得起自己的岁月。

其实，中国的知识分子，至少到我这一代人为止，一般都很安于在自己的耕地上辛勤劳作，安于自己的"本分"与"职守"，只求有一张"平静的书桌"，但中国之大，容不下一张平静书桌的时候，也经常有之，甚至有时更惨，或无果而终，或蒙冤含屈，或遭"灭顶之灾"……我还算"运气好的"，除在"文革"中被断送了整整十年外，其他时段的生活与工作还算安定，特别是我的本职专务工作一直持续未变。虽然我在前行的道路上也有不少坎坷与崎岖，甚至有过被"打闷棍"的遭遇，但终究无致命的大灾大难，基本上保证了我"耕作"的一贯与收成的稳定。我所供职的中国社会科学院，有一个很好的"规矩"，那便是研究人员可以自由支配自己的工作时间而用不着"坐班"，我颇得益于这个"规矩"，它保证了我有充分的研究工作时间，有了时间，总能有些出息，不过，说老实话，我两大书柜中的相当一大部分成果，几乎都是在我退休之后，也就是在我60岁到

75 岁之间摆弄出来的,当我被"一刀切"、限定在 60 岁那年准时退休时,我还多少有些微词,因为眼见研究所领导的不止一个嫡系骨干以这种名义那种名义而延迟退休或另获续聘,心里略有不平衡之感,但现在看来,我的准时退休使我处于一种更为自由自在的"自我选择"状态,至少使我免去了各种会议的义务,而在我们国家,有许多会是很耗费人的精神的……就这一点而言,我得感谢研究所领导上、组织上早早地将我"放归山林",倒使我更充分地"发挥了余热"。当然,我更得感谢的是我 60 来岁时所碰上的改革开放的时代使我勤学有果而非白白浪费,特别是"清理精神污染"这一阵狂风刮过去之后,在中国出现了一个理性的沉思阶段,在这个阶段,优秀外国文化得到了尊重与普及,对经典作品的仰视与敬畏还没有被后来的媚俗文化、山寨文化、恶搞文化、看图识字文化的浪潮所冲击,因而在中国文化出版领域里曾经出现一个对人文文化的文本积累十分有利的黄金时期,我正好作为一个"有准备的人",适应了当时的文化出版需要,成为一个经常中标的"领头羊",承担了一些令人瞩目的文化工程,从而把自己的学识与岁月物化为一个个项目、一套套书而留存了下来……

我得感谢时代,感谢时代使我有了可能,感谢时代使我成为现实。

父亲 儿子 孙女

柳鸣九 著

自　序

把近年来自己所写关于亲人的文字汇集起来，就成为现在的这个小小集子的主体。

这些文字，写于不同的时期，是我个人不同的生活际遇的产物，都出于人人皆有之的亲情，与其说是作为文章写出来的，不如说是作为感念而不能自已地发出来的，以至成集为一书，则可说是自己对人生的一份交代，对家庭的一种心意。

面对产生这些文字的人生过程，我不能不感到，亲情要算是我这个甚不坚强的人身上一个最易于触感的"软肋"了，但同时也是使我在面对困难与厄运时终能明智而坚挺的一个牢实支点。

这样一种性格素质，首先与我从小的生活经历有关。在很长一个时期里，我的父亲携带着妻子与三个孩子在各地漂泊谋生，每到一处，整个家庭都感到客观世界像惊涛骇浪、暗礁重重的无边大海，由此，我长期深深体验了一家人"同舟共济"、"同呼吸、共命运"的感受，这就逐渐积淀成为身上的一种"惯性"、一种"本能"。

其次，与自己家族中忠于职守的"家史记诵者"有关。在很多家族家庭里，往往都有这样一个角色，一般都是由贤良的家庭主妇来充当的，她们念念不忘家史中的事件与细节，常常回顾其中的际遇与起伏，评点、称道家庭成员值得自诩的作为与品格，传颂家族的"优胜纪略"，就像远古的行吟诗人歌唱自己民族的史诗，虽然层次有天壤之别、范围有巨细差异，但都是在起着某种精神传承的作用。在家里，我的母亲就是这样一个角色，她读书写字的水平很低，但智商与情商甚高，对人与事颇有理解力与鉴识力，她经常"回忆往事"使我深知了父亲一生的艰苦奋斗与可贵的人生追求。我的夫人朱虹在家里也充当了这样一个角色，她长期在波士顿大学任教，常来往于中美之间，离我万里的儿子与小孙女的动态与状况主要就靠她传递描述。她是一个了不起的母亲与祖母，也是一个很好的讲述者，使得我对16岁即离我去美国的儿子的奋斗历程与品性为人有了深切的了解，也使我分享了小孙女成长过程中带来的天伦之乐。

没有我母亲与我夫人的讲述，我就不可能有如今的这些文字，虽然篇幅数量并不很多，但朱自清关于自己的父亲，不也就留下了一篇《背影》吗？

本集中还收入了几位亲人的几篇文字，作为她们在特定时刻真情实感的记录，不求体例上的统一，因为我觉得，亲情文字最重要的在于真。

2009 年 3 月 25 日

一个厨师的人生追求

——父亲的故事

只要桌上洒有一摊茶水,他总是用筷子蘸着在桌面上写写画画,有时是练正楷,有时是练草书,几乎每坐在桌前,他都这么在桌上操演,甚至是亲戚朋友坐在一起谈事聊天时,他往往也要这么"开小差"。从我幼年的时候起,父亲在我心里就是这么一个形象。

据长辈们讲,从一进城当学徒起,他就养成了这个习惯,数十年如一日,到我记事的时候,也就是他进入中年时,他已经练就了一手好字。他的字,在体态上,有颜真卿的稳当匀称;在笔法上,则有柳公权的俊秀遒劲。对于这一手字,他是很得意的,常听他说:"文化高的人看了我开的筵席菜单,都说字写得漂亮,没有想到一个厨师能写得这么好。"

他出生于贫困的农家,兄弟姐妹六人,他排行第四。只念过2个月的书,从6岁起即替人家放牛。湖南的春秋天气并不寒冷,但他因为没法穿得不单薄,放牛时常要靠着土坡避风躲寒。11岁时进城到一家有名的酒楼里当徒工,他妈把他送出村外,伫立远望,久久没有离去。从此由于谋生与颠簸,他再没有回过乡下,再也没有见过自己的母亲,只是在几年徒工生涯中,用竹筒里好不容易攒下的全部零钱,终于买得几丈"洋布",请人捎回乡送给家里的老妈,但老太太没有收到就离开了人世。

以罕见的刻苦与勤奋,他熬到了"出师",结束了徒工生活,先作为廉价劳动力在餐饮业闯荡了多年,风餐露宿,漂泊颠沛,有些夜晚,仅以一条长凳为床。而后,逐渐以做得一手好菜与写得一手好字而颇有名气,得以有人经常雇用,他这才娶上了妻子,接二连三生了三个孩子,按当时世俗的眼光,他在这方面运气不错,竟然三个都是男孩。但拖儿带女,养家糊口,难度更大,虽已成了"名厨",上了一两个档次,但仍天南地北,浪迹东西,艰辛如故。不过,毕竟成了"名厨",只要不是失业,以"黄牛式"的勤劳辛苦,倒也能换来全家不饿不寒的日子。

除了谋生与繁衍后代,人与动物的区别恐怕就是对下一代的期望与用心了。人的层次不同,对此虽有不同的标准与要求,但皆有之,却是共性。这位农民之子,这位厨房里的劳工,也有自己的理想与方式。尽管他在本行当中出类拔萃,但他从没有想培养自己的儿子跟着他干这一行,哪怕是动用三个男儿中的任何一个,其实,作为一个跑单帮的个体户,他跟前急需一个徒儿,一个助手,何况,他还有好些烹调的绝招、独学有待传授……他常叹息自己这一行苦不堪言,如何苦不堪言,我没有体会,不知道,但我的确见过体胖怕热的他在蒸笼一般的厨房里,在熊熊大火的炉灶前一站就是两三个钟头,往往全身汗如雨下……他常抚摸自己孩子的头,感慨道:"爹爹苦了这么多年,就吃亏在没有文化……好伢子,你们要做读书人。"

"做读书人",这就是他对下一代的理想与期待。理想不小,但他自己的能耐却极其有限,他身上毫无可以泽及后代的书香,没有可以使后人轻易受惠的"秘方"与技艺,他只有那点可怜的文化经验:练字,只能把这点简易的经验,用来种他三亩地的实验田。因此,我们兄弟三人从小就必须服从努力练字这么一个"硬道理",这条"死规定",他常教训我们道:"写得一手好字,那就是敲门砖,就是看家拳。"当然,他待我们比待他自己宽厚得多,他并不要求我们像他那样蘸着茶水在桌面上练字,而是花钱替我们买笔、买墨、买砚、买纸，还有字帖。于是，练字就成为三个小子每天必修的"日课"，这条硬规定对长子更是"雷打不动"，这不难理解，他可能是最殷切希望最早从长子身上看到效果，就像皇帝老子总想要长子来传承自己的帝国。

要当读书人，当然要进学堂，这是常识。这常识，他懂。也正因为是世人所公认的常识，所以在他心目中更成为一条神圣的原则，他执行起来，似乎想要比常人更认真、更执着、更不打折扣。谈何容易！要知道，他其实是一个为养家糊口而浪迹天涯的"民工"，民工子女上学在当今尚且如此之难，在当时也就更难了，虽当时没有户籍制、就近入学的法规、赞助费的障碍，然而仅学费就是一般人家承受不起的，更主要的困难是，要照顾孩子在固定的学校里就读，往往就要放弃一些比较合意的就业机会。

于是，自从我们兄弟三人到了入学年龄之后，我们的上学问题，就成为家里头等重要的大事。每迁徙到一个城市，父母亲最优先安排的事情便是赶紧替我们找学校，让我们及时地上学念书。父亲每新谋得一个工作，或者每遭到一次失业，因而需要全家搬到另一个城市去时，何时迁居、何时动身都是以我们在学校的"档期"为准，绝不耽误我们的学业。

正因为一辈子都在悲叹自己没有文化，这一对父母，始终竭尽全力坚持着他们可怜的"子女上学读书至上主义"。虽然从抗战时期一直到20世纪50年代之初，全家一直是东西南北，不断颠沛迁徙，他们的长子却几乎从未中断过从小学进初中再升高中的学业，而且由于他们竭尽了全力，耗尽了积蓄，这小子每到一个城市都得以进了当地最好的中学，从南京的中大附中、重庆的求精中学到湖南的名校广益中学与省立一中……

巴尔扎克有一篇很著名的小说，写的是巴黎一个贫苦的挑水工人，出于爱心，以自己一个子一个子攒起来的全部积蓄，支持一个贫困大学生完成了高等教育,最后成为一个著名的医生。这一对可怜的父母与那个挑水夫虽然在很多方面都不一样,但在以微薄的收入支持高昂的教育费用这一点上却是完全相同的,而且都是长期坚持,数十年如一日。这需要含辛茹苦、自我牺牲。我的初中时代与我弟弟的小学时代,恰逢"乱世",物价飞涨,学费高昂,非得付"硬通货"才能入学,而入学后还有各种各样的硬费用与硬消耗,以及为了在好学校上学而必须维持某种"体面"所不得不付出的"软"消费,更不用说为了保证儿子准时的起居与一日三餐,而长年累月付出的辛勤劳动了……这是亲情的长征,这是坚毅的苦熬,这是慈爱的奋斗,这是精神的渴求。

对于这个农民之子来说,这一奋斗,这一长征,这一苦熬,这一追求,几乎一直到自己生命的最后阶段仍在坚持,以感人至深的方式在坚持着,事情是这样的:

20世纪40年代末,中国面临着天翻地覆的大变化,餐饮业、厨艺行业大为萧条,他在内地谋职谋生殊为不易,便去了香港打工,直到60年代中期才回家乡。那一个时期,香港的天还不是"解放区的天"、"明朗的天",父亲在香港之所以一待就是将近20年,唯一的原因就是谋生。50年代,运动此起彼伏,横扫旧制度、旧思想、老习俗、老生活方式,高级烹调术吃不开了,被视为剥削阶级享乐服务的玩意,与父亲同一行业的"名厨"纷纷失业,父亲为了使得四口家人不至于衣食无着,为了使三个儿子不至于失学,也就只好咬紧牙关,单枪匹马在那尚未"放晴"的天空下做一个老年打工仔了,要知道,他的这三个儿子正一个一个在进中学、进大学,三笔学费与三笔生活费那时是一般家庭绝对承担不起的,而这三个学生要得到国家与组织上全额的补助与照顾又绝对是不可能的,因为他们父亲的职业是为剥削阶级生活方式服务的,其家庭成分与工人阶级、贫下中农有天壤之别,至多只能算是"小手工业者",根本没有资格"依靠组织",向党"伸手",即使以"要求进步"、申请入团而言,其中那个领头羊就因为"家庭成分不纯"而三次被否决,后面那两个见势头不妙,也就望而却步了。

那些年,我正经历了上中学、念大学直到参加工作的这个过程,不论我在什么地方上学,每个月,我都按月收到家里寄给我的学杂费与生活费,毫无忧虑地度过了我的学生时代。大学毕业后,我微薄的工资远不能负担母亲的医疗费与两个弟弟上大学的费用,因此,父亲仍然留在香港打工,虽然他当时已经60多岁了,他常用漂亮的行书给他的"贤妹"写些半文半白、半通不通,但充满了感情色彩的"家书",将一些老话一遍又一遍从头讲到尾,自称"愚兄鲁钝","自幼无缘文化","饮恨终身","幸亏学了一门手艺","终能自食其力","眼见三儿日渐成长,有望成为对社会有用的人才,虽在外做一名劳工,常遭轻视与白眼,亦深感欣慰"云云,有时,还讲些大道理,说什么"自己老朽落后,无力报效祖国","能挣几个钱,养家糊口,让孩子上学",也能"减轻国家的负担,为社会培养有文化的人才",因此"问心无愧"等。这些家信是我母亲对三个儿子进行"思想教育"的教材,常要求我们从头到尾认真读完。当时,我们读起来并不耐烦,那些信都写得长了一些,语句颠三倒四,车轱辘话来回转。不过,后来回想起来,这些家书,比当时那些政治课教材对我们的影响更深刻、更久远。

当然,这个老打工仔常寄回来的远不止他那些冗长的"咏叹调",还不时有些日用品与文具寄回来,如给他"贤妹"的袜子、围巾,给儿子的钢笔与优质笔记本等。而在"三年困难时期",则经常定期寄些食品回家,从阿华田、丹麦饼干、白糖到香肠、猪油……这些源源不断的补给竟使得母子四人在那段"饥饿的年代"无一人得那种大为流行的"浮肿病"。远在北方的那个"蠢材",收到这类食物补给后,往往在食堂吃完自己那点定量再回到宿舍里偷偷地享用,有时不免碰见同事，当然只能慷慨请客，虽为私下进行，但"若要人不知，除非己莫为"，不久后，在一次"思想整风"、"组织生活"中，就有革命同志对此严正加以指出，这是"炫耀自己有海外关系"，那时的香港，还是人们心目中"资本主义的海外"。

至于那些年里老打工仔自己在外的生活呢？很长一段时期里，他在"平安家书"里总是说自己"一切都好"、"家人皆可放心"之类笼统而不具体的话，家人对此都半信半疑，认定他的生活必定是艰辛的，必定有不少需要他"咬紧牙关"的困难，因此，老是不断劝说他退休回家。但他仍然坚持着，最终答应一等他最小的一个儿子大学毕业，他自认为已经"完成了平生最大的任务"，一定回来和家人团聚。培养出三个大学生，这就是他平生的宿愿，他最大的人生理想，眼见他日益接近"功德圆满"，大家都等着这一天的来到。

小弟的大学毕业日益临近，不到一年了。突然，有两三个月，老打工仔与家里中断了联系，音讯全无，家人焦急万分。过了一段时候，他终于来了一封"平安家信"，告诉家人一个胆战心惊的迟到消息：原来他在劳动时摔了一跤，在水泥地面上把一条大腿摔成了骨折，幸亏被香港公立的慈善医院将他作为"没有亲属"的失业老人收容进去，免费给他动了个大手术，在断折的腿骨上安装了一个铁块，两个铁钉，又经过几个月的疗养，总算得以痊愈，能够自己行走了，虽然不如以前那么"利索"，不久即可出院，返回自己"日思夜想的故里"与家人团聚……他的报道没有什么感伤情绪，倒是说很高兴能住进那宽敞明亮的医院，那是他"一辈子中住的最好的房子"，我记得信里还附有一张照片，他穿着住院服，坐在一张洁白的床上，脸上是一个像儿童一般天真的乐呵呵的笑……

从这个事件开始，他那长期不为家人所知、"咬紧牙关"的生活状态，才逐渐浮现出来，进入我们的视线：香港的房租极贵，为了省钱，他向一套公寓中几户人家租用了公共浴室午夜后的"使用权"，

父亲　儿子　孙女

每当夜深人静，无人再上浴室冲凉时，他便在那里面架一个行军床睡觉，天一亮就撤出。白天，则在楼顶的露天平台上打发时光，没有人雇他时，他就坐在平台上的一张竹椅上出神，平台上支着一把大伞，可以遮阳，可以避风雨，但碰到大雨，光靠那把伞可不行，还得在那把大伞下自己再打一把雨伞……而在有人雇他办筵席时，他就把用料备齐，在那平台上进行制作，将一道道菜做成半成品，然后将所有这些运至东家的厨房，待开席时下锅烹制……光秃秃的一个平台，竟成了排列数序式复杂劳动的场所，居然从这里，他做出了"名厨"的名声，得到过采访，上过报纸，也正是在这个平台上，他在劳动中踩在有油污的地面上，狠狠地、重重地摔了一跤，几乎丢掉了自己的性命。这时，他六十有五。

这就是他16年打工生涯的一个缩影，为了一个目标、一个宿愿、一种向往而受着、熬着、挺着的缩影。就其含辛茹苦、艰苦卓绝的程度而言，比巴尔扎克笔下那个培养了一个大学生的挑水夫，实有过之而无不及，那个挑水夫，好歹在巴黎一套公寓的门房里，还有自己的一个栖身之地啊！

他快返回故里的时候，我请了探亲假回到了老家，等候着他的归来。究竟是哪一天到，他没有通知家人。等了好几天仍未见消息。这天早饭后，母亲正在院子里洗衣，我问了一声："也不知道哪一天到？"母亲茫然道："大概快了吧。"我走出家门，到街上随便溜达，那时，长沙城不大，火车站离闹市不远，我信步走到那里，想先看看车站情况，以便将来迎接。这时，正好有一次广州来的车到站，我便站在月台门外不经意地观看，旅客都快下完了，我突然看见从一节车厢里下来一个矮墩墩的头发花白的老头，穿一身黑色的港式唐装，手提两个简陋的提包，朝出口处走来，他没有远方游子归来时那种东张西望的神情，而是闷着头快步走，似乎脑子里只有一根筋，一个念头，像一头埋头拉车的老牛……我认出了他，猛然一阵心酸，还没有待他走出站口,就不禁失声哭了起来……

他返回故里后,总算过上了退休的生活,总算亲眼见到了自己的儿子都已经走出了大学的校门,参加了工作,总算看见了自己的孙女与孙子。他绝不下厨做菜,说是一辈子在厨房待"伤"了,听老弟说,他只是绝无仅有地露了一次自己的厨艺绝技,做了一盘萝卜丝饼,家人回忆说,那简直就是极品、绝品,你根本吃不出是萝卜丝做的,与刘姥姥在大观园吃上的烧茄子有异曲同工之妙……在那几年中,他最开心的时候就是听人家谈论他家的儿子都大学毕业了,只要别人奉承他说,"四爹,你靠一把菜勺培养了三个大学生",他就笑得合不上嘴,傻乎乎的……

1975年夏,他因为得了急症而去世,家人都叹息他返回故里后只享受了几年的"清福",这与他一生的劳累艰辛实在是太不相称了。丧事后,骨灰里剩下一个铁板,两个铁钉,小弟把它们收藏起来作为纪念,这是他作为幼子的一番心意。如今小弟去世也已几年,每当我想起这事,心里就一酸……

2004 年 5 月

他仍活在彼岸

——忆儿子柳涤非

儿子在美国英年早逝,留下了没有工作与收入的妻子与一个不到5岁的小女儿。

根据他生前的意愿,遗体捐献给了公共医疗机构。

他的亲人、同事、朋友、老同学在当地举行了一次隆重的充满了亲情与友情的追悼会……

他留下来的财产除了保证妻女能过上不愁温饱、安定小康的生活外,还在他毕业的大学设立了一个以他姓名命名的永久奖学金,虽然规模不大,但可以每年资助一个贫寒学子的学费与生活费。饮水思源,这个华裔青年当初就是靠美国大学的奖学金学成毕业的。他只活了37岁,但他对接纳他的社会做出了自己的回报……

"活得长久的人像是高高的一支蜡烛,而我可怜的儿子,他的蜡烛很短,可是他燃得那么明亮。"他的老母亲在美国的追悼会上这样说……

一

柳涤非,祖籍湖南长沙,祖父是从农村走出来的苦孩子,学得厨艺,成为名厨,靠这点本事谋生立业,竟然使自己的三个儿子都得以大学毕业。涤非之父是三兄弟中的长者,从事文化研究工作,成为当代中国人文领域中的一位著名的学者。涤非之母亦为中国英美文化领域里的著名专家,尤其在英译中国文学名著方面卓有成就。

涤非孕始于"文革"之中,1968年,正当社会上一片乱哄哄之时,从事文化学术业务的臭老九都在赋闲游荡,其母曰:"前几年忙于工作没有时间,现在没有什么正经事可干,不如添一个孩子。"于是就有了涤非,此时他已经有了一个9岁的同母异父的姐姐小杏。

迎接涤非出生的是家里的一片愁云。其父被圈进了"小学习班"进行隔离审查,原因是他曾在一个人数不过二十人的小群众组织里身居"第四把手",所作所为不过是走走中间路线,搞点折中主义,按"中央文革指示"、人民日报社论的调子贴过一些大字报,仅为获得较好的"政治表现"以求在大革命风暴中保自己身家的政治安全,从未干半点出格的事,却没想到成为"审查对象"被圈进了"学习班",而出"学习班"时,竟成为一个"被宽大处理的反革命分子"。回到家里,见到阔别3个月的小儿子已长得虎头虎脑,能在床上爬来爬去,跟寻自己感兴趣的目标,或是一个小玩具、或是一块饼干。这个为父者头上已戴上了帽子,不敢想象这小儿子的未来,不禁哑声而哭。

这小子取个什么名字为好?其父当时已被强加于身上的臭老九原罪与对"伟大领袖革命路线"的"现行罪"吓傻了、压垮了,但求"洗心革面"、"彻底改造",竟把自己逆来顺受、充满奴性的傻乎乎的决心,化为一个沉重的名字"涤非",给了这生下来就8斤6两、天真无邪、活泼好动的胖小子。事过境迁,在以后的日子里,其父每想到强加给自己儿子这么一个沉重而颇有忏悔意味的名字,就感到惭愧内疚,深责自己一时太窝囊、"太面瓜"。后来,这小子到了美国,傍着原名的谐音,给自己取了"David"一名,普通而自然,响亮而堂正,总算中和、湮没了原来名字的涵义。

不到半岁,小涤非与他9岁的杏姐就一并托付给住在湖南老家的爷爷、奶奶抚养,因为其父母都被打发下了河南信阳一所干校,一去

父亲 儿子 孙女

就是两三年。此干校似足以名垂不朽,因有杨绛的《干校六记》曾加以记述,只不过其劳动生活之艰辛与气氛之肃杀实远为胜过。爷爷奶奶均已年迈,抚养之辛劳可想而知,但虽苦犹甜,将孙子孙女视为巨大的乐趣。特别是对涤非这家门唯一的男苗更是奉若"上宾",两老常在他跟前"争宠"。祖母对小孙子呵护备至,老厨工已退休在家,偏喜欢带着小孙子到公园、到街上去"显摆显摆",虎头虎脑的小家伙除单眼皮不尽理想外,其他貌相均堪称俊秀,正是老爷子到处夸耀的对象。但老两口偏偏曾经有过一个"恐怖的回忆":其长子在3岁那年,被一个骗子拐走过,幸亏那个骗子只剥夺了孩子身上的那件崭新的毛衣,之后就扬长而去,还没有丧心病狂到把孩子拐卖掉,这3岁的孩童竟凭着自己的"狗运气",跌跌撞撞从好几里外的街区摸回自己的家门,但据我看来,这很可能是"天老爷在暗中进行指引"所致。有此虚惊一场的历史,老两口对携小孩子出门从不敢造次,为防止小宝贝走失走丢,老祖父总是用一根绳子一头系在孙子的腰上,一头则系在自己的腰上,祖孙二人如此出游,倒成为当地的一个街景,老祖父为了要跟难得由自己带着出游的小宝贝留下一张纪念照,竟顾不得改着衣装就这么一根腰带两人系在一起在照相馆里拍了一张照片,仅从他笑得那么傻呵呵的表情,就可以看出他内心之幸福感。

信阳干校的政治生活是严酷的,劳动生活是艰苦的,但军宣队也尽可能给人性人情留下若干空间,如允许一同在干校的夫妇一年有一次"探亲假",即让夫妻从各自连队的集体宿舍里搬出来,住进"招待所"的单间里十天半个月,在此期间,还可以把远在家乡的儿女接过来共享"天伦之乐"。于是,在几年内,小涤非曾两次在他小姐姐的带领下,坐火车来到干校与滚泥巴的父母团聚。虽然吃的是简陋的干校饭,住的是透风的泥坯茅草房,但这十天半个月对这一家人来说,就像天堂的日子。小涤非只要一得温饱,就变着法子顽皮,可惜既无任何玩具与同伴,又无任何游戏场所,有时只能拿他的老爸开心,如学老爸平躺在床上,两手枕在后脑下,双脚跷着二郎腿,鼻孔里还不停地打呼噜,又如模仿老爸"打太极拳",两脚并列弯曲站立,两手下按,腰往下沉,这些动作简陋不雅,但在一个三四岁的小孩幼稚、朴拙而又滑稽的模仿下却十分可笑又十分可爱,连队里对立的两派群众看得无不哄笑,往往"出题点戏",指名要他当众表演这两个节目,于是,两派共赏,一堂欢笑,出现了政治运动、"清查斗争"、思想改造大环境中难得一见的"和谐"场面。

涤非父母所在的单位虽然在1972年就从干校回到了北京,但剩下来的政治审查、政策落实一拖就是好几年,直到1976年才真正"安定"下来。因此,涤非与其姐仍寄养在湖南长沙的爷爷奶奶家,他幼年的大部分是在这里度过的,成长为一个聪明活泼而又憨厚的小童子,外观仍然是胖乎乎、虎头虎脑的。虽然他在这个城市里没有其父幼年被拐的那种传奇故事,却也另有近乎惊心动魄的行状。那个城市是中国有名的文化古城,与文化有关的种种活动,这里应有尽有,春游远足即为一项,虽然幼儿园要进行这种活动为时过早,但园领导执意要举办这样一次盛举,不菲的春游费当然是要家长掏腰包的。盛举确乃盛举也,一辆大车将数十名幼童载到几十里外的远郊去"踏青",不知道是大车超载还是其他什么原因,大巴在途中翻车了,翻到了坡下的干沟里,如此大的倾斜度,当然有死有伤。消息震惊这个省城,抢救成为紧急任务,爷爷奶奶之丧魂落魄、焦急如焚是不难想见的。苦熬了大半天之后,受伤的幼儿们被送了回来,其中幸有他们的宝贝孙儿柳涤非。他不仅逃脱大难,而且传出一段义勇佳话:当大巴翻个底朝天后,他因座位临近窗口,先有脱逃的机会,但邻座一个小女孩丧魂惊叫,见此,他就先让在一旁,让这位女士优先,然后自己才爬出窗口。此事乃家长听老师所述,老师则是听那位优先爬出窗口的小女孩所述,那时,四五岁的小孩既不知"英雄行为"是什么,也不知"炒作"为何物,谅非妄言。据爷爷奶奶说,这虎头虎脑的小子并没有提及自己这一"见义勇为"之举，倒是津津乐道自己逃出窗口后，发现自己的两只水果还留在车里，于是又爬进底朝天的车里把它们取了出来，他被送回家时，满身满脸都是泥泞，手里确实捧着两只水果。爷爷奶奶听着他这一段得意的自述，后怕得几乎出了一身冷汗。

"文革"的苦难历程终于过去了，涤非与其姐得以回到北京与父母相聚，那时，父母所在的单位刚从干校回来，原来好些宿舍都被"革掉"了，于是老旧的筒子楼成为安置好些家庭的"宿舍大楼"，那时的钱锺书、杨绛两个老研究员尚且只分配到一间办公室安家落户，涤非的父母这一对被"文革"卡在副研究员这个等级前面的"资深助理研究员"的待遇就可想而知了。他们一家四口挤住在一间十几平方米的旧办公室里，一张大床、两张小床被三大块"布墙"隔了开来，各自成一统，"文革"之后的寒碜，也发散出温馨之家的气息。

阔别数年，父母喜见儿女，有了就近观赏的时间，发现姐弟二人情深意笃，十分感人。杏姐长非弟9岁，处处照应与维护其弟，特别是在其弟与一大群"小哥们"相处的"场面"上，更是他坚强的后盾与保护人，对这个虎头虎脑、有点愣劲的幼童充满了母性式的呵护。如同很多小女孩从小就疼爱自己的洋娃娃一样，也像一些小女孩喜欢摆弄、支配自己的洋娃娃一样，其姐也在小弟身上实践了她人生最初的领导愿望与管理才能，不知是凭什么"法力"竟使得这顽皮的小弟十分服帖，言听计从，父母的严词管教也没有如此奏效。其姐此种管理才能日后果然大显光彩，在完成了从北京外贸学院到美国卫斯理女子学院再到芝加哥商学院的优质教育后，她渐入美国公司的高层，干得十分出色，而且一直在其弟各个阶段的生活与职业中，继续充当着"高参"与"顾问"的角色，直到其弟去世后，她仍守护着其弟遗留下的幼女，不失为世上最为感人的姐弟情深的范例。

在筒子楼里有一大群孩子，从五六岁到十来岁年龄不等，其中有两个年龄较大一点的兄弟，天生精明乖巧、善于算计，并富有领袖欲,自然是统率幼童们的头头。一天,召集大家,发布命令,说要成立一个"共产主义合作社",大家都得回去向父母亲多要一些零用钱,全部上交给他们"老大"、"老二"两人,由他们统一掌管,将来去买高级点心聚餐,或者用来购置"大型玩具"。众幼童虽惯于服从"老大"、"老二",但涉及如此大的经济利益,均慎重从事,有的聪明机灵,阳奉阴违,推说要不到零用钱,有的很有个性,公然不从,有的生来就学会了"上有政策,下有对策",十天半个月交上一分两分钱,敷衍了事,只有两三个幼童忠心耿耿,贯彻执行,其中最卖劲的就是小涤非,他变本加厉地向父母索要零用钱,转身就悉数上交给了两位"老大"。"合作社基金"积少成多,但收入账目,当然是用不着公布的,至于高级点心聚餐与大型玩具更是不见下文。时间稍长,对老弟明察秋毫的杏姐发现了情况不对头,才坚决制止了小涤非对两位"老大"的愚忠行为。

  筒子楼的小孩群中,摩擦、矛盾与争执自是不少,中心人物是三两个颇有心计与领袖欲的孩子,是他们在"争雄"。涤非年龄较为稚幼,总是充当大王们手下的小跟班,加以天生憨直,毫无心计,不像有些聪明机灵的孩子见矛盾就躲,见阵势就溜,他却老是卷入大王们的争雄战中,有些事跟他完全无关,"八竿子也打不着",可他好,却主动参与,满怀"忠义"之激情,大有为哥们两肋插刀之架势。有一次,两个争雄的大孩子矛盾白热化,开打起来,战事甚为激烈凶狠,那可不是一般的推推嚷嚷,而是动了棍棒石头之类的家伙,旁边的孩子见了都大感惊吓,躲得远远的,作壁上观,小涤非当时并不在场,但闻讯之后就飞快地赶到现场,一边奔跑,一边大呼:"慢点打,慢点打,我来支援啦!"他赶往战场参战,就像赶赴一场盛宴,唯恐错过了最后一道佳肴。

  其父母见傻小子如此憨厚执着、忘我轻利,不禁产生忧虑,深感此种性格恐难对付现实社会中的世故功利、手段心计,更难适应左调高扬、冠冕堂皇之复杂性。果然，愣小子一进小学，就显示出了不适应，他并非犯恶行、有劣迹的顽童，但总是被班主任看不顺眼，不外是因为在课堂上手脚总安静不下来，未能做到双手交叉在背后端坐不动，却来点有碍观瞻秩序的小动作，特别是他有一次做出了莽撞的事情，坏了班主任的"大局"后，更成为讨厌的对象。

事情是这样的：班主任安排妥定，要举行一次既有活泼的民主气氛又乃"全民一致"的选举，推举出班上最优秀的"三好生"，届时，其他班的老师都要来观摩这次"民主生活"的盛典，对象当然也是内定好了的，是一个学习成绩好也特别听话的小女孩。可有几个调皮的男孩对她在老师面前的那种乖乖劲颇不以为然，很想把她反掉，他们自己不想公然出来有违老师的意愿，就推举小涤非当"出头鸟"，理由是，涤非的父母与小女孩的父母是同一个单位的，他出来反对一定令人信服，相信他"大公无私"。小涤非欣然受命，在"民主盛典"的关键时刻，他站了起来大声宣称："我反对！"班主任很不悦地反问："你有什么理由？"傻小子险而语塞，终于答上来了："她……她爱哭，在我们那幢宿舍楼里，她最爱哭！"调皮的男孩们哄堂大笑，伴随着的是那位快当选的女孩哇的一声大哭……一场"民主盛典"就这么被搅局了……

班主任的恼怒可想而知，从此，小涤非就没有少穿小鞋，幸而，他的学习还算站得住脚，换到了一所较好的小学。后来，在升初中的考试中，虽然他刚生了病发高烧，却有了一次奇迹般的超常发挥，竟一举考上了本市一所市重点中学，算是扬眉吐气，一泄在初小期间的郁闷。

进入中学后，他很快从一个胖墩墩的孩童发育成一个俊秀的少年，戴上一副眼镜，俨然就是一个聪敏的小书生了，只是脸上仍存有憨态与稚气。也许是因为他身上渐渐开始显出了一个未来的有为青年的雏形，更成为全家关注疼爱的重点对象。远在家乡的爷爷、奶奶、叔叔、婶婶思念他；近在北京的姥姥一生命运坎坷，把她晚年对孙辈的爱，倾注在他身上，甚过其他的孙辈；其母放弃了在美国名牌大学里的教席，也从自己的英美文学研究事业里分割出相当多的精力与时间，用于对他的培养教育，从照顾他的生活，到给他的文化学习、特别是英语程度的提高另开"小灶"，提供家学的"营养"；其杏姐已是北京外贸学院的学生，在紧张的学习生活中，仍没有放松对宝贝弟弟的关怀与指导，从他的庇护者又渐渐成为他的"铁哥们"。在这个时期，他的关爱者队伍里，又增添了一个新的成员，安徽的小慧，她比涤非大不了几岁，还未成年即从乡下来北京打工谋生，落户到了涤非家，她以其淳朴、善良与勤劳，赢得了全家人的信赖与仁爱，作为报答，她则像大姐一样尽心尽责地照顾着这位"东家小弟"的生活。

在这一片年长女性柔情温馨的关爱氛围里，似乎谁也没有发现这个清秀少年曾经有过青春期的逆反心理表现，唯有其父有所感受并深知其厉害。不过，这也得怪为父者自己。他曾经坦言自己的才力仅为"中等偏下"，不论此话有多少自我调侃的成分，反正面对着无涯的学海与不无阴险的人际关系，他要努力在学术阶梯上往上爬，当时得竭其全部的心力与时间，实在无暇关心儿子的成长与教育，特别是儿子有一次得了凶险的疾病，住院期间全靠其母照顾，做父亲的只寥寥探视过两次。他自以为心底里最爱的是儿子就够了，更满足于自己多挣稿费以充分保证儿子餐桌上的丰富营养与旅游开支的这种父爱方式，他这种伦理上的误识造成了儿子对父亲的隔阂与淡漠，这是这个可怜的父亲终生最引以为憾的一件事。

学校毕竟是首善之区的重点名校，家庭毕竟是家长父母供职于"翰林院"的"书香门第"，在这双重良好的环境中，他得以正常健康地成长，培养了吸引着他求学之外剩余精力的课外爱好，一是集邮，一是收集名人签名。

他开始是如何动了要集邮的念头的？最初，肯定是因为经常看

父亲 儿子 孙女

见他母亲的美国学者朋友来信上漂亮的邮票而动心的,很快,他的母亲大人就成为他集邮爱好的首席"赞助者"。接着,跟进的是他的杏姐,既然乃弟这一爱好颇为高雅,她当然大力支持,由于杏姐在外贸学院的同学里人缘甚好,又给宝贝弟弟带来了几个热心的赞助者。甚至有一位不相干的男生,因为正在追求与杏姐同一个宿舍的女孩,为获得成功,他不惜把公关工作做到最大限度,杏姐既然是这个女孩的挚友,自然也就成为公关对象,而公关方式则是送给杏姐的宝贝弟弟一小册邮票,可见,在同学之中,杏姐对自己这位弟弟的重视与关爱早已有点名声了。及至杏姐在美国卫斯理女子大学深造,在芝加哥商学院念学位期间,还从奖学金中节省一些钱多次为老弟购买邮票邮册,其中有一本 1984 年美国各种纪念日首日封邮票集锦册,装帧豪华,并署有收藏者姓名,一看就是价格不菲的精品。有了如此多的热情赞助者,涤非的邮票集存日渐小有规模。

20 世纪 80 年代初,中国进入开放时期,公开的自由市场纷纷出现在各地各个角落,集邮之乐从来不"纯",总是伴随着交换与买卖。当时,北京市宣武门大街的集邮总公司前,就是一个热闹的邮票交易市场。涤非从参观到参与并成为那里的常客,每当节假日,他将一个绿色军用书包挂在脖子上,垂在胸腹前,出发到那个人头攒动的邮票市场上去,算是做点"小生意"吧,从他将那个布书包挂在胸前的谨小慎微的方式看,书包里显然装着他珍视的本钱"若干邮票与若干人民币",但从那书包空瘪瘪,轻荡荡的形状来看,则可想见其中的本钱实在少得可怜,至少他没有把自己的主要"财产"全部带上,颇像其父一生谨慎求稳的性格。显而易见,在那个交易市场上,他仅仅是一个怯生生的小毛孩,还未将生意人成熟老练的作派学到一星半点。其父其母深知自己虽善于做事创业,但实不善于交换交易,以致实诚有余,机巧不足,在现实生活中进取得甚为辛苦,故乐于看见儿子去交易市场上历练历练,与此同时,出于对儿子本性的认识,相信他既不可能大赚大发,也不至于受损亏本。后来,事实证明果然如此。

征求名人签名一事,创意出自乃母,其意一在让小儿子感受一点名人效应,以起励志作用;二在锻炼儿子拜会、晋见、求请名人长者的能力,好在父母二人此时已是文化学术领域里颇为人所知的中年人,认识名家师长不少,因有父母的引见,小涤非并不把征求签名一事视为畏途。他积极响应父母的创意,准备了两个当时还算装帧精美的日记本作为签名簿,在扉页上,写下这样的告白:"请您留下宝贵的签名和赠言",他的署名下标明的日期是1981年11月23日,当时他刚12岁出头。

虽说他年纪不大,签名簿的"门槛"倒是相当高,一开始就征集到一批文化名人的签名及赠言,当时在文化界德高望重的戏剧家夏衍题词:"业精于勤",著名作家王蒙题词:"你一定会有许多朋友——写给涤非小友",享誉国内外的文学家、学者沈从文抄录了李白"春眠不觉晓"一诗"赠涤非小友",大科学家茅以升题祝"天天向上",签名留念的则有一大批文艺界名流,其中有著名诗人艾青,著名学者李健吾,著名小说家刘心武、谌容、林斤澜、宗璞,戏剧音乐界的著名人物夏淳、凌子风、李德伦,还有多次荣获世界冠军的中国女排,包括袁伟民、邓若曾、郎平等全体队员。

从1981年末到1984年,他坚持征集不懈,共得到50余位名人的签名,大多数是在乃母的引见下获签的,大学者钱锺书对此甚为激赏,特题词曰:"继母之才,承母之教",有的则是有贵宾来家做客时请签的,如谌容在签字的下方就注明了一句"在小非家里"。1985年后,他因开始忙于申请出国留学,征集活动停了下来,但1986年春他赴美留学时,行囊里也带上了他这宝贵的签名本。到了美国后,他暑期在波士顿的坎布里奇进修英文时,又开始了征集名人签名的活动,征求到的有哈佛大学好几位著名的教授,如艾伦、孔飞利、韩南、萨奇等。这个时期他很快学着把西部牛仔的闯劲用在获取签名上，所得更增。他当时正住在其母在坎布里奇的寓所里，寓所就在哈佛大学附近，来哈佛大学演讲的大人物不少，他正好有近水楼台之便。曾经主持过洛杉矶奥运会的世界名人尤布洛斯来演讲，他努力接近讲台，成功地获签了。闻名世界的参议员爱德华·肯尼迪作为嘉宾来参加校庆活动，他盯紧不舍，但无法靠近贵宾席，只好趁这位名人上洗手间之时守候在外，终于成功了。还有一次，时任欧盟主席的卡林顿勋爵来哈佛，他费了好大的劲靠近了这位政治家，但保安人员技高一筹阻止了他，眼见功亏一篑，那位通情达理的政治家见状制止了保安人员说："他是个毛孩子，别拦他。"他又一次获得了成功。

征集签名固然是乃母教育与培养宝贝儿子的创举，但更为庞大而艰巨的教育培养工程则是申请出国留学。此事溯源于20世纪80年代初。在"改革开放"之后，出国留学则成为优越子弟上选的道路，公派出国的名额"粥少僧多"，于是自费出国又成了热门选择。小涤非的父母一直对此新时尚浑然不觉，所幸知识家庭的文化优势起了作用，不是"由内而外"的作用，倒是"由外而内"的作用。事情是这样的：乃母以其优异的学术表现，于20世纪70年代末、80年代初得到美国哈佛大学燕京学社的邀请成为最早的中国访问学者，在美期间深得学界人士的赞赏与友情，这些学术精英，眼见中国学子纷纷赴美留学已成为一道热闹的风景，不禁对这位出色的中国平民女学者发问："你为什么不争取让你的儿女也来美国上学？"一语顿开"茅塞"，点明了这位女学者，于是，她谢绝了美国高等学府的教席，回国致力于让儿女走出国门的工程，回国为他们赴美求学打基础、做准备。大女儿的事比较好办些，她已经在外贸学院就读，各科成绩与英语水平均为优秀，且明理懂事，善于把握自己，得乃母的辅导，故在申请与面试中皆有上佳的表现，顺利得到美国著名学府卫斯理女子学院录取，于1981年赴美。

小儿子的事则比较艰巨，他正处在初中毕业上高中的过程中，只能申请有高额奖学金的美国名牌贵族中学,这似乎比申请上大学的难度更大。特别费功夫的是,他必须大补英语,在听说写读上全面达到美国高中学生的水平。这不是一朝一夕所能做到的,于是小涤非开始了紧张而持续的奋斗。

奋斗有三条"战线",其一,要对付本校沉重的学习压力,中国学生在应试教育的辖制下,其负担从来都以繁重著称,越是好一点的中学越是如此,这些就足够他那正在发育的小肩膀去承受的了;其二,他课外必须恶补英语,先是由乃母每天给他开"小灶",提供"家学"的特殊营养,本来,有这样一位英语水平曾深受朱光潜赞赏的北大精英执教已是十分难得,但慈母当不了严师,面对小儿子的任性没有辙,只好加请了一位以英语家教为业的老师来严格执教,按钟点付酬,且标准甚高,后来为了更快提升口语能力,又在西郊一个大学里找了几个美国留学生每逢周末定期定时跟他"聊天",那几个美国聊友都是利用周末休假来挣外快的,也得按钟点付酬,其标准甚至比中国教席还高。总而言之,准备工作的大半时期,小涤非整个就全扑在这条"战线"上,到了稍后,才开始转向第三条"战线",即做申请工作与应对面试,那就是最后的冲刺了。

在这一年中,乃母的负担着实不轻,除了要完成自己分内的学术研究工作外,还兼负照顾儿子的生活与辅导他英语学习的两大任务,幸亏在家务方面,有了一个小帮手,那是从安徽农村来北京打工的小姑娘小慧。她深知这个家庭里的重中之重就是要保证小涤非在奋斗中有足够的高营养美食,为此,她就要尽可能在饭桌上提供小涤非爱吃的佳肴,如炒鳝鱼、爆腰花、熘肝尖……几乎从不断档。由此,她与小涤非开始建立起了姐弟般的感情,及至后来她自己的孩子渐渐长大,就把已经远离中国的涤非称呼为"美国舅舅"。

除了保证小涤非的营养,使他在超负荷的学习中有足够的能量外,乃母还不时安排他做适当的休整,以免他紧张疲劳过度而崩溃,也是为了给他另外补充一些精神力量与养汁,如带他在北京周边地区进行参观游览,参观过周口店北京猿人遗址,也去居庸关登上万里长城俯视中华山川。母子还曾不止一次长途旅游,一次是去泰山的顶峰观看日出,其攀登的道路想必就是秦始皇当年封禅泰山所登临的途径。还有一次是去青岛,观赏了崂山的灵气,见识了东海的浩瀚。所有这些,似乎是涤非出国之前对中华大地的一次深情凝视,一次五味杂陈的告别。本来,他还有一个最大的心愿,那就是趁母亲去一大学讲学之便前去西安旅游一次,特别是去瞻仰兵马俑这样的中华文明奇迹,为此,乃母已做好了计划与安排。临行前不久,考古界一位长期驻守在西安的朋友来访,确称西安正在大闹鼠灾,并伴随有病疫流行云云,乃父闻讯大感忧虑,唯恐母子二人前往旅游将危及健康安全,故坚决主张改期进行,母子二人只得取消原来的计划,其中包括乃母在西安讲学的安排,涤非由此与西安古代奇迹失之交臂,此后,事过境迁,他再也没有找到适合的时机去造访,成为他生平一大憾事。及至他去世后,乃父每想起此事,不禁总有愧疚。

经过一年左右的持续奋斗,小涤非在本校的学习成绩稳步前进,课外补习的英语获得了长足的提高。两条"战线"都已打下了扎实的基础,他开始转向了第三条"战线",向国外中学提出申请并准备应试,其引领人与辅导者仍是乃母。在广泛地对美国的中学做了准确的调查研究之后,选出了三个有权接收外国留学生并能提供奖学金的美国名牌中学作为申请对象,它们是密尔顿(Milton)中学、安多韦(Andover)中学与莫西·布朗(Moses Brown)中学,然后就是正式提出申请,并在复杂的申请程序中一步一步往前走,走完这些渐进而繁复的程序,本身就是一个耗时费劲的巨大工程,有大量要填写的表格、要作答的问题、要呈报的个人资料,邮件来往不计其数。仅邮费一项即非同小可,足花费父母二人大半年的工资,盖因20世纪80年代初改革开放伊始,办一切涉外的事务均需付高额的费用,幸亏涤非的父母是文化界著名的学者，尚有一些稿费收入支付申请所需要的花销，如果只是个一般的家庭，那肯定是承受不起的。当然，比起申请过程中事务性与经济方面的负担，更为费劲的是必须书面回答一些考核性的问题，实际上也就是要完成一些"功课"与作业以提供给校方进行检验与考察，举例来说，其中也有这样的问题：为什么要申请赴美求学？如果能实现这个目的，将来准备从事与投身什么道路，有什么抱负……这实际上就是要求申请者写出一篇述志的文章。涤非就此洋洋洒洒完成一篇英文作文，大意是说自己赴美准备致学于新闻出版专业，将来学成有志于回到自己的国家创办一家报纸，宣传民主自由，主张社会公正。他想投身新闻出版事业，这很可以理解，其父母均为学术文化界人士，与新闻出版也算是近邻，受家教影响，有此意愿实属自然，但有志于在中国创办一家报纸却使父母也意料不到，深感其子已经长大了、成熟了，小脑袋里有了严肃的社稷问题，但也深感儿子天真幼稚，幸亏他后来在美国改变了志向，转学经济，并留在美国就业，总算没有按照自己的初衷走下去，对此，涤非的父母深感庆幸。

面试是"考官"直接而无微不至的审查，对于没有出过国门的中国学生而言，是更为令人发怵的事。涤非所申请的3个学校的面试程序是认真、严格而一丝不苟的，每个学校都各自委托了两三个在中国的美国公民进行面试，一般都是来华访问的学者、教师，也有个别来华旅游的资深人士。面试是对申请者的英语理解力与表述力、文化知识水平及人品教养的全面考核，涤非不无紧张地一场一场应试了下来。一年多来的英语恶补总算没有白费，他每场应试之后自我感觉都不错，而从后来的结果看，那些素不相识的、铁面无私的"考官"对这个中国少年的表现还是认可的，肯定做了良好的评价，因为过了一小段时间，3个中学都来了录取通知，并都承诺给予全额奖学金。对于一个中国学生来说，全额奖学金意味着什么？那就是免交学费，那就是免费给你提供膳食与住宿，甚至若干零用钱，这可不是来自

父亲 儿子 孙女

中国的庚子赔款,而是美国纳税人的自家钱,这种优惠的慷慨是不言而喻的,值得我这个中国人道一声感谢!3个中学在美国都是闻名遐迩的,但以安多韦名气最高,学校条件最优越,美国有不少政治社会名人与学术精英,皆出自该校,两届美国总统布什父子二人都是从这里毕业的,而且该校愿意给涤非的全额奖学金最为优厚,对一个中国少年来说,这真是一大块馅饼从天而降,落在了自己的头上。理所当然,上安多韦去!到安多韦上学去!

1986年春夏之交,对于这个家庭来说,是一道"坎",是一个"分水岭"。稍前两个月,涤非之母已第二次获邀赴哈佛大学做访问学者,而涤非也即将赴美上安多韦,其姐也早在几年前已经赴卫斯理上学,从此再没有回过这个家。这是一道明显的"坎",在此之前,一家人虽也有分离,好歹总聚集在一个国度、一个"空间",而在这之后,则不折不扣是"天南地北"、"天各一方"了。

涤非在乃父的带领下,总算办完了出国的种种手续,虽然获取出国护照手续的内容与程序并不多,其工作量是远远不如入美国境内申请奖学金与签证那么多、那么繁重,但办理起来却更为麻烦、苦涩、劳神、费劲,这是涤非对故土最后一次切身的感受与体验。当他获得了护照与签证时,他不禁高兴地叫了起来:"我终于可以飞啦,可以到美国去上学啦!"乃父见他如此兴奋,不难理解他此时颇有羽翼渐丰而欲展翅高飞的意气,也深感在他这句话的后面,似有若干人生初阶段略带苦涩的积淀。其父有清楚的认识,儿子此去路漫漫其修远,奋斗之途绝非一坦平川,定要做出艰苦的付出,为了使他在奔往遥远目标的进程中无需他顾,已到知天命之年的老头子特别叮嘱其子,如果乃父旦夕有疾病灾祸之类的事故,他只管致力于自己的学业与奋斗,而不用回国探视照顾以尽世人所谓的"孝道"。把儿子的奋斗看得大大的,把为父的存在缩小到小小的,倒也确实蕴含着对自己独生子的真挚钟爱。

1986年的5月，终于到了动身的那一天，涤非一身普通衣着，一件浅色布夹克，配一条牛仔裤，既很精神，又很朴素，全无公派出国生西装笔挺的官家气派，也不像靠父母丰厚的腰包而十分时尚神气的阔少，他的行李中甚至没有带上一套西装，乃母曾经叮嘱他："不要在国内做西装，式样总不免有些土气，还不如到美国后再买不迟。"他行囊中带的书也不多，除了一本英文大字典外，只有一册《唐诗三百首》与一本钱锺书的《围城》，这大概就是在他少年心目中所认可的两部中国文化典籍的代表。钱氏的那部小说，乃新中国成立后人民文学出版社的初版，扉页上还有钱公赠书给涤非父母的题签，小儿子恃父母之疼爱于无恐，未通过"正式申请"的手续就把这本签名本名著置于自己的赴美行囊中。临行时其父送涤非到机场，眼见他俊秀而生气勃勃的背影直往前走，甚至没有回头再看一眼，最后消失在进口深处的人流中，乃父久久地等在机场外，直到载着儿子的那架飞机越过上空，渐飞渐远，完全消失在天边后他才怅然痛失地回到家里……此后好些年，那俊秀的渐行渐远的背影不时浮现在已进入老境的父亲的脑海里，日渐凝现为一幅缩影，似乎成为这个父亲与儿子整个关系的一个象征……事实上，首都机场一别，父亲有十来年一直没有见过自己的儿子，又过了10年，也只见过4次，其中两次基本上只是在一起吃了一顿饭后就分手了，后两次总算一起游了游公园、逛了逛街道，但都只有短短三四个钟头而已。机场之别，实在是一道明显的"坎"，从此这位父亲再也没有真正享受过一次天伦之乐，甚至连一次促膝谈心的乐趣也没有得到过……

中国是一个小农经济历史悠久的国度，小农的生产生活方式在家庭、伦理的观念与理想上打下了深深的烙印，"老婆孩子热炕头"一语，虽然俗不可耐、平庸至极，但却是产生自小农经济生活方式的一种最典型的家庭观念，甚至是最普遍的家庭理想，其中最为核心的天伦理想便是"一家人团聚在一起"。这位送别了自己儿子的父亲虽然

父亲 儿子 孙女

饱受过西方文化的熏陶，胸臆中也不乏海洋文化开放式的辽阔，但内陆文明那种"团聚在一起"的家庭理想深深地、牢牢地、无形地植根于内心的深处，甚至溶化到血液里，毕竟他从小是在不论家境如何，每年全家必须聚在一起吃一顿"团年饭"的习俗中长大的。不难理解，送别了自己儿子的父亲回到自己的家里，竟感到无时无刻、无处无所都是一片空荡荡、虚悠悠，他没有想到，这个少年在他的生活里竟有如此大的分量，抽身远去竟留下了这么一大片空虚，他在儿子临行前说的充满理性父爱勇气的"重学业轻孝道"的叮嘱，很快就被老父亲的柔弱感伤所取代了，特别是眼见至少在未来的10年内家人都将天各一方，相聚无望，而自己又已经面临着日益衰老的人生，真有灾难临头、全家分崩离析之感。这种感受，特别因为他本质上是一个顾家的男人、灵魂中有着深深的"完整家庭"情结，而格外强烈、格外难以承受。由此他身心极不适应，极不协调，以致完全失衡乱套，大病一场。为了挽救不可抗拒的身心颓势，他发挥从年青时代就养成的勤奋劲，下大力气就医，仅针灸就每日一次，再加上体育锻炼，坚持数月，总算渡过了身心健康的难关，跨过了1986年这一道"坎"。

二

从北京机场出发赴美，是这个16岁少年第一次坐飞机作长途旅行，也是他第一次单独离家远去。他的行程首先是乘飞机到纽约，在纽约度过一个夜晚，第二天再从纽约乘"灰狗"长途汽车到他的目的地波士顿，他的母亲已先期在哈佛大学任访问学者，她会在波士顿车站接待儿子。

对于一个第一次出国远行的少年人来说，这样一个行程并不特别简单，至少有好几个环节需要毫无经验的他去应付，其父出国的经验只有那么可怜的两三次，对儿子的应对能力不无担心，行前少不了叮嘱这叮嘱那，反倒引起那初生牛犊般小子的不耐其烦。难怪不得，他一到波士顿，从"灰狗"里出来，颇不以为然地对其母说的第一句话就是："我本以为这一趟旅途会有一些困难，没想到原来是这么简单。"其父后来听到转述这句对他不无小视的话，反倒乐得有点傻呵呵，说："这小子还行，真是长大了！"

一踏上美国的土地，这个少年人实际上就开始了他在这里立足生根、开花结果的漫长奋斗，他已经获得了一个较高的资格起点：安多韦，毕竟这是美国首屈一指的名牌中学，高级的贵族学校，也许更重要的是他内心中较高的起点，那便是要在这里获得事业的成功，真正融入这个国度的主流社会，而不是只在这里镀上一层金、涂上一层色彩之后就打道回府，像不少中国人那样回国后有一个"留洋"的身份，进行吓唬与忽悠而出人头地。看来，他申请奖学金时所做的那个学成回国、创办报纸的宣言，只不过是说说而已的理想。他是从什么时候起内心里真正形成了他的"美国梦"？也许，他早就从德沃夏克的《新世界交响曲》中接受了潜移默化的熏陶，形成了对那片土地的梦幻式的向往，要知道，这个曲子他从中学时期就很喜爱，并且是他整个一生最为爱听的乐曲。总之，他的"美国梦"不论是什么时候开始形成的，反正他一到美国，梦想发酵所生发的奋斗意识与努力方向便开始在他的行为中初露苗头了，那便是他开始有意识培养"美国梦"所需要的素质与能力。他不像好些中国人那样，好奇心被万花筒似的美国生活所吸引，急不可待地去体验五光十色的美国物质文明：跑电影院饱餐美国大片、设法去拉斯维加斯见识世界顶级娱乐的大世面、到当代唐人街享受在国内难寻的高水平中国美味……他也没有就母语的方便，按自然的习惯在华人圈子里扎堆，以培育与经营对海外镀金与回国发展都会有用的人脉关系，他的着眼点与着力点都大不一样，他一开始就走着自己的路线，从高起点出发、由高起点所派生所决定的路线。

他抵美后正式进入安多韦就读之前，有一个漫长的暑假，他充分利用了这几个月的时间为将来的立足生根与进入主流社会而培养自己的适应能力与进取能力，过得十分充实、十分紧张，把这个暑假变成了他真正美国生活的一个名副其实的"预科"。他的主要时间都投在英语进修班里，这是名校所举办的一种很正规的学制，对学生进行英语的强化与提高，他必须在这里把自己的英语提高到美国本土高中学生的水平，这样才能一上安多韦就能在文化学习课程上与美国孩子齐头并进，甚至进行成绩竞争，这使得他的英语水平又大大提高了一步，他后来的英语能力即使在美国人之中也要算水平较高，能经常为自己公司的上级领导起草演讲稿，不能不说其基础是从此而积累下来的。他还利用课余的时间，有意识地培养美国青少年所具有的那种闯劲与奋斗精神：在名人演讲会上设法接近讲坛请求签名是其一，在周末假日挨家挨户到街市上的店面里毛遂自荐争取一份临时工作来培养自己最起码的生活能力，亦为其一……为了真正像这块土地上一个合格的移民，他很注意尽可能多扩大自己对这个国度历史的认识与了解，他所在的波士顿正是美国独立战争风起云涌的一个地区，他利用暑假，把这个地区与美国历史事件有关的名胜都参观了一个遍，他去过"倾茶运动"轰轰烈烈的波士顿港口，参观了独立战争时期人民群众满怀愤怒地把英国殖民者的大宗茶叶倾倒入海里的旧址，在18世纪式样的小木船上听身着当时历史衣装的导游，讲解倾茶运动的始末，那谦恭的样子真像一个虚心学习的小学生，也像一个虔诚朝圣的小圣徒，他还模仿当时民众的反抗模样，举起一大捆茶叶作掷向海中状，其母不失时机为他拍摄了下来，给他留下了一张他的"美国第一课"的纪念照。他还瞻仰过作为美国《独立宣言》发源地的市议会大厅，参观过独立战争时期的炮台与陈列在公园里的大炮原物……周围的好心朋友，见他有这种好古的学习热情，也都乐于相助，如其母有一位年轻的同行，是个出生在中国的华人学者，因为身上有一半美国血统，所以在中国的历次运动中没有少吃苦头，好不容易到了美国哈佛大学念博士，正好与涤非努力熟悉美国历史文化的愿望心息相通，他在百忙之中抽出时间驾车跑上两三百公里，带涤非去参观美国殖民地时期居民村落的原生态再现，整个村落的房舍、道路、风物情景、室内陈设、居民的衣着穿戴以及语言文字都按17世纪的原貌复制而成，甚至他们的鞋子都是木头做的，当地的政府显然花费了很大的力气开辟这样一个"景点"，参观的门票价格当然是很高昂的……一般来美国镀金的中国学生是绝不会专程去参观的。他还像海绵一样吸收着有关美国文化的知识，同样，在这方面也得到好心朋友的相助，已在美国定居多年的著名文化人士刘年龄就专程驾车带涤非母子去美国19世纪著名诗人朗费罗下榻过的旅店参观。他后来成为一个博览群书，即使在美国主流社会里也要算一个富有文化教养的人，其发展的过程也是从第一步踏上美国的土地就开始的。当然，他的这些"美国第一课"，都有一位最优秀的导师，那就是其母，因为她本人就是国内一位出类拔萃的英美文化的专家学者，这大概也可以说是"家学渊源"。

经过一个内容丰富的暑假"预科"，16岁少年终于踏进了安多韦的大门，时为1986年9月。

这是一个历史古老的学校，涤非入校的时候，它已经有208岁了。它成立于1778年，那是独立战争后不久，有一个名叫菲利普的商人，在独立战争中支持革命军，以贩卖军火而发了大财，便用自己的钱财创办了安多韦中学。学校在成立后的200多年历史中，可圈可点的事件实在不少，随便举一个例子，美国历史上闻名遐迩的爱国歌曲《你是我的国家》就是由萨缪尔·史密斯在这个学校的校舍里创作出来的。当然，最值得安多韦引以为自豪的是，1789年11月5日，当时美国的第一任总统华盛顿曾经来过学校并公开接见过安多韦的学生，这是安多韦铭记的一个日子，2个世纪后即1989年的11月5日，学校特别为此举行了200周年纪念活动，而纪念活动的贵宾则是当时的总统老布什，因为他本人就是毕业于这个学校的……

这是一个有雄厚的经济实力、富足的物质条件的学校，它占地面积450公顷，仅宏伟的教室楼就有六座，另有藏书十多万册的巨大图书馆、收藏颇丰的美术画廊、考古学博物馆、电脑中心等各种各样的教学辅助设备。既有如此优越先进的教学硬件，而且以雄厚的经济力量为基础，也保证了优质的师资条件，在这里拥有高学历的教师比比皆是，而优厚的奖学金又保证了学校可以面向全美国各阶层，甚至全世界各国度，选择录取真正优秀的学生，因而有了多样化的上好的生源。

这里的课程设置与内容，不仅在美国，而且在全世界也要算是先进的，如当时该校即已普遍设置了电脑操作与编排程序的课程，又如每个学生都必须学第二外语等，甚至手工劳动的课程也很丰富多彩，"我没有想到安多韦还有制陶工艺的手工劳动课"，这个中国少年第一次见到如此多样化的课程设置，真有如行走在山阴道上，目不暇接，不由得这样赞叹。有如此优越的条件与高标准的要求，安多韦是以培养美国式的精英为己任的，它对学生的教育方针是："传授文化学业，锻炼意志与性格，培养奋发自立精神"，以"开发脑力，形成道德"为目标，坚持奉行这样的理念："只有道德而无知识文化的人是软弱无力的；只有知识文化而无道德的人是危险的。"正是以这执着而悠久的坚持，安多韦在美国的中学教育中一直无可争辩地居于重要的地位，美国各个领域中的不少精英人物，都是出自该校，为中国人所熟知的名字中，除了两届总统布什父子外，还有享誉世界的作家厄普代克、伊文林等等。

正是在安多韦这种十分优越的学习环境中，涤非完成了他的高中学业，原来学校给了他四年的全额奖学金，可能是为了让他能从容修完各种课程以便能顺利考入首屈一指的名牌大学，根据安多韦的观念，本校的毕业生一般是要进入哈佛、耶鲁的。但涤非因为在国内已上过一年高中，他想早日升入美国的大学，因此，把本可享受的四年缩短为三年，抓紧时间修足应有的学分，甚至利用一个暑假，在伊利诺伊州著名的西北大学念了一期暑期学习班，增加了一门课的学分，争取提早从安多韦毕了业而进入大学。安多韦的三年是涤非生活历程中的重要阶段，在这里他从未成年人跨进了成年人的行列。他从一个生涩的中国少年变成了一个地道的美国"高中毕业生"，他的身材比原来壮多了，高多了，这是安多韦花园般环境里碧绿的空气、优裕的现代化生活条件、充足而丰富的营养条件，特别是他所喜爱的牛排所综合造就的，要知道在安多韦的餐厅里，牛排是敞开供应的。他的筋骨也比原来强多了，这是充分的钙质食品与橄榄球运动相辅相成所生成的。当然他在美国本土青年人中，已经是如鱼得水，能讲一口十分标准、十分纯正的美式英语，还能熟练地运用俚语俗话，"如果只听他说英文，真以为他就是一个生长在美国本土的人"，他的语言能力曾经多次得到过这样高度的认可。

　　安多韦三年对涤非来说，尽管是有巨大的学业压力而节奏紧张的三年，但应该说是幸运而丰富多彩的。比起过去与现在不少中国在国外的自费小留学生来说，他要算是个幸运儿了，那些小留学生虽作为富足的官家子弟或商家子弟完全付得起高昂的学费与生活费，但却免不了有种种隐患：不合格的学校与不可靠的学业资格、各种意想不到的生活不便与处境难题……涤非作为一个家境清寒的知识分子子弟，"身无分文"，却在一个最为正规的、最有声望的学校里免费享受着优越的学习条件与物质生活条件，以膳食而言，这里的自助式的餐厅几乎全日面向学生服务，敞开供应，学生可以各取所需，并无限量，但由于家境富裕的自费生占绝大多数，餐厅中食物的浪费是非常惊人的……以住宿而言，初入学的学生每两人一个房间，年级稍高就是每人一个单间了，涤非搬入单间后，曾经拍了几张生活照寄回家，其父至今尚能记得其单间里的情景：房间并不太狭小，巨大的窗户外可隐见常春藤的浓荫，室内茶几上放着一台收音机与录音机功能的音响设备（照片的背面，他写了两句英语：这些玩意是从哪里来的？它们并非我的私产）与两罐百事饮料，墙上有一面体育竞赛的三角奖旗与一张美国篮球明星上篮时的英姿巨照，"典型的美国男孩的趣味"！其父对此情景评曰。特别是墙上另贴一幅大彩照，那是一个只有两三岁的金发男童光着屁股在撒尿，而那个十六七岁的大男孩，正悠然自得地坐在那小男孩的下方，对此，其父更是赞曰："这小子倒是有点幽默情趣！"……不仅宿舍条件优越，而且服务工作与管理工作也十分周到，学生甚至都不用自己动手洗衣服床单，"这不简直就像是住上等旅馆吗？"谁要他进了一所真正的贵族学校呢？更使人"受宠若惊"的是，在安多韦给涤非这样一个来自"贫困国家"的学生的助学金中，还有一部分生活零用费，当然，他必须在课余时间或节假日承担一定数量的"义务工作"，不外是在图书馆整理书籍资料，在实验室里清理器皿，在食堂里做三明治、刷盘子等，定时定量，并不繁重，对中国人来说，倒不失为一种"劳动锻炼"……

衣食不愁，"安居乐业"，他的生活不能不说是平稳而轻易的，不过每到放假的时候，却会遇到一些"小麻烦"。不论假期长短，学校的餐厅就关张休息，偏偏美国学校的这种那种假日又比较多，吃饭也就成为问题了，此其一也；特别是每逢寒暑假的时候，学生宿舍要大调整、大清理，每个学生都得搬出来，另找栖身之处，此其二也。于是，每碰到节假日，涤非就得提着行囊找自己"落脚"、"打尖"的去处，甚至要像蜗牛那样背着自己全部的家当行李寻找自己的"临时之家"。好在他是生活在一个具有广大包容性的国度，这里富含人情人性、和谐互助的人际关系足以把一个中国穷学生生活上的困窘与不便消解得无影无踪，何况其母与其杏姐在美国知识文化界已经有了一些善良、真诚、大度、慷慨的朋友，如其母多年前在哈佛燕京学院做访问学者时，即与时任该院秘书的玛丽·史密斯以及其先生、时任哈佛大学历史学教授康恩建立了深厚的友谊，涤非赴美后，一直得到这对夫妇友好的照顾，他曾不止一次被邀去作客，与他们一家四口在一起度过了一些温馨的时光，有时过星期天的时候，玛丽·史密斯怕涤非在学校吃不好饭，还特别做了中国式的包子专程给他送去。同样也是早在做访问学者期间，其母与哈佛大学历史学博士瑟·斯贝德女士以及做教师工作的卡罗尔女士成为莫逆之交的好朋友，从此，这两个一直独身的女士就把杏姐与涤非姐弟二人视为自己的孩子，总是给予亲切的照顾与热情帮助。卡罗尔在罗德岛的家，经常成为涤非母子作客与临时栖身之所，更是涤非寒暑假时存放自己行李的"仓库"，在卡罗尔境况富裕的家庭里，涤非总是得到亲切的款待，美国主流社会里的家庭礼仪，他有不少都是在这里学到的，如像在烛光晚宴上如何才能不把烛台碰得摇晃，当然凡事皆知易行难，有一次，他小心翼翼告诫自己不要碰摇烛台，然而，紧张之下，偏偏就碰摇了一个……

涤非以其上进的品行、善良随和的性格，在安多韦也赢得了良好的人缘，结交了一些要好的同学，每逢寒暑假，总不乏有人邀请他去自己家里作客小住，他倒也不愁没有去处。有一个假期，他在一个同学家小住期间，生平第一次观看了赛马，另一个假期，他在一个同学家里则学会了骑马。后来，他回中国旅游时，还曾在骑马场上带着自己女朋友一展骑术，他在美国学会的这点骑术看来是派上了用场，也许有助于他把这位女朋友变成他后来的妻子。还有一个假期，他被一个女同学邀请到家里做客，这位女同学的父亲是个大富翁，好像只有这么一个独生女，当然，对宝贝千金的好友也款待得特别热情殷勤，特驾着自家的私人飞机带着女儿与涤非在天上飞了一大圈，还曾合影留念，少男少女一左一右倚靠着那位父亲，亲近得像一个家庭里的两个孩子。后来，这个漂亮的女孩来中国旅游，专程拜访了涤非的父母，她给中国家长的"见面礼"是涤非的一摞照片，除了在她家的合影外，还有一些她给涤非拍摄的在安多韦的生活照，照片中的涤非俊秀而生气蓬勃，一看就是生活得很开心、很幸福，而照片上那个漂亮

父亲　儿子　孙女

的女孩与眼前这个靓丽而亲近的真实形象互相参照,一时颇引起涤非的老父对儿子安多韦少年浪漫的遐想与猜测,老父受中国式的长辈好奇心所驱使,多次想探询打听一二,均受美国式的"对私人事务的尊重"约束而不敢开口,后来的时间与生活把那可怜的遐想与猜测湮没得无影无踪了,只听说,那女孩后来到日本去留学了。

在同学与朋友家过的节日与假期都很爽、很开心,跟自己的亲人相处的日子就更是温馨而幸福了。涤非临近毕业的那一年,他的杏姐从芝加哥商学院完成了硕士学业,在邻近的城市找到了一份工作,租了一套房子,便把过暑假的弟弟与母亲都接了过来,于是,四口之家的三个亲人得以相聚在美国"同一个屋檐下",这是自杏姐上美国念书多年以后第一次家人"骨肉团聚",只不过缺了那个父亲,而他恰巧是家庭团圆理想的向往者。对于相聚的这三口人来说,这个暑假也是长期国外生活中难得的温馨,他们可以享受一同上超市购物、一同做饭就餐的家常生活乐趣。姐姐要上班,弟弟也在超市找了一份临时工作,开始了他最原始、最幼稚的"积攒财富"的实践,但上班的地方离住处甚远,加上那段时间正好途中有黑人员工不知道什么原因心气不爽,经常把气撒在非黑色人种身上,为保证安全,杏姐每天驾车把小弟送到工作地点,还抽出时间教小弟驾驶以便他早日掌握在美国必需的这一项生活技能,姐弟情谊一如童年时代。做弟弟的比幼童时候懂事了一些,一改过去老要杏姐照顾的习惯,也帮她干点家里的粗活,如打扫卫生、清理厕所等,算是生平第一次对姐姐有所"孝敬"……

在那几年里,涤非的生活也并不净是幸运、愉快与开心,他多少也尝到了一点"人间的冷暖",虽然"微乎其微",基本上就那么一次。那也是在一个要找食宿去处的假期,他毕竟不可能每次都得到美国朋友的邀请与接待。那次,在学校的安排下,他到一对中国夫妇的家里寄宿一个假期,那对夫妇原来是国内一所高等学校的教师,先是获得了到美国当访问学者的机会,由于特别精明且神通广大,经过好几年的"打拼",居然得到了绿卡,还在一所中学里谋到了教职。本来,在异国遇见同胞理应是一件好事,但这对夫妇正在努力"积攒财富"以求实现自己的"美国梦",来了这么一个中国的短期"寄宿生"就不是什么"同胞乡亲"的事,而要算是一笔小"生意"了。涤非按月交纳不菲的住宿费与膳食费,并负责打扫厕所,每天夜晚则在客厅里开一个临时的铺位,平时跟少东家一起做饭用餐,少东家继承了其父母精明的基因,也许是遵照了父母的吩咐,如果逢上做鸡蛋的时候,他只做一个蛋与涤非分享,虽然鸡蛋在美国相当便宜。于是,这位少年房客在一个物质生活高度富裕的国家里,竟也尝到了经常吃不饱饭的滋味……当然,除了遇见过精明的中国房东外,他也碰见过精明的美国老板,在校内的"有偿劳动"确实相当轻松,但在校外要当临时工去赚美金,那就得要费些力气了,有一次,他就被老板指派去干一桩相当费劲的活:清刷一个已经十年未曾清刷的锅炉……不过,好在美国是一个讲法度的国家,劳工再累每天也是绝不会超过 8 小时的……

1989 年夏秋,涤非从安多韦毕业,升入了格伦奈尔大学,开始了他人生的又一个阶段。

进大学之前的最后一个暑假,他是在其杏姐密歇根的寓所里度过的,在这里,他开始了一个准大学生的奋斗:外出找了一桩重活粗活,为的是实实在在赚些美元,以筹备大学时期的费用。在这里,他也学会了开车,并考取了驾照,在办理驾照手续时,他画押签字,承诺了如果自己驾车发生意外,则无条件捐献自己的器官或躯体供公共医疗救助之用。这是他生平第一次表现出无私的社会奉献意识,完全像一个有社会责任心的真正男子汉那样,这时,他刚刚走出少年时代、届满成年的 18 岁没有多久。如果说,这种社会奉献意识,从这个时期就已经成为他人生价值观的重要组成部分的话,那么我今天可以满怀骄傲地说,他一生的最后是实践了、完成了他对社会人群的奉献与回报,当然是对他所生活的那个社会人群的奉献与回报,作为一

父亲　儿子　孙女

个曾经被善待的"外来者"的奉献与回报……

格伦奈尔是美国中西部爱荷华州的一个美丽而宁静的小城，人口仅 1 万人，格伦奈尔大学是这座小城的最重要的标志与组成部分，滁非入校时，这个百年老校已经将近 150 岁了。

这是美国一所很出色的老资格名牌大学，它成立于 1846 年，产生自美国历史上一个底蕴深厚的文化传统，直接与一个影响巨大而深远的文化思潮有着渊源关系，那便是以爱默生为首的超验主义思潮。

爱默生是出现在 19 世纪 30 年代的大思想家、大文学家，他的思想文化活动与业绩，应该说是美国文明史上首屈一指的。他大力倡导发扬个性、崇尚普通人的智慧与力量，以对人的赞美代替对神的膜拜，主张人以新探索、新体验追求新的精神价值，他还宣扬超越先人与外国，"不要在故纸堆中搜索"，"要用自己的脚走路"。他的思想与学说给新生的美国文化一种强劲的精神力量，一股清新空气，在思想史、文化史上被公认为是美国的独立精神宣言。爱默生从 19 世纪中期就成为精神文化界的一代领袖，他的思想影响了美国文化史上好些赫赫有名的人物，如梭罗、霍桑、梅尔维尔等，他的门徒信众更是有如我国孔老夫子当年的盛况。他主要活动在美国的东岸，特别是在波士顿附近的康科德，因此，他与他的同道被称为"康科德作家集团"或"康科德学派"。据说，他的弟子问道时要他指点发展方向，爱默生夫子答曰："向西部去，向西部去。"意即美国文化教育应该向纵深发展：由东向西。他的弟子中有一个类似孔门子路式的人物，名叫霍拉斯·克里利，他忠实于老师的教导，坚毅地担负起了普及教育、开发民智的使命，走向了中西部地区，于 1848 年创建了格伦奈尔大学，使它成为进步思潮向纵深挺进发展的一个桥头堡，成为美国中部地区的一个文化教育中心。

这是一所高品位而又精致小巧的学府，学校的规模虽不是特别宏大，但经过 100 多年的建设与积累，建制十分完善、十分优质。

它是一个院系科目很齐全的文理学院，文学院有古典文化、艺术、英文、外语、音乐、戏剧等科系，自然科学院的科系有生物、化学、数学、物理、心理学等，社会科学院则有人类学、经济、历史、哲学、政治学、宗教学、社会学、美国研究等。其中以社会科学院的规模较大，拥有学生人数的也较多，约占40%。全校的师资条件很优越，将近90%的教师都曾获得本学科的最高学位，特别优越的是，教师与学生的比例较高，约为10∶1，每个班的人数也不多，低年级班只有20～24人，高年级班则只有9～13人，也就是说，这个学校的学生吃的不是"大锅饭"，而是"小灶菜"，细化的每个班级有那么多教师"侍候"，学生享用的几乎就是单炒的美食了。

学校的物质"硬件"条件也很好，它占地有95公顷之广，大环境景观有365处之多，拥有10栋教学大楼，15栋学生宿舍大楼，各种辅助建筑楼57栋。整个大学其实就像一个完备而精致的城市，拥有自己的剧场、电影院、音乐厅、舞场、画廊、各种餐饮店以及多个体育场馆，涤非踏进这个学府，就像进入一个远离尘嚣、对外隔绝却又自给自足、拥有一切现代化条件的"世外桃源"。爱荷华是一个农业州，自然环境本来就十分优美，格伦奈尔又是一个座建设了100多年的名校，整个学校更像一个郁郁葱葱的巨型园林。处处挺立着的古老的参天大树以浓荫庇护着整个校园，绿茵茵的草皮覆盖着处处园地，美观精致的水泥路径蜿蜒在各处楼阁之间。颇有古希腊建筑风格的主楼、中世纪古堡的建筑、18世纪英格兰式的楼房，散发出浓厚文化底蕴的气息，造就出一种古色古香的氛围，而校园中的现代派雕塑与现代化的物质设施，则显示出新锐的时代精神。

就是在这样一个优质的学府里，涤非完成了他四年的大学教育。在这里，优良的教学条件将他培养成为一个经济学科的出色的专业人才；在这里，农业大州名校的高质量的饮食条件使他出安多韦时就已经很挺拔的身材茁壮成长得更为壮实雄健；在这里，多方面的实践与经验进一步历练了他作为外来奋斗者的能力与坚毅；在这里，淳朴良善、互助实在的人际关系，使他结交了一批友谊长存、对他来说甚至是终生不渝的兄弟哥们。也许正是这些原因，他对格伦奈尔的感情比对安多韦的感情更执着、更深厚，直到生命的最后时期仍怀念着格伦奈尔大学，并对它持有一种感念之情，做出了一个外来移民难能可贵的回报之举，使他的劳动所得永远融入了这个学府未来的教育运作之中，因而他的名字也就永远活在这古老学府的校园里……这真是一种"缘分"，难得修来的"缘分"，是他1989年最初走进格伦奈尔校园里的时候，自己也未曾想到的……

　　大学毕竟不是中学，不久即将面临步入社会，应付人生的难题，再也没有安多韦时期那种无忧无虑、轻松优游了，必须加大投入实践与准备奋斗的成分与力度了，如果要说涤非在格伦奈尔四年生活有什么基调的话，那恐怕就是奋斗二字了。首先，他不仅要修完修好大学毕业所需要的全部专业课程，而且要在半工半读、增加辛勤度的状态中去完成，他只享受了半奖学金的待遇，也就是说，经济上的一半亏空他必须通过为学校打工或做一些辅助性工作的方式来偿付。因此，他课后常要在校园里干些体力劳动，也在格伦奈尔大学学生刊物做过助理，具体是担任会计工作，这似乎还不够，他还在校外一家快餐店里找了一份课后做的固定工作，虽说有些辛苦，但挣了一份工资，也省了不少伙食费。待遇不错，干得还算"滋润"，他不甘独享，还介绍了自己的同学也到那家快餐店打工，颇有同窗课后同劳动之趣，他那帮格伦奈尔兄弟的友谊，大概就是在这一类互相关照、共处共事的过程中形成的。

　　他的磨练与奋斗还有一章似乎算得上"不同凡响"、"可歌可泣"。那是在他念完二年级之后的一个假期里，这次是他的一个"格伦奈尔哥们"照应他，从西雅图打长途电话告诉他有一个"赚钱"的机会，那是到北极阿拉斯加一条渔船上去打工，他应声就乘飞机到西雅图，跟同学一起去了阿拉斯加一条俄国业主的渔船上。那条渔船专门捕一种较易于捕捞也较为便宜的海鱼，在船上就地制成一种罐头，作为订货专销给日本的监狱供囚犯食用。这哪里是"赚大钱的机会"，简直就是卖苦力、卖小命的活，每天劳动18个小时，睡眠只有4个小时，不准多睡，非得分秒必争，以求多捕鱼多出罐头成品。如何在零下20度的严寒气候中保持如此大的劳动强度呢？那就请你多吃牛排、多喝浓橘汁吧，你吃不下、喝不下也得吃也得喝，强制性的，没商量！最可怕的还不在睡眠严重不足、要在极度困倦的状态中进行繁重艰苦的体力劳动，而在于甲板上结了厚厚的冰，稍稍不慎即可倒跌入北冰洋之中，一旦跌下，别说是同伴，就是上帝也根本无法动一下"救"的念头，只能眼见冰块瞬间就把人完全吞没。大概是预知这份工作的厉害，这个刚成年的华人青年，压根就没把来阿拉斯加的消息通知他的任何一个家人，直到快结束的时候，他才趁上岸休假的机会，在一个小地方的电信局给杏姐打了一个电话，半夜3点钟，杏姐被来自阿拉斯加的长途惊醒，一听乃弟的通报大惊失色，为他如此险恶的营生不寒而栗，怎么敢去冒这么大的险？怎么对自己的生命如此"不负责任"？竟然擅自作主没有向乃母与乃姐请示汇报！于是，狠狠给了他一顿"责骂"。若干时日以后，其父得知"阿拉斯加之行"后，为自己心目深处的那个俊秀少年如此艰险的历练而心疼不已，同时也深感，自己儿子此举是要尝试自己作主、自己历练、自己承担，而且也真做到了。令亲人们深感宽慰的是，他总算是平平安安、毫发未损地从阿拉斯加回来了，毕竟也实现了他最初"赚大钱"的意图，卖了两周的苦力挣了8000美元工资。

他匆匆从阿拉斯加赶到密歇根州参加杏姐的婚礼，身着正式的西装礼服，扎了个蝴蝶结，平头短发，一股阳刚之气，像个真正的男子汉……他回到学校，恰巧碰见他一个要好的哥们"有难"：由于信用卡透支引起一系列的信誉问题进而引发精神危机，对此，他没有袖手旁观,竟把自己卖苦力所得的 8000 美元全数奉送以解朋友燃眉之急,以他的豪爽慷慨给他生命中的阿拉斯加一章画上了一个句号……不过,他这个朋友也不含糊,大学毕业几年后,他自己有了工作与收入,便痛快地把这笔钱全都如数还给了这位华裔哥们……

阿拉斯加之行以后,随着学年的升高,随着毕业的临近,这个华裔青年对自己的安排与掌握也愈来愈理性、成熟、有眼光。念完大学三年级,他一改过去利用暑假赚钱的路线,完全放弃了眼前的物质利益,而把时间与精力投向较为长远的方面,他投考了一家招收实习生的银行,被录取后,不要工资在这里义务工作,仅仅为了取得实习的经验,当然也是为了获得社会实践的一定资格。果然,他的志向与努力没有白费,到了第二年,他念完了四年级大学毕业,正赶上这家银行扩招职员,他轻车熟路地前往应聘,就被录用了,这是他大学毕业后的第一份工作。他顺利地走上了就业的道路,顺利地进入了美国社会。

三

1993 年 9 月秋高气爽的一天,格伦奈尔大学举行了应届毕业生的毕业典礼,典礼在一片宽广而绿草如毯的空地上举行,郁郁的树荫如绿色屏风环绕着四周。在几株参天的大树下,有一个非常美观的典礼台,台上一个现代风格的素色背景上,垂直挂着三面颜色与图形都同一格式但大小不同的旗帜,图形均为两片叶芽,只不过叶芽上延伸出来的枝干长短有别,三面旗帜一个比一个颀长,似乎象征着人才在这里一年又一年茁壮成长。虽然没有任何大字横幅,但典礼的含义就不言而喻了。

典礼台下的前一部分草坪上,坐着四大排教授与教职员共 100 多人,后一部分则坐着七大排毕业生共 200 来人,草坪的两侧则是来校参加典礼的学生家长与各界来宾。

毕业生都身着黑色的学位服，头戴四方形的学位帽，只是领带的花色式样因人而异。在这一群青年才俊毕业生中的第四排有一张华人的面孔特别引人注意，因为这是200来人毕业生中唯一一张华人面孔，他的个子与旁边那些健硕的美国本土小伙子等量齐高，毫不逊色，他那张娃娃脸上戴着一副眼镜，显得英气勃勃而又聪明内秀，但仍保持着他少年时代的若干憨厚天真的神态，而他颔下那红花颜色的蝴蝶形领结又给他增添了些许幽默活泼。

这次典礼与中国国内常见的授证授奖典礼有所不同，没有什么头头脑脑在台上讲话致词，唯一内容就是宣布毕业生名单，并由一个个毕业生上台领取证书证件，也不像国内典礼仪式中常见的那样一排排、一行行鱼贯而上，而是"充分尊重个性"，一个个由台下走上典礼台，领取证书后又一个个走下台回到座位上，十分从容，就像奥斯卡奖获得者那样有充分的"秀时"与"秀场"。毕业生中也许是唯一的这个华裔青年，仪表堂堂，文质彬彬，从容地在绿茵茵的通道上走了一个来回，当会引起在场者普遍关注的眼光，当然，他每走一步更会被四对充满赞赏与关爱的眼光投射着，紧跟着。这是当时坐在来宾席中他的四个亲人：母亲、杏姐与姐夫、母亲的好友卡罗尔女士，姐夫哈杰夫是一个善良忠厚的美国男子，卡罗尔则是一个有菩萨心肠的妇女，她一直像阿姨一样善待这个华裔小伙子，他们四人是从其他城市专程来格伦奈尔参加涤非的庆典的。至于远在中国的老父，既没有随时能入境美国的绿卡，也没有专为儿子一个典礼就不远万里的那种美国式思维方式，仅满足于从一摞照片上欣赏儿子的"英姿"。但每看一次，就乐得笑呵呵的，感到无限欣慰，因为这标志着儿子长大成人了，培养成才了，他把这视为整个家庭的胜利、整个家庭的成就，不论生活中曾经有过什么困顿与忧患，他毕竟眼见到一个重大的令人深感慰藉的结果，他从其父老厨工那里，继承了这样一个理念：后人能成器成才就是为父者最大的理想、最大的幸事。

大学毕业的欢庆还不止这些，更有意想不到的开心事。涤非有个同班同学，家境属于富豪级，正好在格伦奈尔毕业庆典前后不久，恰巧有数喜临门：一是富豪家长过生日；一是儿子从格伦奈尔大学毕业；一是女儿女婿从欧洲归来；一是老夫人病愈出院。数喜并发，为此，全家举办了极为豪华的庆祝活动并设了一次盛大的宴会，因为涤非是小主人的"铁哥们"，并曾仗义对好友"雪中送炭"，所以他和他的三个亲人也就被当作贵宾得到邀请。不仅如此，涤非本人还成为这个家庭庆典上的庆贺对象之一，得到了隆重而亲密无间的礼遇。这件事既反映了这个华裔青年在大学期间极为良好的人缘，也预示着走出校门后"格伦奈尔铁哥们"友谊的经久不渝。

从格伦奈尔出来，这个华裔青年径直就走进爱荷华城的诺威斯特银行，他这么顺顺当当踏上了就业的道路，是他早在念完三年级的那个暑假就去这家银行当义工进行了扎实铺垫的结果。大概是因为在这家银行已经轻车熟路，他得到财经分析员这么一个相当不错的职位，从此开始了银行职员的白领生活。

他在这个职位上干得不错，很快就颇得上司的赏识，因为他不仅有经济专业技能，而且英语文笔甚好，所以经常负责起草报告或为银行首脑拟定演讲稿。随着涉世渐深，他也日渐积累了一点美国式的奋斗经验，其中行之有效的一条就是，一方面努力工作，另一方面在适当的时候，以适当的方式提醒上司给自己提薪晋级。这一条经验是得之于乃姐的启示，她从芝加哥商学院获得硕士学位后，已在商海历练了好些日子，颇有进展，早已是"老马识途"了。

当上银行职员后，小伙子的生活当然有了一些变化，至少他每天上班必须穿得体体面面，也就是着正式的西装，规规矩矩打上领带，每天必须换一件新熨的衬衫。但他穿休闲服穿惯了，又是一个人过日子，难免在衣着上有求省事的时候，有一天他没有换新衬衫就上班了，银行经理的眼睛何其尖也，一眼便看出这小子没有换衬衫，于是严肃地向他重申了这一条不容马虎的"讲究"。从此,他再也不敢在衣着上稍有马虎,但为了这个"讲究",那就必须在经济上有所投入,为此,他准备了六套上班的衣装,以便更换洗涤。华人要在美国奋斗,不精打细算是不行的,制装费省不了,洗衣费总可以省一点吧?于是他把衣服包给了一家比较廉价的洗衣店,那家店是越南人经营的,店主也许也是为了精打细算,其经营方式有那么一点不符合美利坚合众国政府的规范,故而被移民局勒令停业,所有顾客的衣物均被查封。这可大大苦了贪便宜的这位青年财经分析员,经过好一番费劲的交涉,他总算才取回了他的衣物。不过,精打细算毕竟是华人奋斗者唯一可持的"法宝",凭着这个法宝,他不久就节省出一笔钱为自己购置了一辆车,花了 3000 美元,是一辆旧的,可是这辆 3000 美金的旧车,他只开了一年多就抛锚了。

但精打细算、节俭过日子的原则在他身上根深蒂固,不可动摇,他在爱荷华城工作了一些日子之后,被上调到本银行在洛杉矶的分部,他自己驾车搬迁到新的城市,途中经过了著名的游乐中心赌城拉斯维加斯,他居然没有顺道停下车去游游逛逛或者进去赌上一把,完全放弃了典型的美国式的娱乐,只满足于驾着车子风驰电掣地在宽阔的高速公路上,让自己品味着那开阔的景色与自由的空气。

在诺威斯特银行工作了两年,涤非跳槽到了通用电气公司(GE)。他离开这家银行,并非因为"混得不好"或有什么不愉快,而是因为通用电气公司是一个在全世界赫赫有名的巨型企业,到这里来有更广阔的天地,更有利于自己的发展。事实上,诺威斯特银行待他一直甚为优厚,他与周围的同事也相处得很是融洽愉快,他曾告诉自己的亲人,他几乎是怀着惭愧的心情去接受通用电气公司的面试,更是不无内疚地离开这家银行。他离开的时候,同事们还为他举行了欢送聚会,并对这个中国青年人不声不响地完成了向 GE 的转移颇为欣赏,毕竟这种"兵出斜谷"、"暗度陈仓"的谋略在美国本土青年中甚为罕见。

他告别诺威斯特银行优裕安稳的生活转移到通用电气公司，的确是一个很聪明、很有远见、很有决断力的一步，这就像从一个平静的小湖跳到一个广阔的、一望无际的大海。在这里，他见识了波澜壮阔的大世面，就近研习了世界经济领域里的大景观、大奇迹，在这里他得到了多方面的历练，作为一个经济学科的专业人才，在复杂经济链条的各个环节上参加实践、积累经验，如同在深沉的大海中学会了各种游泳的本领。他不仅有意识地在工作中学，而且得到了公司的大力培养，如此历练前后达七八年之久，构成了他一生中最为重要的"GE时期"，为事业打下了扎实基础的时期。在这个时期里，他不仅得到了深造，开始事业有成，而且开始有了自己一份虽说不那么巨大，但也小有规模的"家产"，当然，他的生活也有了变化，结了婚，成了家，立了业，在美国的主流社会里总算站稳了脚跟。

通用电气公司，大概要算世界上实力最为雄厚的一家企业了，其投资范围极为广泛，从重工业到轻工业的各个制造业领域，几乎无一不涉，其生产方式则是高科技、高精尖的。不言而喻，在GE的领域，顶尖级人才几乎遍地都是，比较起来，柳滟非那点学历实在算不上什么，因此，他转移到GE来与其说是选择了较高的待遇与较好的机遇，还不如说首先是选择了巨大的职业压力。如果他承受不了这种压力并且实实在在地超越过去，那么，待遇、机遇、事业只会是海市蜃楼，总之，他选择了GE，首先是选择了磨练，选择了"苦其筋骨"，一个有志气的青年人！一个有出息的儿子！一个名符其实的奋斗者！他一走进GE的大门，就意味不仅要努力工作，而且要努力"进修"、"充电"，他的确就是这么做的。

当时，在GE内部，有一个著名的培养MFA（美术类硕士）的体制，具体的做法是由公司从各个大学招聘一批优秀的毕业生，按本公司的需要专门加以培养，要求修完全部MFA的课程，而后再分配工作。对于被选入的年轻人来说,这当然是个好的机遇、好的前程,这正是柳涤非心羡的深造机会,但困难的是,GE 的这个体制只面对特招的一批青年才俊,并不包括本企业在职人员的培养。这个华裔青年居然以他执着的上进心与出色的职守表现克服了这种体制上难以逾越的障碍,获得了公司首脑的特批而进入这个培养体制。这一特许当然来之不易,因为这不仅意味着制度上的破格,而且公司也必须在这个人的培养上另外付出不少额外的投资。如果这个青年人不向公司方面提供有力的理由,做出了充分的证明,那就不会有这样的一个特殊的例外。而且他得到了这一特许,他就得像过河卒子一样只能勇往直前。

于是,他开始了两条"战线"上的拼搏,既要完成分内工作的职守,也要修完 MFA 的全部课程,他白天要上班,下班之后,夜晚则要听课、读书、做作业,应对考试,星期天、节假日更要全搭进去,实际上他根本就谈不上有什么休息时间。这样紧张、劳累的生活,他一直过了两年,终于带职带薪完成了 MFA 的学业,获得了正式的毕业证书。这两年他是如何苦熬过来的,他的亲人所知甚少,只知道他很忙、很忙,他也很少与自己的亲人通音讯、诉苦叫累,也许根本就顾不上去通音讯,他在北冰洋那条渔船上不就是这种存在状态吗?总之,他自己默默地承受着、消解着一切困难与劳累,如同他祖父当年在外漂泊打工独自默默担当着全家的负担,如同他父亲在低营养的生活条件下,在困顿的境况中殚思竭虑地绞脑汁,只为写出一些文字,去换取补贴家庭的稿费、去实现自我的文化追求……祖脉相承,都是担当着、进取着!

在 GE 工作的七八年之中,涤非在不同的分部、不同的部门都供职过,这既是服从公司的需要与调动,也是自己有意识争取的结果,为的是在不同的经济程序中多进行实践、多积累个人的业务经验。由于 GE 的分支分部遍布在很多不同地区,甚至是在美国本土之外,涤非也就有了在不同区域、不同城市出差工作的机会。其中值得一提的

父亲　儿子　孙女

是，他在1999年曾被派驻香港地区约有半年之久，经常去附近的番禺、南沙地区工作，因为那里的经济开发区有GE的一个分厂。正是在这个经济开发区里，他认识了一位在GE分部当职员的江苏姑娘，她大学毕业后就到广东的番禺奋斗，一两年后，她就成为他的妻子，跟随他到了美国定居。

在GE期间，随着他得到了深造，又在多种岗位、多个地区有所历练，他的待遇也稳步提高，加以他精打细算、节约成习惯，颇积攒了一点经济实力，于是，这个世纪之初，他就在上班地点北卡罗来纳州的克奈纽斯城，购置了自己的第一份不动产：一栋两层楼的楼房外加一个车库，准备迎接自己的那位江苏姑娘。

这栋像小别墅一样的崭新楼房坐落在一个美丽而宁静的居民区里，远离尘嚣，房子后面一箭之遥就是一望无际的湖面。楼房是乳白色的，他又配置了一整套线条简约、样式美观的家具。家里的种种陈设均戒繁杂琐细，而力求雅致大方。特别引人注意的是，客厅墙上挂着两个精美的镜框，里面是两个绢质刺绣的条幅，绣的是两首宋词，这两个条幅是他的老爸在国内一次高礼遇的学术活动中受赠的珍贵礼品，当老头子把自己能拿得出手的衣物供儿子任意取舍时，儿子独具慧眼只选择了这两条绢幅，在布置自己新居时将它们派上了用场。他客厅里别无其他的装饰品，而那两个镜框又是专门定制的，极为美观、极为讲究，给整个客厅定下了一种高雅精致的风格，散发出一股东方文化清幽的古色古香的气息。

布置好他的新房子后，他就耐心地等候着江苏未婚妻的来到，因为她办移民的手续是要费些时间的。在令人难耐的等待的日子里，他收养了一条良种犬与自己为伴，它名叫南莎，老实善良得与它的主人一样，从来也不对任何陌生人恶声相对，总是摇尾表示欢迎。过了好些日子江苏姑娘终于来到了美国，在这幢崭新的乳白色新房子里他们开始过起了自己幸福的生活。后来不久，他们也就是在这里迎来了心爱的宝贝女儿。

当儿子新居的系列照片送达北京其父手里的时候，老头子又一次乐开了怀，这是他接到儿子戴着学位帽、穿着学位袍的照片后又一次乐开了怀。那幢崭新的乳白色楼房，加上附属的那个车库，显得既精巧又颇有气派，对他来说，它意味着"儿子在美国有了自己的家产"这样一个概念，这是儿子从无到有奋斗的"阶段性成果"，又何尝不是老头子自己人生道路上一个"阶段性成果"？这成果远比他自己出版了几本书，或当上了教授、研究员更为重要，这是他的慰藉，也是他的骄傲，他要每天都看一看这幢乳白色楼房，从中感受一种愉悦，他要显摆显摆自己有一个"事有所成的儿子"，有一个"有出息的儿子"。于是他浅薄可笑，但不无天真地把这幢美丽房子外景的照片供在他的书柜里，因为它是儿子成就的一种物化象征，而这两个书柜则是他坎坷人生中那些聊以自慰的"成就"的展览橱窗，里面除了他自己出版的论著、译著以及编选作品外，就是儿女的照片与纪念品了，当然有那张戴学位帽、穿学位袍的照片，还有一枚格伦奈尔的校徽。乳白色楼房的照片与这枚校徽并排放在一起，就像是两块里程碑。

正是在这乳白色的楼房里，他完成了人生的两大步：结婚与有了自己的孩子。

他与那位江苏姑娘是如何恋爱、如何结婚的？说实话，他的老父的确所知不详，那整个过程，对这个老人来说，就颇有点"神龙不见首尾"。

大概是在儿子出差到番禺、南沙的那段时期，有一天上午他突然接到一个电话转告，他儿子已来到北京，约他中午12点到金鱼胡同的和平宾馆见面并共进午餐，同时得到邀请的还有那位"替他柳涤非在他老爸身边尽孝道"的"安徽姐姐"小慧、他的小侄女晶晶（既然他把小慧视为自己的一个"姐姐"，自然就把"姐姐"的小女儿视为"小侄女"了）。对于老头子来说，这真是天大的喜讯降临到他头

父亲　儿子　孙女

上,儿子16岁出国后10年之久第一次回到北京即将与他见面!喜讯来得太突然、太没有任何预告,以至他简直就怀疑自己的耳朵是否听错了。他带领两个"随从"前往赴约,其心情的兴奋与喜悦,就像去晋见一个小王子,果然是他的美国式的"小王子"!朝气蓬勃,体格健壮,虽然金风已略有凉意,但他只身着短裤与短袖文化衫,只不过都是高质量的名牌,脚下登的则是一双漂亮的美国旅游鞋。他的老爸简直不相信这是世界一流企业中的一个白领才俊,而完全像北京街上常见的一个海外华人大学生,而且是刚入学不久的大学生,因为他显得那么年轻,而且圆圆的脸上那种少年时代的稚气居然一点也没有被时间磨损掉。他向北京老家来欢聚的亲人一一问好,都带来了礼物,郑重而周到,又问及了在湖南老家的亲戚以及他后来在筒子楼的几个少年朋友。关于他自己,老父当然希望他多讲一讲,但他的话语少之又少,没有自己的"优胜纪略",也没有做儿子的亲情倾诉,更没有"远方游子"的乡情思念,而凡此种种正是为父者所期待的。他只简单地说自己一切都好,似乎说这么一句也仅仅是为了完成向老父禀报的义务。即使是关于这次来北京的性质与行程也语焉不详,对自己那个"小侄女"晶晶,倒是亲切而幽默,问她课外看些什么书,晶晶答曰:"爷爷要求我背诵一些唐诗。"这位"美国舅舅"鼓励道:"多背诵一些吧,多多益善,替我也背诵一份。"说着嘻嘻笑了一声,似乎在提醒自己的老爸:当年做儿子的也被你逼着背诵唐诗,而今,做儿子的,对不起,无法从命了,既然家学如此不可更改,老爷子还是另请小孙女去代劳吧!

一顿饭太快就完事了,做儿子的宣告说,他下午还要去看望自己的舅舅,而明天一早就要离开北京。好一次父子相隔10年的再聚,竟会这样草率就结束,连北京的"祖屋"也不回去看一趟?对此,老头子很是不甘心,"山不到穆罕默德这边来,那穆罕默德就到山那边去吧",于是,就询问儿子是住在哪家宾馆,心里打算晚上再前去宾馆拜访自己的儿子。但儿子只含糊地告诉他是住在与 GE 有关的一个招待所里,"就在这一条街上"。老父觉得已经打听明白了,自以为聪明得计,最后满意地接受了告别,并且高兴地又得了一次向儿子释放父慈的机会,那是在临走买单的时候,儿子发现自己手头的人民币已经不多了,就急着拿美元去兑换,做父亲的好不容易有了一次再把儿子当小孩的机会,连忙就把尚缺的一半餐费给补上了,还塞给儿子200元作为下午专程赶路去看自己舅舅的车费。他高高兴兴,就像从前给儿子发零用钱一样有一种轻淡的……幸福感,眼前有一个儿子可以作为发零用钱的对象,这不是幸福是什么?

告别时,没有任何婆婆妈妈的话语,对儿子来说,他是美国方式;对老爸来说,他心里还有再见一面的打算。分道扬镳后,老头子打着晚上去拜访儿子的小算盘,专门到儿子所说的"这一条街上"去踩点,想先认认那家"与 GE 有关的招待所"的门面,可是,走了一大圈,他怎么也找不到多少有点相似的招待所或宾馆。失望之下,他感到儿子显然给老子打了埋伏,至于什么原因,他也不愧是个洞悉人情的人文学者,马上意识到:"很可能与女人有关。"他不禁无可奈何地心想,"这小子完全是美国方式,这么在乎个人隐私。"对此,他倒有充分的理解:独生子毕竟已经是个成年的美国式男人,他不把自己的女友向老父公开,肯定有他的考虑与原因。基于对两种文化之间差异的认识,这位父亲也庆幸自己没有找到"那家招待所",否则,贸然前往,只会使儿子觉得自己的父亲没有教养。虽然如此,他总觉得父子久别后的这次再聚"过于简陋",有点蹊跷,儿子的如此安排定有某种玄机深藏。对此,他实在难以猜出,直到若干年后,他在一次偶然的机会中才终于弄明白,儿子的那次北京之行的确有一个女友相随,那就是他在番禺结识的那位江苏姑娘。

在这次短暂的相聚之后,孤陋寡闻的老父开始陆续地听到了儿子已经有了一个中国女朋友的消息,消息主要来自老夫人,因为她长期在波士顿大学任教，经常来往于美国与中国之间，对儿子的情况比较了解。而且她有一两次经过香港时，正赶上儿子在香港—番禺地区工作，还有机会见到儿子和他的女友，对这位江苏姑娘有一些感性的认识。据老夫人说，这个姑娘相貌俊秀，落落大方，来自江苏一个中小城市，在本省一所理工科高等学校毕业后，去广东求发展，投考进了GE在番禺的分部。看来她人比较聪明能干，不仅能讲普通话，而且能讲上海话与广东话，英语也有一定的基础，在工作中基本上够用。在老夫人观察看来，这两个青年人很情投意合，相处得甚为和谐开心。

对自己儿子人生中的这一标志性的事态，做父亲的当然高兴，显然，自己的儿子得到一个聪明俊秀、上进有为的姑娘的青睐，是值得高兴的事。不过，说老实话，他心里多少有一点点纳闷，儿子在美国多年，毕竟又是GE的白领，为什么没有找一个美国本土姑娘，而绕了一个大圈子又回到中国与一个中国姑娘结上缘呢？看来这小子是很认真的，做父亲的相信自己的儿子总有自己的原因与理由，而那个江苏姑娘显然也有自己的魅力。对儿子的好事，他当然乐观其成，但他内心里却不无怜惜与疼爱："这孩子每走一步都不容易，都比别人费劲，都比别人付出更多，就像柳家的传统，从来没有一个人轻巧地获取过。"他对此有感慨完全正常，因为一个在美国，一个在中国的番禺，谁都知道要把一个中国姑娘带进美国，确实难如上青天！

大概过了一年多，在北京的老两口接到儿子的通知，他与江苏姑娘的订婚典礼即将在南京举行，请男女双方的家长与主要亲戚都前往参加。选在南京是因为女方的父母就住在与南京近在咫尺的县城丹阳，而女方有一个弟弟在南京一个职能部门供职，可以负责张罗。具体安排则是双方父母与主要亲友都住进南京一家五星级宾馆，举行一次订婚宴会，第二天，由未婚夫妇陪同女方父母回家乡丹阳再举办一次范围更大一点的宴会，宴请女方的"外围亲戚"与邻里乡亲，而男方的父母与亲戚次晨即可从南京打道回府。对人情世故虽不善操作却颇为洞悉的老父亲一听儿子的这一安排，便感到这一订婚仪式的隆重程度实不多见，实际上，这就是把自己的父母与杏姐全家都远道请到女方的家门口与他一道隆重地做出婚姻的宣示与承诺，而且要女方老家的亲友邻里都能见证到这一宣示。不难理解，这正是女方生活工作在县城中的父母乡亲所看重、所期望的，而这未来的美国女婿便漂亮而大方地做出了这样的安排。如果要说，其中有什么对等的原则的话，那么坦率地说，对等明显是倾向于女方的，是对女方的最大尊重与照顾。这倒不说明其他的什么，只说明这个美国 GE 白领青年对这个江苏姑娘极为认真、极为真挚，完全出于一份纯净无私、近乎童稚的感情。说实话，他的老爸虽然能敏感到儿子倾斜得没有来得及顾及父母的感受，但仍是喜气洋洋的，并没有把这放在心上，对他来说，儿子获得了他所认定的幸福，这才是最最重要的，其他他都毫不在乎，他唯一想做的就是多做奉献，玉成其事。为此，他除了"承包"老两口全部的机票与宾馆费用外，还给两个年轻人准备了一个"红包"，另附加订婚宴的全部开销，这对于仅靠爬格子的收入有微薄积蓄的人来说，就是一笔相当大的支出了，他这份心意虽然谈不上是什么了不起的父爱，但他又一次重温了从前给那个少年儿童发零用钱的愉快与幸福，眼前有一个儿子作为你发零用钱的对象，这不是人生幸福是什么？

老两口到了南京预定的宾馆，两个年轻人很有礼貌地在宾馆门口迎候，穿着很随便，都是文化衫加短裤，而且都是旧的，就像在张罗什么会议杂务的两个工作人员。老父住进自己的房间后，两个青年人就来拜会并通告有关情况：随着老两口的来到，全部亲友均已到齐，女方的亲友团包括未婚妻的父亲、母亲、姐姐、姐夫、弟弟以及两三个远亲，男方的亲属则是父亲、母亲、杏姐与她的美国先生以及三个女儿，订婚晚宴将于 19 点开始，将不会有任何仪式、任何致词。老父亲看到前来"禀告"的两个年轻人彬彬有礼而朝气蓬勃，十分高兴，特别是看到那江苏姑娘坐在儿子的身旁，亲切地依偎着他，更是印象深刻，十分感动。显而易见，这姑娘是深挚地爱着自己的儿子，而且她果然如老夫人过去所描述的那样，相貌清秀俊朗，眉宇间有几分灵性英气，举止则大方得体，不亢不卑。兴高采烈的老父表示了祝贺并献上了"红包"，还坚决表示婚宴的买单非老爸莫属，当场即预付了全部的费用，特别叮嘱："点好菜，别替老爸省钱。"他又一次重温了早年给儿子发零用钱或给压岁钱的愉快，特别是因为付出的这个"红包"，正是他爬格子的劳动报酬。不过，儿子一接过红包与定金，当即就交给了自己的未婚妻，显示出对贤内助的尊重。

开宴的时刻到了，双方亲友们从宾馆不同的楼层、不同的套间来到宴会厅的一层。这时一对青年人换装而出，未婚夫穿一套美国西装，帅气十足，未婚妻着一身优雅高贵的套装，显得十分靓丽。时间安排得非常精确，所有的亲友都几乎同时到达宴会厅外的厅堂。这是老父亲第一次见到亲家的全体成员，其父大概只有50多岁，是县城里一个工厂的领导干部，母亲年龄也大体相仿，是个非常朴实的幼儿园退休老师，姐姐与姐夫则都在当地工厂里供职。两家人虽然初次见面，但都深知这次聚会对儿女幸福的重要性，因此，都互相主动接近，热情交谈打成一片，杏姐与哈杰夫这一对美国夫妇也特别注意"入乡随俗"，完全按中国的方式接触。在这个重要时刻，老丈人从口袋里取出一个备好的红包，送给了自己的女婿，以表示女方的好意与礼数，倒是新郎的老父这时却再无红包可赠了，颇有点"没面子"的感觉，他只好热情张罗，组织两家人进行各种组合由他来充当照相师。他早在来南京之前，就已经为这次典礼准备好了照相机与胶卷，要知道，他从来都是自己家庭热情的摄影师，每逢有家庭聚会或有纪念性的活动，他总是积极张罗，因此，全家留存的照片，几乎都是出自他那架傻瓜照相机。这天，他从两家相会到婚宴的最后，都为大家不停地拍照，老夫人注意到了每拍一次都没有老摄影师本人，就赶紧要宾馆服务员替他代劳了一次，总算留下了一张没有缺少男方老父亲的"全家福"。

整个婚宴进行得亲切、和谐而充满欢快，很是成功，结束时，大家在一起合影，儿子就站在父亲的身边，趁大家不注意的时候，他将一摞人民币塞进老爸的口袋里，做了一个无可奈何的幽默表情说："你的订金没有全用完，还剩了一些，谢谢。"老爸责怪说："不是要你都用完吗？谁要你省下一些给我？"他觉得虽然婚宴上鸡鸭鱼肉应有尽有，但还稍欠精致豪华，他为此不无遗憾，儿子耸了耸肩，脸上还是那个幽默的表情："菜单不是我订的，是她弟弟一手安排的。"散席时，老爸用手拍了拍儿子的肩膀，他感到那真是宽厚健壮，他满怀高兴地对江苏姑娘赞道："这小子真像一头结实的小牛。"老爸对这次婚宴的记忆里，儿子那幽默的面部表情与他那结实的肩膀，是最为宝贵的，是最最使他难忘的。

见证了儿子人生一大里程碑之后，做父亲的心情实在难以平静，感慨万千，很想和家人们坐在一起促膝聊天。但宴席一散，未婚夫妇立即就在妻弟的陪同下观光夜南京去了，老头子找不到倾诉的对象，只好回到自己的套间。第二天早晨，他本以为可以在自助餐的餐厅中再见到儿子，一道共进早餐，一边再说说家常话，但他那顿早餐吃了将近一个小时，还不见儿子进入餐厅。显而易见，他还在睡懒觉，看来，他们昨夜去游南京一定睡得很晚。老父亲有大半个上午一直等在自己的套间里，不便于贸然去打扰儿子和他的未婚妻，后来才听老夫人说，儿子正在陪岳父大人一家说话，他们也是初次见面，当然更需要多交流多熟悉。稍后又听说，未婚夫妇中午之前就要与女方父母同赴丹阳，在那里他们还要去宴请亲朋邻里。老父亲只好彻底放弃了与儿子再见一面的希望，因为他与老夫人一过中午也要乘飞机回北京。

在返程的飞机上，老父亲眼看着舷窗外瞬息变幻的浮云，回味着难忘的南京之行，他感到自己对美国青年的办事速度以及对故国亲

父亲 儿子 孙女

情的大刀阔斧式的处理方式总算第一次有了一点感知。但作为父亲,他毕竟亲眼看到了儿子顺畅的人生,从北京机场告别到学成毕业成为GE白领,而今又在孜孜以求自己的婚姻幸福与家庭创建,儿子的人生进程,看得他满心慰藉,甚至心花怒放,他感到自己是一个幸福的父亲,不过,他也清醒地意识到了,北京机场的那个少年,毕竟是渐行渐远,老父亲对儿子的那种"常回家看看"的情结似乎是愈来愈不切实际了。

南京短暂一聚后,亲人们又离散远去,老夫人回波士顿大学继续做她的访问教授,杏姐这一对美国夫妇回到自己公司的香港驻地,老父亲则回到自己在北京的"空巢之家"。不久,未婚夫妇从丹阳回到各自的工作地点,儿子在美国加紧准备迎接他的江苏姑娘,江苏姑娘则加紧办理移民美国的"难如上青天"的手续。经过一对青年人艰苦的努力,他们终于在美国那幢乳白色的楼房里正式成立了家庭。

与江苏姑娘的婚姻,自然给儿子的生活带来巨大的影响,至少有这么一点,那就是故国乡土对这个远方游子的牵引力大大增加了。深受海洋文明浸染的他,如果说"祖屋老父"对他的牵引力还不是强大得足以让他"常回家看看"的话,那么在这个深受大陆文明习俗熏陶的江苏姑娘身上,故土乡情的牵引力就要大许多,而他作为她的"骑士先生"自然就不能不相伴相随,于是,在他的生活中,"常回国看看"这一比重也就有所增加了。就在他们婚后约两年,江苏姑娘第一次回娘家省亲,当然是由她的"骑士先生"陪同,俩人直飞上海,在江苏丹阳老家小住数日,其间的一天,姑爷则专程从江苏飞往北京看望他的老父亲,这给老头子的"空巢生活"带来了一次意外的惊喜与难忘的温馨。

儿子准备专程来北京看老父,这对北京的"老家"来说,的确是件大事,因为他出国求学后不久,"老家"就搬到新址,他还从来没有到过这里。因此,此番是他第一次真正"衣锦还家"。对此,驻守老家的老父深感慰藉自不待言,就是"替他在老爷子的身边尽孝道"的"安徽慧姐"与"小侄女"晶晶,也都欢欣雀跃。由于消息预告说他来家的当天就要赶回南京去,接待工作倒也简单,最主要的内容就是要摆一席"家宴"让父子二人吃一顿"团聚饭"。为此,他的"安徽姐姐"前一天就采购了平日老爷子餐桌上并不多见的鱼虾鸡鸭。第二天一清早,老爷子就携带着从小就在他老人家身边长大的小孙女晶晶前去机场迎接。

他还是那样年轻健壮,朝气蓬勃,走起路来风风火火,像个大男孩,讲起话来浑厚、实在、简略,不甜不巧,甚至有点拙笨。他到北京来没有任何别的事要办,只是为了来看老爸,看看老爸一切都好就行了,不想多待,也没有时间多待。"纯真的本性倒很像老子我",专程来一趟,这就符合中国的孝道了,老爸一切都好,家里也没有任何需要商讨、需要解决的问题,回家看一看就够了,用不着泡上两三天,何况儿子的时间紧,老爸也忙于巩固他的"功成名就",没有多少时间婆婆妈妈。儿子的目的单纯,行装更简单,但老家的亲人几乎每个人都有点礼物,特别是对小侄女晶晶,她得到了一款式样特新潮、功能也比较多样化的美国手表,看来颇有质量,这正是小女孩所喜欢的东西。她后来一直佩戴着、珍藏着。

"安徽姐姐"为他们父子第一次在老家的团聚悉心做了一顿丰盛而精致的午餐,荤素搭配相宜,色香味俱全,既对"小东家"的胃口,也照顾了老家长的清淡追求,儿子吃得十分舒服,十分尽兴,后来逢人便说,这是他回中国吃到的最使他满意、最使他难忘的一顿饭。

饭后,他耐心地教小侄女调试送给她的那个手表,然后很注意地观看了老父亲那两个宝贝的书柜,那里面陈列的书琳琅满目,五彩缤纷,基本上都是老先生自己出版的论著与编译作品,老爸颇为得意地向儿子一一指点说明,似乎在向一个上级禀报别后10年来自己的成绩。儿子亲切地拍拍他的肩膀说:"老爸在国内混得不错嘛!"虽然

父亲　儿子　孙女

这话略带调侃口吻，但老头子听得十分受用，比听到读书界文化界对自己的佳评还要更开心、更得意，后来，他面对外界的称赞时，就不止一次引用了儿子这一经典性的评语以自我调侃。

关心完老爸之后，又关心老妈，儿子主动要求带他"到妈妈的房间去看看"。老妈与"安徽姐姐"以及"小侄女"都住在楼上另一套房子中，但老夫人平时都在波士顿大学任"客座教授"，只是寒暑假期间才回北京居住。在老妈的房间看到几个新购置的书柜，他就关心地向老父建议把房间里的旧家具也换成新的，因为他发现老父亲的家具，与他十几年前在国内时没有任何更新，完全一成不变。巡视了一周，对老家的生活状况总算有了个了解，他似乎了却了一个心愿，似乎心里有底了。老爸老妈在国内的生活虽然不能说富裕高档，但说小康是绰绰有余的。

剩下还有一个下午的时间，也许在美国就曾听老妈说过，老爸有喜欢散步的爱好，特别是跟自己的家人，于是，他又主动建议陪老爸出去散散步，"如果老爸可以牺牲午觉的话"。当然可以，当然可以，老爸缺的正是与亲人的散步，实在没有人陪同的时候，他就常拽着"身边的小孙女晶晶"一道出去溜一圈，一道背诵唐诗。多年来，与儿子散一次步正是他所企望的理想。为了多少与实用相结合，老父带着儿子到王府井大街逛了一大圈。

在王府井大街上，儿子几乎没有走进任何一家商店，他说他不需采购任何东西，该有的他们（当然是指他与自己的妻子）都有了，老父亲要进商店消费些钱买些什么送给他们，也被他坚决制止了。看得出来，他没有随便花钱的习惯，他是一个懂得节俭的人。老父亲过去就听老夫人说过，卡罗尔姨曾经这么评价过小侄涤非，说他一个很大的优点就是知道自己在美国必须奋斗，必须节俭。果然，在街上，他对有特色的街景倒很乐意停下步来欣赏欣赏，经过新华书店时，则一定要进去逛一大圈，并且颇有一定目的地留意某一些书籍。

父子二人这次漫步王府井，整个过程轻松而愉快，话题也都是随意而散漫。唯一带有点目的性与实质性的话题是，老父亲问儿子准备什么时候要一个孩子，儿子答曰：暂无计划，但会积极考虑。就此，老父亲既表示善良愿望又避免有施压之嫌说，他乐于见到他们夫妇有孩子，并愿意在国内安排较好的条件替他们先抚养几年，因为他也知道，对于在美国的青年奋斗者来说，养育幼婴是一个相当重的负担。但儿子的回应是，他们的事自己完全可以安排好，既然要孩子，那就会把养育幼孩的辛苦也当作乐趣。他还像一个十足的中国式的孝子那样说，他知道他是柳家一脉单传的男子，但他和妻子没有把握一定会生出个男孩，"如果不是男孩，请老爸不要失望！"哪儿的话！何至于此！说实话，老父亲觉得儿子把他估计过低了，他可一点也不重男轻女呀！"不论是男是女，都特别欢迎，特别欢迎，特别欢迎！"老父亲几乎要信誓旦旦了。他当时感到特别高兴的是，王府井之行使他与儿子之间有了这么一次充分的亲情交流，他更没有想到的是，仅仅在这几个月之后，就传来了儿子与儿媳将要做爸爸妈妈的好消息！

当天将近傍晚的时候，儿子告辞奔赴机场飞返南京。他不要老爸送他，他从行囊里取出一本厚厚的英文小说说："你不送，我在出租车上还可以看小说！"老爸平静地跟他道再见，就像送儿子去本市一个地方上班一样平静！远不像十几年前送他出国时那么伤别。

四

2003年的第一月严寒的一天，这个乳白色小楼之家，喜添了一个千金宝贝。早在她出生之前，现代医学的检测就确定她是女性，因此，一出生，就已经有了两个芳名在等着她，一个是她老爷爷取的一个十分儒雅的中文名字：柳一村；一个则是她父亲取的一个音节十分爽朗明快的英文名字 Emma。但围绕在她身边的三个亲人：奶奶、爸

父亲 儿子 孙女

爸与妈妈,总是昵称她为"贝贝",而她在北京的那个老爷爷,因为这位千金小姐自幼就活泼好动,生命力特别充沛,所以曾经在一篇散文中戏称她为"小蛮女",那篇文章被他评为"自己写得最好的代表作"。

小一村出生在这样一个物质生活上绝非富豪大户、人文情感却甚为充沛的门第,所受到的极大关注与精心呵护是可想而知的。早在诞生之前,她就已经在这个家庭两代人里引起了不小的动静,其母充分利用美国优越的医疗条件安胎护胎,加强营养、注意胎教、争取优生自不待言,其父则准备好了从婴儿床到婴儿室的充足物质条件。这个家庭从祖辈老爷子起,凡事都有举轻若重的天性,何况是对即将出世的小千金呢?但所有需要准备的条件中,最最重头的还是妈妈如何"坐月子"、婴儿如何"满周岁"这个问题,它竟成为太平洋两岸父、祖两辈都共同酝酿、筹划的一个大难题,方案不止一个,当然最为理想的就是中国人通常最称道的"家有一宝",亦即有一位可靠的女性长辈不辞劳苦前来操持。但谈何容易!终于还是老夫人毅然决然做出一个无私奉献的决定,辞去在波士顿大学客座教授的席位一年,前去儿子家承担帮儿媳坐月子并照顾小孙女的重任,就像当年她耽误了自己的学术事业、辅助儿子升学出国那样颇具自我牺牲精神,而且,特别值得敬佩的是她的勇气,因为这一年她正好70岁,因为她的两个脚踝都有严重的疾病,走起路来一瘸一拐,而到那幢乳白色楼房里去供职,是要楼上楼下跑个不停的。

乳白色楼房里物力与人力都一一到位,准备迎接千金小姐的降临,但这位千金偏偏在临产之前睡了个"懒觉",姗姗来迟,大家只好耐心"恭候"。而正当此时,老天爷却下了一场多年罕见的大雪,其大也,路上的积雪足有两尺之厚,全城的道路均告堵塞,可偏偏在这个时候,小千金却急于要出来观看这银装素裹的雪景。情况十分紧急,去往医院的道路不通,汽车无法上路,她的父亲急忙向当地有关机构求助,当局出于"以人为本"的关怀,出动了铲冰车与扫雪车,开通了道路，及时把临产的孕妇送到了医院，于是这个小不点的婴儿就算引起了不小的动静，但终归平安地来到了这个世界。

有其父必有其女，这小女子像其父一样先天充足，其父出生时有8斤6两之重，她也不简单，8斤出头，当然都还没有达到这个家庭的老爷子当年9斤的水平。她，一看就是个发育得十分健康的幼婴，臂腿粗壮，肌肉瓷实，一头又浓又密的头发，胃口好，力气大，睡眠安稳，平时绝不轻易哭闹，但有不如意时哭将起来，声音定很嘹亮。她活泼好动，替她整理换洗时，即使是两个大人通力合作，也很难令她就范。说实话，服侍这位小公主，可难为了她的老奶奶与她的妈妈，妈妈要及时保证她的"口粮"，"开饭时间"稍为迟缓，她便急得两脚乱蹬。奶奶拖着两条病腿跑上跑下，洗洗涮涮，不仅要围绕小公主转，还要为大人备餐，为产后的产妇煲汤烹调，以保证小公主得到充足的母乳供应，她自己有几次忙得午后两三点钟才顾得上吃几口饭充饥。特别是因为，小公主从小就天生灵敏，颇讲究生活质量与品位，当她还只有两三个月大的时候，有一次她的父亲因疲倦过度在沙发上抱着她睡着了，小千金也就躺在父亲宽厚的胸脯上呼呼大睡，温热柔软的父性胸脯一起一伏，使她睡得十分甜美。第一次尝到了上帝赐给她的如此慈祥的父爱后，她可好了，往后就经常要追求这种天堂般的睡眠质量，几乎成为一种习惯，即使给她准备好了柔软舒适的婴儿床，她也能敏锐地感到不同寻常提出"抗议"。但她的爸爸总会有自己的事情要做吧，还得上班赚钱"养家糊口"吧，对千金小姐不能有求必应，有时候，小女儿倒也随和，有时候，不免撒娇、使出小性子不依不饶，这时，就只好由老奶奶代劳了，她老人家坐在沙发上，怀里抱着小孙女让她呼呼大睡，她往往就在沙发上要坐大半个夜晚，这位国内著名的英国文学学者，这位波士顿大学的"客座教授"，这位年已70岁的老人，就这样在乳白色的楼房里这么不辞辛劳做老母亲、当老祖母，时间长达一年有余。

父亲 儿子 孙女

千金小姐给人带来了辛苦，但更带来了愉快与欢乐。她的形象喜人，谁一见她就会喜爱，就会开心，就会忘掉疲劳与烦恼。她长得虎头虎脑，有一种自然的憨态与大气，但不要以为她粗而不美，她的美是大方之美，大器之美。五官的部位与分寸都恰如其分，配置相宜，眉目俊朗有神，嘴唇秀气而不流于纤薄，但嘴角下侧却点缀了两个小酒窝，如两颗美丽的葡萄，带给她一种小玉女的情趣，皮肤之白皙细腻更是令人赞赏，有如此这种的"基础设施"与素质，何愁"女大十八变"？不论怎么变，将来都会有一种堂正之美……

她的"人见人爱"，还在于她的灵敏与活泼，她的双目炯炯有神，有灵气，你一来到她面前，黑亮亮的眼睛里便有反应，有亲和的表情，总是乐呵呵的，有好脾气，有好心情，从来不无故哭闹，也不认生别扭，如果是照相机的镜头对着她，似乎表情就更较多样化，因此，她在1岁以前就已经留下了数量相当多的照片，记录了在不同情势下的形象。她很小就有灵敏的判断力并由此有准确的反应，一见妈妈拿着奶瓶过来，她知道是享用美食的时候到了，便乐呵呵地笑逐颜开，一见父母拿着彩色浴巾过来，便知道她的"洗礼"来了，她即将可以泡在水盆里泼水玩，便手舞足蹈了起来。她自然的禀能甚强，变通的悟性甚高，来到这个世界上才短短三四个月，就会在床上爬来爬去，遇见"高原"与"山丘"也能设法逾越，只是爬到床边时见面前有"深渊"才不敢继续前行，但观察了几次后，居然有了绝招，那便是"屁股先行"，倒退着一只一只脚先后伸下床沿，然后全身才慢慢滑下去，开始，她行动笨拙，不免一滚，摔在地毯上，屁股着地，不痛！坐起来再爬，这就不再是在床上爬，而是在整个房间里爬了，这样，她的"行走"范围就大大扩充了……一天，她爬到楼梯口，见楼下又是一个大世界，可惜这个深渊更深，观察揣摩了几次之后，她将下床的办法用上，仍将屁股开路，小心翼翼，全神贯注，全力以赴，她终于又成功了。于是，早在她能直立行走之前，楼上楼下已经独自

"通行无阻"了。

她绝对是这个家庭的千金宝贝,是大家围着团团转的宠儿,她的妈妈除了承担哺乳与替她"梳洗打扮"的主活外,还发挥她心灵手巧、善于摆弄器械的优点,给她留下了很多音像资料,唯恐她瞬息多变的精彩有所"流失"。她的父亲,说实话,过去是一个对小孩难得有逗一逗、抱一抱兴趣的大男孩,自从有了这个"小贝比",就像换了个人似的,一下班回到家里,总喜欢把女儿抱在怀里,奉若至宝,爱不释手,还经常不顾自己打瞌睡的质量,把女儿放在他那厚实的胸脯上,让她呼呼大睡。老奶奶则是小孙女的一位高水平的欣赏家,她能从小孙女的神情反应中见出她的灵敏与情趣,并赋予自己的幽默色彩。她除了在小楼里忙来忙去,保证这个家庭的正常运转外,还担负了一个特殊的任务,那便是每隔十天半个月便打电话给北京家里的老爷子,向他禀报与描述小孙女的种种精彩。这些电话与发送过来的照片,相得益彰,构成了小孙女精彩的形象图景,直乐得这位"空巢老人"心花怒放,每当他接到电话时,每当他收到照片时,那就是这个老人的节日,是他这一生中最为愉快的时分。而且,正是以老夫人的描述与这些照片为基础,他日后才写出了他的散文"代表作"《小蛮女记趣》。

当了爸爸之后,涤非过了四五年的舒心日子,在工作上紧张多变而又顺畅如意,生活上平稳和谐、温馨愉快。

在这短短的几年里,他跳槽了两次,换了三家公司,先是从 GE 跳到一家经营农业与食品的公司,工作地点由北卡罗来纳州转到尼布拉斯加州,家庭地址由原来的克奈留斯城搬到了奥马哈城,两年后,他又跳到一家医药公司,全家从奥马哈城搬到了密歇根州。两次跳槽,工作专业都没有变,都是搞他的财经老本行,但每跳一次槽,他的工资待遇与职务职称都有了提高,到医药公司时,他已经成为分公司的经理,正式进入了公司的高层。在自由经济的社会里,他如此

父亲 儿子 孙女

频繁变换工作单位，固然是出于"良禽择木而栖"的普遍规律，在物质待遇与发展空间上有所希求，但也意味着要承受更多的挑战与辛苦，每到一个环境都要从头做起、开创局面直到做出实绩，难能可贵的是，他做到了这一点。从 GE 跳到那家食品公司后，果然不愧是从 GE 大场面上来的，他在一两年间把这家公司原来混乱的财务清理得有条不紊。后来仅仅眼见该地区产业结构调整在即，他才又跳到了在美国名列前茅的一家巨型医药公司，在这里，他又获得了普遍的认可与好评。

这里当然有他职业操守的品格与水平，但在他的老父亲看来，更有他的奋斗精神的自我要求与不懈努力的自觉意识，恐怕既不是因为他有志于当一个杰出的经济学家，也不是企图成为一个华裔奋斗者可望而不可即的企业巨头，他的动力显然很简单，他的目的显然很单纯，那便是他作为一家之主，得在经济上、物质生活上给自己心爱的妻子与女儿提供充足的保证。他的卡罗尔姨说得好："涤非的优点就在于他知道自己在美国没有家业的基础，必须努力奋斗，也知道如何奋斗得很好。"他的岳母大人、那个朴实善良的江苏妇女说得很实在："涤非很不容易，拖家带口的一个人在海外奋斗。"

他奋斗得一步一个脚印，踏实而有成绩，他每换一个公司，每搬一次家，他家的房子就扩大一次面积，质量和规模就再上一个档次。在他的老爸看来，他的第一幢乳白色的小楼房对一个小家庭来说，已经是理想的了，他第二幢在奥马哈的家宅就更高档了。房屋坐落在一个开阔安静的中产阶级住宅区，宅前有一大块绿茵茵的草地与一条整洁的可通汽车的小路，按照他本人的设计，这幢崭新的楼房刷成了墨绿色，给人宁静清幽的感觉，宽大的门廊前侧，安放了一个面盆大的南瓜雕塑，似乎宣示本房主乃农业食品界人士也，颇有幽默意味。楼房比原来那幢乳白色楼房大了很多，除客厅、书房、餐厅、居室外，小一村的"领地"也扩大了，不仅有自己的卧室，还有自己专用的游戏室，而且她的爸爸还在屋后的空地上为她建起一架秋千与一个滑梯，另辟了一片玩耍锻炼的场所。到了卡拉玛佐城，他的家宅就更为高级了，享用休闲的空间进一步扩大，不仅地下室车库更为宽敞，室内的走廊更变化有致，而且楼上还有大面积的露天空间，实际上也构成了一个阳台。除了小一村有自己足够的"领地"，楼内还多余一个房间，那是为小一村将来可能有的弟弟或妹妹准备的，就宅主人的物质经济条件而言，他们完全可以再添一个孩子，问题只在于安排在何时为佳。这一次又一次的家宅规模的提升与扩大，固然来自他多年积蓄的"扑满"，也因为他在升迁过程中有相关公司所提供的特别优厚的经济待遇，既与他不止一次得到赏识提携有关，也是他刻苦的敬业精神与出色的工作能力所带来的回报。

每次变换工作举家迁徙，他都安排妻子带女儿回丹阳娘家小住，他一人在美国承担起搬家、托运、购置新宅、装修、美化、布置安顿等一系列的重活，虽说在美国远途搬迁的承保业务十分发达方便，这一全过程的劳顿仍然是可想而知的，但他不辞辛劳，干起来很起劲、兴致很高。他常打电话向在娘家的妻子报进度，对自己在新宅上的选择与设想创意都十分得意，有一次，他对妻子说："我要把新居安顿得叫你感到惊喜，叫你特别满意。"这句话既是有具体所指，也是他好些生活目的，甚至是他基本生活态度的概括与反映。为了使妻子与女儿幸福，使她们快乐开心，这便是他做很多事的主要动力。他重视自己的家庭，挚爱自己的家庭，他为她们而努力而奋斗。他身上没有丝毫"浪子"的气息、"游子"的气息，虽然他早从16岁起就一直漂泊在外。他的一个同事说："每当他的妻子与女儿在国内时，他就感到十分无聊，不知如何打发自己的闲暇时光。"他是个心里念念不忘妻女的人，用中国通俗的说法，是一个顾家的人，内陆文明意义上的"家园人"。

他是执着的家园营造者，也是调控有方的家园经营者。他的调控

父亲　儿子　孙女

有方是他的生存状态之必然,他要保证自己的孩子将来有足够的经济条件得到上佳的高等教育(而有能力使女儿上得起"常春藤联盟",正是美国中产阶级的向往),他必须对自我的经济基础有清醒的认知,并且由此有合理的计划与有良好的调控。自我经济状况,他从来都是有清醒的认识,他知道自己在美国没有根基没有固有的家业,他的一切都必须从白手起家而来,必须由奋斗而来,而当他奋斗有成,得到奋斗果实之后,最重要的问题就是合理支配了,用中国的经济术语来说,就是"量入为出"、"适度从紧",必须在奋斗所得的有限与个人享受欲望的无限之间,有一个合理的平衡,在现时与未来之间有一个合理的平衡。在这方面,他的妻子与他志同道合,相得益彰,他俩基本上都出身于中国的小资产阶级,有奋斗精神与比较善于过"量入为出"的日子正是中国这一阶层的人所共有的特点。他负责"赚钱"与基本调控计划的制订,而他的贤内助则负责具体执行与"出纳",夫唱妇随,小康有余的日子过得相当滋润。宽敞的家宅装饰得高档、大方而雅致,但并不奢华浪费;家里配有两辆汽车,一辆上班用,一辆家务用,各得其所,充分够用,但没有一辆是名牌豪车,虽然这个白领主人也还购置得起。每月之初,两口子共同编制项目开支;月底,妻子在电脑前核算账目,她在管账方面也是一把好手,把一切都整理得井井有条。夫妻二人喜欢双双携手逛商场,饶有兴趣地比较不同商家的产品质量与价格,然后再决定自己的采购,在大的项目上,他们从来都郑重其事,绝不轻易"出手"。虽然他们也并非去不起豪华场所进行高档消费,但他们极少问津,虽然涤非酷爱旅行,但他极少斥巨资远游,只有一次得到一大笔奖金时,他才携妻女远到一个海滨胜地享受了一个星期的舒适生活,这是他生前唯一一次豪华享受。他平时没有任何特殊的嗜好与消费,结婚之后也戒了烟酒,而且自从他离开银行界到企业工作后,客观环境对上班衣着要求不高,他便从来也不为自己添置任何高档服装,经常是一身最普通不过的休

・329・

闲装,很少添置更新。说来几乎令人难以置信,他这样一个工资优厚的白领,竟然没有一件像样的过冬大衣。但他本人的克己,并不意味着对妻女的"抠门"、"吝啬",应该说,他妻子的服饰还是一应俱全、多姿多彩,且都上了一定档次,女儿的衣装与玩具更是堆满了房间。每当他的女儿过生日(包括诞生100天纪念)他与妻子都操办得甚为隆重,生日礼品、生日蛋糕不在话下,楼上楼下挂满了彩色的气球,从3岁生日起,还举办规模相当大的"派对",邀请不少小朋友与邻居、同事前来做客,甚至雇了专职小丑演员到家庭聚会上作喜剧表演。除了所有这一切,涤非还按年按月为自己的家人买保险,为自己的女儿储蓄"教育基金"。

这便是作为一家之长、作为人夫、作为人父的柳涤非,正是以这种对将来的负责精神,对亲人的高度责任感,坚持理性与克己地调控,他为自己的家庭、为自己的亲人打下了一个非常扎实而良好的经济基础,以至于命运突然击倒了他,令他离开了尚为年幼的女儿与没有工作的妻子时,他的这两个最心爱的人仍然可以过上不愁衣食、小康有余的生活,他仅仅活到37岁,就做到了这个分上……

当了父亲以后,涤非身上的"好男人"品性有了更为充分的展现,特别是他的"父性慈爱"更是令人刻骨铭心。他颇受"美国硬汉性格"潜移默化,轻易不表达内心的感情,或者总是有意识地把感情的表达控制在低调、淡然的风格中。他从来也不用浓重的形容词来称赞女儿,每当北京的老祖父看到小孙女的照片总是对她的灵敏的神情与相宜的容貌赞不绝口,甚至不吝最佳词语时,他总是平淡相应,其最高的评语也不过是"看来还不笨"、"看来长得还不错"之类的话。但是,他内心里对女儿深沉、慈祥的疼爱却在他的行为中表露得再明白不过。他只要有可能,总是和女儿在一起,女儿幼小时喜欢躺在他胸脯上睡觉,他便经常不顾自己的疲劳给女儿提供这种条件;全家出游时,他总是喜欢为女儿推婴儿车;待女儿稍大一点,上公园逛商场

父亲　儿子　孙女

时,他则老是让女儿骑在他的脖颈上,就像当年他自己两三岁时,其父带他上街时老让他骑在脖子上那样;女儿再大一点,他下班后总是不辞辛劳地陪女儿做各种游戏,在地毯上陪她翻跟斗,玩仰卧起坐,做其他体育锻炼,有时还投女儿所好,伸直着腿让她坐在上面,自己费劲地一翘一伏把腿当作女儿的跷跷板;当然,在女儿的生日聚会上,他既是导演也是招待来宾的"侍者",甚至还戴上小丑的假发跟雇来的丑角演员配合为女儿与小朋友表演节目……

在与妻女共同生活在一起的四五年里,他生活的最大重心与最大支点应该说就是他的宝贝女儿。他把婚前吸烟的习惯完全根除掉,大大克制了过去喝啤酒的嗜好,他发现自己身体过于肥胖,大腹过于突出,因而加强了饮食控制,并购置了跑步机、哑铃等运动器械,加强了体育锻炼,所有这一切,他都坚持做了下来,其最大的动力便是他的宝贝女儿。他无疑是意识到了自己面对着小女儿是任重而道远的,接受了他家老爷子常说的"人生是马拉松长跑,必须储存些健康来保证胜利达到终点"这一提示。他做了努力,但命运没有回报他的努力,这是命运的不公。

在这四五年与小女儿的共处里,他的决断安排、他的生活方式、他的兴趣爱好,几乎都打上了对小女儿疼爱的印记,几乎无处不注入父性慈爱的成分与色彩,虽然有些习惯、爱好、生活方式是他早在学生时代就已经形成、已经具有了的。

早从安多韦中学时代、格伦奈尔大学时代,他像很多美国青少年一样,就养成了看球赛的爱好,特别是看橄榄球比赛与垒球比赛。在这方面,他是一个大粉丝,其浓烈的兴趣甚为专业,甚至讲究到专门爱看某一个球队、必须看全整个赛季,闻名全美的"红袜子"球队的比赛更是他的最爱,有一年,他缺了几场没有看上,遗憾得不得了,其母爱子心切,费了不少劲、辗转托人,甚至烦劳了杏姐及其好友在美国以外的地方购得一整套全赛季的光盘,即此一事,可见其球赛瘾之高了。但有了小女儿后,他的这一迷醉的球瘾,却开始在他的生活中"边缘化"了,他下班之后都得围着宝贝女儿转,只是在女儿入睡之后,才有空一边在跑步机上跑步,一边打开电视看他着迷的球赛。还从大学时代起,与"铁哥们"经常有聚在一起看球赛、喝啤酒的习惯,大学毕业后,他们一伙"铁哥们"还有每年聚会一次的习惯,在不同的城市,由所在城市的"哥们"尽地主之谊,逐年轮流。每遇到这种格伦奈尔哥们的友谊"年会"或遇上某个哥们的婚礼,涤非总是尽可能携妻女出席,实际上就是带妻女做一次愉快的旅行,把他的哥们义气与他的父性慈爱结合起来,或者说,给他的大学友情活动注入了自己家庭亲情的新内容,让自己的父性亲情又延伸到新的领域。

还有一个父爱延伸的领域,那就是高尔夫球场。自从他进入银行界工作后,就有了打高尔夫球的习惯,并一直坚持下来,成为他健身休闲的一个主要方式。众所周知,打高尔夫球是一种较为贵族化的运动,在银行界、企业界,他必然"入乡随俗",也养成了这种时尚、讲究的习惯。他也备有自己一套一套不计其数的球杆,也备有多种球服与器械,但都并不追求豪华与炫耀。事实上,他所在的中西部地域广阔,高尔夫球场甚多,此项运动相对比较普及,不像在中国是"王公贵族"的消遣。在"拖家带口"之后,他既不是将自己那么多球杆束之高阁,从此告别了自己多年来的这一爱好与习惯,也不是经常置家人于不顾,自己跑到高尔夫球场上去休闲,而是采取了两全其美、相得益彰的办法,既把自己的亲情带进了球场,也把高尔夫球的乐趣引入了自己的家庭,使高尔夫球场成为家庭的一个休闲场所。他经常携妻女去球场,让妻子进入高尔夫球培训班,还为她找了私人教练,准备了球服球杆,仅那位才三四岁的千金小姐,就拥有自己的一口袋球杆。他们一家人往往在玩了一场高尔夫球之后,就近在俱乐部餐厅里吃一顿饭,全家共享了一次愉快的休闲。当然,每逢到高尔夫球场去,对于他的贤妻来说,也许是有点"舍命陪君子",但对他家那位千金小姐却绝对是一段异常欢快的时光,她在球场上欢腾雀跃,忙于摆弄自己的球杆,更多的是忙于跑来跑去,捡球拾球,因为这是她唯一能够胜任的活。她那欢快的形象,她的妈妈及时地拍摄了下来,使她有了一张在高尔夫球场上的玉照,而且是一张有父亲背影就在近旁的玉照。

与他的亲情融合在一起的,还有他的文化读书生活。涤非在安多韦与格伦奈尔受的是通才教育,他曾经选修过的课程,远远不限于他后来所从事的专业,这使他培养了比较广泛的文化兴趣与读书爱好,这些兴趣与爱好一直保持了一生,其主要方式则是读书。因此,他可谓是博览群书,知识面甚为丰富,他最感兴趣的是国际政治,对伊拉克战争这样的热门问题有相当深入的研究,即使对美国与蒙古关系这样的冷僻问题也有较为充分的认知。他喜欢读历史书,不是一般的通史,而是历史的专题论著,如培恩的《墓之梦》与1994年出版后称著一时的《十字军东征》都是他一读再读的书籍。《新视角看滑铁卢战争》一书,他也读了两遍。他也是小说的热心读者,但他从不看通俗言情小说,而爱看挑战智力的案件分析小说与有所根据的政治小说,著名作家布莱恩作品每出一本,他都必看,因为此君乃美国前任国务卿黑格尔之子,本人亦在政界,他相信这样一个作家所写的总有一定的根据与来由……他平日下班后不玩电脑游戏,不玩牌,不参加聚会,也不爱与人闲聊,而总是有书在手,即使是在旅途上,饭前饭后或是临睡之前也都如此,因为这是他的精神享受与休闲乐趣。正因为如此,读书乐在他的生活中占有很重要的地位,他选择工作地点与安家社区,往往要考虑附近是否有较好的公共图书馆与书店。在先后居住过的城市,他与当地的图书馆都有良好的关系,他不仅是一个热心的读者,而且是很守图书馆规矩的借阅者,还经常把自己所购、读了一遍不拟保存的书送给图书馆。当然,他自己喜欢的书,认为特有价值的书,还是要留存的,他书房里遗留下来的珍贵书籍就为数不少。

的确,"拖家带口"以后,他享受读书之乐的时间是少了一些,他有一定的家务负担,尽管他常雇人承担割草、修整树木之类的粗活,但他要献给宝贝女儿的时间是不能打折扣的。为了兼得亲情乐与读书乐,他在时间上将两者协调统一了起来,他经常采取的办法是为千金小姐让路,等她入睡后自己再一边在走步机上走步一边看书,或者自己在入睡之前躺在沙发上进行阅读,往往就这样进入梦乡直到第二天清晨。他更为喜欢的方式是躺在沙发上一边看书,一边把小女儿放在自己的胸脯上大睡,这种温馨的父爱方式也是小女儿特别偏爱的,她总是睡得很酣甜,但当父亲的阅读干扰了她时,她就不客气地咧开嘴巴大哭。随着她过了一两岁,父亲的这种"双结合"方式不行了,又有了新的"双结合"方式。每当他带她上公园、上博物馆,他总是一边在旁守候着女儿,一边手不释卷兼享读书之乐,或者是看报消遣。他一般都是看《纽约时报》,这份报纸在中西部城市每天限量销售,如果是星期天,他总要起一个早床出去先购买一份,共好几十页,他便靠它在自己小女儿身边度过了一个上午。他特别喜欢看《纽约时报》上的名家时评专文,这些文章的固定读者是社会的文化精英,眼光犀利、文笔幽默,微妙曲笔处处即是,没有较高的语言水平与文化修养,往往不易体味其中之妙,他却看得津津有味,有时看得兴起,自个儿就格格地笑了起来。

也许老是见父亲爱阅读,小女儿很小就开始对书感兴趣了。那也因为美国的幼儿读物异常丰富多彩,琳琅满目,而且,大商场中的书店特别宽敞,备有供儿童专门阅读与玩耍的专区,任他们自由自在地滋生出对文明与知识的喜爱。于是,书店就成为小一村特别心仪的乐园,只要家长带她出门,她就指定非去书店不可,只要你一承诺要带她上书店,她当时的任何不愉快甚至哭闹都立即烟消云散。在书店里,她看她的图画读物,做父亲的看他自己感兴趣的书,父女二人各得其所,往往一待就是一两小时,甚至两三小时。就这样,涤非度

父亲　儿子　孙女

过了不少亲情乐与读书乐结合的愉快时光，由于他阅读能力很高，有那种看几行看几页就能掌握全书要旨的本领，他的"书店时光"也带给他不少新知识的收获。而小一村，最初也正是在书店里培养起了对书、对识字的兴趣与爱好，他的父母甚至把书店称为"小一村的工作室"，这对她的将来也许会有深远的影响。

2004年春，涤非安排妻子回江苏娘家小住两个月，以避开他变换工作、搬家、安排新宅等一系列忙乱。

这是小一村出生后第一次到中国，她的妈妈携带着她飞抵北京机场，并当即转机飞江苏。转机的空隙有两三个小时，这对北京的老爷子来说，是可以见到小孙女一面的机会，而且是第一次见小孙女呀，他当然不肯放弃，虽然时间很短。于是，他一改自己在家深居简出的习惯，特地往机场跑了一趟，以求看上这位柳姓小公民一眼。考虑到这位小姐刚下飞机可能要喝点什么饮料，他要同行的小慧姨特别为她备了两瓶新鲜的酸奶，还怕她长途劳顿，第一次踏上中国土地需要稍稍"梳洗"一番，又特为她准备了一条崭新的毛巾。

自从她出生以后，她的生活习惯、脾性特点早已由她的奶奶经常通过越洋电话一一通报了北京的老爷子，她的容貌形象也通过她妈妈发回北京的大量照片而为老爷子所熟识，这些构成了他写亲情散文《小蛮女记趣》的灵感与感性材料。但是，百闻不如一见，只有亲眼见到了这个远在海洋彼岸的柳姓后裔，老祖父的思念饥渴才得以一缓。他看得直出神，他觉得小孙女的憨厚纯真与其父幼儿时代十分相像，其神情反应既有她奶奶的聪慧也有她妈妈的精明。

她端坐在婴儿车上，由她妈妈推着，既没有因为长途劳顿而迷迷糊糊，也没有因为对环境的陌生而哭闹，她平静地观察着周围，一脸"严肃"，旁若无人，似乎像一个来视察的"大员"，这是老祖父生平对自己小孙女最初的直接印象。她1岁出头不久，还不会用最简单的词语与人交流，老祖父期待的叫一声"爷爷"，他这时还没能得到，倒是不久后就对她十分有个性的特点颇有领教了。那是在机场餐厅休息的时候，老祖父想以慈爱的方式跟小孙女有一点接触，便拧了一把毛巾来替她洗脸，但毛巾刚要接近，小孙女就迅速把头一转躲了过去，一次不成，再来一次，老祖父又试了两次都完全失败了，她不哭，也不闹，只是平静地躲闪过去，似乎懒得理会大人这烦人之举。"她是该洗个脸啦！"她妈妈接过毛巾亲自操作。于是，母女二人进行了一次速度的较量，毕竟是干练的妈妈技高一筹，以迅雷不及掩耳的快速叫女儿躲之不及，擦了两把，将她那张小脸洗得清清爽爽。她倒也还随和，并没有因为自己没有躲掉而别扭哭闹，若无其事，不予计较地过去了。

母女二人在江苏娘家住了一两个月后，涤非在美国将一切都安排妥当，便回国把妻女迎回新家，他先到丹阳在丈人家小住了将近一周，便携妻女上北京，由北京再飞美国。他们在北京停留的时间只有一天24小时，这可难为了北京家里的老爷子，他当然希望儿子一家在北京多待几天，自己能以多尽一点"地主之谊"的方式来享受一直可望而不可即的"天伦之乐"，父子有时间坐下来聊一聊天，如果能从容地议论议论两人都有兴趣的国际政治问题，那就更好了。但他老人家只有十几个小时的可用时间却需要补进去那么多亲情内容：总该一家人围着一张桌子吃一顿饭吧，总该有点时间上街或者游公园吧，总该有祖孙三代多拍一些照片的时间吧，总该有时间将自己爬格子积攒下来的"家当"向儿子交底并告示自己"身后"的安排吧，要知道，自己已经年过古稀，天有不测之风云，人有旦夕之祸福，而父子二人相隔天涯，见一面实在不易……总之，他要安排的事情实在太多，但他只有很短的时间，于是，他发挥从其父亲那里继承来的基因，像那位老厨师靠一人之力通过数十上百道复杂的烹饪程序，做出一桌甚至两三桌色香味俱全的丰盛筵席那样，把儿子一家的接待工作做得充实而高效。

父亲　儿子　孙女

接近傍晚时分,贵宾一行三人才出了机场。为了及时赶到预订下榻的宾馆,老父亲要求的士司机自行选择行车路线以避开堵车的路段,报酬不计。司机照办,果然车行畅快,一路无阻,但老爷子不熟悉本市路况,实在很难说此举究竟节省出多少分钟,只知道最后付出的路费,比平常高出了将近一倍,总算在那家五星宾馆限定的时间之前赶到。在大厅里,儿子儿媳一道去办入住手续,儿媳站在儿子的旁边,主动地依偎着他,攀着他的肩膀,老父亲眼见小两口相亲相爱、感情挚厚的情景,十分欣慰、十分感动,而看着小孙女在宽阔的大厅里跑来跑去,更是笑逐颜开。那小家伙还不到1岁半,跑得很快,小慧姨在她背后往往追不上,她的步子蹒跚,甚至跟跟跄跄,你眼见她即将摔倒在地,但令人惊奇的是,她跑了半天,居然一次也没有摔倒……天生的灵敏反应!天生的平衡能力!

宾馆手续办好后,一行人便火速赶往老家举行第一次三代同席的"家宴",好在宾馆离家不远。这时天色已晚,毕竟时间有限,还得分秒必争,"筵席"基本已经事先备好,只需临时下锅。就在等着"开宴"的短暂一二十分钟的时间里,老爸匆匆把家庭与家计安排向儿子做了交代,他是靠爬格子攒下来一点家底的,虽然与那些靠几个电话、几层关系就完成原始积累的"大款"无法相比,但在清贫学者阶层中,还要算是个"富户",加以他自己一直过着淡泊的书斋生活,个人花销很少,倒也的确积存下了若干值得向后人交代一下的东西。他本着自觉的责任感与慈爱心意向儿子明示,他将留给儿子与小孙女一套房子与一笔小孙女读大学的经费,另外,对儿子甚为关心的"安徽姐姐"的生活与"小侄女"晶晶的大学教育费用也做了妥善的安排。一个农村的孩子来到北京,把自己的劳动与忠心都献给了这个学者家庭,作为一家之长,当然应该对她后半生的生活负责,当然应该使她的孩子在北京得到优质的教育,而老爸做此安排,也是为了完全解除儿子对"北京基地"的任何担心与负担……他一口气向儿子宣告了所有这一切,终于大大舒了一口气,就像完成了人生的一件大事……儿子根本就没有把这点小家底放在心上,就像以往每当涉及这类问题时一样,特别强调,他自己家庭的经济状况与将来小一村的"教育基金",他与妻子都有自己的妥善安排,无需老爸的相助,老爸有些积蓄,"尽管自己完全花费掉享受掉好了"。至于对他的"安徽姐姐"一家,他的仁义关爱之心与其父同样真挚诚恳,当然对老爸的安排没有任何保留,完全赞同,"这小子善良忠厚像我"!老爸这样想。

为了表示对老爸意旨的尊重,他带着妻子上楼看了看将来由他与小一村继承的那套房间,他招呼道:"来看看老爸给我们的这一份!"高高兴兴的,就像小时候得到了一份压岁钱。那顿晚饭颇有欢乐气氛,正好他的杏姐受美国公司的派遣来北京出差,也赶来赴了家宴,只可惜老太太因教学工作在身未能回国,否则就是一顿名副其实的"团圆饭"了。

小一村第一次到老祖父的家,对祖父不感兴趣,不大搭理,对晶晶姐倒是一见如故,很是投缘,她喜欢跟这个长她十几岁的姐姐玩耍,十分服帖地跟着她坐在老祖父的书桌前学写字。对此,老祖父十分理解,他高高兴兴说:"这小家伙很有美感,不爱跟白发苍苍、形象不佳的老年人打交道,专喜欢跟漂亮的小姐姐做伴,我自己小时候就不喜欢老头老太太。"小一村玩了一会儿写字游戏,又跑到厨房找新的玩意。她在这里颇有点"大闹天宫",纤纤小手上不免沾上了油污,她的父亲就把她抱到水龙头前替她洗涤,小家伙不愿就范的习性又发作了起来,撒娇地大声叫唤,似乎在呼救,她的妈妈深知女儿的脾性,在隔壁房间大声接应:"是谁在招惹小贝比呀?"不是在责问,而像逗闷子似的开玩笑,"是我在招惹她!"她爸爸高声欢快地应道,这哪里是在承担"责任",完全是一家三口人在逗乐好玩。老爷子的家从来没有这么欢乐过,至今,这仍是他记忆中最感幸福的一天。

第二天,儿子一家三口必须一过中午就奔赴机场,可供老爷子安

父亲 儿子 孙女

排的时间实在很有限,他的计划是带他们上街看看或者逛公园,然后找一个可口的饭店用午餐,午餐后即可告别了。他到凯莱大酒店与他们会合,不敢来得太早,以免打扰他们的"懒觉"。祖孙三代一起从凯莱出来时,已经9点多钟,显然,已经没有时间逛街了,最现实的办法是去公园散散步,然后就找一个用餐的地方。老爷子当机立断:行动范围不离二环这一条线,南北距离则不能超过5公里,于是确定散步地点为二环边上的日坛公园,用餐地点则是二环线上的名店"福华肥牛"。儿子让小女儿骑在他的脖子上,大步往公园赶去,但老爷子为了省时间,便叫了一辆出租车,也不管花10元钱只乘上几百米的距离是否值得。

上午时分,日坛公园里游人稀少,阳光明媚,绿荫葱郁,环境清幽喜人,此时此地,携儿孙闲庭信步,真是天赐福也。不过,"闲庭信步"不甚确切,准确地说,引领者是那位不到半米高的小丫头,她的短发像个小男孩,身穿一件绣有红色团花的"上海滩"名牌上衣,脚踏一双红色小皮鞋,可爱而略带几分滑稽意味。她兴致勃勃,到处跑来跑去,她往哪里跑,大人就向哪里走,她跑到哪里,大人就跟到哪里。她跑得相当快,脚步蹒蹒跚跚,踉踉跄跄,眼见就要摔倒,但最后她一次也没有摔……

老爷子这一天给自己规定的任务,是为儿子一家三口多拍些照,"家庭摄影师",这是他特别乐于扮演的角色。但这一天的任务特别不易完成,关键是那位小丫头特别不听从调遣,也很难叫她就范,她跑来跑去几乎没有停歇的时候,很难让她与父母凑在一起。拍摄合影难,即使拍她的本人玉照也殊为不易。老爷子使出了浑身的解数,跑几步,抢距离,急速转换脚步,抢角度,还要眼快手快,当机立断,抢速度抓拍……这位70岁老人经过了好一番"奋斗",总算为日坛公园之游留下了好几十张珍贵的照片,其中有父母与宝贝女儿温馨情景的"经典合影",也有小丫头活泼可爱的真实身影。

不几天后，这些照片冲洗出来了，老爷子在每一张照片旁写上了说明与幽默式的评语，并将它们编辑成册，寄给了儿子供他一家三口存念。另外，他又选出了几张带有"经典性"、"表征性"的，特别加以放大扩印，并制成几套水晶美术版，他自己、老夫人、儿子每人一套，作为家里的美术装饰品。这一切，他做得很有兴味，很是认真，全部完成后，他觉得这是他生平所做的最有意义的事情之一。

2006 年 12 月，涤非最后一次携妻女回国。又像以往一样，一家三口先到江苏老丈人家住了一阵子，他一向很注意按照中国礼数对丈人家表示最大的尊重。只不过，这一次他与妻子在北京待的时间超过了以往各次，前后有三四天，这是因为，老夫人已经从波士顿大学退休，更多地居住在北京，而老夫人又深知老爷子对儿孙的感情，很想促使他们在北京多相聚几天。此外，老夫人也想让涤非与居住在北京的主要亲戚见见面，自从他赴美求学后，有的亲戚他一直未见面，如他的舅舅，有的则从来没有见过面，如他的同母异父的哥哥。

老父母将他们安排住在北京国际饭店，为他们订了一辆专车。涤非夫妇有时需要去看看他们在北京的朋友或者上街做点跟他医药公司有关的"市场调查"，每当他们有事，小一村就放在爷爷奶奶家玩耍，或者跟爷爷奶奶与妈妈一同上王府井逛街购物。到用饭的时候，三代人总是事先相约聚在一家酒店里享用一顿美餐，如全聚德、夜上海、俏江南等，北京烤鸭、上海菜、川菜等总算都尝了一遍。说来令人难以置信，老爷子虽然身居京城，也不时有稿费收入，但花几百元钱到全聚德"撮一顿"，实为第一次。在一家家名店，做东的老爷子眼见小孙女吃得美滋滋的，一副小馋样，眼见儿子爱吃能吃，吃得容光焕发，便觉得自己是天下"最有福气"的老爷子。涤非离京返美的前两天，老夫人做东在国际饭店顶楼的旋转餐厅里为涤非一家的访京以自助餐形式宴请了有关的亲戚，有涤非的舅舅全家三口，有涤非同母异父的哥哥一家三口，有杏姐一家五口，还有涤非的"小侄女"晶晶。涤非与从未谋面的亲友见面,交谈甚欢,用老夫人的话来说:"聚会很是成功。"对她老人家而言,这一次大聚会、大团圆肯定是她老年的一项心愿。

这一次涤非的北京之行,使老爷子特别高兴的是,他要交付给小一村大学教育经费的方式与渠道有了明确的着落,这是涤非亲自去有关银行询问与办理了正式手续的结果。对老爷子来说,这是他生平最大一个心愿的具体落实。第三代前途的愿景开始在慢慢显现,开始慢慢有了初步的轮廓,特别是他眼见小孙女在他眼前稳步成长,还以自己的方式检测与见证了这个小美国公民心智上的灵敏与心地上的善良,确信她是一棵良好的幼苗。

祖父的一次检测。苍苍白发老人站在家门口外大马路的行人道上,等候老夫人、少夫人携带小孙女回家"问祖"。出租车在约20米开外停下,一行三人走了出来,按照老爷子先前的电话安排,老夫人、少夫人假装没有看见他,以便大家静观小孙女的反应。小家伙眼尖,一出车门就看见了这个白发老人,虽然他是不动声色地注视着她,并没有招呼,但她却定睛地看了他一两秒钟,小脑袋里一定在进行高速度的分析与推断,既然是到爷爷家来,人行道上恰巧又有这么一个引她注意的老人,这不是自己的爷爷又是谁呢?……她没有再迟疑,相隔二三十米远即叫了一声"爷爷",这时她还不到4岁。仅仅在1岁出头的时候她与爷爷游过一次日坛公园,不论是记忆力好还是有超灵敏的直觉,这一声"爷爷"都足以使老爷子深为赞赏,他想起自己3岁时被骗子拐走后居然能在迷宫般的街道小巷里找回自己家里的那件事,"有其祖必有其孙"!

祖父的一次观察与观感。在长安戏院一侧的咖啡厅里,祖孙三代环坐聊天,小家伙跑来跑去,不时离开家长的视线。老爷子一想起常听说的小孩被拐骗的案件,不由得不寒而栗,便告诫小孙女不要乱跑,因为"世界上有坏人,会把小孩拐走,那就永远见不到爸爸、妈妈、爷爷、奶奶了"。这一告诫果然奏效,但显然她小小的心灵里就留下了"坏人"这么一个巨大的阴影,似乎是为了摆脱这个巨大的阴影,她不断地动脑筋、想办法,于是,这整个一天不断跑到老爷子跟前提出自己治坏人的法子,一时跑过来说:"爷爷,我们在好远好远的山上造一所房子,让坏人住在那里,不让他到这里来,好吗?"一时又跑过来说:"爷爷,我们不给坏人汽车,让他找不到我们。"……而在酒店用餐的时候,她的治理方案又层出不穷了:"爷爷,我们不给坏人吃好的东西,好吗?"一时又说:"我们不给坏人买糖果。"一时还说:"我们不给坏人买彩笔。"以及:"我们不给坏人准备桌子,让他画不成图画。"……种种天真的对付方案背后,都是她善良忠厚的天性,老爷子不由得想起自己经常对付家里苍蝇的办法,不是拿起苍蝇拍一拍了事,而是打开纱窗,费时费事地把它赶出窗外……也就是这一天晚上,在国际饭店的房间里,她爸妈替她换上了睡袍,让奶奶哄她入睡,两口子就出去逛夜市去了。老夫人把小孙女抱在怀里,抚摸她,为她唱摇篮曲,但她却总不入睡,睁着两只眼睛,不哭不闹,安安静静,伏在老祖母身上,像一只小考拉老老实实地攀附在树干上,不时忧心忡忡地发问:"爷爷,爸爸妈妈还回来吗?""爷爷,你说,爸爸妈妈不会被坏人拐走了吧?"……一直到较晚的时候,她爸她妈回到了宾馆,她才安然入睡……

一家三口离京返美的那天,天气寒冷,朔风甚大,老人在国际饭店前送他们上车,涤非穿得相当单薄,并无寒意,他把大包大箱子一一搬上出租车,身姿雄健,使老爷子难以忘怀,他万万也没有想到,这是自己的儿子留给他的最后的一个印象。

五

从北京返美后将近半年的时光,父子之间没有什么联系。老爷

父亲　儿子　孙女

子觉得大家都在忙各自的事，无暇互通家音，甚是自然，好在两边的生活都很稳定安适，没有什么互相担心牵挂的事情。老爷子本着办事只争朝夕的老习惯，将留给小孙女的大学教育费"交割"了两笔，2007年6月下旬的一天，他打越洋电话去询问是否收到了两笔"教育费"，与儿子儿媳说了说话。儿子在电话一开始就叫了一声"爸"，老爷子不无所感，因为，儿子平日话就不多，在电话里更是极少叫爸。不到一两个星期，他就惊悉了可怕的噩耗。没有想到，那次电话是他听到儿子的最后一次声音。后来他才知道儿子返美后不久，身体就开始出现状况，经常头疼，不止一次进医院。他最后那一声叫爸，正是在他已经开始"倒运"阶段里的一声亲情呼唤，其内容无疑是很深沉的，至今，老爷子每想起这件事，心里都感到一揪。

2007年7月3日凌晨，疾病恶性发作，涤非上了医院来的急救车，他对医务人员说："请你们灭了车灯，也不要鸣警笛，我的女儿在睡觉。"这时他的宝贝女儿不到5岁。

这是他留在这个世界上的最后一句话，从此，他深度昏迷不醒，两天后，他辞世而去。

2007年7月8日，在卡拉玛佐城举行了涤非的追悼会，追悼会由涤非的杏姐主持，她关爱了自己的弟弟三四十年，而今又承担着监护年幼侄女的重任，她的悼词情深意笃，令人动容。

老夫人的悼词更是一个伟大母亲无法弥补的伤痛，是一个人文学者对一个出色奋斗者，一个善良，一个有教养、有品位、有业绩的大写人的赞赏，足以感人泪下。

涤非的美国朋友与同事们在追悼会上，追忆了涤非杰出的工作能力、善良的心地、亲和的作风、乐于助人的品德。

涤非的姐夫哈杰夫在追悼会中则难以自已、泣不成声。

数周以后，涤非在格伦奈尔的一伙"铁哥们"从美国各地专程来到了卡拉玛佐，聚会了一次，追悼失去的这个好兄弟。

涤非的心脏，部分地捐献给了当地的医院，救助有先天性疾病的初生婴儿。

以柳涤非的名义，在格伦奈尔大学生设置了一项奖学金，资助该校的贫困学生，"不分种族、民族、国籍、性别、政见、宗教信仰"，并已于他忌日一周年之时开始发放。他的名字将长存于校园之内。

以上两项都是涤非生前曾经表示过的愿望，他感谢他所进入的那个社会对他奋斗的褒奖，他要做出回报。

不幸事件之后不久，他的妻子皈依了耶稣。她对自己心爱的小女儿，既尽着为母者的义务，也承担了父亲的职责。所幸她们母女俩能在美国继续过着稳定安适、小康有余的生活。不久前，母女二人为了排遣忧伤，专程做了一次旅行，到迪斯尼乐园散了散心。从经济上来说，这都是涤非生前长期爱家顾家、操持有方的结果。

北京老爷子最关心、最揪心的是小孙女尚如此年幼。他在一次越洋电话里，情不自禁对她说："你知道吗，爷爷现在最爱最爱的就是你！"小孙女这样回答说："你最爱最爱的是我的爸爸……"她停顿了一下，伤心地接着说，"我见不到他了，他在天堂。"一时，老祖父什么话也没有说出来。

常住在北京的老夫人又花了很多时间，用英文为涤非编了一本精美的纪念册。她把涤非的一部分骨灰存放在自己的房间里，她要将来与儿子葬在一起，她的老伴深知，她丧子的伤痛比他更为深重，因为她与儿子相处的时日更长，她在儿子身上倾注得更多。

老爷子在涤非去世一周年之际，完成了自己的长篇回忆《他仍活在彼岸——忆儿子柳涤非》，他想为小孙女留下一些关于她父亲的记忆。

2008 年 7 月 10 日完稿

附录一：亲人的悼念

母亲朱虹的悼词

感谢大家前来跟柳涤非的亲人一起悼念他。涤非最谦虚，从来不喜欢抛头露面。没想到今天竟是中心。然而谁会想到是在这样的场合。

我还是从他的童年说起吧。涤非童年时期曾在中国的北方与南方之间奔跑，先是因为"文化大革命"，后来是为躲地震。在湖南上小学一年级时，他们一班学生被拉到韶山朝拜毛泽东主席的故居。回来路上翻车了，当时哭声叫声乱成一片。涤非坐在最后一排，他用脚踢开车后窗玻璃，自己爬出来还帮助一个小女孩爬出来，后来想起自己有两个梨包在一块手帕里，又返回车里取梨。当时我和他爸爸在北京，得信后吓昏了头。可是有人说"大难不死，必有后福"。涤非有福吗？现在想想，是对的。涤非有福。

福在哪里？他生性平和，善于处人处事。他心里没有一点一滴的刻薄。他不为小事斤斤计较，他的心从来没有被嫉妒、怨恨所折磨，他总有好心情。大家喜欢他，他也喜欢大家。他跟妻子女儿过得暖融融的，他跟公司里的同事和睦相处。这不是钱能买得来的。我应该学习他的这种品格。

能来到美国，也是他的福。他少年时期就幻想到美国来。他竟然成功了。我为这个追悼会选择了他初来美国时的相片。他很快乐，很努力，也交了朋友。他喜欢美国，一位老友，哈佛的丹尼尔·艾伦教授，听说他到阿拉斯加捕鱼船上干苦力活儿，说涤非是条"地地道道的美国汉子"。涤非热爱生活，从来不误每年与大学同学一年一度的NFL聚会。涤非还爱看电影、爱看书、爱看报，他曾跟我说他喜欢驾车在公路上疾驶，前方的路没有尽头，两边的树林郁郁葱葱⋯⋯涤非在佩力格公司也很快乐。他有一次对我说："比起以往，现在要多干上几年才能退休，求得一个安稳的老年。"这是他生活中最快乐最稳定的阶段，可是突然被终止，年仅37岁。我74岁，情愿替他去死，可是事情由不得我。

很多年前我在哪里读过一段话，把生命比作一支蜡烛。有的人是高高的一根蜡烛，而我可怜的儿子涤非，他的蜡烛很短，可是它燃得那么明亮。

姐姐柳尽染在追悼会上的讲话

涤非的去世太突然了，太不公平了，简直难以置信，但我们今天在这里不是宣泄我们的悲愤，不是质疑美国的医疗水平，也不是探讨生和死的莫测无定。

我们来此是要纪念涤非的一生，我愿与大家分享我个人关于涤非的一些记忆。涤非为人特别随和，非常容易相处。他不把自己看得很重，可是把自己对家庭、对工作、对集体的责任看得很重。我来举几个例子说明涤非对朋友、对亲人的责任心。

小学时，涤非随校外出时碰到过一次车祸。可以想象，当时乱作一团。涤非在汽车的最后一排。不知是怎么的灵机一动，小涤非用脚把车子的后玻璃踢碎，自己爬出来，还帮助其他小朋友也爬出来。当时我们在南方跟爷爷奶奶住在一起，我第一个赶到医院，当时孩子们

父亲　儿子　孙女

都被送到医院接受检查。我看到他就说:"啊,你好好的没事,可是瞧你一身脏衣服!"现在想起来话不该那么说,可是当时那个场合,好像只能那么说。

他大学二年级暑假跑到阿拉斯加在一艘俄罗斯捕鱼船上打工。用他自己的话是:"我这是一次锤炼性格的远航!"作为一个20来岁的小伙子,发了一笔小财。有钱没处花,他就攒着作学费,可是开学后有一个同学碰到经济危机,涤非毫不犹豫地把钱拿出来,帮助同学渡过难关。钱后来是还了,可重要的是这份心意。涤非就是这样豪爽,但又不露声色。他一生中还有不少类似的大大小小的事例。

涤非身上没有丝毫装腔作势、自我膨胀的气息,他最自然、大方。我和杰夫的婚礼上,他穿正装,可是头上戴着一顶红色的垒球帽,大大咧咧,讨人喜欢。

涤非见多识广,喜欢旅行,跟妻子女儿一起到过许多地方,到哪里都感到乐趣。他本应该这样生活下去,也希望别人都能过上这样的生活。

使我宽慰的是,涤非是在密歇根州,而不是在别处,结束了他短促的一生。密执安给他留下了美好的回忆。他是在密执安开始学开车,拿到第一个驾驶执照。我还记得跟他的一次谈话,那时他签下自己的名字做了承诺,若自己发生意外,他自愿献出自己的一切,以拯救另一个生命。现在,他兑现了自己的承诺,他的心脏已经献出去了。也是在密执安,涤非当年得到了他的第一个全日工作。他也是从密执安出发,我开车送他,奔赴爱荷华州去上大学。

涤非在佩力格公司干得很开心,这是他职业生涯的高峰。他喜欢自己的工作,他的在天之灵也会诚心诚意地祝愿公司兴旺发达。

347

妻子夏建英的哀思

我深深感到,这 7 年来我是跟一个最优秀的人生活在一起。涤非是一个最体贴的丈夫、最慈爱的父亲。对他来说,Emma 是无与伦比的宝贝。我记得他住院时曾说,晚上他多么寂寞,恨不得有我和 Emma 在身边。我把 Emma 带到医院看他,他们父女俩就逗着玩,好不开心。Emma 是涤非留给我们的最宝贵的遗产。

7 月 2 日星期一凌晨 2 点半,涤非上了救护车,临走时说:"把灯关了,别拉警笛,我女儿在睡觉。"这是涤非生前最后的话。

对于我来说,未来的生活渺茫无定,但经过这两周,我什么都不怕,包括死亡。过去生活的美好回忆将支持我渡过任何困难。涤非在看护着我和 Emma。看着 Emma 茁壮成长,涤非会感到快乐。涤非为我和 Emma 安排得妥妥帖帖。

我很幸福,有涤非做我的丈夫,我将永远珍惜我们 7 年共同生活的每时每刻。

附录二：亲人的寄语

忌日周年致涤非

自你突然离我们而去已有一年了。从那时候起，我们努力应对震惊与悲痛，并按你曾经希望的那样继续我们的生活。Jessica 信奉了耶稣基督；Emma 正身心健康地成长，并已准备好上学。我们，你的父母、姐姐、哥哥以及他们的亲友一直都把你放在心上，并互相保持亲近的联系。纪念册 *DiFei Forever* 的出版，是为了赞赏你的人生，珍藏对你的记忆。它已被赠予所有你的家庭成员、朋友和同事。设在你的母校格伦奈尔大学的永久性"柳涤非奖学金"这个学年即将正式启动，它将帮助一个需要帮助的青年大学生，会发扬你生前乐于助人的一贯作风。

请珍重，涤非，我们将来会再见的。

爱你的母亲朱虹
爱你的父亲柳鸣九

原载美国《卡拉玛佐日报》
（艾晶译）

父亲节快乐

　　我的爸爸在一年前离我而去。在我出生的时候,我妈妈还没来得及抱我,他就抱着我了。平日他总在上班之前,来到我的房间跟我说Good-bye,甚至在我还没醒的时候。当他回到家,我喜欢和他玩捉迷藏。他在去世以前常带我去上游泳课,周末和我在沙滩上玩。我们都喜欢吃冰淇淋,都喜欢在沙滩上走。我想念他的拥抱和笑容。我们知道他还在守护着妈妈和我,他还在我们周围。

　　祝你父亲节快乐。

　　我们想念你,我们爱你!

你的妻子Jessica与女儿Emma
原载美国《卡拉玛佐日报》
(艾晶译)

小蛮女记趣

我把她叫做"小蛮女"。这么叫她的缘由来自她刚满一周时给我的两次印象。

有一次,我打电话到她在美国的家,接电话的不是她的爸妈,而是正在她家过假期的奶奶。老夫人的声音很不清楚,被一个巨大的噪音掩盖了,但听见"梆梆梆"的声音响个不停,一听就是有人在持续地敲打某个东西,没有一点节奏,乱敲乱打,但劲头十足,我好不容易才听清楚老夫人的解释:"小贝比正在厨房敲锅,这是她最喜欢玩的花样,不出声的玩具她不感兴趣,非要声响大的不可。""小贝比",好一个娇滴滴的称呼,我觉得在那一阵巨大的敲打声对比下,这个称呼显得有些"逗"。

另有一次,也是在通电话中,我听见了几声小孩的尖叫,放开了嗓子,但却没有什么感情色彩,像是一种原始的瞎嚷嚷,对此,老夫人在电话中做出注解说:"小贝比正爬到小狗身边去抓它呢,她喜欢抓狗玩,那狗一见她就躲,害怕她,特别怕她尖声大叫。"据说,她的爸妈,早在她出世之前就养了一条狗,出于各种考虑,大人总不让狗去接近她,可她却偏喜欢往那像狼犬一般的狗身边去,我就见过她这么一张"玉照",那条狗正躺在一个沙发旁的地毯上,这位小姐爬去抓它的尾巴,脸上还带着一个顽皮的微笑,而那条狗的体积足比她大一倍。你不用担心那条狗会伤着小姐,它怕她,它烦她。惹不起还能躲不起吗？只要一见她过来，它总是很知趣地开溜。

从这两次印象中，我想，这哪里像小玉女、小贝比？从此，我在家里把她叫作小蛮女。

她有"九斤老太"式的爷爷奶奶，有8斤6两的父亲大人，自己且不含糊，也达到了8斤出头的水平。但是，据说，她母亲生下她后，却瘦得"身轻如燕"，真是奇迹！不知是她母亲有奇迹般的亲情，竟把自己全部的营养都倾注给了这孩子，还是这小蛮女吸自己母亲的养汁吸得太"蛮"，竟几乎吸得个精光！

你瞧她，胳膊腿那么粗壮，肌肉瓷实。长得虎头虎脑的，一头又浓又密的黑发，一两寸长的时候，从来都是竖着、支着，呈放射型，像刺猬似的。她胃口极好，"开饭时间"稍迟了几分钟，她就急得两脚直搓，吃饱喝足之后，常舒服地叹出一口气，似乎在感慨每顿饭菜来之不易。她一切都凭本能，野性十足，力气又大，像只小虎妞，你休想她会听凭你摆布。要给她洗个脸，必须先将她按住，用迅雷不及掩耳的速度将毛巾在她脸上一掠而过，否则她就会飞快地闪开。洗个脸如此，换件衣服的工程则更大，非得两个大人通力合作才能完成，特别是给她穿袜子，更是麻烦至极，你一穿上，她就用手把它拽掉，或者两脚互相一蹬，两只全都蹬掉拉倒。她显然不喜欢这些衣物的束缚，而崇尚野性的自由，简直就是一只小动物！

不要以为她像小动物一样丑陋、怪异，她容貌姣好，眉清目秀。单眼皮，大眼睛，目光炯炯，有眼神，有灵气。脸是圆圆的，下巴微尖，小嘴两边各有一个小小的酒窝，含蓄而不显俏，如两粒幽静的丁香，使人想起了许晴脸上的那两个……她绝对要算是一个小美女，但不是花瓶的美，不是娇艳的美，不是俏丽的美，而是大器的美，大方的美。

也不要以为她像小动物一样脏野不文，她文明卫生的雅兴似乎还相当高。她的最爱就是到自己的小澡盆里清洗、浸泡、玩水，只要一见大人拿着彩色鲜艳的大澡巾过来，她就明白自己的洗礼就要开始

父亲 儿子 孙女

了,因而手舞足蹈起来。她还有一个特别的卫生习惯:她不能忍受过时给她换尿布,但每一次刚换上一块新的,她几乎毫不例外地立即就撒下一泡,大人只好又给她再换一块,遇到这种情形,她的父亲大人就嗔怪道:"小蠢材,又白白浪费一块尿布。"对此,小蛮女的老爷子却另有见解,他说:"这小家伙倒是有洁癖,这么小,就会选干干净净的茅坑拉屎拉尿。"

"小动物"即使是动物,毕竟也是灵长类动物,颇不乏本能的机巧。且看她在能行走之前老在床上爬来爬去,忽有一天,爬到了床沿,她就像到了深渊之前一样本能地警觉了,于是停止向前爬行,而端详着"渊"下的情景。这么两次后,她突然掉过头来,将屁股对着床沿,将一条腿伸下床慢慢着地进行探索,接着另一条腿也照样这么做,然后全身便逐渐滑下去,有时,她行动笨拙,不免一滚,摔在地毯上,屁股着地!不痛!坐起来再爬!有了这一遭,就有第二次……于是,爬下床就成了一项娴熟的技能,小蛮女的活动天地也就从大床上扩展到整个屋子的地毯上,地毯上那么宽广,对她来说如一马平川。一天,小蛮女爬到楼梯口,见楼下又是一个大世界,可惜这个深渊更深,揣摩了几次之后,小蛮女将下床的办法用上,仍将屁股开路,小心翼翼,神情贯注,全力以赴。她成功了,时至1岁零1个月,她已有能耐在楼梯上爬上爬下。在会站立行走之前,她就这么用原始的、简易的办法,艰难而执着地扩展自己最初的人生空间,这也许可以说是小蛮女在学步前优胜纪略的第一章吧。

我是个南方人,在我的家乡,"蛮"这个字经常出现于日常口语之中,什么"蛮好"、"蛮坏"、"蛮漂亮"、"蛮多"……在这些组合中,"蛮"字只形容某种程度,是唱配角的。但这字也有一些唱主角的时候,含有实质性的内容,如其中有这么一个词"霸蛮",意思是说:超出自己的能力范围去做一件事;勉为其难地去做一件事;需要发挥主观能动性、付出很大努力、克服极大困难地去做一件事。我很

353

欣赏这种精神。我家乡的人都崇尚这种精神,故有"南蛮子"之称。如果没有这种精神,中国近代史上,"南蛮子"中就不会出现那么多慷慨悲歌、大有作为的人;如果没有这种精神,很多事情中国人本来是很难做成功的,此大而言之也。小而言之的话,那就更具体了,如果没有"霸蛮"劲头,小蛮女的爷爷仅凭"中等"的智力水平,那就只可能无所作为、一事无成;如果没有"霸蛮"劲头,小蛮女的老爸当初就挣脱不了脐带绕脖 3 周的困境而出世,现今就不可能远隔太平洋在"新大陆"进行创业,当然也不会有今天这个小蛮女了。

从小蛮女身上,我看到了"蛮"这种元素,这也是我为什么乐于称她为"小蛮女"的原因。

时至今日,小蛮女已经能蹒跚而行了。她将走上自己的人生道路,从行走到蹦跳、到奔跑、到飞……任何人的道路都不可能是平坦、光溜、顺畅的,走上路需要费劲,从"最初的一爬"开始,走下去更是需要精神、体魄、智慧、知识、执着与毅力。小蛮女将如何继续她的人生行程?说不定她会碰上"山重水复疑无路"的困境,她肯定需要努力,需要奋斗,需要拿出对付一切阻碍的"蛮劲"与机巧,就像她最初的爬行那样,但愿她能开辟出"柳暗花明又一村"的境界,而且是不断地拓展……她将上什么大学?攻读什么学科?成为什么人才?取得什么成就?……

老爷子垂垂老矣,尤其因为相隔国界与太平洋,不敢奢望能看到小孙女那么多的前景,只希望在较近的将来,能牵着她的小手,带她逛王府井的"大食代",看她像只小馋猫,吃得下巴油亮油亮的,指着另一种花样的食品对我说:

"爷爷,那个好吃的,我还要!"

写于 2004 年 5 月 14 日
小孙女回国"问祖"之时

家讯一则

——《小蛮女记趣》之二

老夫人从美国归来。

"世界上最重要的消息是什么？"老头子问。

对老头子来说，只有小蛮女的消息才算得上是"最重要的消息"。那3岁多的小孙女几乎就是他的全部世界。

老夫人应声讲述一则。

老头子听着大笑，笑得傻呵呵，回味无穷，特记录以自娱。以下祖孙二人对话，全系英语，盖因小蛮女从来就生活在"异国他乡"。仅为与国人分享，故译录为中文也。

老夫人在北京探亲后，又回到在美国的儿子家。小蛮女见老夫人进了门来，应妈妈之命，叫了一声"奶奶"。

阔别了半年多，看来她对这位奶奶似乎有点记不大清了。她用那双亮晶晶的眼睛盯着奶奶，眼皮不时眨了一眨，像是在记忆中使劲搜索过去的印象。

"你是不是很老很老？"她问。只有自己爸爸的妈妈才"很老很老"，先问清楚是否"很老"就可以确定身份与关系啦。小蛮女3岁半的脑子里似乎在进行这样的智力运作。

"是呀，我很老很老啦，我的小一村。"老夫人答道，小蛮女的中文芳名叫柳一村。

"你是不是很穷很穷呀？"小蛮女又问。没有自己的楼房，要住到她和爸爸妈妈的楼房里来，一定很穷。不过她怕伤着老太太的自尊，并没有下结论，只是试探地问问而已。

"是的，我很穷很穷，我已经退休了，我的小孙女。"老太太这么回答。不论在美国还是在中国，退休都意味着低收入，甚至清贫。

第二天，小蛮女围在奶奶身边转来转去，她看见老太太脚上的灰趾甲："奶奶，你的脚趾甲不好看。你瞧我的。"说着把袜子拽下来，露出一双粉嫩的玉足，一排脚趾甲光泽发亮，"你再看，我的手指甲。"小蛮女伸出一双肉包子似的小手，指甲也是光泽发亮。

"小孙女，你是个小天使，你哪儿都好看。"

小蛮女继续考察来到自己家里的老太太，瞧瞧这儿，瞧瞧那儿。

"奶奶，你脸上有好多黑斑，我爸爸妈妈的脸上都没有，我的脸上也没有。"

"是呀，我的小一村，奶奶老了呀！"

小蛮女定睛地审视着老太太，说："你脸上有黑斑真丑。"至此，她从昨天以来总算完成了对老太太的全面考察，终于有了自己的结论：

"你又老，又穷，又丑，唉，我可怜的奶奶。"说着，她把那虎头虎脑的脑袋往老太太的怀里一偎，靠在那里一动也不动……

2006 年 11 月

余 音

儿子在美国英年早逝,撇下了他年轻的妻子与幼小的女儿,身后事料理得十分完善,隆重的追悼会开了,部分遗体捐献了,以他的名义在他所毕业的大学里设立了一个永久的奖学金,资助不分国籍的贫寒学子,因为他自己是靠美国奖学金学成创业的……

一次越洋电话

后事都一一料理完之后,有一段时间,亲人之间没有像往常一样有越洋电话来往。大家都需要缓解与沉静。在北京的老父亲稍微缓过一口气后,终于一天拨通了儿子家的电话,那远隔重洋的小孙女实在让他牵肠挂肚,他一直担心一个仅4岁多的小女孩在心理上如何承受这次沉痛的打击。

往常,他与小孙女的对话很是简单,他最高兴的是听她用银铃般的童音叫一声"爷爷",接着就是互致问候。他总要夸她的中文讲得好,她就大声地说声"谢谢",然后,就是一两句意思再简单不过的小孩话了。如此简单的交流,就足以使他高兴,使他满足了。

这一次是悲痛事件后第一次与小孙女通话,他想小心翼翼地避开事件本身却又对小孙女能起到一点安慰的作用,他想,也许最能安慰她的是对她说爷爷、奶奶等所有的亲人都特别爱她,疼她,这样可以多少在语言上弥补一点她失去父爱的不幸。他用小孩能懂的最直白的语言对小孙女说:"你是爷爷最疼爱的小孙女,在这个世界上,爷爷最疼爱的人就是你。"

"你最疼爱的是爸爸。"小孙女的回答使老祖父心里不禁一揪。他有意识离悲伤的事远一些,没有想到这个 4 岁刚出头的小女孩却主动地直触伤痛。她的这一认定是来自她自己的观察?从小远在美国,她实在没有见过几次老祖父与自己父亲相处的情况;是曾经偶尔听她的父亲母亲讲过这个话题?那她的记忆力与人生理解力可就有点使人惊奇了;是她自己为了要讲一句安慰自己那可怜的父亲亡灵的话?怀念他的话?不论怎样,她需要主动地跟电话里的这个老人谈一谈她自己的父亲,因此,她主动触及伤痛,或者是因为,她仍无法摆脱伤痛的阴影……她停顿了一下继续说,有些伤感,有些无奈,有些想要自己找到一点慰藉:"……他不在了,我见不着他了,他去了天堂……"

老祖父觉得这是可怜的小孙女在大洋彼岸在怀念、在追思可怜的父亲,是在向他这个老人倾诉,是在他面前自己安慰她自己……

话语很简单,但其中的意蕴、内涵、感情以至哲理(虽然她自己并不懂,甚至浑然不知)却像一大股水波向他猛然扑来,使他应接不暇,招架不了,一时语塞,竟不知道如何答话才好,他迟疑一会儿,好不容易才答上一句:

"他在天堂里会保佑你……"

这是年已古稀的他,生平第一次用非无神论的语言说话……

小孙女的第一封家信

老夫人从美国探亲回京,交给老先生一个纸封,说:"这是小孙女要我带给爷爷的一封信。"

父亲　儿子　孙女

小孙女还很幼稚，不大懂事，竟然给远隔重洋的老祖父写了一封信！这本身就是一个令人激动的亲情之举，要知道，她还只有5岁，此举在疼爱小孙女到了发傻程度的老祖父看来，岂非可与5岁就能作曲的莫扎特媲美！

但老祖父对小孙女给亲人写信的自主创意多少没点把握："是你们要她给爷爷写信的吗？"他问，"你们"是指小孙女的奶奶与妈妈。

没有谁要求她写信，她听说奶奶要回北京了，自己事先写好了这封信后交给了奶奶。老夫人所能提供的解释就是如此。

老祖父赶快把手头的事都放在一边，急不可待地想打开纸封看看信里是什么内容。那纸封是用一张稍微厚实点的绛色纸折叠而成的，马马虎虎呈一荷包形，一看就是一双笨拙小手折出来的。可是，要打开它可很不容易，折叠处贴了胶条，胶条也是胡乱剪切出来的，很不整齐，粘得更是歪歪斜斜，操作的那双小手显然是生平第一次做这样的手工活，但在折叠处的下方却用另一种颜色的笔署了一个名字"EMMA"，字母大大的，清晰突出，特别醒目，那是发信者的芳名。

老祖父唯恐把纸封撕坏，只能细心地拆除那封口的胶条，但它偏偏粘得特别严实，愈难拆开，老祖父好奇心愈加急切："粘这么牢，小丫头写了些什么？""谁也不知道她写了些什么，她没有告诉我们。"老夫人解释说。老祖父不知道小孙女的葫芦里究竟卖的什么药，面对难拆的信封不禁陡生感慨："小小美国公民，年方5岁，就这么讲究个人信件的保密性。真是两种文化的差异！"他庆幸自己还算有足够的理解力理解美国小孙女迥异于中国小女童的行为方式。

他终于把胶条拆除，打开了纸封，里面果然有一张小纸片，看来，这便是小孙女给老祖父的重要信函了。然而没有想到的是，小纸片又是折叠着并用胶条粘贴在绛色的封纸上，虽然又是歪歪斜斜的，但可以看得出来，那位 5 岁的发信者是极其郑重其事的，老祖父只得又耐心拆胶条……

最后，终于大功告成，老祖父打开了折叠着的那个小纸片，那上面有拙拙的笔迹，写着这样一句英文：WE LOVE GOD。而且，取下那张纸片，发现那张绛色封纸的内面，也写着同样的这句话，这就是小孙女给老祖父家信的全部内容。

老祖父本来猜测这封信是小孙女玩的捉迷藏的游戏，没有想到它具有如此郑重的、严肃的内容，表达了这样一种诚纯的信仰情思，它一时把老祖父又震撼得半天也平静不下来：儿子去世后不久，他就听说儿媳与小孙女皈依了耶稣基督，眼前这封很特别的信函，正是悲痛事件后母女特定精神历程的一个投影，它清楚地显示出这个精神历程是深沉的，而且似乎将是悠悠的、无尽期的……

这也许是对老祖父的一个告知？告知母女二人的圣洁尊崇；这也许是对老祖父的一种邀约？邀约来参与这虔诚的尊奉；这也许是在表达整个家庭一种共同的信仰之情，既然她自己有，她相信疼爱她的亲人也都会有……所有这些意味，在她的小脑袋里一定是一片朦胧、一片混沌，是她的老祖父自己辨析出来的……

老祖父把信函的内容告诉老伴，老太太也没有想到是这么一句话，这帮助她回忆起在美国所见到的小孙女的生活。在其母的带领下，她养成了一些宗教习惯，饭前祷告即为其中之一：对着桌上食物，她两只胖乎乎的小手合掌、眼睛认真地闭上，嘴里念念有词："感谢上帝赐给我丰富的食物。"遇上她童心轻快的时候，还补充一句："正好我现在饿了。"有时也加上为亲人的祈祷，如"求上帝保佑我在中国的爷爷不生病"等。

老唯物主义者闻此讯后，久久难以平静，不仅因为大洋彼岸有一个天真幼稚的小天使经常为他祈祷而深受感动，也为小孙女与她母亲对耶稣基督的皈依与信奉而深思：他读过加缪，深知人生如西西弗推

父亲　儿子　孙女

石上山，本来就具有一种永恒的悲怆性，如果推石者仅达半山腰巨石即意外滚砸而下，有此灾难之后，感同身受者对命运的不可预测，除了祈求上苍的保佑外，还可向谁去祈求呢？

写于儿子忌日一周年之际

想象的翅膀（外一篇）

朱　虹

想象，它到底是什么？写过一点外国文学评论的我，也说过什么什么"充满奇妙的想象……"其实自己不懂，说了跟没说一样。读者（如果有的话）看了也跟没看一样。

今春到美国探亲，跟孙女儿玩，突然间好像看到想象这个奇妙的东西在我眼前运作。

退休后我每年去美国，在儿子、媳妇家小住，主要是跟孙女儿玩。2006年秋，Emma 3岁。她们一家住在中部奥马哈市的郊区。白天爸爸妈妈上班，Emma上日托。可是我们祖孙俩总能找到时间一起玩。

我从来不会哄孩子。年轻时买菜、做饭、洗衣、拖地，忙得喘不过气，何况总得偷空看点书，否则怎么在研究所存身。孩子好像是自己长大的，我没有带他（她）们玩的记忆。

现在跟孙女儿玩什么呢？讲故事吧，《乌鸦和狐狸》《龟兔赛跑》《狼来啦》等。Emma要我一遍一遍地讲，如果漏掉一个细节（如兔子是在树下睡觉）或前后不一致（如一说乌鸦衔着奶酪，又说衔着饼干），Emma就不答应，一定要澄清、订正。即使有了订正版，Emma还是百听不厌，好像我是说书先生，在给她表演。她眯起眼睛、面带微笑，忘我地享受着。

后来我讲长一点的故事，《睡美人》《白雪公主》《奇幻森林历险记》等，都是我60多年前在教会学校住校时读的，现在从遥远记忆的旮旯里翻出来，轮廓模糊、有头无尾。Emma 怎么磨、怎么逼，我也讲不全。就连《奇幻森林历险记》这个题目我都忘了，还是托老友倪乐查出来的。

2007 年春，我又去探亲。儿子、媳妇搬到密歇根州的大湖区。Emma 3 岁半了。除了自己的卧室，她还有游乐室和"私人藏书"。她有了更多的玩法：穿上芭蕾紧身衣和舞鞋自得其乐地在屋子里转圈；后腰绑上一块泡沫塑料在游泳池里扑腾……至于球类，Emma 怕我没见识，拿起一个高尔夫球告诉我："奶奶，注意，这不是篮球！"

尽管花样多了，本事大了，Emma 还是喜欢故事。我半年前讲的故事她一点儿也没有忘。不过，现在她不满足于听"说书"，她要把那些故事活灵活现地演出来。舞台就是她家的客厅，演员就是我们俩。演《乌鸦和狐狸》好办。Emma 站在楼梯口，嘴里衔着小零食；我站在楼下，伸着脖子甜言蜜语，逗乌鸦开口。演《龟兔赛跑》就麻烦啦。我腿脚不灵，正准备接受手术，只能慢慢往前挪。"乌龟的角色我包了。"我说。Emma 不干："凭什么总是你赢？"那好吧，轮流坐庄。该我当兔子了，我勉强跨大步向前走，算是跑。Emma 叫停。"那也叫跑？兔子后腿长，要高高抬起，往前跳！"她做给我看。那不是叫我骨折吗？幸好兔子跑不了几步就睡觉去了。

从独幕剧，Emma 的兴头发展到多场景的大型演出。演员不够，Emma 把平时已不大玩的娃娃和填充动物都翻出来，摆满了一客厅，从中挑选演员，准备上演《睡美人》。一对熊充当国王和王后，一个 Barbie（芭比）娃娃当公主，一个玩具兵当王子。Emma 属马，家里有不少大小玩具马，随便抄来一个就是"白马"。两个老鼠玩具，一个当好教母，一个当坏女巫。其余一堆动物充当前来祝贺公主诞生的宾客。我和 Emma 分别给这些角色配音，反正都听她的。现在她也不拘泥于"正版"了，在细节上随意发挥。国王和王后在宫里（沙发椅子）走来走去，说："救女儿的白马王子怎么还不来呀？"Emma 手捧骑马的王子在客厅里绕一圈,算是王子从天而降。她把王子和公主的头梆梆碰两下,自己抿起嘴巴发出 mmm(模仿声音)的声音,算是接吻。我趁此赶紧宣布闭幕:"And they lived happily ever after(他们从此快乐无比)!"Emma 眼睛一瞪:"坏女巫呢?让她跑吗?"于是加演坏女巫破坏婚礼的一场戏:"我不是叫你永远睡觉吗?你怎么起来啦?哼!"Emma 一边配音一边拨打 911(她有玩具电话)。警察,一个螃蟹玩具来了,把坏女巫抓去坐牢。Emma 满意了。

《奇幻森林历险记》我只记得一个开头:小哥哥 Hansel(汉瑟尔)和妹妹 Gretel(格莱特尔)被坏继母打发到森林里去。他们掰碎面包,撒了一路,想凭面包屑找回家的路。除此之外,我什么都不记得了。可是这难不倒 Emma。她扮演哥哥,一路走,一路大声说:"小鸟儿,别吃我们的面包,我们靠它回家哩!"她这是哪儿来的词儿呀?我们就一路撕纸、撒纸屑,在屋里转来转去,算是在森林里迷路。后来呢? Emma 把一个比自己高半头的玩具熊立在客厅的玻璃门前,算是森林深处的一只熊。Emma 给我介绍说:"它叫伤心熊,Sad bear,因为没有朋友跟它玩。"我们陪伤心熊玩耍,开 Party(派对)。我说:"天黑了,咱们回家吧。"Emma 竖起食指,悄悄说:"伤心熊丢了它的宠物猫,正伤心哩!"我们在"森林"又转了几圈。Emma 抓起一个玩具动物,算是找回了熊的宠物猫。可以回家了吧? Emma 又竖起食指:"伤心熊有 28 只猫哩,都丢啦!"这回我死活不干,Emma 只好领着我,踩着一地的纸屑回家。到家 Emma 眼睛一瞪,又想起了什么:"坏继母!不能让她跑了!"又是拨打 911。螃蟹警察把坏继母抓去,跟坏女巫一起坐牢。我已精疲力竭,总算盼到闭幕了。Emma 却突然发问:"What about happily ever after(还有快乐无比呢)?"我傻眼了:"干吗每次都要 happily ever after(快乐无比)?"Emma 眼睛一亮,抓起一个笑面娃娃,自问自答起来:"啊呀,真妈妈回来啦!——妈妈,你到哪里去啦?——噢,我去超市买点东西。"Emma 终于给我们的演出画上了一个"happily ever after（快乐无比）"的句号。

后来，Emma 时不时地拽着我举办演出。细节和台词她随心所欲地改动，但总不离那平添的伤心熊和它那 28 只猫、被警察抓走的坏女巫和坏继母，以及从超市回来的真妈妈。

很多年前，我在哪里读过一篇文章，说人分两种：有想象力的和没有想象力的，说前者会少犯罪、少伤害人，因为他的想象力会描绘受害者的痛苦，使他深有同感而下不去手去伤害别人。反之，文中说，没有想象力的愚钝之辈只被低级冲动驱使而加害于人，完全想象不出别人的痛苦。文中大力提倡激发人们的想象力，尤其是儿童，使世界更美好。我当时感到很新鲜，但又觉得，这不是拿发挥想象取代思想改造？我没敢想下去，时间一长就忘了。

现在，我很快又要去美国探亲了。对于我，更现实的问题是，带什么礼物给 Emma？怎么去面对伤心熊和它那 28 只猫？

2008 年